HEYNE <

Olga A. Krouk

SCHATTEN SEELEN

Roman

Originalausgabe

WILHELM HEYNE VERLAG
MÜNCHEN

FSC
Mix
Produktgruppe aus vorbildlich bewirtschafteten Wäldern und anderen kontrollierten Herkünften
Zert.-Nr. SGS-COC-1940
www.fsc.org

Verlagsgruppe Random House FSC-DEU-0100
Das für dieses Buch verwendete
FSC-zertifizierte Papier *Super Snowbright*
liefert Hellefoss AS, Hokksund, Norwegen.

Originalausgabe 01/2010
Redaktion: Angela Kuepper

Printed in Germany 2010
Umschlaggestaltung: Nele Schütz Design
Karte: Andreas Hancock und Herbert Ahnen
Satz: Christine Roithner Verlagsservice, Breitenaich
Druck und Bindung: GGP Media GmbH, Pößneck

ISBN 978-3-453-52621-1

www.heyne-magische-bestseller.de

Für Michael, meinen Mann

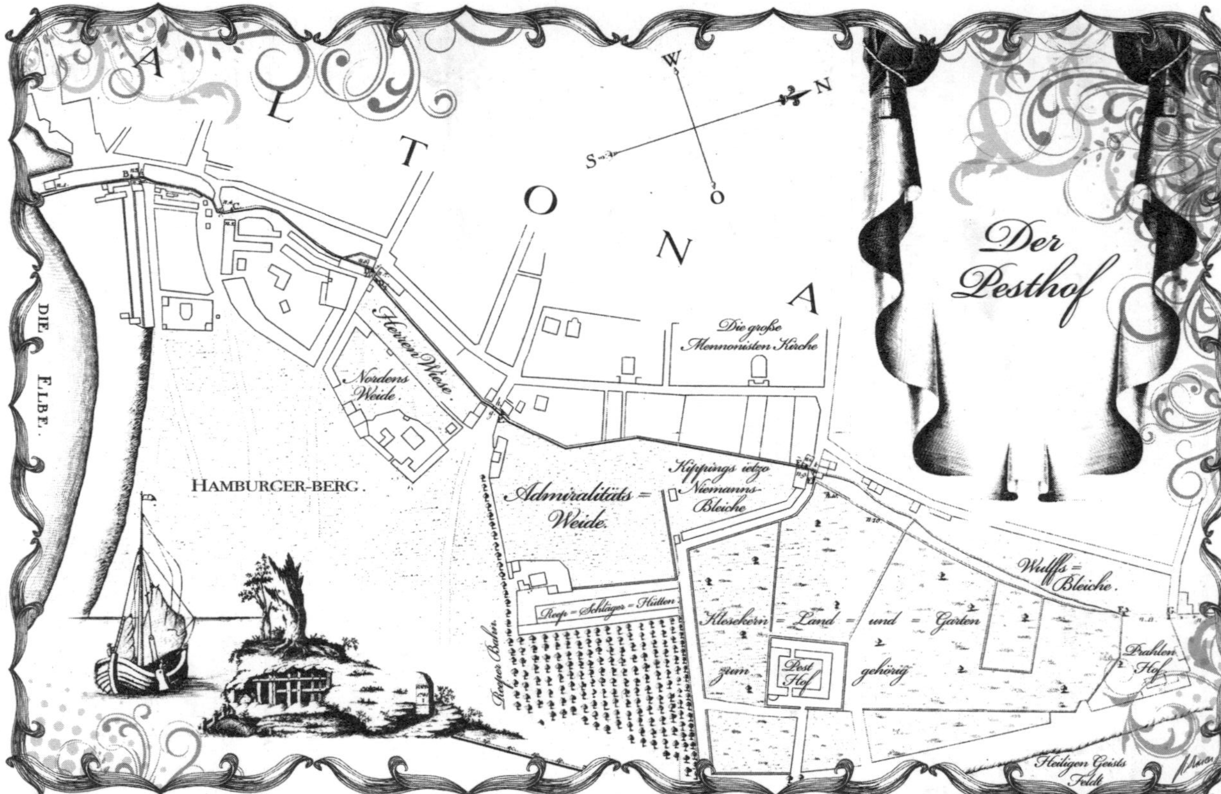

Der Pesthof
ALTONA
W
N
S
O
DIE ELBE.
HAMBURGER-BERG.
Herren Wiese.
Nordens Weide.
Die große Mennonisten Kirche
Admiralitäts = Weide.
Kippings ietzo Niemanns Bleiche
Reep = Schläger = Hütten
Reeper Bahn.
Kleseker = Land = und = Garten
zum Pest Hof gehörig
Wulffs = Bleiche.
Prahlen Hof
Heiligen Geists Feldt

1. Kapitel

»Mama, ich hab Angst!« Der Blick des Jungen haftete sich an das Gesicht seiner Mutter, die unwillkürlich zuerst ihrer eigenen Furcht Luft machen musste und sich an die Schwester wandte.

»Es ist doch nichts Schlimmes, oder? Bitte sagen Sie mir, dass er sich erholen wird!« Sie beugte sich über die Liege, ergriff die Hand ihres Sohnes und drückte sie mit aller Zuversicht, zu der sie fähig war.

»Das sehen wir gleich«, beruhigte Evelyn die beiden. Sie löste den Verband und betrachtete die Wade, auf der sich die Bissabdrücke eines Hundes abzeichneten – höchstens von der Größe eines Chihuahuas und keineswegs tief eingedrungen.

Die Tür öffnete sich, und Doktor Kehrfeld trat ein. Mit einem breiten Lächeln zog er die Latexhandschuhe an und ließ das Ende gegen sein Handgelenk schnalzen. In den grauen Augen des Arztes tanzten heitere Funken, als er seinem kleinen Patienten zuzwinkerte: »Wie ich sehe, hast du mit einem Löwen gekämpft. Und? Gewonnen?«

Mit seinem Erscheinen hatte sich die Situation spürbar entspannt. Evelyn schmunzelte in sich hinein. Sie konnte nicht anders, in seiner Nähe fühlte sie sich wohl.

Zu wohl.

Doktor Kehrfeld begutachtete die Wunde und erkundigte sich nach den Impfungen. »Na, das sieht doch ganz gut aus.« Seine Finger tippten an Evelyns Schulter. Sie sah zu ihm auf. Diesmal erstrahlte sein Lächeln nur für sie allein, so kam es ihr zumindest vor. »Schwester Evelyn, verbinden Sie bitte die Wunde, dann kann unser Held nach Hause.«

Obwohl sich zwischen den Schwestern und so manchen Ärzten ein lockeres ›Du‹ eingebürgert hatte, pflegte Doktor Kehrfeld ein offizielles ›Sie‹, das bei ihm dennoch irgendwie neckisch klang.

Evelyn griff nach einem Desinfektionsmittel. »Gleich wird es ein klein wenig brennen«, sagte sie entschuldigend.

Wieder huschte ein Anflug von Panik über das Gesicht des Jungen, und wieder war es Doktor Kehrfeld, der die Situation rettete: »Für richtige Helden, die mit Löwen kämpfen, ist das kiki. Ich wette, du wirst das nicht einmal merken.«

So behutsam wie möglich reinigte Evelyn die Wunde. Der Junge sog zischend die Luft ein, wich aber der Hand der Mutter aus, die versucht hatte, ihn zu streicheln. Ganz der Held.

»Schon vorbei!«, verkündete Evelyn feierlich und begann, den Verband anzulegen. Dabei spürte sie, wie Doktor Kehrfeld jeden Griff ihrer Hände beobachtete.

Oder kam es ihr nur so vor? Sie wagte einen Blick zu ihm hoch und glaubte etwas in seinen Augen zu lesen, was ihr ganzes Inneres flatterig werden ließ. Verflucht, man könnte glauben, sie wäre mitten in der Pubertät. Und das mit Ende zwanzig – peinlich, peinlich.

Kurze Zeit später wurden der Junge und seine Mutter entlassen. Evelyn räumte die Utensilien weg und trat in den leeren Flur. Keine neuen Patienten. Gut. Sie atmete tief durch.

»Möchten Sie einen Kaffee?« Doktor Kehrfeld holte sie ein. Mit einer Hand fuhr er durch sein Haar, das Evelyn unwillkürlich an Schafsfell erinnerte. Nicht sonderlich sexy, aber die Kollegen wie auch Patienten mochten ihn ganz entschieden für andere Qualifikationen als das Äußere. »Ich würde uns einen organisieren.«

Ein Arzt, der einer Krankenschwester einen Kaffee brachte? Da wurden so manche Träume wahr. Aber nicht die ihren.

»Ich muss noch Formulare ausfüllen. Außerdem: Der Kaffee ist hier ziemlich mies.« Sie unterdrückte das Bedürfnis, ihm zuzulächeln – wie immer, wenn sie in sein offenes Gesicht blickte. Es fing immer mit einem Kaffee an. Und was dann, wenn sie erst mit ihm geschlafen hatte? Anders als so manche ihrer Kolleginnen, die das Leben lockerer sahen, durfte sie es auf keinen Fall so weit kommen lassen. Denn wie sollte sie hier arbeiten, wenn sie ihn danach nicht mehr ansehen konnte, ohne dass ihr übel wurde?

Er gab nicht auf. »Das ist wunderbar, dann wäre es ausnahmsweise nicht meine Schuld.«

Evelyn flüchtete hinter den Tresen. Ihre Gefühle erschwerten es, ihn auf Abstand zu halten und ihm eine Abfuhr zu erteilen. Aber sie musste es tun. Zumal – fand sie seinen Vornamen nicht unglaublich skurril? Mit anderen Schwestern scherzte sie oft darüber und behauptete, sie würde niemals mit jemandem ausgehen, der Bernulf hieß. Gar nicht zu reden von der Vorstellung, ihn im Bett ernst nehmen zu müssen. Stark wie ein Bär, zäh wie ein Wolf, sollte der Name bedeuten. Aber wer hieß denn heutzutage so?

»Na gut. Mit Sahne – nicht mit Milch! – und Zucker. Und bitte heiß, nicht lauwarm«, wies sie ihn an. Jetzt musste er aufgeben. Kein Mann duldete eine Frau mit so vielen Extrawünschen.

Doch sie hatte Doktor Kehrfeld unterschätzt.

»Heiß ist mein zweiter Name.« Er zwinkerte ihr zu und brachte sie fast zum Erröten.

Evelyn sah ihm nach, wie er mit jugendlicher Unbeschwertheit über den Flur schlenderte, was sie bei seiner Statur immer aufs Neue erstaunte.

Während er im Aufenthaltsraum verweilte, band sie ihr Haar neu zu einem Pferdeschwanz. Wie eine Elfe sähe sie mit offener Mähne aus, hatte ihr einmal jemand gesagt. Um nicht stets zu einem süßen, zerbrechlichen Etwas degradiert zu werden, das von Rittern der Neuzeit beschützt werden musste, bändigte sie ihre rotbraune Mähne gewöhnlich zu einer strengen Frisur.

Eines der Telefone auf dem Tisch klingelte. Das linke, zum Glück. Evelyn nahm ab.

Am anderen Ende plapperte eine Frau drauflos: »Meine Tochter klagt über starke Kopfschmerzen. Sie ist heute von der Schaukel gefallen. Es ging ihr gut, aber jetzt ... Sie hat sich übergeben. Soll ich sie ins Krankenhaus bringen?«

»Ja, unbedingt. Es könnte eine ...«

In diesem Augenblick klingelte das Telefon zu ihrer Rechten. Auch nach zwei Jahren Dienst in der Notaufnahme geriet Evelyns Herz ins Stolpern, wenn dieses Schrillen den Kampf um Leben und Tod ankündigte.

»... Gehirnerschütterung sein«, beendete sie ihren Satz, legte nach einem hastigen Gruß auf und griff zum anderen Hörer.

Die rauchige Stimme eines Rettungsassistenten schilderte knapp die Situation. Ein junger Mann nach einem Motorradunfall, starke Verletzungen, bewusstlos, Verdacht auf Schädelbasisbruch.

»Den Schockraum vorbereiten!«, rief sie in den Flur, sobald sie aufgelegt hatte. Doktor Kehrfeld, der gerade aus dem Aufenthaltsraum trat und zwei überfüllte Tassen in den Händen balancierte, stellte den Kaffee hastig ab, drehte sich abrupt um und eilte zurück.

Die nächsten fünf Minuten verliefen wie eine gut einstudierte Choreographie. Evelyn stellte das Beatmungsgerät und das EKG an und bereitete die Instrumente vor. Doktor Kehrfeld füllte die Notfallvoranmeldung aus. Doktor Lühne, ein hagerer Arzt mit silberweißem Haar und einer runden Brille, die zu groß für sein Gesicht zu sein schien, verteilte die Aufgaben an die anderen Schwestern.

Die Türen glitten auseinander. Ein Rettungsassistent, begleitet von einem Notarzt, schob die Trage in den Flur. Der junge Mann darauf sah aus, als wäre er einem Fleischwolf nur knapp entkommen. Seine Kleidung war zerrissen und blutüberströmt, der linke Arm und die beiden Beine geschient. Aus dem Mund und den Ohren sickerte Blut.

»Sein Motorrad hat es buchstäblich in alle Bestandteile zerlegt«, berichtete der Rettungsassistent. »Ich hätte mein Monatsgehalt darauf verwettet, dass der Kerl es niemals bis hierher schaffen würde.«

Wetten um ein Leben? Evelyn biss sich auf die Unterlippe, um ihn wegen dieser Bemerkung nicht anzufauchen. Vergiss den Blödmann! Es geht nicht um ihn, es geht allein um den Verletzten. Denn dieser braucht all deine Aufmerksamkeit. Und ein Wunder …

Die Trage wurde in den Schockraum gerollt. Evelyn legte die Elektroden des EKGs an. Über den Monitor zuckte sogleich die Herzspannungskurve, mehrfarbige Zahlen gaben den Blutdruck und die Sauerstoffsättigung wieder. Über eine Angabe stutzte Evelyn.

»Seine Körpertemperatur liegt bei 30 Grad«, meldete sie, während dieser Parameter weiter sank. Wie um ihre Worte zu untermalen, brach die EKG-Kurve in ein unkoordiniertes Zucken aus.

»Kammerflimmern«, diagnostizierte Doktor Kehrfeld. »Defibrillator auf 200 laden. Adrenalin bereithalten.« Er klang ruhig und ohne Hektik – ganz anders als in so manchen Arztserien, auch wenn der Druck nicht zu überhören war.

Evelyn verbat sich alle Gedanken, die nichts mit ihren Aufgaben zu tun hatten. Ihre Welt begrenzte sich auf den Mann, der um sein Leben kämpfte. Doktor Kehrfeld bereitete den Bewusstlosen auf die Beatmung vor. Evelyn begann mit der Herzmassage, während Doktor Lühne den Defibrillator einstellte.

»Auf 200 geladen. Und … weg!«

Evelyn und Kehrfeld unterbrachen die Wiederbelebungsmaßnahmen. Ein Stromschlag ließ den Bewusstlosen zusammenzucken. Das EKG zeigte weiterhin Kammerflimmern an. Die Sekunden verstrichen, wurden zu Minuten. Das Gesicht von Doktor Lühne verfinsterte sich, während Kehrfeld wie besessen die Wiederbelebung fortsetzte. Doch Evelyn wusste bereits, was Doktor Lühne gleich aussprechen würde: »Es ist vorbei. Das dauert zu lange.«

Kehrfeld würdigte ihn keines Blickes. »Er ist jung und sieht recht sportlich aus. Er wird es noch schaffen.«

Evelyn schaute auf den Monitor des EKGs. Keine Veränderungen. »Wird er nicht«, flüsterte sie. »Moment mal … Irgendwas stimmt da nicht! Seine Körpertemperatur ist unter die Raumtemperatur gesunken.«

Sie legte ihre Hand auf seine Brust. Oh Gott ... Es konnte unmöglich ein lebender Mensch sein, den sie da anfasste. Er war kalt wie eine Leiche. Eine Leiche, die schon lange in der Pathologie gelegen hatte.

Sie schreckte zurück. Und obwohl sie ihn nicht mehr berührte, schien die Kälte an ihren Fingern zu kleben; sie drang durch den Latexhandschuh, kroch unter die Haut und wanderte an Evelyns Arm hoch. Nur mit Mühe unterdrückte sie den Impuls, sich zu schütteln.

»Okay«, sagte Doktor Kehrfeld resigniert. »Wir brechen ab.« Er schaute zur Uhr und beugte sich über den jungen Mann, als wollte er sich von ihm verabschieden. »Der Zeitpunkt des ...«

Der Tote schlug die Lider auf. Vor Entsetzen stieß Evelyn einen Schrei aus und taumelte gegen eine Ablage mit den Instrumenten. Dabei konnte sie den Blick nicht von seinem lösen, egal, wie sehr sie es auch wollte. Die Iris des Mannes färbte sich schwarz und wurde übernatürlich groß. Feine Blutadern schossen über das Weiß des Augapfels. Der Verstorbene zischte, packte Kehrfeld am Nacken und zog ihn zu sich heran.

»Was ...« Mehr brachte der Arzt nicht hervor, denn der Tote ... küsste ihn.

Kehrfelds Atem stockte, und ein Krächzen entfuhr seiner Kehle. Wie bei einem Asthma-Anfall mühte er sich, Luft zu holen, und gab pfeifende, erstickte Geräusche von sich.

Hilf ihm! Tu doch etwas! Mit Überwindung löste sich Evelyn aus der Starre. Sie ergriff die Hand des Mannes, die Kehrfelds Nacken umklammerte, um die unnachgiebigen Finger zu lockern. Es knackte – vermutlich hatte sie ihm einen oder mehrere gebrochen. Energisch zerrte sie Doktor Kehrfeld zur Seite. Er stieß gegen eine Wand. Seine Beine gaben nach, er rutschte auf den Boden, zitterte und rang nach Luft. Evelyn beobachtete, wie seine Haut ergraute. Ein Schweißfilm überzog sein Gesicht und glänzte im Licht der Neonlampen. Umso grotesker wirkte das Lächeln, das sich auf seine blau angelaufenen Lippen stahl.

Niemand regte sich, niemand verlor ein Wort, bis Doktor Lühnes entgeisterter Blick zur EKG-Kurve wanderte.

»Die Sinuslinie ist wieder da«, konstatierte er, zu schockiert, um zu irgendwelchen anderen Emotionen fähig zu sein. »Der Blutdruck und die Körpertemperatur steigen.«

Evelyn schnappte nach Luft, als wäre das ihr erster Atemzug, den sie nach dem Angriff getan hatte, und kniete sich vor Kehrfeld. »Ist alles in Ordnung?«

Dumme Frage. Nichts war in Ordnung! Sie rüttelte an seiner Schulter, dann tastete sie nach der Schlagader. Seine Haut glühte vor Fieber. Der Puls pochte schwach unter ihren Fingern. Der Arzt lebte. Er kämpfte, und er würde es schaffen. Ganz bestimmt.

»Bernulf?«, rief sie ihn sanft. »Kannst du mich hören?«

Das Zittern ging in Schüttelfrost über. Kehrfeld stöhnte und kippte auf die Seite. Blauschwarze Pusteln schwollen an seinem Hals an, wurden zu hässlichen Beulen und platzten. Er krümmte sich vor Schmerzen, würgte und erbrach eine Brühe aus Kaffee und Brötchenstücken auf das Linoleum. Mit dem nächsten Krampf spie er einen Schwall schwarzen Blutes aus.

Dann verlor er das Bewusstsein.

Evelyn saß am Tresen, doch auf ihre Formulare konnte sie sich kaum konzentrieren. Komm schon, Bernulf, du bist doch zäh wie ein Wolf! Er würde es überstehen, er war schließlich in guten Händen. Ihre Nase begann zu kribbeln, obwohl sie sich mit allen Sinnen gegen die Hoffnungslosigkeit wehrte.

Evelyn löste den Blick von den Papieren und schaute auf. Eine Weile stierte sie vor sich hin, ohne zu blinzeln, ohne den Tränen zu erlauben hervorzutreten, bis ihre Augen brannten. Irgendwo in diesem Gebäude lag das totgeglaubte Opfer des Motorradunfalls. Sie spürte seine Präsenz, so wie sie schon immer hatte spüren können, wenn jemand ihr auf den Rücken starrte.

Am liebsten würde sie ihn … Erst jetzt bemerkte sie ihre verkrampfte Hand, die einen Kugelschreiber würgte. Halt! Was dachte sie da? Er war ein Patient, und ehrlich gesagt, wusste sie nicht einmal, was genau im Schockraum vorgefallen war. Irgendeine vernünftige Erklärung musste es doch für all das geben. Evelyn ließ den Kugelschreiber fallen und schob die Papiere beiseite. Sie musste sich ablenken, einen klaren Kopf bekommen. Einige Zeit lief sie im Flur auf und ab, dann steuerte sie die Treppe an, ohne recht zu wissen, wohin ihre Beine sie trugen.

Inzwischen war der Mann aus dem Not-OP heraus und befand sich in einem Aufwachraum, das wusste Evelyn. Woher? Das konnte sie nicht beantworten, und war es nicht auch egal? Sie musste ihn sehen! Ja, sie musste ihn mit eigenen Augen sehen, um festzustellen, dass nichts Außergewöhnliches an ihm war.

Ein siebter Sinn führte Evelyn zu ihm, als wäre sie ein Jagdhund, der einer Fährte folgte. Bald erreichte sie das Krankenzimmer, in dem er liegen musste. Sie riss die Tür auf und verharrte.

Nun sah sie ihn. Und fragte sich, ob sie den richtigen Raum erwischt hatte oder ob die Augen ihr einen Streich spielten.

Der Mann blickte aus dem Fenster in die Nacht hinaus, knöpfte sich das Hemd zu und summte etwas, aus dem mit viel Fantasie Ravels Bolero zu erahnen war. Seine Treffsicherheit von Tönen lag unter jedem messbaren Bereich – wenn er genauso gut Motorrad fuhr, wunderte es Evelyn nicht, wie es zum Unfall kommen konnte.

»Was machen Sie da?«, schnaubte sie, zu verwirrt,

um wirklich die Frage zu formen, die auf ihrer Zunge brannte.

Er fuhr herum. In der Dunkelheit konnte Evelyn nur seinen Umriss erkennen, doch sie hätte schwören können, dass seine Augen aufblitzten.

»Mich anziehen. Sie stimmen mir sicherlich zu, dass ich nackt auf der Straße zu viel Aufsehen erregen würde.« Seine Stimme ging ihr unter die Haut. Ein dunkler, stattlicher Klang. Dazu mischte sich ein Akzent. Er rollte das ›R‹, und vor einigen ›S‹ setzte er ein kurzes ›E‹: *auf derrr E-straße …*

Evelyn tastete nach dem Lichtschalter und machte die Beleuchtung an. Ja, nackt würde er auf der Straße in der Tat zu viel Aufsehen erregen. Sogar angezogen brachte er Evelyn dazu, ihn zu begaffen. Was allerdings nicht so sehr an seinem – im Übrigen recht durchtrainierten – Körper lag, sondern an der Tatsache, dass er völlig unversehrt vor ihr stand. Wo waren denn die gebrochenen Beine abgeblieben? Was war mit dem Schädelbasisbruch geschehen? Allein seine Haut wirkte blass, und das dunkelbraune, leicht gewellte Haar konnte gut einen Kamm vertragen.

Wenigstens summte er nicht mehr.

»Wo haben Sie die Sachen her?«, fuhr Evelyn ihn an, als sie sich wieder in der Lage fühlte, eine sinnvolle Kombination aus verständlichen Lauten hervorzubringen. Eine dumme Frage unter diesen Umständen, aber irgendetwas musste sie sagen, um wenigstens das Gefühl zu haben, Herrin der Lage zu sein.

»Ausgeborgt. Ich unterbreche unser Plauderstündchen nur ungern, aber ich muss los. Ehrlich gesagt, hätte ich hier niemals landen sollen, aber ... *así es la vida!*« Er brach ab. »Ich rede zu viel, was?«

»Sie gehen nirgendwohin, bis ich nicht erfahren habe, was heute vorgefallen ist und warum Bernulf – Doktor Kehrfeld – auf der Intensivstation liegt!«

Sie hörte ein unterdrücktes Lachen. »Ich glaube zwar kaum, dass Sie mich aufhalten können, aber den Versuch würde ich gern erleben.«

Auf einmal stand er direkt neben ihr, ohne dass sie registriert hätte, dass er sich bewegt hatte. Seine Hände umschlossen ihre Wangen. Die Kälte, die sie schon im Schockraum gespürt hatte, kroch unter ihre Haut und verschlug ihr den Atem. Noch nie zuvor hatte sie in ein Gesicht geblickt, das so anziehend war und ihr gleichzeitig solche Angst einjagte. Es glich einer kunstvoll gearbeiteten Totenmaske. Das Dunkelblau seiner Augen wurde immer heller, bis die Iris wie Eis erschien. Der Blick durchbohrte ihre Seele.

Du wirst dich nicht an mich erinnern.

Sie stemmte die Hände gegen seine Brust und schubste ihn weg. »Das hätten Sie wohl gerne, was?«

In Sekunden durchlebte sein Gesichtsausdruck mehrere Wandlungen: Schock, Irritation, Ratlosigkeit. Dann erlangte er seine Fassung wieder. Äußerlich zumindest. Wie durcheinander er war, konnte sie spüren, als wäre sie ein Teil von ihm. Sie schüttelte sich vor Abscheu.

Er neigte den Kopf und musterte sie eindringlich. Wenn er kurz zuvor bloß mit ihr gespielt hatte, so wurde sein Tonfall jetzt mit einem Schlag ernst. »Sie können unmöglich eine von uns sein. *Caramba,* ich hätte Sie gespürt!«

Die Kälte in ihrem Innern tastete nach ihrer Seele. Die Worte, die er zu ihr sagte, lösten sich in anderen auf, die in ihren Kopf eindrangen: *Du kannst mich jetzt nicht hören, oder?*

Evelyn schloss die Lider.

Nein, natürlich kann sie das nicht. Woher auch. Das Ganze hat mich mehr geschwächt, als ich es vermutet habe.

Ihr Kopf schwirrte, als hätte sie zu viel von dem übersüßen Sherry ihres Vaters getrunken. Fast schmeckte sie die zähe Flüssigkeit auf der Zunge, wie der Likör ihren Rachen hinunterglitt, ihr Inneres erwärmte und die Kälte vertrieb. Ihr wurde schwindelig.

»*Adiós*«, hauchte es, und als das Wort verklungen war, verschwand auch der Zauber, der Evelyn in seinen Fängen gehalten hatte.

Evelyn riss die Augen auf. »So einfach kommen Sie mir …«

Sie befand sich allein im Raum. Und der Mann – nichts als ein Traum? Eher ein Alptraum. Vielleicht sollte sie sich zwicken – und schon würde sie Doktor Kehrfeld im Aufenthaltsraum gegenübersitzen, zwei Tassen mit lauwarmem Kaffee auf dem Tisch, und – was hatte er gerade erzählt? – sie würde sich entschuldigen müssen, eingenickt zu sein.

Doch sie zwickte sich nicht. Wie ferngesteuert ging sie zurück in die Notaufnahme, zu ihrem Tresen, hinter dem sie sich immer so sicher fühlte. Er war noch hier, dieser seltsame Mann, irgendwo hier im Krankenhaus. Das konnte sie spüren, genau wie seine Gier nach dem Atem des Lebens, die plötzlich zu ihrer eigenen wurde.

Sie hatte gerade die Formulare sortiert, um sich wenigstens eine Beschäftigung zu geben, als Doktor Lühne auf sie zukam und vor ihr stehen blieb.

Er sagte etwas.

Mit einer Verzögerung erreichten seine Worte ihr Hirn: »Doktor Kehrfeld ist soeben gestorben.«

2. Kapitel

Evelyn brauchte eine kleine Ewigkeit, um die Nachricht zu verarbeiten. Die Notaufnahme konfrontierte sie oft genug mit dem Tod. Aber jemanden zu verlieren, mit dem man Tag für Tag zusammenarbeitete, den man mochte und der einem nahestand, bedeutete etwas anderes.

»Woran?«, stieß sie kaum hörbar hervor.

Doktor Lühne nahm seine Nickelbrille ab. Ohne sie erinnerte sein Gesicht an einen grauen Reiher.

»Wir vermuten die Beulenpest.« Er setzte die Brille wieder auf, schob die Hände in die Taschen seines Kittels, zog sie dann heraus und knetete die langen, knochigen Finger.

Bernulf Kehrfeld war tot. *Tot.* Evelyn bekam kaum Luft, um die nächsten Worte über die Lippen zu bringen.

»Beulenpest? Sind wir etwa im Mittelalter? Außerdem verläuft keine Beulenpest dieser Welt so schnell.« Verzweifelt suchte sie nach Argumenten, warum das nicht stimmen konnte. Nicht stimmen durfte.

»Wir haben die Proben zur Analyse geschickt. Bald werden wir Genaueres wissen.«

Evelyn starrte auf seine Finger, als wären sie das Einzige, was sie noch in der Realität hielt. »Und was ist mit diesem Mann? Ich bin mir sicher, das Ganze hat etwas mit ihm zu tun.«

Die Finger unterbrachen ihr sinnloses Spiel. »Mit welchem Mann?«

»Dem mit dem Motorradunfall.«

»Wie meinen Sie das? Er ist während der Operation verstorben.«

Was, dort auch? Die Bemerkung lag ihr bitter auf der Zunge. Doch die kleinen Augen des Arztes, die in der Tat an die eines Vogels erinnerten, blickten ihr ausdruckslos entgegen. Er meinte es ernst – noch mehr: Er glaubte selbst daran.

Wort für Wort presste sie hervor: »Ist er ganz bestimmt nicht.«

Schließlich hatte sie ihn gesehen. Putzmunter, teilweise widerlich-arrogant und, zugegebenermaßen, nicht ganz ohne Charme. Wobei Letzteres sie nicht einmal sich selbst eingestehen würde. Sonst müsste sie an ihrer Psyche zweifeln, wenn sie einen … Mörder? … charmant fände.

Doktor Lühne runzelte die Stirn. »Doch, aber nicht an Beulenpest. Es wäre auch ein Wunder gewesen, wenn er es überlebt hätte. Sein Motorrad hat es …«

»In alle Bestandteile zerlegt. Ja, ja, ich weiß, verflucht nochmal!«

Der Arzt seufzte und legte seine Hände zusammen. »Es war eine schwere Schicht für uns alle. Machen Sie für heute Schluss. Ich habe bereits Ihre Vertretung angefordert.«

Evelyn stützte sich mit den Ellbogen am Tresen ab und grub die Finger in ihr Haar. Doktor Lühne musste das als Zustimmung gedeutet haben, denn er nickte und schlurfte mit einem »Erholen Sie sich gut« davon.

Sie kaute auf ihrer Lippe und ließ die neuerlichen Geschehnisse Revue passieren. War sie verrückt geworden? Das wäre sicherlich eine naheliegende und vor allem die einfachste Erklärung. Aber einfach hatte sie es noch nie gemocht.

Du wirst dich nicht an mich erinnern, kamen ihr die Worte des Mannes in den Sinn. Sie fröstelte. Alles war real, egal wie unmöglich es klang! Außerdem konnte sie seine Präsenz immer noch spüren. Es gruselte sie, doch Evelyn schloss die Augen und konzentrierte sich auf das befremdliche Gefühl. Sollte sie Recht haben, dann war er immer noch im Krankenhaus, bereits auf der Suche nach seinem nächsten Opfer. Sie stand auf und ließ sich von ihrer Wahrnehmung führen.

Als sie schließlich stehen blieb, fand sie sich im dritten Stock vor einem Krankenzimmer wieder, eine Hand auf die Klinke gelegt. Sie fuhr mit der Zunge über ihre trockenen Lippen.

Eins, zwei – jetzt! Sie riss die Tür auf.

Im Zimmer lag eine alte Frau, das andere Bett war frisch bezogen und leer. Das Fenster stand offen; die nächtliche Brise bauschte die Vorhänge, von denen einer halbabgerissen hinunterhing. Die Lampe warf ihr schwaches Licht auf die Patientin. Ein Nachtschwärmer flatterte darunter hin und her, vergeblich bemüht, Freiheit zu erlangen.

»Du hast ihn vertrieben, mein Kind.« Der Atem der Alten rasselte, und die Worte lösten sich darin auf. Evelyn musste lauschen, um sie zu verstehen. Gleich darauf setzte Husten ein, der die schwache Brust aufzureißen schien. Mit jedem Schnappen nach Luft verlor die Arme den Kampf um ihr Leben ein Stückchen mehr.

»Wen?« Evelyn trat ans Bett. Ein säuerlicher Geruch stieg ihr in die Nase, gemischt mit dem Duft von Mottenkugeln, den das Nachthemd der Kranken verströmte.

»Den Tod.«

Evelyn erzwang ein Lächeln. »Wie gut, dass ich in der Nähe war.« Und hätte beinahe hinzugefügt: Heute ist bereits genug gestorben worden. Ihre anfangs ruhige Schicht in der Notaufnahme artete in ein Horror-Szenario aus. Vielleicht war alles doch nur das Produkt ihrer Fantasie? Unter Schock hatten Menschen weit seltsamere Dinge erlebt.

Die Frau schloss die fast durchscheinenden Lider. Ihre Augäpfel flatterten hin und her wie ein seltsames Uhrwerk. »Es war ein Traum von Liebe. Und Leidenschaft.«

Evelyn senkte den Kopf. Noch eine, die fantasierte.

Die dünnen Lippen hatten sogar eine Schnute gezogen, als sei sie beleidigt, weil Evelyn einen guten Bekannten aus dem Zimmer gescheucht hätte.

»Dann tut es mir leid.« Sie setzte sich ans Bett und berührte die Hand der Kranken, ohne zu wissen, warum sie das tat.

Die Alte forschte in ihrem Gesicht. Evelyn wollte sich diesen Augen entziehen, aber auch wenn sie die Frau nicht anschaute, fühlte sie ihren Blick auf sich lasten.

»Du hast dieselben Augen, mein Kind. Ja, ja, die hast du. So hungrig und lauernd und … wunderschön.«

»Dieselben Augen? Wie wer?« Sie wollte aufstehen, doch die Frau umschloss ihr Handgelenk mit einer Kraft, die Evelyn ihr nie zugetraut hätte.

»Wie der Tod. Bist du hier, um mich auf die andere Seite zu begleiten?«

»Eigentlich sind die meisten von uns hier, um genau das nach Möglichkeit zu verhindern. Jetzt lassen Sie mich bitte los.« Sie beugte sich zu der Kranken, fühlte sich mit einem Mal müde und erschöpft. Die Worte der Alten schwirrten in ihrem Kopf wie der ungebetene Nachtschwärmer unter der Lampe – nein, sogar wie ein ganzer Schwarm davon –, ergaben aber keinerlei Sinn.

»Sie sollten sich lieber ausruhen«, sagte sie. »Es ist so spät. Schlafen Sie gut.« Von einem seltsamen Drang bewegt, dem sie nicht widerstehen konnte, gab Evelyn der Kranken einen Kuss. Und vergaß für einen Moment alles andere, was sie umgab oder beschäftigte.

Mit dem Daumen strich sie über die spröde Hand. Die Finger ähnelten trockenen Zweigen, die bei einem auch noch so geringen Druck brechen könnten. Die Frau stieß ein Seufzen aus. Evelyn schreckte zurück und verharrte, wieder ihrer selbst bewusst.

Ein Lächeln umspielte die Lippen der Kranken. Ein wohlbekanntes Lächeln. Wie das von Doktor Kehrfeld, mit dem er seinen Tod begrüßt hatte. Die Frau regte sich nicht mehr.

Nur der Nachtschwärmer warf sich gegen die Lampe. Immer und immer wieder.

Evelyn saß im Pausenraum und schlürfte den Kaffee. Ohne Sahne und Zucker. Die Brühe belegte ihre Zunge mit einer bitteren Schicht. Dieselbe Bitterkeit legte sich auf ihr Gemüt. Auch das lustige Mäulchen auf ihrem Becher vermochte den Trübsinn nicht zu verscheuchen.

Sie drehte die Tasse in den Händen und erhaschte auf der dunklen Oberfläche den Blick auf ihr Spiegelbild. Hatte sie wirklich Augen wie der Tod?

Seltsamerweise fühlte sie sich wie neu geboren, als hätte in ihr ein zweiter Atem eingesetzt, gerade in dem Moment, als der Atem der alten Frau für immer versiegt war …

Schwachsinn! Evelyn knallte die Tasse auf den

Tisch, und etwas Kaffee schwappte über den Rand. Die alte Frau war gestorben, weil die Lungenentzündung ihre Kräfte aufgezehrt hatte.

Sie sollte lieber nach vernünftigen Erklärungen suchen. Zumindest sobald sie in der Lage war, wieder logisch zu denken.

Evelyn fröstelte. Die Temperatur im Aufenthaltsraum schien rapide gesunken zu sein, obwohl draußen die Nacht der Sommerhitze Tribut zollte. Sie rieb sich über die Arme und schüttelte sich. Eine Neonröhre flackerte. Zuerst zaghaft, dann immer schneller. Das zuckende Licht tat weh in den Augen. Evelyn stand auf und schaltete die Beleuchtung aus. So war es besser. Nur die Laterne spendete von draußen etwas Licht.

Sie drehte sich um und fuhr zusammen. Direkt vor ihr stand eine junge Frau, etwa Mitte zwanzig. Das bronzefarbene Haar hüllte sie wie ein Umhang ein. Ein exotischer Duft kroch in Evelyns Nase: eine Mischung aus Waldboden und aromatischer Baumrinde mit einer Note von Moschus.

Die Erscheinung der Frau verschwand genauso plötzlich, wie sie entstanden war, obwohl Evelyn die Anwesenheit der Unbekannten noch fühlte. Ihr Herz begann zu hämmern. Was, zum Teufel, geschah hier? Am liebsten wäre sie weggelaufen, weit weg von all dem Irrsinn.

Aus dem Augenwinkel nahm sie eine Bewegung wahr, glaubte in einer Ecke Schwaden zu entdecken, als ströme ein schwarzer Nebel durch eine unsichtbare Ritze herein. Sie rieb sich die Lider. Aber die Schwaden verschwanden nicht. Langsam krochen sie auf sie zu wie die Tentakeln eines Kraken aus Rauch.

Evelyn tastete nach dem Schalter und knipste das Licht wieder an.

Quatsch.

Da war nichts.

Die ganzen Vorfälle hatten ihr mehr zugesetzt, als sie es sich eingestehen wollte. Sie sank in einen Sessel und legte den Kopf in den Nacken. Doktor Lühne hatte Recht, sie sollte nach Hause gehen, wo sie sich einen Kaffee kochen konnte, der auch nach Kaffee schmeckte.

Das Licht flackerte wieder.

Um ihren Kopf lastete ein Druck, als quetsche jemand langsam ihren Schädel zusammen. Warum war es hier so kalt? Auf ihren Armen bildete sich eine Gänsehaut. Evelyn rieb darüber und erschrak. Schon wieder fasste sie eine Leiche an, nur war es diesmal sie, deren Haut eiskalt schien.

Das Licht erstarb, und die Dunkelheit verschlang den Raum. Evelyn starrte vor sich hin, während sich der Druck auf ihre Schläfen und die Stirn verstärkte. Da, in der Ecke – da bewegte sich etwas … Die Nebelschwaden!

Sie musste fort von hier, verschwinden, so schnell wie möglich. Doch sie konnte sich nicht von der Stelle rühren. Ihr Körper fühlte sich schwach und willenlos an, wie etwas Fremdes, in dem sie gefangengehalten wurde. In der Finsternis glaubte sie eine Silhouette zu erkennen. Die junge Frau von vorhin. Um den Hals trug sie ein armdickes Band aus grünem Leder, das sich zu bewegen schien.

Die Unbekannte starrte durch sie hindurch. Etwas an ihr kam Evelyn vertraut vor. Vielleicht die Art, wie sie den Kopf neigte, oder ihre Stupsnase und die Konturen ihres Mundes, der keinen Lippenstift brauchte. Der Halsschmuck glitt zu Boden, und auf einmal erkannte Evelyn die Schlange, die sich zu ihren Füßen schlängelte. Der schmale Körper schnellte einem Pfeil gleich nach vorne, und die Giftzähne schlugen in ihre Wade.

»Ist der Kaffee noch warm?«

Evelyn zuckte zusammen.

Das Licht ging an. Geblendet blinzelte sie und versuchte, ihre Gedanken zu ordnen, während vor ihren Augen ein Schwarm aus weißen Punkten tanzte. War sie eingenickt? Vermutlich.

Susanne flatterte zur Küchennische und betrachtete mit gerümpfter Nase die Glaskanne. »Das ist doch kein Kaffee, das ist eine Schande«, stellte sie nach ihrer Inspektion fest und wandte sich wieder an Evelyn. »Mensch, du siehst aus, als hättest du ein Gespenst gesehen. Du Arme. Schrecklich, was mit Doktor Kehrfeld passiert ist, was? Er war ein ganz Netter.«

Evelyn horchte auf. »Was hast du denn genau über den Vorfall gehört?«

»Dass er bei einer Routineuntersuchung eines Patienten zusammengebrochen ist.«

Evelyn hob eine Augenbraue. Eine sehr interessante Version der Geschehnisse. »Wer hat dir das erzählt?«

Susanne runzelte die Stirn. »Du.«

Genug. Evelyn rieb sich die Schläfen. Es ging eindeutig zu weit. Vielleicht wurde sie wirklich langsam verrückt. Zuerst das, dann ihre Träume. Sie spähte in die dunkle Ecke, konnte dort aber keinen Nebel entdecken. Natürlich nicht.

»Müde? Das sind wir alle.« Susanne füllte Wasser in die Kaffeemaschine und durchstöberte die Schränke auf der Suche nach einer Filtertüte. »Ich bin immer noch neben der Spur. Musste es ausgerechnet Bernulf treffen? Am Freitag wollte er mit mir ausgehen. Kannst du dir das vorstellen? Der Arzt und die Krankenschwester – wie in einem Roman.«

Alles klar. Evelyn konnte sich nur schwer beherrschen, um nicht aufzulachen. Anscheinend war er dabei gewesen, sich unter den Krankenschwestern die jeweilige Abendunterhaltung auszusuchen. Heute die eine, morgen die andere. Überrascht ertappte sie sich dabei, wie sie ihm die Pest an den Hals wünschte. Eine groteske Vorstellung unter den gegebenen Umständen.

»Ich denke, ich gehe jetzt lieber«, murrte Evelyn. Sonst würde sie am Ende noch etwas sagen, was ihr später leidtäte.

»Hm-hm«, erwiderte Susanne und kramte weiter in einer Schublade.

Evelyn verließ das Zimmer. Sie musste endlich nach Hause. Vielleicht sollte sie ein paar Tage Urlaub nehmen, um in Ruhe mit allem klarzukommen. Sie lief den Korridor entlang, während sich ein unangenehmes Gefühl in ihr breitmachte. Starrte ihr jemand in den Nacken? Sie blickte umher, sah aber nur den Flur und ein Fenster, aus dem ihr die Nacht entgegenlugte. Doch das Gefühl, beobachtet zu werden, wich nicht von ihr. Es zwang sie, sich immer wieder umzudrehen und in die dunklen Ecken zu spähen. Sie blieb stehen, versucht, sich selbst eine Ohrfeige zu verpassen. Komm endlich wieder zu dir! Vergiss den blöden Alptraum!

Still und leer lag der Flur vor ihr. Sie lauschte. Das Krankenhaus wirkte wie ausgestorben. Und es war kalt. Verdammt kalt, wie in einer Leichenhalle.

Du hast dieselben Augen, mein Kind, flüsterte es in ihrem Kopf, als stünde die alte Frau direkt neben ihr.

»Herzlichen Glückwunsch«, sagte sie laut. »Du bist eindeutig verrückt geworden.« Der Klang ihrer eigenen Worte beruhigte sie, vermochte jedoch nicht das Flüstern zu vertreiben.

Bist du hier, um mich auf die andere Seite zu begleiten?

Evelyn fuhr herum. Keiner da. Vielleicht sollte sie in den Aufenthaltsraum zurückkehren? Sogar Susannes Träumereien von einem gemeinsamen Glück mit Doktor Kehrfeld wären ihr lieber als diese bedrückende Stille und Kälte, die an ihren Knochen nagte. Und das Wispern in ihrem Kopf.

Bist du hier, um mich auf die andere Seite zu begleiten? Bist du es? Sie fiel in einen Strudel aus Tuscheln und Zischeln wie das einer Schlange, das sich immer mehr steigerte: *Bist du … auf die andere Seite … bist du … hier … auf … zu begleiten …*

»Susanne!« Evelyn wollte zurücklaufen, doch das Flüstern hielt sie an Ort und Stelle gefesselt und legte ihre Glieder lahm.

Die Neonröhren gingen aus. Der Korridor vor ihr verschwand im Dunkeln.

»Susanne! Hörst du mich?«

In ihren Ohren rauschte es. Der Druck um ihren Kopf verstärkte sich. Verzweifelt massierte sie ihre Schläfen.

Wie viele hast du schon umgebracht, Evelyn?

Das Raunen gehörte nicht mehr der Verstorbenen, es klang höher und emotionslos. Zitternd starrte Evelyn in die Dunkelheit, in der sich rauchige Schwaden bildeten und zu ihr krochen. Kurz glaubte sie, in einer anderen Ecke die Schlangenfrau zu erkennen.

Wie viele, Evelyn, wie viele?

»Susanne!«, schrie sie hysterisch.

Warum hörte sie keiner? Vielleicht sollte sie die Augen schließen und sich ausruhen. Irgendwann würde sie aufwachen. Sie würde durch das geöffnete Fenster das Heu riechen und im Hof die Hühner gackern hören. Sie würde die knarrende Treppe in die Küche hinuntersteigen, in der ihre Mutter schon die Pfannkuchen zubereitet hatte.

Jemand packte sie am Oberarm und riss sie zur Seite. Evelyn stolperte, wäre fast hingefallen, doch der Griff hielt sie fest. Sie ruckte den Kopf und sah ihren alten Bekannten, der angeblich während der Not-OP gestorben war, nachdem er dasselbe im Schockraum getan hatte.

»Ich wusste es!«, zischte sie. »Anscheinend nehmen Sie es mit dem Sterben nicht so genau, was?«

Er beugte sich zu ihr. So nah machte ihr sein markantes Gesicht Angst. Seine Züge wirkten dann wie aus Holz geschnitzt und doch so makellos und anziehend.

»In der Tat«, raunte er ihr entgegen. »Wir haben eine langjährige und äußerst komplizierte Beziehung miteinander. Und jetzt nichts wie weg von hier.«

»Lassen Sie mich los!« Sie schlug gegen seine Schulter. Ohne ihren Protest zu beachten, schleppte er sie zur Treppe. Evelyn stolperte die Stufen hinauf, fauchte und wand sich in seinem Griff. »Hören Sie? Sie tun mir weh!«

Eisern hatten sich seine Finger um ihren Arm geschlossen. Jetzt erreichten sie den achten Stock. Wollte er mit ihr aufs Dach? Vor allem – was hatte er mit ihr vor? Sie zu beseitigen, weil sie anscheinend die Einzige war, die die Wahrheit kannte?

Das Licht ging aus. Der Mann spähte über das Geländer und zerrte Evelyn zur Tür, womit er ihr fast den Arm ausgekugelt hätte. Zusammen stürzten sie in den Flur und stießen mit einer Ärztin zusammen.

»Hilfe!«, keuchte Evelyn. »Rufen Sie die Polizei. Bitte!« Für einen Augenblick bekamen ihre ausgestreckten Finger den Kittel zu fassen. Die Ärztin wich zurück.

Der Mann schien für eine Sekunde aus dem Konzept gebracht zu sein. Jedenfalls lockerte sich sein Griff. Evelyn fuhr herum und kratzte ihm über die Wange. Er zischte und drückte eine Hand an die Schürfwunde. Die Hand, mit der er Evelyn festgehalten hatte. Sie schlug ihm mit einer Faust gegen das Kinn und rannte los. Ohne zu überlegen wohin, hastete sie den Korridor entlang und schlüpfte durch eine halb geöffnete Tür. Ein leeres Krankenzimmer. Sehr gut. Sie lehnte sich gegen eine Wand und zwang sich, ihren Atem zu mäßigen, damit ihr Angreifer sie auf dem Flur nicht hören konnte.

Die Minuten verstrichen. Alles blieb still.

Nach einer Weile schwankte sie zum Fenster und riss es auf. Die schwüle Nachtluft schlug ihr entgegen, weiter draußen blinkten die Lichter der Stadt. Mit dem Ärmel wischte sie sich über die verschwitzte Stirn. Was war das für ein verrückter Tag? Vielleicht fantasierte sie ja nur.

Träumen … Schlafen … Das war eine gute Idee. Die Kopfschmerzen marterten ihr Hirn, und ihr Körper fühlte sich wie ein Schwamm an, den eine höhere Macht bis zum letzten Tropfen ausquetschte. Evelyn schloss die Augen. Ihr Geist flüchtete aus der Realität. Sie roch die frisch gebackenen Pfannkuchen und die

Erdbeermarmelade, schmeckte die frische, von der Kuh noch warme Milch auf der Zunge. Ihre Mutter schmunzelte, um ihre Augen und die Mundwinkel bildeten sich Fältchen. Einige Haare hatten sich aus ihrem Dutt gelöst, standen hervor und bildeten einen Kranz um ihren Kopf.

»Verflucht, du machst es einem äußerst schwer! Wach auf!«

Ihre Mutter, die so gern gelächelt, es aber inzwischen verlernt hatte, rüttelte an ihrer Schulter.

»Wach auf!«

Evelyn wurde grob durchgeschüttelt. Wie lange hatte sie geschlafen? Es kam ihr wie Stunden vor. Sie schlug die Augen auf und sah ihren Verfolger. Er hatte sie gefunden!

»Was wollen Sie von mir?«, stöhnte sie.

»Das hat aber gedauert! Ich dachte, ich kriege dich nicht mehr wach. Warum sind die hinter dir her?« Während er sprach, zog er sie in den hellen Flur.

»Was? Wer?« Sie kniff die Lider zusammen, um nicht in das grelle Licht zu schauen.

»Wer bist du? Wo kommst du her?« Die Fragen prasselten auf ihren schmerzenden Schädel. Warum musste er so viel reden?

»Ich habe keine Ahnung, was Sie von mir wollen«, murmelte Evelyn bockig. »Lassen Sie mich endlich los.«

Aber er ließ sie nicht los. Er blieb nicht einmal stehen, sondern zerrte sie weiter hinter sich her. Evelyn wehrte sich nicht mehr. Sie ließ sich schleppen, wohin auch immer. Es war ihr egal geworden, sie hatte doch keine Chance gegen ihn.

»Stehen bleiben! Polizei!«

Ah, schön, strich ein müder Gedanke durch ihren Kopf. Das wurde auch Zeit.

Der Mann drückte Evelyn an sich. In seinen Armen konnte sie sich kaum bewegen, ja, sogar kaum atmen.

»Lassen Sie die Frau los und heben Sie die Hände hoch!«

Vor ihren Augen verschwamm alles, Evelyn vermochte nicht einmal einzuschätzen, wie viele Polizisten da standen. Sie lehnte den Kopf an die Brust ihres Entführers, spürte seine Muskeln unter dem Hemd und lauschte seinem Herzschlag. Sie wollte endlich schlafen.

»Ich fürchte, das geht nicht«, erwiderte der Mann, ob auf ihr Vorhaben oder die Aufforderung, sie gehen zu lassen. Nur Evelyn vernahm sein Wispern, wobei es wie aus weiter Ferne zu ihr drang: »Seht mich an. Seht mir in die Augen, Jungs.«

»Ich wiederhole: Lassen Sie die Frau los!«

»Sind Sie etwa neidisch?« Schritt für Schritt wich er zusammen mit ihr zurück. »Wollen *Sie* lieber mit ihr kuscheln? Es tut mir leid, aber ich konnte noch nie teilen.« Mit einem Satz sprang er hoch und riss Evelyn mit sich. Unter den Füßen spürte sie die Fensterbank.

»Letzte Warnung …«

»*Maldita sea*«, murmelte er, bis zum Äußersten angespannt. »Na kommt schon, schaut mir in die Augen, nur für eine Sekunde.« Erleichtert stieß er endlich hervor: »Ja, so ist es ganz brav.«

Das Glas splitterte.

Evelyns Füße verloren den Halt.

Das Letzte, woran sie sich erinnerte, waren der freie Fall und die feste Umarmung ihres Entführers.

3. Kapitel

Sitz, Akash.«

Der Wolfshund bleckte die Zähne, gehorchte aber dem Befehl. Seine Nase bebte, die Muskeln spielten unter dem dichten Fell. Er sehnte sich die Jagd herbei, den Augenblick, wenn er geräuschlos durch die Nacht stürmen und mit den umgebenden Gerüchen eins werden würde.

Kilian tätschelte den Kopf des Tieres. »Ruhig, Kleiner. Du wirst am Zug sein, sobald ich die Spur aufgenommen habe.« Er lief die Stufen hoch und betrat das Foyer des Krankenhauses. Hier herrschte der gewöhnliche Betrieb, der Kilian in seiner Annahme bestätigte, dass er sich verspätet hatte. Wahrscheinlich nur um wenige Minuten, aber seine Mission duldete keine Ausreden. Wer zu spät kommt, den erwartet der Abwasch. Dieser Gedanke riss seine Laune noch tiefer in den Keller.

Er fischte eine Zigarettenpackung heraus und steckte sich einen Stängel zwischen die Lippen. Wie auf Knopfdruck kam eine Schwester angelaufen: »Hier ist Rauchen verboten! Ich möchte Sie bitten …«

»Rauche ich etwa?«, warf er ihr über die Schulter zu und setzte seinen Weg fort.

Kilian ignorierte den Fahrstuhl und sprintete die Treppe hoch zum achten Stock. Sobald er in den Flur trat, tastete sein geübter Blick die Umgebung ab. Mit der Zeit hatte er trotz seiner Sehschwäche, die nicht einmal eine Brille zu verbessern vermochte, die Hinweise zu registrieren gelernt.

Vor einem zerschlagenen Fenster unterhielten sich zwei Polizisten. Eine Ärztin lehnte an der Wand, kaute nahezu selbstzerstörend an ihren Fingernägeln und beobachtete die beiden. Eine Frau in einem Bademantel mit riesigen violetten Blumen, die sogar ihm mit seiner verwaschenen Farbwahrnehmung in die Augen stachen, lugte aus einem der Krankenzimmer. Einige Schwestern bildeten eine Traube am Fahrstuhl und tuschelten, verstummten aber, als Kilian näher kam.

Er steckte die Zigarette in die Packung zurück und steuerte auf die Polizisten zu. Bei ihnen angelangt, zückte er seinen Ausweis und hielt ihn in die Höhe. »Was ist passiert?«

Der ältere Beamte inspizierte das Dokument. Bei seinem Misstrauen hätte es Kilian nicht gewundert, wenn der Mann es durchleuchtet hätte. Endlich gab er sich damit zufrieden und nuschelte in seinen Schnauzer: »Alles nicht weiter wild. Jemand hat das Fenster zerbrochen, das ist alles. Vielleicht ein Fall von Vandalismus, aber nichts, wofür wir die Kripo bemühen würden … Kommissar Ney.«

Der andere Polizist, ein Milchbubi mit einer Militärfrisur, schnalzte mit der Zunge. »Alles chiko hier.«

Kilian musterte die beiden. Er brauchte sich nicht einmal groß anzustrengen, um in deren Augen die unverwechselbaren goldenen Sprenkel zu entdecken, die aus der verschwommenen Farbsuppe, die er wahrnahm, hervorstachen. Somit konnte er den Aussagen dieser übereifrigen Ordnungshüter nicht trauen. Ihr Gedächtnis war manipuliert worden.

»Verstehe.« Sein Blick glitt zur Hand des Älteren. »Und warum halten Sie eine entsicherte Pistole, wenn hier alles so … chiko ist?«

Der Mann betrachtete die Waffe, als sähe er sie zum ersten Mal. Kilian ignorierte das Stammeln, mit dem der Polizist einen Erklärungsversuch startete. Er trat zum Fenster und untersuchte die Bruchkanten des Glases, dann wandte er sich dem Sims zu. Die nächtliche Brise spielte mit seinem Haar und ließ ihm die Fransen seines Ponys in die Augen fallen. Er hasste es, aber noch mehr hasste er Friseure. Deshalb sah er nur zu oft wie ein Bobtail aus.

Kilian kniete sich auf den Boden und suchte Millimeter um Millimeter das Linoleum ab. Nichts. Keine einzige Spur. Verfluchtes Leichenpack! Er hatte ja schon geahnt, dass er sich heute Nacht den Summer Slam abschminken konnte. Stattdessen hockte er auf dem Fußboden eines Krankenhauses. Irgendeine Spur musste er finden. Unbedingt! Der Totenküsser wurde gejagt, er war in Eile, ihm musste einfach ein Fehler unterlaufen! Das spürte Kilian mit jeder Faser seines Körpers, so wie Akash es immer spürte, ob sein Herrchen ihn auf die Jagd oder auf einen Spaziergang mitnahm.

Im Gedächtnis hielt er sich die Bilder seiner Vision vor Augen. Übelkeit und Schwindelgefühl stiegen in ihm auf, doch er kämpfte sie hinunter und konzentrierte sich auf das, was er sah.

Die Bilder verblassten bereits, musste er feststellen, verschwanden aus seinen Erinnerungen. Noch ein paar Minuten, höchstens eine halbe Stunde, und die Vision würde endgültig ausradiert sein. Das bedeutete: Er musste sich beeilen. Krampfhaft suchte er nach Details, an die er sich noch entsann. Ein erschrockenes Gesicht, eine Frau, die grob überrumpelt und zur Seite gestoßen wird … Die Ärztin, die er vorhin gesehen hatte! Da stand sie noch, nervös am Daumen kauend. Er richtete sich auf, zog seine Jeansjacke zurecht und ging auf sie zu.

»Verzeihung?«

Sie blickte zu ihm auf, und er nutzte die Gelegenheit, ihre Iris zu prüfen. Bingo! Da war er, der Fehler, den die Kreatur sich geleistet hatte. Hoffentlich einer, der auch was nützen würde.

»Verzeihung«, wiederholte Kilian und lächelte die Frau an, auch wenn er dazu nicht die geringste Lust verspürte. In diesen Momenten beneidete er umso mehr Akash, der sich nie verstellen musste. »Haben Sie gesehen, was passiert ist?«

Die Ärztin nickte, ihre Haltung entspannte sich allerdings kein bisschen. Eine falsche Geste, ein falsches

Wort – und sie würde fliehen wie ein aufgescheuchter Hase.

Kilian zeigte ihr seinen Ausweis. »Kommissar Ney. Wie heißen Sie?«

Das Dokument schien sie etwas zu beruhigen.

»Angelika Rehn«, kam flüsternd zurück. Ihr Blick huschte vom Fenster zu den beiden Polizisten, dann wieder zu Kilian.

»Erzählen Sie mir, was vorgefallen ist«, bat er.

Sie zuckte mit den Schultern und begann wieder an ihrem Daumen zu nagen, der bereits blutete. »Sie werden mir doch sowieso nicht glauben.«

Kilian verdrehte die Augen. Wie oft hatte er das schon hören müssen! Er setzte zu einem neuen Versuch an: »Können wir uns irgendwo in Ruhe unterhalten?«

Er wartete, bis sie sich gesammelt und ihn zu einem Aufenthaltsraum geführt hatte. Dort saßen zwei Schwestern, die Kilian aufforderte, sie für ein paar Minuten allein zu lassen. Die Ärztin ließ sich in einem Sessel nieder und faltete die Hände im Schoß. Ihr Mund verzog sich zu einer scharfen Linie.

So wird das nichts.

Kilian zog einen Stuhl heran und setzte sich rittlings der Ärztin gegenüber, die Arme auf der Lehne verschränkt. Die Frau mied seinen Blick.

Eine Weile schwiegen sie um die Wette, dann spielte er seinen Trumpf aus: »Man sieht nicht jeden Tag, wie jemand aus dem achten Stock springt und dann verschwindet, nicht wahr?« Er hatte geraten, denn die Vision brach auf dem Fenstersims ab. Typisch. Gerade wenn es spannend wurde. Er hätte gern erfahren, wie lange das entführte Mädchen danach noch gelebt hatte.

Die Frau warf den Kopf hoch. In ihren Augen spiegelte sich Dankbarkeit wider, vermischt mit einem Anflug von Ungläubigkeit. »Ich … ich dachte, ich wäre verrückt geworden. Viele haben es gesehen, aber alle streiten es ab! Doktor Lühne behauptet sogar, Schwester Evelyn wäre schon längst nach Hause gegangen!«

Schwester Evelyn. Jetzt besaß die Kleine mit dem zerzausten Haar und den traurigen Rehaugen immerhin schon mal einen Namen. Einen, der vermutlich bald in ihren Grabstein eingemeißelt würde.

Die Frau plapperte weiter. Kilian machte eine beschwichtigende Geste. »Nicht so schnell. Bitte alles der Reihe nach.«

Sie schaltete einen Gang herunter. »Viel habe ich nicht gesehen. Sie kamen aus dem Treppenhaus gestürzt. Schwester Evelyn rief mir zu, ich solle die Polizei alarmieren, was ich auch tat … Den Rest scheinen Sie zu kennen.«

»Können Sie mir den Mann beschreiben?«, fragte er, als die Ärztin sich erneut in Schweigen hüllte. Seine Vision hatte er aus den Augen des Angreifers erlebt. Obwohl die Beschreibung allein ihm nichts bringen würde, wollte er das Gespräch am Laufen halten. Vielleicht kämen so ein paar Details an die Oberfläche.

»Es ging alles so unglaublich schnell, ich habe kaum etwas von ihm gesehen. Er war groß und recht gut gebaut.« Sie lachte nervös. »Dunkles Haar … Mehr kann ich nicht sagen.«

Kilian fluchte. Der einzige Mensch, der sich an den Vorfall erinnern konnte, hatte zu wenig gesehen, um bei der Hatz behilflich zu sein. Er stand auf.

»Fällt Ihnen vielleicht noch etwas ein? Egal, wie unwichtig es Ihnen vorkommen mag.« Kilian ertappte sich dabei, wie er sie stumm anflehte. Er durfte die Kreatur nicht entkommen lassen!

»Schwester Evelyn hat ihn gekratzt. Und geschlagen.«

Kilian horchte auf, noch argwöhnisch dem Glücksfunken gegenüber. »Hat er geblutet?«

»Ich weiß nicht. Aber wenn, dann nicht wirklich schlimm.«

»Und dann? Was geschah, nachdem sie ihn gekratzt hat?« Er tigerte durch das Zimmer wie ein Wolf in einem Gehege. Ein taffes Mädchen, diese Schwester. Die meisten Menschen verwandelten sich in den Armen der Kreaturen zu willenlosen Puppen.

»Sie hat sich von ihm losgerissen.«

Kilians Nasenflügel flatterten. Sollte die Kleine danach etwas berührt haben, dann hatte er die Bestie erwischt. Er stürzte in den Flur hinaus.

»Ich brauche die Sachen von Schwester Evelyn!«,

rief er, ohne imstande zu sein, seine Erregung zu verbergen. Verständnislose Blicke trafen ihn. »Irgendetwas, das ihr gehörte. Sofort!«

Niemand rührte sich.

»Na, wird's bald?«, brüllte er.

Die Traube aus Schwestern stob auseinander. Endlich hielt es jemand für nötig, seiner Bitte nachzukommen. Nach einigen Minuten wurde ihm eine Tasse mit einem bunten Mäulchen vorne und einer Aufschrift *EVELYN* gereicht.

»Meinen Sie so etwas?«, stammelte die Schwester.

Er drehte den Becher in der Hand, in dem noch die Kaffeereste schwappten. Nicht die beste Variante, aber immerhin etwas. Er führte sich die Tasse an die Nase und schloss die Augen. Allerlei Gerüche hafteten daran. Kilian entschied sich für den stärksten, der kein Kaffee war. Überlagert von einem Veilchen-Parfüm, schälte sich langsam die gesuchte Duftnote heraus. Mehrfach sog Kilian sie ein, voller Sorge, sie in diesem Mischmasch zu verlieren. Der Veilchengestank reizte seine Nase, aber ohne ihn gab es auch nicht den Duft der Frau, der genauso leise und dennoch nachhaltig wie ihr Name war – Evelyn. Kilian spürte ein warmes Kribbeln in seinem Inneren. Etwas, das in ihm den Drang auslöste, diese Frau zu suchen, sie unbedingt zu finden.

Endlich ließ er die Hand mit der Tasse sinken, wobei er vergaß, dass der Becher noch einen Rest Flüssigkeit enthielt. Kalter Kaffee lief ihm das Hosenbein hinunter. Er ignorierte es und konzentrierte sich auf die Gerüche im Flur. Er witterte das billige Parfüm der Schwestern und den Schweiß der Polizisten, er roch sogar, dass die Frau im Blümchen-Bademantel ihre Tage hatte. Desinfektionsmittel, Staub, Spuren von Urin und Erbrochenem – alles im Flur vermischte sich zu einer dicken Suppe an Gestank.

Kilian ging zum Fenster und beugte sich über den Sims. Da war er wieder, der Duft von Schwester Evelyn.

Er verfolgte ihre Spur zurück, den Flur entlang, völlig besessen von ihr. Er musste ein seltsames Bild abgeben, denn alle beäugten ihn mit einer Mischung aus Belustigung und Besorgnis. Zum wiederholten Male in seinem Leben wünschte er ebenfalls die Gabe zu haben, die Erinnerungen der Menschen zu manipulieren. Das hätte ihm viel Peinlichkeit erspart! Nun ja. Er sollte vermutlich dankbar sein, dass seine Entwicklung ihn noch nicht dazu veranlasste, das Bein zu heben und an einen Pfeiler zu pinkeln. Leider konnte ihm keiner sagen, was ihn noch erwartete und wie schlimm es für ihn enden würde …

Kilian kümmerte sich nicht weiter um die Schaulustigen und folgte der Fährte bis zu einem Krankenzimmer. Er beugte sich zur Klinke, tat so, als begutachte er sie. In Wirklichkeit blähte er die Nüstern und schnupperte daran.

Nichts, was er sich erhofft hatte. Entweder hatte sie die Tür mit der anderen Hand aufgemacht oder den

Totenküsser nicht stark genug gekratzt, um seinen Geruch anzunehmen.

Verdammt nochmal, er konnte doch unmöglich so viel Pech haben! Und das, wo er sich seines Erfolges doch so sicher gewesen war.

Kilian schlüpfte in den Raum. Evelyn hatte sich gegen die Tür gelehnt und sich dann weiter zur Wand geschoben. Hier eine Weile verharrt. Er witterte ihre Angst; es löste in ihm das Bedürfnis aus, sie zu beschützen. Vor dem Wesen, das sie verfolgt hatte, das den Flur entlanggeschlichen war, während sie sich hier zusammengekauert und auf Rettung gehofft hatte. Er hätte ihre Rettung sein können, wenn er bloß früher gekommen wäre.

Zusammen mit ihrem Duft, der ihm die Illusion schenkte, sie wäre bei ihm, ging er zurück zum Fenster und ließ sich vor dem Sims nieder.

Erwischt! Es durchzuckte ihn wie ein Stromschlag. Da war er, der Geruch des Todes. Kaum wahrnehmbar und doch stark genug, um ihn zu identifizieren, unverwechselbar, wie ein Fingerabdruck. Kilian sog ihn in seine Nase, und die Härchen in seinem Nacken stellten sich auf. Nun ahnte er, warum ausgerechnet er die Vision empfangen hatte.

Er hatte viele Bestien gejagt. Es schenkte ihm Genugtuung, sie zu verfolgen, zu stellen und zuzusehen, wie sie langsam und qualvoll starben. Namenlose Beute, mehr waren sie für ihn nicht. Alle, bis auf einen.

Adrián.

Ein Name, der sich in sein Gehirn eingebrannt hatte und ihm jedes Mal Schrecken und Furcht einflößte. Ein Name, der ihn zwingen konnte, sich winselnd auf den Rücken zu werfen und den Schwanz einzuziehen.

Kilian zitterte. Er fischte eine Zigarette aus der Packung und steckte sie sich an. Nun verspürte er wirklich das Bedürfnis zu rauchen.

Als er das Krankenhaus verließ, fand er Akash in derselben Körperhaltung vor, wie er ihn verlassen hatte. Neben dem Hund hockte eine junge Frau und krauelte ihn hinter den Ohren. Das Tier ließ nur widerwillig die Berührung zu, das spürte Kilian deutlich. Er selbst hätte sich zu gern geschüttelt, um die fremde Hand loszuwerden.

Er kam näher. Die Frau hob den Kopf und sah ihn mit ihren blinden Augen an, die ihn von der Farbe her an einen Sumpf erinnerten. Einige Strähnen ihres hüftlangen bronzefarbenen Haars rutschten ihr über die Schulter nach vorne.

»Wirst du sie finden?«, fragte sie mit einer Spur von Melancholie und vergrub ihre schmalen Finger im Fell des Hundes. »Du musst sie unbedingt finden!«

Er setzte sich auf die Stufen neben sie und blickte in den sternenlosen Himmel. »Sicher.«

Akash würde der Spur des Totenküssers folgen. Ihm graute bei der Vorstellung, was passieren würde, sollten sie ihre Beute tatsächlich erwischen. Und er fragte sich, warum die Kreatur die Krankenschwester mitgenommen hatte. Ein Snack ›to go‹? Oder womöglich eine Falle für ihn?

Er rief sich ihr Bild ins Gedächtnis: ein zierliches Gesicht, in dem er wie in einem Buch lesen konnte, eine Stupsnase mit Sommersprossen, die ihr etwas Mädchenhaftes verlieh, und volle Lippen, die wohl in jedem Mann geheime Fantasien auslösten.

Er seufzte. Vielleicht passte alles so gut zusammen, weil es endlich an der Zeit war, sich seinen Dämonen zu stellen. Hoffentlich konnte er die Kleine noch retten.

Kilian hob die Hand, in der er noch immer die Tasse hielt, und roch an dem Becher. War es möglich, sich in einen Duft zu verlieben? In den Duft eines … Menschen?

Er schloss die Augen.

Evelyn.

4. Kapitel

Das Gefühl, in einem Sirup aus Alpträumen zu versinken … Evelyn kämpfte gegen das Böse an, das sie tiefer in die Dunkelheit zerrte. Sie schrie und wand sich, bis die zähe Schwärze sie in die Welt gebar, um Angst und Schrecken zu verbreiten. Demütig wurde ihr Name geflüstert, und in ihren Tempeln wurden Opfer geschlachtet, damit sie sich an ihren Qualen ergötzen konnte.

Evelyn schwebte, losgelöst von Raum und Zeit, und lachte über die Not der Menschen. Lachte so laut, bis es in ein Brüllen überging und das ganze Universum erschütterte …

Erschrocken schlug Evelyn die Augen auf. Sie wollte sich aufrichten, doch ein Schwindelanfall zwang sie zurück in die Kissen. Schweiß bedeckte ihre Haut, die sich schmutzig und klebrig anfühlte. Sie schluckte, um die aufsteigende Übelkeit zu unterdrücken.

Allmählich beruhigte sich ihr Atem. Auch der dreiarmige Goldleuchter über ihr hörte auf, einen Walzer zu drehen. Wo war sie? Wie die Hölle sah die Umgebung nicht aus. Aber wie der Himmel genauso wenig.

Sie lag in einem Bett, das seinen Maßen nach locker als Landeplatz für einen Helikopter dienen könnte. Auf dem Nachttisch neben ihr verströmte eine Salzkristalllampe orangefarbenes Licht. Die schweren Gardinen verdunkelten das Zimmer, und nur durch einen Spalt erahnte Evelyn die rötliche Sonne, die sich in den Fenstern des Hauses gegenüber spiegelte.

Ihr Blick schweifte zum anderen Ende des Zimmers. Ein Schrank aus dunkelrotem Holz nahm die ganze Wand ein. Im mannshohen Spiegel erblickte Evelyn ihre eigene ausgemergelte Gestalt mit dem fahlen Gesicht und den verfilzten Haaren. Bei dem Anblick würde keiner auf die Idee kommen, sie mit einer Elfe zu vergleichen. Eher mit einer Hexe.

Sie wagte einen Versuch, sich aufzurichten. Ihre Beine fühlten sich weich an, aber sie hatte Schlimmeres erwartet. Erst jetzt bemerkte sie, dass sie bis zur Unterwäsche ausgezogen war. Sie runzelte die Stirn. Langsam schlichen die Erinnerungen zurück: die Entführung, der freie Fall … Gott, sie lebte! Sie tastete ihren Körper ab, als wollte sie sich vergewissern, ob noch alles dran war. Das war es, auch wenn ihre Knochen schmerzten und sie jeden einzelnen Muskel spürte.

Sie stand auf, schwankte und stützte sich am Spiegel ab. Ihr Blick blieb an ihrer Unterwäsche hängen: ein Baumwollschlüpfer mit bunten Tupfen und ein weißer BH – der Traum einer jeden Oma.

»Hätte ich gewusst, dass ich entführt werde, hätte ich was Feineres angezogen«, erklärte sie dem Spiegelbild, selbst über ihre Ruhe verwundert. Als ließe ihr Gehirn nichts Verstörendes zu, damit sie nicht durchdrehte und Amok lief.

Evelyn öffnete den Schrank. Maßgeschneiderte Anzüge und Hemden reihten sich aneinander, einige in Folie verpackt. Der so oft totgesagte Mann hatte nicht nur Geschmack, sondern offenbar auch Geld. Viel Geld, wenn er sich Armani und Co. leisten konnte.

Sie wählte ein hellblaues Hemd, dessen Saum ihr bis zur Mitte der Oberschenkel reichte, und krempelte die Ärmel hoch. Für die Hosen war sie eindeutig zu klein. Oder, wie sie selbst gern scherzte: zu komprimiert. Kurz drehte sie sich vor dem Spiegel und trat dann zur Tür. Der Augenblick der Wahrheit! Sie drückte die Messingklinke herunter. Zu ihrem Erstaunen gab die Tür nach, und Evelyn trat in den Flur. Sie war keine Gefangene, oder ihr Gefängnis begrenzte sich nicht auf das Schlafzimmer. Zu freundlich, dachte sie grimmig.

Das Parkett fühlte sich kalt an unter ihren nackten Füßen, die auf dem polierten Holz feuchte Abdrücke hinterließen. Schräg gegenüber sah sie Schiebetüren aus Milchglas, die einen Spalt weit offen standen. Die Stimme ihres Entführers drang heraus: »Ja, ihr geht es so weit gut … Ich denke, schon.«

Sie ertappte sich dabei, wie sie seiner milden Tonlage lauschte, in der sie Spuren von Mitgefühl zu erkennen glaubte. Auf Zehenspitzen schlich Evelyn heran und spähte ins Wohnzimmer. Mit dem Rücken zu ihr lehnte der Mann an einem Tresen, der eine große, moderne Küche vom Wohnraum abgrenzte, und hielt sich einen Telefonhörer ans Ohr. Seine andere Hand spielte an einer mit roten Steinchen gefüllten Vase, in der Bambusstangen steckten. Allgemein hatte das Zimmer einen asiatischen Touch: der schwarz-weiße Teppich mit den Yin- und Yang-Symbolen, auf dem Couchtisch eine liebevoll frisierte Bonsai-Fichte.

»Den Unfall hatte ich schlechter überstanden als gedacht. Die hätten mich fast erwischt«, redete er weiter, und diesmal gesellte sich Besorgnis in seinen Ton. »Hermann … Nein, hör mir bitte zu, wir müssen den Ball einige Zeit flachhalten. Ich möchte dich nicht in Gefahr bringen. Metamorphe sind mir dicht auf den Fersen, und sie werden sich nicht scheuen, dich zu foltern, um an mich ranzukommen.«

Auf einem Gestell vor der Tür entdeckte Evelyn die Bronzestatue einer Frau. Evelyn wog das Kunstwerk in der Hand. Höchste Zeit für Plan A: dem Entführer damit eins über den Kopf zu ziehen und zu fliehen. Doch was so einfach klang, erwies sich in Wahrheit als problematisch. Sie fühlte sich so erschöpft, dass sie zweifelte, die Figur hoch genug heben zu können.

Für die Entwicklung eines Plans B bekam sie keine Gelegenheit. Der Mann drehte sich um und zuckte zusammen, als er sie sah, während Evelyn fieberhaft nach einer Erklärung für die Bronzefrau in ihrer Hand suchte. Schließlich entschied sie sich, diesen Umstand totzuschweigen.

»Sehe ich so schlimm aus?« Ihr Mund fühlte sich trocken an. Sie schmeckte etwas Fades auf der Zunge, und es erinnerte sie an eine ganz andere, frühere Evelyn, die mit ihrer Clique abends durch die Bars streifte und den Inhalt vieler Schnapsgläser in sich hineinkippte.

»Ich habe dich nicht kommen hören. Du hast mich erschreckt, das ist alles.« Er drückte das Gespräch weg, legte den Hörer auf die Basisstation und kam auf sie zu.

Mit dem Rücken drückte sich Evelyn gegen die verglaste Tür, vergeblich darum bemüht, ihre Angst zu kaschieren. Was würde er mit ihr anstellen? Hätte er sie töten wollen, hätte er es schon längst getan, beruhigte sie sich mit aller Kraft der Vernunft. Andererseits – es gab auch Schlimmeres als den Tod. Vielleicht sollte sie es doch mit Plan A probieren.

»Wie fühlst du dich?« Den Ausdruck in seinen tiefblauen Augen vermochte sie nicht zu deuten. »Deine Kleidung hat etwas gelitten«, erklärte er mit einem kurzen Blick auf sein Hemd, nahm Evelyn die Statue aus der Hand und stellte das Kunstwerk auf das Gestell neben der Tür zurück. »Aber ich habe dir gestern etwas gekauft. Hoffentlich passt es.«

»Gestern?«

»Du warst … einen ganzen Tag lang nicht ansprechbar. Aber jetzt ist alles überstanden.«

Sein Zögern entging ihr nicht, als hätte ihm zuerst etwas anderes auf der Zunge gelegen. Sie beschloss, nicht darauf einzugehen. Stattdessen spazierte sie durch das Zimmer. Auch hier waren die Gardinen zugezogen und ließen kaum Licht in den Raum.

»Ist es morgens?«

»Abends.«

Sie ignorierte die Kartons mit den Boutique-Labels auf dem Sofa und nahm einen der Briefe vom Beistell-Tischchen. »An Herrn Adrián Rivas Sarmiento.« Sie überflog den Inhalt. »GEZ nicht bezahlt? Also pfui.«

Bei so viel Frechheit verlor er für einen Moment die Sprache. Sie nutzte den Augenblick. Auf keinen Fall sollte er bemerken, wie unsicher sie sich fühlte, wie viel Chaos ihr durch den Kopf ging und wie verzweifelt sie nach einer Möglichkeit suchte, hier wegzukommen. »Ich habe Hunger. Soweit ich weiß, ist es laut Genfer Konvention verboten, Gefangene verhungern zu lassen.«

Er schaute sie so misstrauisch an, als hätte sie ihm vorgeschlagen, gleich auf dem Teppich eine Nummer zu schieben. »Was genau meinst du mit … Hunger?«

»Na, was denn wohl?« Sie schritt in die Küche, wo sie entschlossen den Kühlschrank öffnete, nachdem sie zuerst den Abstellschrank mit einem Besen erwischt hatte.

Hoppla. Der Kühlschrank war nicht nur leer – er war nicht einmal angeschlossen. Und da sollte jemand behaupten, einen Mann erkenne man am Inhalt seines Kühlschrankes.

»Mit dem Kochen hast du nicht viel am Hut, was?«

Während er sie wie einen Besatzer beobachtete, der gerade dabei war, seine Festung zu plündern, holte sie aus einem Hängeschrank eine Tasse. Eine dünne Staubschicht bedeckte den Boden. Interessant.

»Warte.« Adrián fand wieder zu sich. »Ich denke, wir müssen miteinander reden.«

»Ehrlich? Jetzt schon?« Sie spülte die Tasse aus und schenkte sich Leitungswasser ein. Wenigstens den Durst konnte sie stillen und diesen scheußlichen Geschmack im Mund wegspülen. »Ich schätze, in der Entführungsbranche bist du ziemlich neu. Für Krankenschwestern bekommt man nicht sonderlich viel Lösegeld. Willst du einen Tipp? Ich habe gehört, Robbie Williams ist in der Stadt.«

»Ich habe dich gerettet«, protestierte er.

»Ach.« Evelyn beobachtete, wie er sich geräuschlos durch das Zimmer bewegte. Von Kindertagen an hatte sie sich angewöhnt, Menschen mit Tieren zu vergleichen. Adrián Rivas Sarmiento erinnerte sie an einen Panther: anmutig, voller Kraft, wild und gefährlich. Vor ihm musste sie auf der Hut sein.

»Hör zu.« Er fuhr durch sein dunkelbraunes Haar, das ihm bis zum Nacken reichte und immer noch keine Begegnung mit einem Kamm erfahren hatte. »Erst mal: Das mit deinem Kollegen, diesem Arzt, tut mir …«

Der Zorn überfiel sie so plötzlich, als hätte er nur auf seine Chance gewartet. »Es tut dir leid?« Sie knallte die Tasse auf den Tresen. »Du hast ihn umgebracht, den …« Sie biss sich auf die Lippe und schluckte ›Mistkerl‹ hinunter. Es überraschte sie, wie sehr es sie wurmte, dass der liebe Doktor jedem Rock nachgelaufen war.

Als ahnte Adrián, was ihr durch den Kopf ging, meinte er: »Er hat dich gemocht. Seine letzten Gedanken galten dir und einem heißen Kaffee mit Zucker und Sahne.«

Evelyn verschlug es die Sprache. Gefährlich! Er war gefährlich. Viel mehr, als sie vermutet hatte. Sie nahm einen großen Schluck Wasser und spülte sich den Mund. »Du hast eine seltsame Art, dich für etwas zu entschuldigen. Meinst du, das macht es mir leichter?«

»Vermutlich nicht. Aber dein Doktor kann sich jetzt nicht gegen deine Anschuldigungen wehren.«

»Sag bloß! Und du bist der Verfechter der Gerechtigkeit, der Beschützer aller Armen und Kranken? Ach ja, und mein Retter obendrein.« Sie biss sich auf die Zunge, um ihren Redefluss zu stoppen. Zögerte. »Hast du tatsächlich meine Gedanken gelesen?«

»Du hast es mir erlaubt. Ungewollt, vermutlich.«

Evelyn fuhr sich mit der Hand über die Stirn. »Langsam ist das alles zu viel für mich. Wer bist du? Was willst du von mir?« Panik stieg in ihr auf, deren Ausbruch sie nur mit Mühe niederkämpfen konnte.

»Es ist alles sehr kompliziert.«

»Das glaube ich dir aufs Wort. Sag mir endlich, was los ist!«

Er öffnete den Mund, gerade in dem Augenblick, als

es an der Tür klingelte. Auf sein Gesicht schlichen sich Freude und eine schlecht verborgene Erleichterung. »Moment.«

Er ging – nein, eher floh er in den Korridor, und sie hörte ihn am Türschloss fummeln.

»Adrián!«, ertönte eine Frauenstimme, deren Fröhlichkeit Evelyn unangenehm in den Ohren zwirbelte. »Du hast genau fünf Minuten, um mich davon abzuhalten, dir das Fell über die Ohren zu ziehen. Vor meinem Kamin wartet ein hübsches Plätzchen auf dich.«

»Ich brauche weniger, *Gran Princesa*. Ihr seid nicht umsonst gekommen.«

Evelyn starrte in ihre Tasse und lauschte, doch aus dem Flur ertönte kein Laut mehr. Was machten die beiden da? Sie war bereits versucht nachzuschauen, als sie erneut die Frauenstimme hörte: »Sie ist in der Tat ein Problem.«

Die Angst schnürte ihr die Kehle zu, da traten Adrián und sein Gast bereits ins Wohnzimmer. Evelyn wollte gerade versichern, dass sie ganz sicher kein Problem darstellte, verstummte aber, als ihr Sehnerv die Erscheinung neben Adrián an ihr Hirn übermittelt hatte. Sie hatte sich alles Mögliche vorgestellt, wie jemand aussah, der mit ›Ihr‹ angeredet wurde, aber garantiert nicht … das da.

Die junge Frau, höchstens 19 Jahre alt, trug ein schwarzes Korsett, das ihre Wespentaille zuschnürte, und einen knielangen Rock im Ballerina-Look. Ihre

Füße steckten in Stiefeln auf einem so dicken Plateau, dass es Evelyn schwindelig wurde, wenn sie bloß daran dachte, die Boots anzuprobieren. Ein Sommerhut schmückte ihre schwarz gefärbte Mähne mit den violetten Strähnchen. Ein Goth-Girl? Doch sobald Evelyn in die blauen Augen der Frau schaute, begriff sie, dass mehr dahintersteckte. Das runde Alabaster-Gesicht zeugte von einer leisen Schönheit, die nicht einmal ein grell-roter Lippenstift oder der fliederfarbene Glitzer-Lidschatten verstümmeln konnten. Evelyn fragte sich, was diese junge Frau unter ihrem skurrilen Outfit verbarg. Es kam ihr vor, als hätte jemand ein wertvolles Gemälde oder eine alte Fotografie verunstaltet, so ähnlich, wie Teenies Plakate von Stars und Politikern bis zur Unkenntlichkeit mit Filzstiften übermalten.

»Sie ist es nicht«, sagte die Unbekannte zu Adrián, und erst jetzt fiel Evelyn auf, dass die junge Frau sie genauso intensiv musterte. »Ich kann sie nicht spüren.«

»Sie muss es sein«, protestierte er. »Es war mir unmöglich, ihre Erinnerungen zu beeinflussen.«

»Es geht nicht bei allen Menschen gleich gut, das solltest du inzwischen wissen. Und – mit Verlaub – du bist sowieso kein großer Spezialist darin.«

»Metamorphe waren hinter ihr her.«

»Eher hinter dir. Du warst so verdammt unvorsichtig. Argh! Da denke ich noch immer über das Plätzchen vor dem Kamin nach. Bist du dir sicher, dass du all deine Spuren gut verwischt hast?«

»Sofern es mir möglich war. Bitte lasst mich ausreden … Sie muss eine von uns sein. Die Biester wollten eindeutig sie haben, sie wurde sogar …«

Evelyn hatte das Gefühl, einer Theateraufführung beizuwohnen, aus der ihre Rolle gestrichen worden war. »Ich wäre euch sehr dankbar, wenn ihr über mich nicht wie über ein Möbelstück sprechen würdet«, fauchte sie.

»… von einer Palmlanzenotter gebissen. Einem Seelentier«, beendete Adrián seinen Satz.

Evelyn sprang auf, als wäre es gerade jetzt passiert. »Was?« Die Erinnerung an die Begegnung mit der Schlangenfrau durchzuckte ihr Hirn. Nein, das war doch bloß ein verrückter Traum! Sie schaute auf ihre Wade. Die Giftzähne hatten eine rötliche Schwellung hinterlassen. »Ich glaube das einfach nicht! Und du hast mich nicht zum Arzt gebracht?«

Die Panik durchbrach alle Barrieren und überflutete ihren Verstand. Sie fegte die Vase vom Tresen. Das Glas zerschellte auf den Fliesen. Die roten Steinchen verteilten sich zusammen mit den Scherben auf dem Boden.

Adrián kniff die Augen zusammen. »Ich bin nicht Mutter Teresa«, presste er hervor. Die Muskeln an seinem Kiefer spielten, als reiße er sich nur mit Mühe zusammen. »Gestern musste ich dir sogar etwas von meiner Lebensenergie abgeben, damit du durchkommst. Du kannst froh sein, dass ich dich da rausgeholt habe. Ohne mich hätten sie dich gekriegt!«

»Du hast mich entführt!« Sie schleuderte die Tasse nach ihm. Das Wasser übergoss das Yin-Zeichen, doch der Wurf erreichte sein Ziel nicht. Die Goth-Lady streckte die Hand aus und fing die Tasse vor seinem Gesicht ab.

»Vertragt euch, Kinder.« Sie nickte Evelyn zu. »Ich weiß, du hast viele Fragen. Nach und nach wird sich alles klären, ich verspreche es dir.«

Evelyn zitterte. Die Kraft verließ sie, und sie sank zu Boden. Tränen, die sie nicht mehr zurückhalten konnte, strömten über ihre Wangen.

»Ich hätte tot sein können«, schluchzte sie.

»Das bist du auch«, hörte sie Adrián nach einer Pause sagen. »Gewissermaßen.«

5. Kapitel

Verzweifelt und gleichzeitig wütend sah sie, wie Adrián sich aus dem Raum zurückzog und die Goth-Lady sich neben sie hockte. Am liebsten hätte sie die junge Frau weggeschubst. Die Gegenwart irgendwelcher Freaks war das Letzte, was sie brauchte.

Erstaunlicherweise wirkte die Nähe der Unbekannten jedoch beruhigend auf sie.

Evelyn blickte auf und bekam ein Stofftaschentuch mit einer feinen Spitze um die Ränder gereicht. Sie schnäuzte sich. »Das ist verrückt. Ich atme und fühle … Wie kann ich tot sein?« Evelyn knetete das Tuch in den Händen. In einer Ecke las sie die Stickerei: M. N. R.

»Du kannst mich Maria nennen«, schlug die junge Frau vor. »Das Totsein zu akzeptieren ist schwer. Als Krankenschwester kennst du sicherlich die fünf Sterbephasen: Nicht-wahrhaben-Wollen, Zorn, Verhandeln, Depression und schließlich Akzeptanz. Ich würde mich sehr freuen, wenn wir die ersten vier überspringen und gleich mit der Akzeptanz anfangen würden.«

Evelyn wehrte sich mit aller Kraft gegen den Gedanken. »Es ist eine Sache, eine Nachricht vom nahenden Tod zu bekommen, und eine ganz andere, zu erfahren, man sei bereits tot!« Im Geiste durchlebte sie den Sturz aus dem Fenster. Zumindest den Teil, bevor sie das Bewusstsein verloren hatte. War sie ohnmächtig geworden, oder war sie in Wirklichkeit auf dem Asphalt aufgeschlagen? Was hatte es mit dem Schlangenbiss auf sich? Von den Fragen wurde ihr ganz übel.

»Es gibt ein Leben nach dem Tod«, sagte die Goth-Lady. »Nur ein anderes, als manche es sich vorstellen, und das sie sich ganz bestimmt nicht wünschen.«

»Und wer seid ihr? Todesengel? Geister?« Einfach nur ein Haufen Verrückter?

»Nachzehrer.« Maria nahm ihr das Taschentuch ab, faltete es sorgfältig zusammen und steckte es in eine ihrer Taschen im Korsett.

»Nach-Wer?«

»Hätte ich ›Vampire‹ gesagt, hättest du damit mehr anfangen können, nicht wahr?« Maria seufzte theatralisch. »Prominenz ist auch in unserer Welt das A und O.«

»Ihr seid also Vampire?« Es überraschte Evelyn, über diese Möglichkeit in aller Ernsthaftigkeit nachzudenken. An einem einzigen Tag, oder besser, während einer einzigen Nachtschicht geriet ihre zwar nicht vollkommene, aber wenigstens logische Welt aus allen Fugen. Sie wünschte sich einen Anker, an dem sie sich in diesem Irrsinn festhalten könnte. Seltsamerweise fühlte sie sich in Marias Gegenwart wie in einem ruhigen Hafen. Die junge Frau strahlte solch eine Stärke aus, dass Evelyn langsam ihre eigene Sicherheit wiedererlangte.

»Nachzehrer. Zumindest bevorzugen wir diese Bezeichnung. Klingt viel eleganter als ein ›Gierrach‹ oder ›Totenküsser‹.« Marias Tonfall schlug in kokett um. In die blauen Augen, die durch den schwarzen Kajal noch intensiver erschienen, schlichen sich heitere Funken und brachten etwas Unbeschwertes mit sich. In diesem Moment sah sie wie ein gewöhnliches neunzehnjähriges Mädchen aus, das noch viel Unsinn im Kopf hatte, während sie sich schon für erwachsen hielt. »Immer werden wir mit den Blutsaugern in einen Topf geworfen, dabei saugen wir bloß die Lebensenergie aus. Pf!«

Evelyn musterte Maria, konnte aber beim besten Willen nicht erkennen, ob die Worte ernst gemeint waren.

»Und eure Opfer werden auch zu … solchen Dingern? Ist Bernulf vielleicht …« Die Gedanken an ihn lösten in ihr ein noch größeres Durcheinander aus. Wie gern hätte sie ihn zur Rede gestellt, ihm verziehen oder ihn bis in alle Ewigkeiten verdammt. Egal was, bloß nicht mit jenen Zweifeln leben und mit dem eigenen Gewissen kämpfen müssen. Ihre Nase lief wieder. Maria drückte Evelyn ein sauberes Tuch in die Hand, das dieselben Initialen aufwies.

»Ich fürchte, nein.« Das Unbeschwerte und Mädchenhafte verschwanden aus ihren Augen. Stattdessen kehrte Traurigkeit ein, die weder zu dem jungen Gesicht noch zu dem schrillen Outfit passte. »Wir werden nicht verwandelt – wir werden geboren. Im Leib der Mutter wird der Fötus mit einem Fluch belegt, für ein Vergehen, das wir nie erfahren, für das wir aber zu büßen haben. Das Kind kommt oft mit Zähnen zur Welt und stirbt früh, viele erreichen nicht einmal ein junges Erwachsenenalter.« Sie hob die Schultern. »Solche wie ich, Adrián, Conrad … du … hatten ziemliches Glück, so lange das Menschenleben genießen zu dürfen. Im Mittelalter war es die Pest, die uns ins Grab holte, heutzutage – alles Mögliche. Es ist ein langsamer und qualvoller Tod.«

Evelyn rieb mit dem Daumen über die Buchstaben. Kurz überlegte sie, die junge Frau ebenfalls mit einem ›Ihr‹ anzusprechen – wie es Adrián tat –, fand es aber lächerlich. »An welcher Krankheit bist du gestorben?«

Maria schlug die Wimpern nieder. Die Worte fielen ihr sichtlich schwer. »So weit ist es überhaupt nicht gekommen. Du musst wissen, es war eine schwere Zeit, die meine Heimat gespalten hatte und in den Abgrund stieß. Ich wurde erschossen. Aber lass die Vergangenheit Vergangenheit sein.«

»Wie schön. Dann musstest du wenigstens nicht leiden.« Sie versuchte den sarkastischen Ton zu unterdrücken, war aber zu verbittert, um es ernsthaft zu schaffen.

Nachdem nur Stille als Antwort kam, schaute Evelyn zu der jungen Frau. Das auffällig geschminkte Gesicht wirkte verletzt. Sie schien irgendwo in der Ferne zu verweilen, in Erinnerungen, die großes Leid mit sich brachten. Die Worte hatten Maria sichtlich wehgetan. Doch um sich zu entschuldigen, bekam Evelyn keine Gelegenheit.

Adrián kam herein. »Und? Ist Venedig der Flutgefahr entkommen?«, scherzte er und verstummte, als er Maria sah. Der Blick, den er Evelyn daraufhin zuwarf, hätte sie töten können. Sie fragte sich, was ihn mit der jungen Frau verband. Waren die beiden ein Paar? Sie schmunzelte in sich hinein. Da bekam die Bezeichnung ›Gruft-Braut‹ glatt eine völlig neue Bedeutung.

Pass auf, was du sa… denkst! Es traf sie wie eine Ohrfeige. Erschrocken schaute sie zu Maria, doch diese schien noch in ihrer Vergangenheit versunken zu sein. Evelyns Blick glitt zu Adrián. Sie zuckte zusammen. Die winzig kleinen Pupillen verloren sich in einem eisigen Meer, in dem jedes Gefühl ertrank.

Mir reicht auch ein ›fast ausgesprochen‹ aus.

Las er tatsächlich ihre Gedanken? Es schauderte sie.

Das tue ich, solange du es vor mir nicht verschließt.

Arschloch, schleuderte sie ihm stumm entgegen. Das durfte er gern erfahren, wenn er wollte!

Adrián atmete scharf aus. *Ich hätte dich in deinem verfluchten Krankenhaus den Metamorphen überlassen sollen.*

Da, schon wieder dieses Wort! Was es bedeutete, erfuhr sie jedoch nicht. Auf dem Absatz machte Adrián kehrt, riss die Tür des Abstellschrankes auf und zerrte den Besen heraus. In seiner Wut schleuderte er die roten Steinchen und Scherben eher hin und her, als dass er wirklich fegte. Die Hände umklammerten den Stiel so fest, dass die Knöchel weiß hervortraten. Evelyn fragte sich, wen er da würgte – den Besen oder sie. Sie sollte ihn vielleicht wirklich nicht mehr reizen. Ab sofort galt: keine weiteren Spekulationen über die Beziehung zwischen ihm und der Goth-Lady anstellen.

»Ihr sterbt also und dann steht ihr wieder auf?«, erkundigte sie sich so wissbegierig und freundlich wie möglich, in der Hoffnung, Adrián damit etwas zu besänftigen.

Er tat so, als hätte er die Frage überhört. Mit seiner ganzen Haltung legte er es darauf an, ihr zu zeigen, wie sehr er sie ignorierte. Wäre Evelyn etwas kleiner und leichter gewesen, hätte er sie vermutlich zusammen mit den roten Steinchen aus der Wohnung gefegt und es nicht einmal gemerkt. Maria dagegen tauchte aus ihrer Versenkung zurück in die Realität. Die Auseinandersetzung schien sie nicht mitbekommen zu haben. Oder doch? Evelyn konnte sich des Gefühls nicht erwehren, dass dieser Frau selten etwas entging.

»Wir wachen im Grab auf. Ein schrecklicher Hunger foltert uns tage-, manchmal monatelang. Wir versuchen an den Leichentüchern zu lutschen oder an unseren Knochen zu nagen, bis wir begreifen, dass nur eins den Hunger stillen kann: ein Menschenleben.«

So belanglos hatte Maria es ausgesprochen! Ein

Menschenleben, nichts weiter. Evelyn starrte auf das Taschentuch in ihren Händen. Die Vorstellung, in einem Sarg aufzuwachen, trieb ihr den Schweiß auf die Stirn. Sie spürte die Beklemmung und die Aussichtslosigkeit, während der Hunger sie befiel und ihre Eingeweide verknotete. Sie stöhnte durch die zusammengepressten Zähne, schlug die Arme um den Bauch und beugte sich nach vorn. Der Anfall ging vorüber. Evelyn atmete stockend und fand sich in Marias fester Umarmung wieder.

»Es wird besser, glaub mir.«

Die Worte trösteten sie nicht. Tot? Unmöglich!

Adrián warf den Besen in eine Ecke, ohne seine Tätigkeit zu Ende zu bringen, und verließ das Zimmer. Er dachte wohl, sie hätte den Trost nicht verdient. Die Schiebetür knallte er hinter sich zu. Das Glas vibrierte, und die Tür glitt wieder zur Seite.

Maria senkte die Stimme und strich Evelyn durch das Haar. »Egal, was zwischen euch gerade vorgefallen ist: Er hat dich gerettet. Vergiss das bitte nicht.«

Nein, keine Sorge, sie wurde häufig genug daran erinnert. Evelyn wartete, bis seine Schritte im Flur verklungen waren.

»Wie verlasst ihr eure Gräber?«, fragte sie, um das Thema ›Adrián‹ zu umgehen.

»Wir bringen unsere Familien um. Zumindest in den meisten Fällen.«

»Was?« Evelyn sprang auf.

»Ich weiß, wie sich das anhört. Es ist aber die Wahrheit, ungeschminkt und hässlich. Wir sind zu schwach, um rauszukommen. Die einzige Möglichkeit, sich zu ernähren, ist, die Energie derjenigen aufzusaugen, die uns nahestanden. Die Verbindung zu ihnen bricht nach dem Tod nicht ab. Wir kämpfen dagegen an, aber der Hunger wird mächtiger.« Sie schwieg einen Augenblick. »Irgendwann sind wir dann stark genug, um zu Wiedergängern zu werden und unsere Gräber zu verlassen.«

»Wiedergängern?«

»Eine Art Geist. Wir kommen zurück auf die Erde.«

Evelyn verdrehte die Augen. »Das ist absurd. Du denkst doch nicht, dass ich im Ernst glaube, ich wäre die Tochter irgendeiner Verfluchten und deshalb dazu verdammt, den Menschen die Lebensenergie auszusaugen?«

»Du musst es.«

»Und wer belegt euch mit diesem Fluch? Der Zauberer von Oz?«

»Nicht ›euch‹, sondern ›uns‹. Du bist genauso wie wir, gewöhne dich an den Gedanken.«

»Nein!« Sie ballte die Fäuste. »Das bin ich ganz sicher nicht!«

Maria ignorierte ihren Ausbruch. »Hexen.« Ein Schatten legte sich auf ihr Gesicht. »Wir nennen sie ›Die Mächtigen‹. Und es ist das erste und das letzte Mal, dass du mich oder jemand anderen von ihnen reden hörst.«

»Warum?«

Die junge Frau antwortete nicht. Musste sie auch nicht, denn Evelyn hätte ihr sowieso nicht zugehört.

»Nein, nein, und nochmal nein!« Sie schritt auf und ab. Ihre Füße hinterließen blutige Abdrücke auf den Fliesen – sie hatte sich die Sohle an einer der Scherben verletzt, ohne es zu merken.

Maria erhob sich und hielt sie an den Schultern fest. »Beruhige dich.« Behutsam führte sie Evelyn zum Sofa. »Ich weiß, es ist zu viel für dich, aber mit der Zeit wirst du alles verstehen. Wichtig ist, dass wir zusammenhalten. Nur so können wir weiterexistieren.«

Evelyn ließ sich auf die Couch fallen. Ihre Gedanken rasten. Sie wrang das Taschentuch in den Händen, als wäre es an allem schuld. Am liebsten hätte sie es zerrissen.

Beruhigen, sie musste sich beruhigen, bevor sie gänzlich den Verstand verloren hatte. Die Initialen lenkten sie ab. Das ›M‹ bedeutete wohl ›Maria‹.

»Wofür stehen ›N‹ und ›R‹?«, wollte sie wissen.

»Vielleicht findest du es irgendwann heraus. Vielleicht sage ich es dir sogar.« Maria strich ihr über den Rücken. »Erst mal musst du dich ausruhen. Okay?« Sie nahm den Telefonhörer von der Basisstation und tippte eine Nummer ein. Eine Weile wartete sie, bis am anderen Ende abgenommen wurde. »Conrad? Wir haben einen Fall für ein Krisen-Kaffeekränzchen. Mhmh. Ja. Das erzähle ich dir, wenn du da bist.« Sie lauschte einen Moment. »Ja, genau. Bis dann.«

»Wer ist Conrad?«, fragte Evelyn misstrauisch, als Maria aufgelegt hatte.

»Er ist unser Anführer. Früher waren wir unorganisiert und auf uns allein gestellt. Das wurde uns zum Verhängnis. Gemeinsam können wir uns besser schützen. Conrad versucht, die Nachzehrer in einem Clan zu vereinen. Mit wechselndem Erfolg, denn es ist schwierig, die Einzelgänger zu überzeugen, sich uns anzuschließen.«

»Vor wem müsst ihr euch schützen?«

»Später. Damit sollten wir warten, bis Conrad da ist.«

Evelyn schwirrte der Kopf. Weg. Sie musste weg von hier, sonst würde sie noch mit den beiden in einem Zimmer im Irrenhaus landen.

»Ich würde mich gern duschen.« Sie bemühte sich, an das Plätschern des Wassers zu denken, wie der Schmutz von der Haut weggespült wurde. Bloß nicht das Vorhaben verraten, noch bevor es aufkeimen konnte.

»Klar. Mach das.« Maria schöpfte keinen Verdacht, auch wenn Evelyn dem ersten Eindruck nicht traute. Diese Frau war wie ein Ozean – wer wusste schon, welche Ungeheuer auf dem Grund lauerten.

Evelyn erhob sich und ging in den Korridor. Im Rücken spürte sie Marias Blick, der wie ein Tentakel nach ihr tastete. Evelyn zwang sich, an alles Mögliche zu denken, bloß nicht an die Flucht. Sie erinnerte sich, wie sie als Kind mit ihrer Mutter beim Laternenumzug die Straße entlangspaziert war, dachte an die kalte Luft, die ihre Lunge füllte, an fröhliche Menschen um sie herum.

Hell wie Mond und Sterne …

Sie schritt über das Parkett, geradeaus zur Eingangstür, spürte den kalten Herbstwind auf dem Gesicht und umklammerte fest Mamas Hand.

Leuchtet die Laterne …

Das Schloss knackte, und die Tür ging auf. Ihre Mutter lächelte ihr zu. Evelyn stolzierte mit erhobenem Kopf und hielt ihre Laterne so hoch, wie sie es nur konnte.

Bis in weite Ferne …

Die Gespräche der anderen schwirrten um sie herum.

Sie war glücklich. Damals. Als ihre Mutter noch das Leuchten in ihr sehen konnte, das heller schien als jede Laterne.

Übers ganze Land.

Evelyn rannte die Treppe hinunter. Die Holzstufen des Altbaus hatten einen ungewohnten Abstand. Ihr Fuß knickte um, und sie krachte auf den Treppenabsatz. Gleich sprang sie auf und eilte weiter, in der Hoffnung, sie würde genug Vorsprung gewinnen. Endlich erreichte sie die Tür und stürmte auf die Straße, die in der Abenddämmerung lag.

»Hilfe!«, schrie Evelyn und lief weiter, ohne recht zu wissen, wohin. Bloß fort vom Haus, fort von dem Irrsinn. Die Passanten stoben auseinander, schüttelten die Köpfe. Auf der anderen Straßenseite drehten sich einige Leute nach ihr um.

Steinchen und Dreck klebten an ihren blanken Füßen, reizten die Wunde, aber auch das konnte sie nicht aufhalten.

»Bitte helfen Sie mir!« Sie schnappte nach dem Shirt eines Mannes mit einem Barett. Der Hut, platt wie ein Pfannkuchen, rutschte zur Seite und entblößte eine Glatze. Der Herr schaute Evelyn wie eine Verrückte an, schüttelte ihre Hand ab und eilte davon.

Evelyn taumelte. Die abendliche Sonne schien sie zu verbrennen. Ihr Mund fühlte sich wie ausgetrocknet an, auch der Hunger kehrte zurück und brachte ziehende Schmerzen mit sich. Hinter sich hörte sie eine Tür zuschlagen. Sie sammelte ihre Kräfte und stürmte über die Fahrbahn. Ein Auto bremste mit quietschenden Reifen wenige Zentimeter vor ihr.

»Pass doch auf!«, brüllte der Fahrer aus dem Fenster.

Evelyn schlug gegen die Motorhaube. »Rufen Sie die Polizei! Bitte!«, keuchte sie. »Ich wurde entführt!«

Die Luft schnitt in ihre Kehle, ihr Herz drohte zu platzen. Immer wieder rief sie um Hilfe, doch die Menschen um sie herum wichen ihr aus und tuschelten hinter ihr, sobald sie an ihnen vorbeikam. Sie hörte dieses Tuscheln, es verfolgte sie wie das Summen eines Bienenschwarms. Sie war auf sich allein gestellt. Verloren.

Evelyn huschte in einen Durchgang zwischen zwei

Häusern, bog in einen Innenhof und stöhnte resigniert, als sie überall nur Hauswände erblickte. Eine Sackgasse.

Ihr Atem ging stoßweise. Sie spürte Seitenstiche, als ramme jemand ein Messer zwischen ihre Rippen. Nicht aufgeben!, spornte sie sich an. Du musst hier fort, das schaffst du!

Evelyn drehte sich um und erstarrte. Ein riesiger Hund versperrte ihr den Weg. Mit seinem graubraunen Fell ähnelte er einem Wolf, und die Augen musterten sie mit einer ungezähmten Wildheit. Vielleicht war er auch ein Wolf?

Evelyn machte einen Schritt auf ihn zu. Hoffentlich würde es ihr gelingen, an ihm vorbeizuschleichen, ohne angegriffen zu werden. Der Hund hob die Lefzen und knurrte, in seinem Nacken stellte sich das Fell auf. Evelyn schluckte. Was sollte sie tun? Sie drückte sich, so weit es ging, an eine Wand und schob sich Schritt für Schritt vorwärts.

Wie ein Pfeil schoss der Hund auf sie zu. Evelyn hörte sich schreien. Sie stieß sich von der Wand ab und fiel. Gleich würde es vorbei sein. Sie kauerte sich zusammen, erwartete jeden Augenblick die Zähne an ihrer Kehle zu spüren.

Die Rettung kam unerwartet.

Irgendwo vom Dach sprang Adrián herab und stellte sich zwischen sie und den Hund. Das Tier schnellte auf ihn zu und schlug die Zähne in seinen Arm. Mit einem Ruck gelang es ihm, den Hund abzuschütteln.

Blut tränkte die Fetzen seines Hemdes und tropfte auf den Asphalt.

Adrián suchte die Zuflucht in den Schatten, die eines der Häuser auf die Gasse warf. Der Hund drängte ihn in die untergehende Sonne. Im nächsten Augenblick stürzte das Tier erneut auf ihn zu und bekam seine Hand zu fassen. Adrián dagegen schien die Zähne in seinem Fleisch nicht zu bemerken.

»*Joder, lárgate!*«, brüllte er Evelyn an. Auch wenn sie seine Sprache nicht verstand, ahnte sie, was er wollte. Doch sie rührte sich nicht vom Fleck, zu schockiert, um wenigstens einen klaren Gedanken zu fassen.

Adrián packte den Kiefer des Tieres und drehte ihm den Kopf nach oben. Es jaulte, ließ von ihm ab, um gleich darauf einen neuen Angriff zu starten. Unter der Wucht stürzte Adrián zu Boden. Der Hund sprang auf seine Brust und biss immer wieder wie eine wild gewordene Bestie zu.

»Lauf weg!«, krächzte Adrián, während er versuchte, das Tier abzuschütteln.

Nur eine Handbreit von sich entfernt sah Evelyn einen Stock. Kaum noch bei Sinnen, bekam sie das Holz zu fassen. An der Wand richtete sie sich auf. Sie schwankte auf den Hund zu, drosch auf ihn ein und erwischte ihn am Schulterblatt. Die Bestie winselte auf, drehte sich um und biss in den Stock. Mühelos zerlegten ihre Kiefer die provisorische Waffe. Evelyn hielt bloß einen Stummel mit einem spitzen Ende.

Der Hund stürzte wieder auf Adrián zu, der inzwischen sichtlich an Kraft verlor. Die scharfen Zähne bekamen seinen Hals zu packen, rissen die Haut und Adern auf. Ein Blutstrom schoss aus der Wunde. Der Hund schluckte davon eine Menge und hustete keuchend.

Wie paralysiert starrte Evelyn auf die sich ausbreitende Blutlache, während das Tier sein Opfer immer weiter biss.

6. Kapitel

Sie musste irgendetwas tun! Verzweifelt sah sich Evelyn um. Neben ihr lag eine zerdrückte Tomatendose. Der Wind spielte mit den vergilbten Fetzen eines Anzeigenblattes, und die letzten Sonnenstrahlen brachten das Grün der Flaschenscherben zum Leuchten. Evelyn schleuderte die Dose nach dem Tier. Der Hund knurrte und streckte ihr sein Maul entgegen, bevor er sich wieder seinem Blutmahl zuwendete.

»Komm her, Wuffi«, schrie sie ihn an. Mit dem Zeigefinger prüfte sie das Ende des Pflockes. Spitz genug, um das Tier aufzuspießen. Obwohl sie bezweifelte, es präzise genug zu treffen, um eines der wichtigen Organe zu verletzen.

»Worauf wartest du? Komm her!«, brüllte sie, berauscht von Adrenalin. »Du willst doch spielen. Warum nicht mit mir?«

Die goldbraunen Augen musterten sie mit einem nahezu intelligenten Schimmer. Der Honigblick vertrieb die angriffslustige Amazone aus ihr und füllte sie mit Wärme. Es war verwirrend, was sie gerade empfand. Diese Ruhe und das Gefühl von Sicherheit. Evelyn senkte ihre Waffe, völlig gebannt von diesem Blick, verschollen in der Widersprüchlichkeit ihrer Gefühle. Der Pflock fiel zu Boden und rollte über den Asphalt. Sie streckte dem Tier ihre offenen Handflächen entgegen. »Kannst du mich verstehen?«

Der Hund spitzte die Ohren und legte den Kopf schief. Er konnte es, das wusste sie genau, wie unglaublich es auch sein mochte.

Der Lärm eines Motors ließ Evelyn zusammenzucken. Ein 5er BMW sauste rückwärts die Gasse entlang. Es wunderte sie, wie der Fahrer bei dieser Geschwindigkeit in der Enge manövrieren konnte. Das Heck des Wagens raste auf den Hund zu. Die Bremslichter flammten auf, die Reifen quietschten, und die Stoßstange rammte ihn in die Seite. Überraschenderweise sprang das Tier sofort auf die Beine, bereit, jeden zu zerfleischen, der ihm zu nahe käme.

Aus dem Wagen stieg Maria aus. In ihrer schwarzen Kleidung und mit betont aufrechter Haltung ähnelte sie einem Todesengel, als hätte sie ein Stück Finsternis mit sich gebracht. Unter dem Rock zog sie ein Kampfmesser hervor, das zu groß für ihre zierlichen Hände schien. Der Hund begriff offenbar, dass die Situation sich nicht zu seinen Gunsten gewendet hatte. Er zwängte sich an dem Auto vorbei und stürmte durch die Gasse davon. Maria schleuderte die Waffe nach ihm, doch das Tier verschwand schon hinter der Abbiegung. Das Messer prallte von der Wand ab und klapperte über den Asphalt. Evelyn schüttelte ihre

Starre ab und rannte zu Adrián. Sie sank vor ihm nieder, schlug sich die Knie auf, ohne es zu merken. Der Blutstrom aus seiner Halswunde schwächte ab – sein Herz gab auf. Evelyn drückte auf die Schlagader, in dem verzweifelten Versuch, ihn so lange am Leben zu erhalten, bis sie es in ein Krankenhaus geschafft hatten. Doch sie wusste bereits, dass sie es nicht mehr schaffen würden.

Er wandte den Kopf zu ihr mit einer letzten, sinnlos verschwendeten Anstrengung. Das Schimmern seiner blauen Augen ermattete.

»Es sieht schlimmer aus, als es ist«, log Evelyn, als sein Blick sie traf.

Adrián sah in ihr Gesicht, wenngleich Evelyn daran zweifelte, dass er sie noch erkennen konnte. Ihre Hände waren bis zu den Ellbogen in seinem Blut gebadet. Sie bemühte sich um ein aufmunterndes Lächeln. »Jetzt habe ich dein Hemd besudelt. Es war sicher teuer. Diese Flecken kriegst du nie raus.«

Seine Mundwinkel zuckten, als wollte er ihr Lächeln erwidern. Bei diesem Versuch starb er.

»Wir müssen ihn fortbringen.« Maria rüttelte an Evelyns Schulter. »Gleich wimmelt es hier von Metamorphen. Die Biester jagen nie allein.«

»Ich glaube, er ist tot«, stammelte Evelyn. Dass es so endete, hatte sie doch nicht gewollt!

»Totsein ist eine Ansichtssache, und Glauben gehört in die Kirche. Steig ins Auto. Aber plötzlich!«

Evelyn ballte die Fäuste. Zurück in eine verrückte

Welt? Ihre Fingernägel gruben sich tief in ihr Fleisch. Niemals.

Marias Augen funkelten. »Ich habe keine Zeit, mit dir zu diskutieren. Entweder du fährst freiwillig auf der Rückbank oder unfreiwillig im Kofferraum. Du hast genau zwei Sekunden, um dich zu entscheiden.«

Evelyn schnaubte. Wütend stierte sie der Frau entgegen. Der Blick der Goth-Lady, so gefasst und kalt, traf sie wie ein Schlag in den Magen und raubte ihr jeden Stursinn. Eins war klar: Sich mit Maria anzulegen bedurfte ganz anderer Fertigkeiten, als mit Tomatendosen nach Hunden zu werfen. Evelyn trottete zum Wagen und schob sich auf die Rückbank. Durch die Heckscheibe sah sie, wie Maria Adrián ohne sichtliche Anstrengungen anhob. So viel Kraft hätte sie ihr niemals zugetraut. Aber in ihrem ehemaligen Leben wäre auch niemand vom Dach gesprungen oder hätte Gedanken gelesen. Die neue Welt, die sich ihr Stück für Stück eröffnete, hatte etwas Verstörendes an sich. Es machte ihr Angst, es verunsicherte und bezauberte sie gleichermaßen.

Maria legte Adrián zu Evelyn auf den Rücksitz. Der schwere, metallische Geruch füllte den von der Sonne des Tages aufgeheizten Innenraum aus. Adriáns Kopf ruhte auf Evelyns Schoß. Sein Blut verschmierte ihre Oberschenkel und ließ den Stoff des Hemdes an ihrer Haut kleben. Ein warmer Tropfen lief ihre Wade herunter.

»Er hätte es nicht tun müssen.« Evelyn strich ihm

die Haarsträhnen aus der Stirn. »Er hätte sich nicht dazwischenstellen müssen.«

Maria stieg ein und startete den Motor. »Wir lassen unseresgleichen nicht im Stich. Gewöhn dich dran.«

»Wer war dieser Hund?«

»Das Seelentier eines Metamorph. Kilian Ney, schätze ich, unser alter Bekannter.«

»Erzählst du mir von denen?«

»Momentan habe ich andere Sorgen, als den Erzähl-Bären zu spielen.« Keine Spur der Herzlichkeit, mit der Maria sie in der Wohnung getröstet hatte.

Der BMW verließ die kleine Gasse und reihte sich in den Autostrom ein. Dank der getönten Scheiben und der Dämmerung bemerkte niemand, welche Fracht er transportierte.

Evelyn riss ein Stoffstück von ihrem Hemd ab und tupfte Adrián das Blut ab. Die tödlichen Wunden verliefen von seiner Wange zur Schlagader und weiter quer über den Hals. An der Schulter hing die Haut in Fetzen, das Fleisch wurde bis zu den Knochen zerteilt. Seine Augen waren halb offen. Sie beugte sich über ihn. Sein glasiger Blick traf ihr Herz wie eine Nadel, die einen noch flatternden Schmetterling aufspießt, und schien sie aufzusaugen. Der Innenraum des Autos, die Fahrgeräusche und die vorbeiziehenden Häuser entzogen sich ihrer Wahrnehmung, während die Dunkelheit sie in einen eisigen Schleier hüllte.

Sie hörte den Ruf und folgte ihm, Schritt für Schritt in die Finsternis. Schatten wölbten sich um sie herum, als wollten Tausende von Gestalten eine schwarze Membran durchbrechen. Sie spürte Berührungen auf ihrem Gesicht und in ihrem Haar. Von überallher kam ein leises Zischen und Flüstern, Millionen von Stimmen, die zu ihr sprachen.

Komm zu uns … erlöse uns … lass uns frei …

… Evy …

Bloß nicht zurücksehen. Sie musste Adrián in diesem Chaos finden! Unbedingt. Schließlich war es ihre Schuld, dass er hierhergelangt war. Ohne ihn würde sie nicht fortgehen.

»Evy.«

Sie sah seinen Umriss, wie er abgewandt mit gesenktem Kopf vor ihr stand. Sie streckte die Hände nach ihm aus, wollte ihn berühren. Noch ein wenig, noch ein winziger Schritt … Ihre gespreizten Finger zitterten vor Anstrengung. Das Wispern um sie herum wurde lauter, wollte ihn nicht freilassen.

Bleib hier, und wir gehören dir …

»Evelyn!«

Etwas riss sie aus der Dunkelheit. Sie zuckte zusammen und wurde sich ihrer Umgebung bewusst. Ihre Wange brannte wie nach einer Ohrfeige.

Der BMW stand an einer roten Ampel. Maria hatte sich zu ihr gewandt und sah sie eindringlich an. In ihrem Gesicht spiegelte sich Sorge wider, obwohl die Härte der Worte Evelyn peitschte: »Bist du verrückt, ihm in die Augen zu schauen? Was hast du dir bloß dabei gedacht!«

»Nichts«, stotterte Evelyn, zu verwirrt, um zu begreifen, was Maria von ihr wollte.

»Das merke ich. Tu es nie wieder. Wer in die Augen eines toten Nachzehrers sieht – ich meine: des Leichnams –, wird in seinen Bann gezogen und mit ihm bis auf alle Ewigkeiten vereint. Einem Menschen kann er auf diese Weise die Lebensenergie aussaugen, ohne ihm nahe zu sein. Aber du bist kein Mensch. Er würde dich ins Jenseits ziehen, und dann wärt ihr beide verloren.« Maria beugte sich nach hinten, fuhr Adrián über das Gesicht und schloss ihm die Augen. »Ich hoffe für dich, dass du noch nicht zu weit in die Dunkelheit gegangen bist.«

»Bin ich nicht«, versicherte Evelyn und verschwieg, dass sie ihm bereits in der Notaufnahme in die Augen gesehen hatte. Konnte sie ihn deshalb spüren und er so einfach ihre Gedanken lesen? Fand sie ihn deshalb auf Anhieb so anziehend, weil sie bereits miteinander verbunden waren? Auch jetzt, ohne Adrián anzublicken, hörte Evelyn ihn nach ihr rufen. Sie musste doch etwas unternehmen! Sie musste ihm helfen … Aber du kannst es nicht, bremste sie sich. Maria weiß schon, was zu tun ist.

Die Ampel schaltete auf Grün. Ohne Eile setzte die Goth-Lady den Wagen in Bewegung, begleitet von der Symphonie eines Hupkonzertes. Evelyn konzentrierte sich auf die Umgebung hinter dem Fenster und zwang sich, nicht an Adrián zu denken.

Bald kam der BMW in eine vornehme Gegend.

Blankenese – ein Stadtteil der Schönen und Reichen, ein Stadtteil, in den man hineingeboren wurde. Es hätte sie nicht gewundert, irgendwo ein Schild ›Blankenese – Einfahrt nur für Privilegierte‹ zu entdecken.

Inzwischen war es dunkel geworden. Der Wagen hielt vor einem gusseisernen Tor, das von einer mannshohen Natursteinmauer eingefasst war.

Maria drückte auf die Fernbedienung, und das Tor glitt auseinander, um das Auto auf einen gepflasterten Weg zu lassen, der an einem Vorbildrasen vorbei zur Villa führte. Das weiße Haus mit den hohen Säulen und einem Zierbalkon, von den Bodenstrahlern wie eine Sehenswürdigkeit beleuchtet, entsprach Evelyns Vorstellungen von einem Adelssitz. Ein perfekter Drehplatz für eine Soap à la ›Gräfin gesucht‹. Links und rechts vor der Treppe wachten zwei Löwen, die in den Pfoten ein Schild hielten. ›M. N. R.‹ war darauf eingraviert. Die Bäume trugen ordentlich geschnittene Kronen, und die Buchsbäumchen, die die Balustrade schmückten, waren zu komplizierten Figuren gestylt.

Maria stieg aus und drückte Evelyn einen Schlüsselbund in die Hand.

»Du wirst den mit dem ovalen Ende brauchen.« Genauso leicht wie vorhin hob sie Adriáns leblosen Körper auf die Arme. »Na mach schon«, trieb sie Evelyn an, die noch etwas ratlos auf der Rückbank saß. »Er ist schwerer, als du denkst.«

Evelyn krabbelte aus dem Wagen und lief die Treppe zur Eingangstür hinauf. In ihrer Eile brachte sie es fertig, das Schlüsselloch mehrmals zu verfehlen. Das Schloss erwies sich als sperrig und widerstand ihren Versuchen, es zu öffnen. Auch Marias Blick, der sich in ihren Rücken bohrte, entspannte die Situation nicht gerade. Die Halle begrüßte sie mit einer angenehmen Kühle. Ein sanfter Blumenduft erfüllte die Luft. Zwei Treppen führten in einem Halbkreis zur Galerie der zweiten Etage. Die Bodenfliesen im Schachbrettmuster glänzten, und darin sah Evelyn ihr Spiegelbild. Noch besaß sie eines, dachte sie zynisch.

Die Samtgardinen verdeckten die Bogenfenster, und nur der Kristallkronleuchter unter der kuppelähnlichen Decke mit einer aufwändigen Freske warf sein künstliches Licht in den Saal. Während Evelyn im ersten Moment überwältigt die Innenarchitektur bestaunte, erreichte Maria die Galerie und verschwand im Flur rechts. Evelyn eilte ihr nach und trat in ein Schlafzimmer, das eher die Bezeichnung ›Gemach‹ verdient hätte.

Behutsam legte Maria Adrián auf das Bett und reckte sich. »Boah, der muss dringend abnehmen.« Das Grinsen verschwand aus ihrem Gesicht, als sie zu Evelyn schaute. »Conrad, unser Oberhaupt, wird bald herkommen. Kann ich dich für einige Zeit allein lassen, ohne dass du irgendwelche Dummheiten machst?«

Evelyn nickte stumm. Sicher war sie sich nicht. Die Dunkelheit wartete auf sie, und sie hörte das Murmeln, das sie zu sich lockte.

Komm her … lass uns frei …

»Gut. Sieh Adrián auf keinen Fall in die Augen, egal wie es dich lockt. Am besten, du gehst gar nicht erst ins Zimmer.« Maria wirkte müde, wie jemand, der nach einer ermattenden Arbeit noch eine Schicht hinterherschieben musste. »Ich versuche, so schnell wie möglich zurück zu sein.« Sie ging heraus. Dumpf schlugen ihre Boots auf das Parkett.

Evelyn gab sich einen Ruck und lief ihr nach. »Maria?«

Die junge Frau hielt an und hob fragend eine Augenbraue. Auch in ihrem skurrilen Outfit wirkte sie wie eine Lady und flößte Respekt ein, ohne ein Wort zu verlieren.

»Es … es tut mir wirklich leid, was passiert ist«, stotterte Evelyn. Besser ging es ihr dadurch nicht. Schuld und Hilflosigkeit lasteten auf ihr – etwas, was sie noch nie zuvor in solch einem Maße empfunden hatte.

»Mir musst du das nicht sagen.« Mit dem Kinn deutete die Lady zum Schlafzimmer. »Sag ihm das. Er ist ja für dich gestorben.« Sie lief die Treppe hinunter.

Evelyn trat ans Geländer und rief Maria hinterher: »Wo gehst du hin?«

»Nahrung besorgen. Und das so schnell wie möglich.«

Evelyn seufzte. Was auch immer das heißen mochte. Einen Imbiss meinte sie damit wohl kaum.

Eine Weile verharrte Evelyn auf der Galerie und starrte auf die schwarz-weißen Fliesen der Empfangshalle. Das Haus war unheimlich still, und die Leiche im Schlafzimmer weckte nicht gerade Frohsinn in ihr. Um sich abzulenken, spazierte Evelyn durch das Anwesen und kam sich wie ein Geist vor, der einsam durch ein verlassenes Schloss streift.

Die Räume ließen nur schwer Schlüsse auf Marias Geschmack ziehen. Antike Möbel teilten ihren Platz mit modernen Designer-Stücken. Die Schränke mit Glasvitrinen präsentierten goldene Spieluhren, Malachitschatullen und sogar ein Fabergé-Ei – ob ein echtes oder eine Nachahmung vermochte Evelyn nicht einzuschätzen. Das Parkett mit Ornamenten erinnerte an einen Palast und zwang Evelyn, sich nach Museumspantoffeln umzusehen. Mit schmutzigen Füßen über dieses Meisterwerk zu latschen, glich einem Sakrileg.

Auf ihrem Rundgang traf sie keine Menschenseele. Die Neugierde trieb sie dazu, Ausschau nach Briefen oder Ähnlichem zu halten, um irgendwelche Hinweise auf Marias Identität zu erlangen. Sie wusste, das gehörte sich nicht, aber ihr Leben stand derzeit so sehr auf dem Kopf, dass sie all ihre Manieren oder guten Vorsätze über Bord warf. Doch sie suchte vergeblich nach irgendwelchen Anhaltspunkten. Diese Frau wusste ihre Identität gut zu verbergen.

In einem der Zimmer entdeckte Evelyn ein Künstleratelier mit vielen Staffeleien, Leinwänden und losen Blättern mit Zeichnungen und Aquarellen: Stillleben, Landschaften, Skizzen von Menschen und Tieren. Eine Leinwand war mit einem Tuch bedeckt. Evelyn zog an der Ecke und drehte das Bild mit der Vorderseite zu sich. Vier junge Frauen in langen, weißen Kleidern – fast noch Mädchen – blickten ihr ernst entgegen. In ihrer Mitte saß ein Junge in einem Matrosen-Jäckchen.

Wenn Evelyn sich Maria ohne Schminke und ebenfalls in einem weißen Kleid vorstellte, so glich die Lady einer der Frauen. Waren die vier ihre Geschwister? Den Gewändern nach zu urteilen, stammten die Personen aus dem Anfang des letzten Jahrhunderts.

Sie bedeckte das Bild mit dem Tuch und ging weiter. Schließlich gelangte sie in eine Bibliothek mit dem Kamin, den Maria in der – hoffentlich nicht ernst gemeinten – Drohung an Adrián erwähnt hatte. Regale vom Boden bis zur hohen Decke bekleideten die Wände und präsentierten seltene alte Bücher. Die meisten davon waren auf Russisch, wie Evelyn anhand ihrer bescheidenen Kenntnisse in Kyrillisch feststellte. Dazwischen standen französische und englische Klassiker in Originalsprache. Auch deutsche Bücher fanden hier ihren Platz: Goethe, Schiller und andere Berühmtheiten – nicht gerade die Art der Lektüre, die Evelyn bei einer Goth-Lady vermutet hätte.

Noch eine Weile streifte sie durch die Villa und merkte selbst, wie sie immer wieder zum Schlafzimmer zurückkehrte, obwohl sie alles daransetzte, um dem Raum fernzubleiben. Schließlich konnte sie jedoch nicht anders, als die Schwelle zu überschreiten.

Die Luft roch nach Tod. Evelyn ließ sich am Bettrand nieder und betrachtete Adrián.

»So ist sie, Evelyn Behrens, live und in Farbe. Nur Schwierigkeiten machen, sich selbst und den anderen.« Sie zupfte an ihrem Haar. »Unsere Beziehung haben wir beide so falsch angefangen, dass daraus wirklich was hätte werden können. Und mal ehrlich, gut aussehende Männer platzen nicht gerade häufig in mein Leben. Weißt du was? Es ist unfair.«

Aber vielleicht auch richtig so, beendete sie den Satz in Gedanken. Wen sie nett fand – der durfte ihr auf keinen Fall näherkommen.

»Du hattest Recht, du wärst besser dran, wenn du mich im Krankenhaus mit diesen … wie nennst du sie? … Metamorphen gelassen hättest. Ich treibe jeden, der mir nahekommt, in die Zerstörung. Und ein Stückchen von mir selbst gleich mit.«

Ein Geräusch an der Tür lenkte sie ab. Im Rahmen stand ein junger Mann Anfang zwanzig. Das hellbraune Haar mit dem rötlichen Schimmer war verwuschelt und ließ ihn keck wirken. Er trug einen dunkelblauen Pullover, aus dessen Ausschnitt der blütenweiße Kragen eines Hemdes ragte. Dazu passten seine schwarze Bügelfaltenhose und die auf Hochglanz polierten Lederschuhe perfekt. Eine Art Prinz William in lässig und ganz privat.

»Dass er Sie hören kann, ist Ihnen schon klar, oder?« Er lächelte, und auf seinen Wangen erschienen zwei niedliche Grübchen. Nur die Augen blieben ohne jede Spur von Frohsinn und seltsam leblos.

Evelyn spürte, wie ihr die Röte in die Wangen

schoss. Sie wusste nicht, was ihr peinlicher war: dass der junge Mann ihr zugehört hatte, dass Adrián ihre Worte tatsächlich vernommen haben könnte oder dass sie sich einem Unbekannten in einem zerrissenen, blutbefleckten Hemd präsentierte.

»Ich sollte mich vielleicht vorstellen.« Er deutete eine Verbeugung an. »Conrad Wensley.« Er sprach ohne Eile und so leise, als wollte er nicht wirklich gehört werden. Die ›A‹-Laute klangen bei ihm dunkler als gewöhnlich, und das ›ch‹ ähnelte eher einem ›kh‹, aber nur, wenn man darauf achtete. »Und Sie müssen Lynn sein.«

Für eine Sekunde hielt Evelyn den Atem an. Niemand nannte sie so. Außer …

Ihre Gedanken schweiften zu ihrem sechzehnten Geburtstag. Eigentlich hätte sie in der Schule sein müssen, doch eine Grippe hatte sie ins Bett gezwungen. Ausgerechnet an ihrem Geburtstag! Sie schaute gerade fern, als es an der Tür klingelte. Ihre Mutter, die an diesem Tag zu Hause geblieben war – das Geburtstagskind sollte nicht allein sein –, schnellte aus der Küche. Doch Evelyn war zuerst da.

Draußen stand ein kleiner Karton mit einer roten Schleife. Kein Absender, keine Briefmarke, kein Poststempel – nur zwei Worte: *Für Lynn.* In der Schachtel fand sie eine schwarzrote Calla und eine Spieluhr, die das Mozart-Requiem spielte. Ihre Mutter schimpfte, sie solle alles wegwerfen. Kurz später erfuhr Evelyn die Wahrheit …

Es war seltsam, die Abkürzung ihres Namens von diesem Unbekannten zu hören. Seltsam und befremdlich.

»Evelyn«, verbesserte sie ihn trocken und streckte ihm die Hand zur Begrüßung hin.

»Natürlich, Verzeihung.« Er ignorierte ihre Geste. »Ich nehme an, *Mylady* ist abwesend?«

Sicherlich meinte er Maria. Evelyn senkte den Arm und nickte. Wie der Mann sich bewegte und sprach, hatte etwas Elegantes, sogar Stolzes an sich. Vielleicht war er sich zu fein, um sie mit einem Handschlag zu begrüßen. Vielleicht aber kannte sie die Gepflogenheiten dieser … Wesen … zu schlecht.

»Dann sollten wir woanders auf sie warten«, meinte er. »Ich wäre sehr erfreut, Ihre Gesellschaft auf der Terrasse genießen zu können. Wären Sie geneigt, meinem Wunsch nachzukommen?«

Wieder brachte Evelyn bloß ein stummes Nicken zustande.

Er kannte sich im Haus gut aus. Auf der Terrasse, von der aus man einen Blick auf das Tor und auf den Platz vor dem Hauseingang erhaschen konnte, stellte Conrad zwei Rattansessel auf und brachte Evelyn eine dünne Decke.

»Danke.« Ihre Finger berührten sich, während sie die Decke entgegennahm.

Seine Hand zuckte zurück, als hätte er sich verbrannt.

»Immer zu Ihren Diensten.« Er lächelte sein Grübchenlächeln, doch seine braunen Augen blieben weiterhin ausdruckslos und kalt.

Evelyn setzte sich. Sie zog die Beine an sich, breitete die Decke darüber und stützte ihr Kinn auf die Knie. »Was meinten Sie damit, Adrián könne uns hören?«

Er setzte sich in den Sessel neben sie. »Wir nennen es Todeskoma. Im Gegensatz zu den anderen bleiben wir auch nach dem Tod bei Bewusstsein.« Er sprach immer noch sehr leise. Evelyn musste sich anstrengen, um ihn zu verstehen.

»Wie kann das sein?«

»Es ist ein Teil des Fluches, der es den Nachzehrern unmöglich macht, sich von dieser Welt zu lösen. Rivas … ich meine Adrián … wurde einst geköpft, verbrannt und seine Asche in der Elbe verstreut. Es dauerte lange, bis er zurückkam.«

»Ich verstehe nicht ganz. Hat er sich aus der Asche materialisiert?«

»Hmmmm. Es ist wie nach dem ersten Tod: Man saugt die Energie der Lebenden, bis man genug hat, um zu einem Wiedergänger – einer Art Geist – zu werden, und dann weiter, bis man genug Energie hat, um die alte Form anzunehmen.«

Evelyn betrachtete die Rosen vor der Veranda. »Aber er dürfte doch keine Verwandten mehr gehabt haben, um von ihnen die Kraft zu erlangen. Maria hat mir erzählt, dass die Nachzehrer sich nur auf diese Weise im Grab ernähren können.« Es war seltsam, dieses Wort laut auszusprechen. Damit wurde die neue Welt für Evelyn ein Stück realer. Noch wusste sie nicht, ob sie das zulassen sollte.

»Es müssen nicht ausschließlich Verwandte sein, bloß ist das einfacher, ganz besonders für Neulinge. Als Nahrungsquelle können alle Menschen dienen, zu denen ein Nachzehrer eine mehr oder minder starke Bindung hat.«

Evelyn überlegte. »Wenn ich eine Nachzehrerin sein soll, warum kann ich mich nicht daran erinnern, gestorben zu sein? Wieso weiß ich nichts vom Ausbruch aus dem Sarg und von all den anderen Dingen?«

Er warf ihr einen seitlichen Blick zu, den Evelyn nicht zu deuten vermochte. »Sind Sie denn eine?«

»Bin ich keine?«

Darauf antwortete er nicht. »Es ist ein traumatisches Erlebnis, das zu gern verdrängt wird. Viele Neulinge versuchen ihr normales Leben weiterzuführen, als wäre nichts geschehen.«

Ich bin keine Untote!, wollte sie protestieren. Dieser Conrad glaubte nicht daran. Sie selbst glaubte nicht daran. »Der Punkt ist: Ich habe keine Menschen getötet. Ich brauche keine Lebenskraft der anderen«, sagte sie mit Inbrunst. Es fehlte bloß noch, dass sie mit dem Fuß aufstampfte. Wen versuchte sie hier zu überzeugen? Conrad oder sich selbst?

»Da täuschen Sie sich. *Mylady* meinte, Sie sind Krankenschwester.« Evelyn schnaubte. Wann hatte die ihm das denn erzählt? »Wie viele Menschen sind in Ihrer Gegenwart gestorben, als Sie ihnen die Energie nahmen? Unbewusst blenden Sie diese Momente aus.«

»Aber keiner an Beulenpest!«

»Es muss nicht die Beulenpest sein. Sie kommt, wenn wir schnell und unkontrolliert die Lebenskraft nehmen. Ansonsten leben die Menschen einige Zeit weiter und sterben an der Krankheit, an der der Nachzehrer verendet war. Die Beulenpest fällt zu sehr auf, und wir müssen vorsichtig sein.«

Evelyn dachte an die alte Frau, die kurz vor der Entführung aus dem Krankenhaus gestorben war. Hatte sie der Armen die Kraft genommen? Hatte sie sich deshalb so erholt gefühlt? Nein, der Gedanke war zu ungeheuerlich.

»Sind Sie auch tot?«

»Seit Anfang 1832.« Als er weitersprach, klang seine Stimme noch leiser und erschreckend emotionslos. »Ich muss gestehen, der Tod war das Beste an meinem Leben.«

»Aber Sie mussten Ihre Familie töten, um wiederzukommen.« Die Überlegung, ihre Mutter oder ihren Vater umbringen zu müssen, um selbst zu leben, schauderte sie. Wie sehr musste jemand leiden, um auf einen solchen Deal einzugehen?

Eine Weile kam keine Antwort, und Evelyn dachte schon, sie sei wieder einmal zu weit gegangen. Doch dann hörte sie ihn sagen: »Es gibt Familien, bei denen das nicht weiter schwerfällt.«

Als das Tor aufging, um den BMW durchzulassen, verspürte Evelyn Erleichterung. Conrads Gesellschaft machte sie ratlos und gleichzeitig auf eine seltsame Weise betroffen. Es gab nur wenige Menschen, mit denen Evelyn nicht umzugehen wusste, und dieser Mann gehörte dazu.

Das Auto hielt vor der Eingangstreppe. Die Türen schlugen auf, Marias unbeschwertes Lachen erklang. Hinter ihr stiegen zwei Jungs im Teenageralter aus dem Wagen. Sie trugen Jeans, die ihnen um die Hüften hingen, umgedrehte Baseballcaps und weite T-Shirts, die um ihre schlaksigen Körper baumelten.

Evelyn sprang auf, doch Conrads leiser Befehl fesselte sie auf der Stelle: »Halt!«

Sie setzte sich zurück an den Sesselrand, den Rücken gerade, innerlich angespannt wie ein Bogen, und beobachtete, wie einer der Jungs Maria umarmte und die Hand unter ihren Rock schob. Die junge Frau lachte wieder – ganz und gar nicht ladylike, und küsste den anderen, der anscheinend mit der Situation weniger anzufangen wusste. Während der Erste weiter an ihr herumfummelte, öffnete sie die Tür und beförderte die beiden ins Hausinnere.

Evelyn schaute fragend zu Conrad, doch er betrachtete ausdruckslos die Rosen. Sie wusste nicht, wie viel Zeit vergangen war, vielleicht mehrere Stunden oder nur wenige Minuten. Im Haus herrschte Stille. Nichts verriet, was drinnen vor sich ging.

Conrad holte eine silberne Taschenuhr und klappte

den Deckel auf. »Kommen Sie.« Er stand auf und öffnete Evelyn galant die Terrassentür.

Zusammen stiegen sie die Treppe zum Schlafzimmer hinauf. Maria trat heraus. Ihr Gesicht war blass, die Schminke um die Augen und der grelle Lippenstift verschmiert.

»Wie sieht es aus?«, fragte Conrad.

»Die Totenstarre hat noch nicht eingesetzt. Ich hoffe, es war nicht zu spät und er wird aufwachen.«

Evelyn schritt über die Schwelle und stolperte über etwas Weiches. Zu ihren Füßen lagen die Leichen der beiden Jungs, angeschwollen und mit blauschwarzen Beulen im Gesicht und Halsbereich. Einige davon waren aufgeplatzt; Eiter sickerte auf den weißen, flauschigen Teppich.

Sie hielt sich an der Wand fest, ohne den Blick von den Toten lösen zu können. »Bitte«, flüsterte sie. »Sagt mir, dass die beiden es verdient hatten. Dass sie Abschaum waren, Drogendealer, Diebe … was auch immer!«

Maria hob die Schultern. »Wir sind weder Richter noch Götter, um das zu entscheiden. Ein Löwe fragt auch nicht die Antilope, ob sie schlechtes Gras gefressen oder jemanden niedergetrampelt hat. Er reißt das schwächste Glied der Kette. Du musst lernen, das zu akzeptieren. Oder du wirst verhungern.«

7. Kapitel

Kilian holte aus dem Kühlschrank ein Bier und drückte sich die Flasche an die Schläfe. Am Küchentisch tastete er nach dem Stuhl. Zum wiederholten Mal fragte er sich, ob die geistige Verschmelzung mit dem Seelentier den anderen seiner Art genauso schwerfiel. Darüber zu reden gehörte sich nicht – niemand offenbarte die eigenen Schwächen, auch nicht innerhalb der Gemeinschaft. Womöglich lag das Problem nicht an ihm, sondern an der Häufigkeit der Verwandlung, die in der letzten Zeit besonders zunahm. Deren Nebenwirkungen bekam er deutlich zu spüren – Schwindelanfälle, Depressionen und Aggressivität, die ihn immer öfter übermannten. Einen Arzt oder Apotheker konnte er sicherlich nicht um Rat bitten.

Er verzog die Lippen, verbittert über den eigenen Zynismus. Mit dem Daumen wischte er über das beschlagene Etikett. Alkoholfreies Pils. Kilian musste sich anstrengen, um die Buchstaben lesen zu können, obwohl er eine Brille trug. Er sollte das Bier trinken, bevor er es mit seinem fiebernden Kopf erwärmt hatte. Der Flaschenöffner lag in der Schublade, deren

Vorderplatte an einer losen Schraube hing. Nicht einmal ein Akrobat könnte sie erreichen, ohne dabei aufzustehen. Kilian umschloss den Flaschenhals kräftiger und packte den Deckel mit den Zähnen. Es klackte, und die Kohlensäure zischte. Etwas Schaum stieg aus der Öffnung.

Kilian spuckte den Deckel auf den Boden. Der Kronenkorken rollte über die Dielen und blieb neben dem gelben Sack liegen, der an der Wand lehnte. Gestern war die Müllabfuhr vorbeigekommen. Den Sack herauszustellen hatte er wieder mal vergessen, und jetzt stank die ganze Bude nach Abfällen.

Das Bier kühlte seine Kehle und hinterließ einen bitteren Geschmack auf seiner Zunge. Er schaute zu Akash, der auf der abgewetzten Couch schlief. Außerhalb des Bungalows knarrten die Kiefern und schabten mit den Ästen am Fenster. Kilian fragte sich, wie der Hund bei diesem Lärm schlafen konnte. Er selbst hatte sich noch nicht an sein außergewöhnliches Gehör gewöhnt. Dennoch überlegte er, ob er dem Beispiel seines Freundes folgen und sich aufs Ohr hauen sollte. Der Tag war anstrengend und enttäuschend gewesen, was er nur sich selbst zuzuschreiben hatte.

So lange hatte er das Biest suchen müssen! Mehrmals hatte Akash die Spur verloren, zumal sein Gegner die Fährte zu verwischen wusste. Kilian hatte vor dem Haus auf der Lauer gelegen, als das Mädchen herausgelaufen war. Evelyn. Sie lebte, noch mehr: Ihr war es tatsächlich gelungen zu fliehen!

Er verfluchte den Moment, als er sie vor sich gesehen und begriffen hatte, dass es keinen Weg zurück geben würde. Nicht für ihn. Nicht für seine Gefühle zu ihr. Ihr Duft benebelte seine Sinne, machte ihn unzurechnungsfähig, besessen. Dieser Duft löste ein Verlangen nach ihr aus, das nicht gestillt werden konnte; die Sehnsucht nach dem Augenblick des vollkommenen Glücks, auch wenn es ihm danach genommen werden würde. Eine Beziehung mit einer Menschenfrau wurde immer bestraft. Wie bei Sebastian …

Seine Hand krampfte sich um die Flasche, und seine Augen brannten, unfähig, Tränen zu vergießen. Er stöhnte. Nur einen Griff entfernt stand die Tasse, die er aus dem Krankenhaus mitgenommen hatte, und verströmte Evelyns Duft. Kilian brauchte ihn wie ein Drogensüchtiger seinen nächsten Schuss, und er wusste nur zu gut, dass ihm das bald nicht mehr ausreichen würde. Er erinnerte sich an Evelyns Gesicht, als sie ihm begegnet war. Wie gern hätte er herausgeschrien, er wäre gekommen, um sie zu beschützen. Er hatte den Totenküsser gewittert, sich auf den Kampf vorbereitet – und hatte der Kleinen noch mehr Schrecken eingejagt. Beim Anblick der Kreatur war ihm die Kontrolle über seine animalischen Triebe entglitten. Das Tier in ihm löschte den menschlichen Verstand völlig aus … und jetzt jagte es ihm Angst ein. War er im Blutrausch auf das Biest gestürzt? Seine Wut konnte er sich nicht anders erklären.

An der Tür klopfte es. Zaghaft – eher ein vorsichtiges Kratzen als ein Klopfen. Kilian hielt den Kopf schräg. Er hörte das schnelle Atmen, roch die Menschenangst. Vermutlich die Kids aus der Siedlung, um dem ›Wolfsmenschen‹ einen Streich zu spielen. Er wünschte sich, die Dörfler würden ihn in Ruhe lassen. Sein Bungalow lag im Wald, weit abseits der anderen Häuser. Bei den Kids gehörte es zu den beliebtesten Mutproben, an seiner Tür zu klopfen. Meistens nachts oder spät abends. Was die Erwachsenen anging – die hätten ihn liebend gern auf einem Scheiterhaufen verbrannt – zu schade, dass es aus der Mode geraten war.

Er beschloss, den Ruhestörer zu ignorieren, und trank in genüsslichen Zügen sein Bier.

Es klopfte nochmal. Und ein drittes Mal. Es wollte einfach nicht aufhören. Was für ein hartnäckiges Pack! Kilian stand auf und öffnete die Tür einen Spaltbreit. Ein Junge, etwa acht Jahre alt, machte einen Satz nach hinten.

Eine Mutprobe, er hatte es doch gewusst! Aber der Knirps lief nicht fort, wie sonst üblich, sondern schaute Kilian durch die schwarzen Strähnen an, die ihm bis zur Nasenspitze reichten. Schmutz bedeckte sein Gesicht, der auf den Wangen und unter der Nase verwischt war, als hätte der Junge geweint. In seinen Armen kuschelte sich ein schwarz-weiß geflecktes Kätzchen.

»Was willst du?«, knurrte Kilian, da das Gör offensichtlich nicht vorhatte, irgendeinen Laut von sich zu geben.

Der Junge starrte beharrlich auf das Pelzknäuel in seinen Armen, als fürchte er sich davor, aufzuschauen. Zugegeben, Kilians Erscheinung konnte man nicht gerade salonfähig nennen: unrasiert, mit verfilzten Haaren, in Boxershorts mit Piratenschädel-Aufdruck und einem Unterhemd, das den Großteil seiner leicht behaarten Brust zur Schau stellte.

»Verschwinde«, blaffte Kilian und schaute den Jungen über den Rand seiner Brille an. »Du hast hier nichts verloren.«

Er wollte die Tür zuknallen, als das Piepsen des Burschen ertönte: »Warten Sie!« Der Knirps streckte ihm die Arme mit dem Kätzchen entgegen. »Helfen Sie Flipp.«

»Steht ›Tierarzt‹ auf meiner Stirn?«

Der Junge bohrte mit der Schuhspitze im Sand. Man hätte denken können, er wolle sich eingraben und Wurzeln schlagen. »Sie sind doch der Wolfsmensch.«

»Genau. Wolf. Hund. Wir haben es nicht so dicke mit Katzen.« So ganz stimmte das nicht. Obwohl er im Verlauf der Zeit einige Hundefähigkeiten von Akash erlangt und dafür seine menschliche Wahrnehmung zum Teil eingebüßt hatte, bedeutete das bei weitem nicht, dass er jeder Katze hinterherjagte.

Das Kinn des Jungen begann zu zittern. »Ich weiß nicht, was ihm fehlt. Meine Mama erlaubt es mir nicht, ihn zu behalten, und sie würde ihn nie zu einem Tierarzt bringen! Was, wenn er stirbt?«

»Das passiert nun mal. So ist das Leben.«

»Aber Flipp ist mein Freund!«

Auch Freunde sterben, so wie die, die einem noch näherstehen. Manchmal werden sie gefoltert, und man muss hilflos zusehen, wie sie immer schwächer werden. Man kann nichts tun, als bei ihren letzten Atemzügen ihre Hand zu halten und zu lügen, dass alles gut wird. Kilian, Sebastian, Johannes – die drei Musketiere, von denen nur er übrig geblieben war.

Mit gesenktem Kopf schlich der Junge den Sandweg zu einem grob gehobelten Balken zurück, der dem Grundstück mit dem provisorischen Drahtzaun als Tor diente. Kilian spürte Kummer, ein Gefühl, das er zu vergessen geglaubt hatte. Musste dieser Junge schon jetzt lernen, dass Freunde sterben können?

»Warte!«, rief er. »Okay, ich schaue mir deine Katze an.«

Der Junge machte abrupt kehrt und trottete hinter ihm ins Haus. Kilian räumte die Zeitungen von dem Sessel und deutete seinem kleinen Gast an, sich zu setzen.

Vorsichtig ließ sich der Junge nieder und beäugte neugierig die Behausung. Automatisch blickte auch Kilian sich um. Besonders einladend sah seine Bleibe nicht aus – ein Fernseher, ein verblichener Teppich mit kahlen Stellen in der Mitte, auf dem ein zerkratzter Couchtisch stand. Eine Küchennische grenzte direkt an die Wohnstube. Eine halbgeöffnete Tür erlaubte einen Blick ins Schlafzimmer, in dem eine Matratze mit einem Knäuel aus Kissen und der Decke das Bett ersetzte.

»Ist das dein Hund?«

Akash streckte sich auf dem Sofa und studierte den Jungen wie einen Einbrecher. Als er die Katze bemerkte, hob er die Lefzen und stieß ein Grollen hervor. Zum Glück beherrschte er sich genug, um sich nicht auf seinen Feind zu stürzen.

»Hm.« Kilian setzte sich im Schneidersitz auf den Boden und nahm das Kätzchen in den Schoß. Seine Finger fuhren durch das Fell und fühlten die Rippen unter der dünnen Haut. Jeder unvorsichtige Druck könnte die zarten Knochen brechen.

»Darf ich deinen Hund streicheln?«

»Nein.«

»Beißt er?«

»Ja, ganz besonders Jungs, die ihren Mund nicht halten können.« Kilian untersuchte das Kätzchen. Auf den ersten Blick konnte er nicht feststellen, was dem Tier fehlte. Schlaff sah es aus und hatte etwas Fieber. Eine Grippe vielleicht?

Der Junge rutschte vom Sessel zu ihm auf den Boden. »Wieso lebst du hier so allein?«

»Ich bin nicht allein. Ich habe Akash.«

»Er sieht wie ein Wolf aus. Weißt du, dass die anderen dich deswegen ›Wolfsmensch‹ nennen? Sie sagen, du kannst mit Wölfen sprechen. Ist das wahr?«

»Genau. Und bei Vollmond verwandele ich mich selbst in einen.«

Die Augen des Jungen wurden tellergroß. »Echt?«

»Nein!«

Enttäuschtes Schweigen. Na endlich hielt der Knirps den Mund! Aber zu früh gefreut.

»Meine Mama mag keine Tiere. Flipp habe ich in einer Scheune gefunden. Die Katzenmama hat ihn und seine Geschwister verlassen. Die anderen waren tot.«

»Hör zu, wenn du willst, dass ich dir helfe, dann sei still.«

»Bist du immer so böse?«

»Ich bin nicht böse. Ich bin …« Er pustete sich die Strähnen aus der Stirn. »Okay, weißt du was? Lass deine Katze bei mir. Wenn ich in die Stadt fahre, bringe ich sie zu einem Tierarzt. Abgemacht?«

Akash schenkte ihm einen Blick, als frage er sich, ob Kilian nicht ganz dicht wäre. Eine Katze in diesem Haus?

Der Junge nickte. »Okay.« Neben der Couch entdeckte er eine Sonnenbrille und setzte sie sich auf die Nase. »Ich heiße übrigens Becker.« Er schaute über den Brillenrand. »Tim Becker.«

»Schön für dich.«

Ohne Vorwarnung durchbohrte ein heftiger Schmerz seinen Schädel, als steche jemand mehrere Nadeln in sein Hirn. Kilian schrie auf und beugte sich vornüber. Seine Muskeln verkrampften sich. Er konnte sich nicht bewegen, so als hätten sich seine Glieder in Stein verwandelt.

Der Anfall ließ nach, um wenige Sekunden später erneut zuzuschlagen. Die Krämpfe folgten immer schneller aufeinander. Sein Schädel drohte jeden Moment zu zerbersten. Kilian krümmte sich auf dem Boden und schrie vor Schmerzen. Aus seiner Nase sickerte Blut. Die Umrisse des Zimmers verschwammen, er sah …

… die Schwangere, sie schob einen Einkaufswagen durch einen Supermarkt. Ein brauner Pullover schlabberte um ihren Körper, der Reißverschluss der Jeans stand offen und wurde mit einem Gummi zusammengehalten. Ihre angeschwollenen Füße steckten in Ballerinas, die schon bessere Zeiten gesehen hatten. Neben einem Obststand hielt sie an. Ihr Blick blieb an den grünen Trauben hängen, die im Licht noch saftiger erschienen. Der Preis ließ ihr mageres Gesicht zu einer leidigen Miene entgleisen. Verstohlen schaute sie sich um, riss eine Traube ab und schob sie sich in den Mund. Als wäre sie erwischt worden, eilte sie davon …

Zitternd kam Kilian zu sich. Die Vision hatte die ganze Energie aus ihm gesaugt. Eine Weile lag er auf dem Rücken und fixierte die Glühbirne, die unter der Decke baumelte. Akash schlabberte ihm über das Gesicht. Kilian stöhnte und schob den Hund beiseite. Nach einer Weile fand er die Kraft, sich aufzurichten. Der Schmerz pochte in seinem Schädel. Übelkeit stieg in ihm hoch, und er glaubte, sich übergeben zu müssen. Mit tiefen Atemzügen kämpfte er das Unwohlsein hinunter.

Das Kätzchen lag neben dem Sofa und schaute blinzelnd zu ihm herüber. Der Junge war verschwunden. Kein Wunder, bei dem Anfall – ein grässlicher Anblick. Nicht umsonst achtete er darauf, sein Geheimnis zu hüten. Wenn er das Aufziehen einer Vision verspürte, zog er sich zurück. Nun aber hatte er sich verraten. Der Knirps würde sicherlich nach Hause laufen und seiner Mutter von dem Vorfall erzählen. In ein paar Stunden würde sich das ganze Dorf das Maul über ihn zerreißen. Vielleicht würde er umziehen müssen, wie schon so oft zuvor.

Scheiß drauf.

Jetzt galt es zu handeln. Die Schwangere brauchte seine Hilfe. Er hoffte, sie rechtzeitig zu finden, um ihr das Leben zu retten.

Nachdem der Boden unter seinen Füßen aufgehört hatte zu schwanken, taumelte Kilian zur Küchennische. Er drehte den Hahn auf und wusch sich das Gesicht. Das kalte Wasser brachte Erleichterung.

Das Kätzchen miaute.

Kilian nahm eine Untertasse, goss Milch hinein und stellte dem Tier das Tellerchen hin. Akash kam angelaufen, verärgert über dieses Zeichen der Zuneigung. Er knurrte, und einen Moment schien es, als wolle er nach dem Kleinen schnappen. Das Kätzchen stellte sich auf die Hinterläufe. Es fauchte und schlug mit den Vorderpfoten nach der Hundeschnauze wie ein Boxer. Jaulend verkrümelte sich Akash hinter die Couch.

Kilian ertappte sich dabei, wie er schmunzelte. Das hatte er schon lange nicht getan – zu lächeln, weil ihm danach war, nicht, weil die Situation es erforderte. Bei dem Gedanken daran lächelte er noch breiter. Er mochte das Pelzknäuel.

8. Kapitel

Als kleines Mädchen hatte Evelyn sich oft ausgemalt, wie es wohl sei, wie eine Prinzessin zu nächtigen. Im Gästezimmer der Villa gingen ihre Kinderträume in Erfüllung. Sie tauchte in ein Bett ein, das ihren ermatteten Körper wolkenzart empfing. Rubinrote Samtvorhänge, an den Pfosten mit goldfarbenen Schleifen zusammengebunden, hüllten ihr Himmelbett ein. Hinter den großen Bogenfenstern sah sie den aufgehenden Mond, der einen silbernen Schimmer auf das polierte Parkett warf.

Doch ähnlich wie die Prinzessin auf der Erbse wälzte sich Evelyn hin und her, ohne einschlafen zu können. Die Sorgen um die Zukunft fraßen sich wie Rost in ihre Seele. In der Dunkelheit kehrten die Schreckgestalten zurück und scharten sich an der dünnen Membran zusammen, die sie von dieser Welt trennte. Evelyn vergrub den Kopf unter dem Kissen, doch die Rufe aus dem Jenseits drangen trotzdem an ihre Ohren.

Sie fand sich in einem unruhigen Traum wieder. Oder vielleicht lag sie nur da und fantasierte? So genau ließ sich das nicht sagen, die Grenze zwischen dem Trug und der Wirklichkeit verschwamm.

Evelyn irrte durch einen schwarzen Nebel, der ihre Haut mit einem öligen Film bedeckte. Sie suchte nach etwas. Oder nach jemandem. Ohne sich im Klaren darüber zu sein, was oder wen sie verloren hatte und warum es so wichtig war, es oder ihn wiederzufinden.

Ein seltsamer Drang trieb sie vorwärts. Schemen und Schatten wölbten sich um sie und verflossen wieder. Erst als sie es nicht mehr aushalten konnte und laut »Adrián!« in den Nebel hinausschrie, bekam ihr Verlangen einen Namen. Die Schatten lachten über sie. *Du dummes Mädchen, du wirst ihn nie bekommen, ihn niemals bei dir halten können …*

Nein!, wollte Evelyn rufen und begriff, dass sie selbst es war, die das Unheil prophezeit hatte. Doch sie suchte weiter und verlor sich immer mehr im Nebel, der nicht nur ihre Stimme, sondern auch sie selbst Stück für Stück verschluckte.

Bis sie im wabernden Dunst Adriáns Umrisse erkannte. Evelyn kämpfte sich zu ihm durch, als wate sie durch einen Sumpf. Endlich berührten ihre Finger seine Schulter. »Ich habe nach dir gesucht.«

»Das war nicht zu überhören, *guapa*.« Das fremde Wort klang neckisch und zugleich liebevoll aus seinem Mund.

»Sind wir jetzt auf ewig miteinander verbunden?«

»Keine Ahnung. Du bist die Erste, mit der ich das erlebe.« Mit beiden Händen umschloss er ihr Gesicht. »Aber ich will das nicht. *So* nicht.«

Sie schmiegte die Wange in seine Handfläche. »Ich genauso wenig.«

Ihn so nah zu spüren, brachte sie schier um den Verstand. Die Hitze tobte in ihrem Inneren und verlangte nach mehr. Evelyn hob den Kopf und forschte in Adriáns Augen. Sah sie Liebe darin? Oder nur die Schatten des Bannes, der auf ihnen lastete und sie verzehrte? Nein, wie konnte das Liebe sein, wenn sie einander so fremd waren?

Er tat ihr leid. Sie selbst tat sich leid. Das hatten sie nicht verdient. Nicht diese Lüge von Gefühlen.

Adrián neigte den Kopf, und sein Atem strich über die Haarsträhnen, die ihr Gesicht umrahmten. »Ich finde es erschreckend, sich so sehr nach jemandem zu sehnen.«

»Ich auch.« Seine Nähe machte sie beschwingt und federleicht. Nur ein Hauch, und sie würde davonschweben. Evelyn schloss die Augen. »Halt mich fest und sei endlich still.«

Seine Arme legten sich um ihre Taille. Er zog sie zu sich heran und vergrub das Gesicht in ihrem Haar. Evelyn lehnte den Kopf an seine Brust. Kein Herzschlag. Sie brauchte nichts zu sagen, denn ihre Gedanken wurden zu seinen.

»Es ist schon lange tot«, antwortete er.

Evelyn schloss die Augen. Sie wurde zu seiner Seele, seinem Leben und seinem Leid. Schmerz und Verzweiflung, Angst und Einsamkeit bedeckten sein Inneres wie kalte Asche. Doch inmitten dieser Trostlosigkeit spürte Evelyn einen Hauch von Wärme. Wer auch immer das Feuer hier zertreten hatte, ein Funke war noch nicht erloschen. Evelyn schmiegte sich an seine Brust. Von weit her vernahm sie einen dumpfen Schlag. Noch einen. Als fürchtete es, zum Leben zu erwachen, begann sein Herz zu schlagen.

Sie schaute auf. *Vertraust du mir?*, fragte sie stumm.

Vorsichtig erwiderte er ihr Lächeln und zeichnete mit einem Finger ihren Mund nach. *Ja.*

Sie wand sich aus seiner Umarmung und lachte auf. »Dein Fehler.«

Wie ein Dolch stieß ihre Hand in seine Brust, durchbrach die Rippen und riss das Fleisch auf. Ihre Finger schlossen sich um sein Herz. Mit einem Ruck riss sie es heraus, und das warme, zähe Blut strömte ihren Unterarm hinunter.

Abrupt wachte Evelyn auf und starrte keuchend auf die Vorhänge an ihrem Bett. Was am Abend noch so gemütlich wirkte, schien sie heute zu erdrücken. Sie sprang aus dem Bett und flüchtete ins Bad, das an ihr Zimmer grenzte. Sie duschte sich und zog die Sachen an, die Maria am Abend zuvor für sie bereitgelegt hatte.

Sie musste mehr über die Nachzehrer erfahren. Vielleicht würde sie dann herausfinden, wie sie diesen Zustand umkehren, ja sogar heilen konnte. Irgendeinen Ausweg musste es doch geben!

In einem der Räume fand sie einen Computer. Sie

schaltete ihn ein. Zum Glück war er nicht passwortgeschützt und verfügte über einen Internetzugang.

Evelyn stürzte sich in die Recherche, doch auch nach einer Stunde konnte sie nicht viel Neues erfahren. Sie kombinierte alle möglichen Begriffe und fütterte die Suchmaschine damit. Mehrmals stieß sie auf einen Namen, der in Verbindung mit dem Mythos der Nachzehrer stand: Hermann Herzhoff. Sie gab den Namen ein.

Hermann Herzhoff entpuppte sich als ehemaliger Professor für Mythologie an der Universität Hamburg, der inzwischen seinen Ruhestand genoss. Das Telefonbuch spuckte nur einen Hermann Herzhoff in ganz Hamburg aus. Evelyn suchte nach Stift und Papier und notierte sich die Adresse.

Evelyns Magen knurrte. Sie musste endlich etwas essen! Die Erinnerung an die verunstalteten Teenager erschütterte sie. So ein Mahl brauchte sie garantiert nicht. Was sie brauchte, war ganz normales Essen; schließlich hatte sie bisher auch überlebt, ohne jemanden umzubringen.

Hatte sie das wirklich?

Sie ließ die Zweifel nicht zu. Auf keinen Fall durfte sie an die alte Frau im Krankenhaus denken! *Und auch nicht an andere vor ihr, die du trösten wolltest und denen du in Wirklichkeit die Lebensenergie geraubt hast?* Nein! Sie war keine Untote. Egal, was ihr Maria einzureden versucht hatte.

Allerdings hatte sie kein Geld, und zu Fuß zu ihrer

Wohnung dürfte sie lange unterwegs sein. Sofern sie die Villa überhaupt verlassen durfte. Eines stand fest: Sie musste klauen. Entweder die Brötchen beim Bäcker oder, nachdem es im Haus nichts zu essen gab, irgendwo hier ein bisschen Geld. Sie entschied sich für Letzteres, zumal sie es in diesem Fall als ›ausgeborgt‹ betrachten und so ihr Gewissen wenigstens etwas beruhigen konnte.

Sie schlich zum Schlafzimmer, in dem Adrián lag. Nach einem Hadern mit sich selbst, wobei der Hunger ziemlich rasch alle ihre moralischen Einwände niederrang, setzte sie sich an den Bettrand. Die Wunde an seinem Hals hatte sich zusammengezogen, und nur eine rötliche Narbe erinnerte an den Schrecken. War das ein gutes Zeichen? Würde er bald aufwachen?

Das seltsame Verlangen, das Evelyn im Traum beherrscht hatte, kehrte zurück. Es war wie ein Fluch. Noch nie hatte sie einen Mann so stark begehrt, bis es schmerzte, bis es sie halb verrückt machte, ihn nicht zu berühren.

Vielleicht solltest du es einfach tun. Was ist schon dabei?, flüsterte ein Stimmchen in ihrem Kopf.

Evelyn schob ihre Hand in den Ausschnitt seines Hemdes. Seine Haut fühlte sich leichenkalt an. Ihre Finger glitten über die deutlich definierten Muskeln, und der Hunger, der in ihrem Leib brannte, verlangte nun nach Berührung und nicht nach Essen. Knopf für Knopf öffnete sie das blutverschmierte Hemd und legte seine Haut frei. Ihre Hand streifte über seinen trainierten Bauch zum Hosenbund. Gott, was tat sie bloß! Die Hitze schlug ihr in die Wangen. Ihre Finger fuhren über den Gürtel zum Reißverschluss.

Hör auf!, befahl sie sich und hätte sich am liebsten durchgeschüttelt. Was machte sie da? Er besaß doch mehr als einfach nur einen … sie stöhnte … himmlischen Körper. Eine Seele, Gefühle, die sie zu respektieren hatte!

Ihre Hand zuckte zurück. Evelyn riss sich zusammen und suchte dann schnell seine Taschen ab. In der rechten fand sie die Geldbörse und inspizierte den Inhalt. Unzählige Karten steckten in den Fächern, seitlich lugte die Ecke eines Fotos heraus. Sie zog daran und hielt eine vergilbte Fotografie in den Händen.

Das Bild zeigte Adrián an einem Strand. Neben ihm standen eine lachende Frau mit langem dunklem Haar und ein Mann, der die Arme um ihre Taille geschlungen hatte. Auf der Rückseite verkündete eine verblichene Handschrift: *Costa del Sol, verano 1956.*

Evelyn musterte das Bild. Oberflächlich betrachtet hatte er sich seit damals kaum verändert. Auf den zweiten Blick glaubte Evelyn, jemand anders zu sehen. Seine Züge wirkten weicher. Das Gesicht des Adrián, den sie kannte, war mit der Zeit verwittert, es war kantiger, strenger, die Haut – blasser. Auf dem Foto lächelte er unbeschwert. In seinen großen, ausdrucksvollen Augen lagen Wärme und eine innere Ausgeglichenheit, die sie auf eine seltsame Weise berührte. Den Adrián von damals hätte sie gern kennengelernt.

Jetzt bloß nicht sentimental werden, mahnte sie sich. Sie steckte das Foto zurück und schüttete das Geld auf das Bett. Viel war es nicht. 15 Euro und 52 Cent. Evelyn sammelte alles ein, verstaute das Portemonnaie wieder in Adriáns Hosentasche und schlich aus dem Haus.

Die Morgenluft kühlte ihr Gesicht. Mit voller Brust atmete sie die Frische ein und fühlte sich lebendiger denn je. Wie konnte sie bloß eine Sekunde daran geglaubt haben, tot zu sein? Der Umgang mit diesen komischen Leuten schlug ihr wohl auf das Gemüt. Jetzt erst einmal essen und dann ab nach Hause. Evelyn eilte die Straße entlang. Zu dieser frühen Stunde traf sie kaum Passanten. Sie musste ein Weilchen herumirren, bis sie eine Bäckerei fand. Endlich! Evelyn kaufte Croissants und belegte Brötchen und konnte es kaum abwarten, wieder nach draußen zu gelangen. Gleich vor dem Laden stopfte sie das Essen in sich, verschlang die Bissen, ohne zu kauen. Mit schwerem Magen, aber seelisch erleichtert machte sie sich auf den Weg zu einer Bushaltestelle. Laut dem Plan sollte der Bus in zehn Minuten kommen. Evelyn setzte sich auf die Bank.

Übelkeit fiel über sie her.

Verflucht, sie hätte nicht so schnell und so viel essen sollen, keine Frage. Tief und langsam atmete sie ein und aus. Schweiß trat ihr aus allen Poren. Sie stand auf und ging einige Schritte auf und ab. Ihr Magen verkrampfte sich. Sie hielt die Luft an, in der Hoffnung, die Übelkeit niederkämpfen zu können, dann beugte sie sich vornüber und erbrach sich auf den Asphalt.

»Ist alles in Ordnung?«, hörte Evelyn eine Frage, die von weit her zu ihr drang, als steckten in ihren Ohren Wattebäusche.

Sie nickte schwach.

»Sind Sie sicher?«

Langsam hob Evelyn den Kopf und schob die Strähnen, die ihr vor die Augen fielen, beiseite. Vor ihr stand ein Mann. Doch sie sah ihn kaum durch das silbern-orangefarbene Schimmern, das ihn umgab. Völlig gebannt von diesem Anblick streckte sie die Hand aus. Ihre Fingerspitzen begannen zu prickeln, und das Schimmern erzitterte. Sie fühlte, wie gesund der Mann war, er sprühte förmlich vor Kraft und Vitalität. Noch eine Sekunde, und sie würde ihn küssen, um all das in sich aufzusaugen, was ihr fehlte.

»Nein!«, schrie sie und wich zurück.

Der Mann schreckte zusammen. »Soll ich einen Arzt rufen?«

»Keinen Arzt. Ist schon in Ordnung. Keinen Arzt.«

Auf der anderen Straßenseite sah Evelyn eine Frau stehen, die sie zu beobachten schien. Ihre glatte Haut glich Erdöl. Ein Damenkostüm betonte ihre schlanke Figur, um den Hals hing eine lange Kette aus rotbraunen Perlen. Doch nicht das zog Evelyns Aufmerksamkeit auf sich, sondern die Schatten, die sich um die Frau herum wanden. Mit der Grazie einer Königin hob die Unbekannte die Hand zu einem Gruß, schritt zurück und löste sich in schwarzem Rauch auf.

Evelyn rieb sich die Augen – jetzt sah sie auch noch Gespenster! Auf wackeligen Beinen schlurfte sie davon, ohne sich umzudrehen, in panischer Angst, dort etwas zu sehen, was sie nicht sehen durfte. Sie dachte an das Schimmern, an den Wunsch, den Mann zu küssen – tödlich zu küssen. Nein, so etwas durfte nie wieder passieren! Noch einen Moment, und sie hätte den Mann umgebracht. Skrupellos, nur um von seiner Lebenskraft Energie zu schöpfen. Sie musste diesen Herzhoff aufsuchen, und zwar jetzt!

Der Professor wohnte in einem Häuschen am Stadtrand, mitten im Grünen, fern von lärmenden Straßen. Das Gartentor quietschte, als Evelyn es öffnete und über einen Kiesweg zum Haus marschierte. Der Rasen verdiente wohl eher die Bezeichnung ›Öko-Wiese‹ – die hiesige Flora-Vielfalt hätte jeden Botaniker in Entzücken versetzt. Unter Obstbäumen stand eine verrostete Hollywood-Schaukel.

Evelyn sah sich um. Am Fenster des Hauses nebenan bewegte sich eine Gardine, als wäre jemand schnell zurückgewichen. Wurde sie beobachtet? Ja, sicher. Jetzt also auch noch der Verfolgungswahn.

Eine wildfarbene Katze huschte vorbei und schlängelte sich durch die Hecke hindurch zum Nachbargrundstück. Am Vordach lief Evelyn durch ein Spinnennetz. Sie klingelte an der Tür, während sie sich mit der anderen Hand eine fette Kreuzspinne aus dem Haar schüttelte.

Drinnen knarrten die Dielen, die Türklinke klackte, und auf der Schwelle erschien ein alter Mann – vermutlich Professor Herzhoff. Er trug ein weißes Hemd und eine Bügelfaltenhose, als wolle er gerade zu einer Vorlesung aufbrechen.

»Ah, kommen Sie rein, kommen Sie rein.« Er erstrahlte, wodurch die Fältchen sich noch tiefer in seine Haut gruben, und machte eine einladende Geste.

Unsicher trat Evelyn in den Flur, in dem es nach Leder, Holz und einem aromatischen Tee roch. Der Mann führte sie in ein Wohnzimmer, vorbei an der Küche im mediterranen Stil, in der ein gedeckter Frühstückstisch stand.

»Oh«, murmelte Evelyn. »Ich halte Sie wohl vom Essen ab.«

»Das macht nichts. Ich war schon fertig. Sie sind wohl die neue Putzkraft?«

»Ich fürchte nein.«

»Schade, schade.« Ihr Geständnis hielt ihn nicht davon ab, sie weiter in sein Haus zu führen.

Im kleinen Wohnzimmer schien die Zeit in den Fünfzigern stehengeblieben zu sein. Tüllgardinen, Alpenveilchen auf der Fensterbank, ein Wandschrank und Bücherregale aus dunklem Holz. Gegenüber der Tür – ein Kamin. Evelyn konnte sich gut vorstellen, wie der alte Mann hier seinen Enkeln Geschichten erzählte. Vermutlich von bösen Gestalten, die in der Dunkelheit lauerten.

»Möchten Sie einen Tee?«

»Nein, danke, ich …« Doch der Professor war schon im Flur verschwunden. Kurze Zeit später kehrte er mit einem Tablett zurück. Zwei dampfende Tassen, Kekse, belegte Brotscheiben.

Hermann Herzhoff stellte das Tablett auf dem Boden ab, setzte sich in einen Ohrensessel und legte sich eine Fleece-Decke über die Beine. Evelyn sah sich nach einem Stuhl um, fand keinen und ließ sich auf dem bunten Teppich nieder.

»Es tut mir leid, Sie zu stören«, begann sie etwas unschlüssig. Wie sagt man einem Unbekannten, dass man ein Nachzehrer ist und jemanden umbringen würde, wenn man keine Heilung fand? »Wir kennen uns zwar nicht, aber ich habe Fragen, die anscheinend nur Sie mir beantworten können.«

»Schön, schön.« Er wackelte mit dem Kopf, als hinge dieser an einer Sprungfeder. »Ich dachte schon, ich habe wieder irgendetwas oder irgendjemanden vergessen. Das passiert mir oft in letzter Zeit.«

»Evelyn Behrens ist mein Name. Sie haben viel über den Mythos der Nachzehrer geschrieben. Das Thema interessiert mich.«

»Nachzehrer, Nachzehrer.« Anscheinend gehörte es zu seiner Art, einige Wörter zu wiederholen. Er nahm eine Tasse und schlürfte den Tee, wobei er schmatzte, als wolle er die Flüssigkeit auf der Zunge bis in jede

Nuance schmecken. »Über die hat mich schon lange keiner mehr gefragt. Die sind nicht sonderlich populär. Neulich wollte ein Autor was von Vampiren wissen. Er schreibt einen Roman, wissen Sie, und …«

»Ich schreibe keinen Roman. Mein Interesse ist rein …«, Evelyn schluckte das Wort ›persönlicher‹ nieder, »privater Natur.« Sie traute sich an den Früchtetee. Erstaunlicherweise konnte sie die Flüssigkeit in sich aufnehmen, ohne sich übergeben zu müssen. Vielleicht hatte sie vorhin wirklich nur zu gierig gegessen.

»Nun, ich könnte Sie stundenlang damit unterhalten.« Der Professor strich die Falten der Decke glatt. »Man nennt sie auch Gierrach, Dodeleker oder Totenküsser. Sie saugen den Menschen die Lebensenergie aus. Früher war die Annahme gebräuchlich, dass die Mythen der Nachzehrer nur im Osten und Nordosten Deutschlands Verbreitung fanden. Allerdings hat man auch im Ruhrgebiet Särge mit entsprechenden Leichen gefunden.«

»Was meinen Sie mit ›entsprechend‹?«

»Nun, man begräbt seine Lieben nicht ohne Grund mit dem Gesicht nach unten, man fesselt ihnen nicht die Hände mit einem Rosenkranz, wenn nichts zu befürchten ist. Und man streut auch keine Kieselsteine in die Särge, wenn man niemanden darin ein Weilchen beschäftigen möchte.«

»Kieselsteine?«

»Erbsen auch.« Er winkte ab. »Einer der Versuche, einen Nachzehrer zu bannen. Dem Glauben nach muss ein Totenküsser zuerst die Steinchen aufzählen, bevor er über seine Opfer herfallen kann. Und da er eine Teufelskreatur ist, ist es ihm angeblich unmöglich, die Zahl der Dreifaltigkeit auszusprechen.«

Evelyn hielt inne. Konnte auch sie die Zahl nicht aussprechen?

»Drei«, kam es zögernd über ihre Lippen.

Der Professor nickte. »Alles Bockmist, Verzeihung für den Ausdruck. Es gibt keine wirkungsvolle Methode, einen Gierrach zu bannen. Außer vielleicht mit einem Ritual, Schwarzer Magie, mit der diese Kreatur zu einer solchen beschworen wurde.«

»Wie steht es mit dem Sonnenlicht?« Evelyn knabberte an einem Keks. Auch dieser rief bei ihr keine Übelkeit hervor. Ganz anders als die Geschichten des Professors.

»Sie sind allergisch gegen die UV-Strahlen. Einige mehr, andere weniger. Aber auch das wird sie nicht umbringen, ihnen vielleicht bloß hässliche Blasen bescheren. Die Sonne entzieht ihnen die Energie, deshalb meiden die Nachzehrer es, ein Sonnenbad zu nehmen.« Er kratzte sich an der Nasenspitze. »Wussten Sie, dass Totenküsser als Kinder mit Zähnen zur Welt kommen?«

»Ja.«

»Und dass es Fälle gegeben haben soll, wo sie ihre Mütter von innen aufgefressen haben?«

Evelyn musste sich räuspern. Die Kekskrümel kratzten ihr die Kehle auf. Sie hustete. »Nein.«

»Es sind grausame Kreaturen, meine Liebe, und wahrhaftig unsterblich. Zwar kursieren Meinungen, ein Pflock ins Herz, Verbrennen oder Köpfen könnten sie vernichten, aber das ist Quatsch mit Soße. Diese Wesen sterben, wachen irgendwann auf, und wenn sie genug Energie verspeist haben, kommen sie als Wiedergänger zurück.« Er schüttelte den Kopf und murmelte: »Und dann soll mir einer was von Vampiren erzählen. Die sind im Vergleich noch nette Zeitgenossen.«

»Es gibt in der Tat Vampire?«, hauchte Evelyn erschrocken. Fast hätte sie sich schon wieder verschluckt.

Der alte Mann lachte auf. »Ich kenne keinen, der Gütige sei mir gnädig.«

»Nun gut, und was genau unterscheidet die Nachzehrer von den Vampiren?«

Der Professor begann, an den Fingern abzuzählen. »Ihre Opfer werden nicht zu ihresgleichen. Ein Totenküsser entsteht nur durch die Schwarze Magie einer Hexe, oder er gibt den Fluch an seinen Nachkommen weiter. Pflöcke, Kreuze, Köpfen, Weihwasser dürften bei ihnen eine eher enttäuschende Wirkung haben – es ist unmöglich, einen Nachzehrer umzubringen. Außer …«, er hob den Zeigefinger, »… sie hungern aus – aber ich würde mich nicht auf diese Auskunft verlassen. Sie saugen kein Blut, sondern die Lebensenergie aus. Ihre toten Körper bleiben im Grab, deshalb nehmen einige an, ein Totenküsser verließe niemals den Sarg. Das tut er, sobald er dazu genug Energie hat, aber zuerst kehrt er als Geist wieder.«

»Den Sie als Wiedergänger bezeichnen«, nahm Evelyn den Faden wieder auf. »Bis sie so viel Lebensenergie aufgenommen haben, dass sie sich materialisieren, wieder fassbar werden.«

»Interessant. Das ist nur wenigen bekannt.« Der Professor kniff die Augen zusammen und beugte sich ein Stück vor. »Woher wissen Sie das?«

»Hab's irgendwo gelesen. Nicht der Rede wert.«

Der alte Mann nahm einen großen Schluck Tee und lehnte sich zurück in den Sessel. Doch gänzlich überzeugt schien er nicht zu sein, eine Spur von Misstrauen schlich sich auf sein Gesicht. Trotzdem erzählte er weiter: »Die ersten Vorkommnisse der Nachzehrer wurden am Anfang der Pestzeit aufgezeichnet. *Sie* sind die Verursacher der Seuche. *Sie* haben ganze Dörfer und Städte ausgelöscht. Eine schreckliche Plage für die Sünden der Menschen.« Hermann Herzhoff presste die Lippen aufeinander und schaute zum Fenster. Seine Augen füllten sich mit Tränen. »Heute sind sie vorsichtiger geworden und lösen keine Seuchen aus. Zumindest nicht so oft und nicht so fatal.«

Evelyn musterte ihn. Wusste er wirklich von der Existenz der Nachzehrer? Hermann – hatte Adrián womöglich mit ihm telefoniert?

»Wer hat denn die Plage losgelassen? Sie haben vorhin Schwarze Magie erwähnt.«

»Die Hexen.« Seine Finger trommelten auf der Sessellehne. »Fürchten Sie ihre Rache, denn es wird kein Entkommen geben. Ihr Urteil ist unwiderruflich.«

»Erzählen Sie mir mehr davon.«

»Niemand kennt das wahre Gesicht einer Hexe. Angeblich kann das Feuer sie tatsächlich vernichten, aber bis es so weit ist, wird sie aus dem Körper verschwunden sein, und schon brennt ein unschuldiges Mädchen auf dem Scheiterhaufen.«

Ein Schauder lief Evelyns Rücken entlang. Sie stellte die Tasse ab, da ihre Hand zu zittern begann. »Ich habe im Internet gelesen, Sie hätten eine sehr unkonventionelle Meinung zu Hexen und ihrem Ursprung.«

»Ich rede nicht gern darüber.«

Noch einer, dachte Evelyn. Warum? Sie versuchte, ihn aus der Reserve zu locken. »Man nennt sie ›Die Mächtigen‹, nicht wahr?«

Er kniff die Augen zusammen. »Sie wissen Dinge, die nur wenigen bekannt sind. Ich frage Sie noch einmal: woher?«

»Erzählen Sie mir von den Mächtigen, und ich verrate es Ihnen.« Hinter dem Rücken kreuzte sie die Finger. Natürlich würde sie ihm nicht die Wahrheit sagen können und hoffte, ihn mit einer belanglosen Lüge zufriedenzustellen.

»Hexen und Hexer sind Götter des Altertums. Eine uralte Energie, die auf dem Glauben der Menschen wächst und gedeiht. Nachdem sich die meisten Menschen dem Monotheismus zugewandt hatten, schliefen die alten Götter ein, hieß es. Aber einige, ja einige, die ihre Gläubigen behalten konnten, wanderten auf die Erde. Sie agieren unter uns. Dafür besetzen sie einen menschlichen Körper, töten die Seele darin und versuchen, den Glauben an sie zu verstärken. Mit allen Mitteln.«

»Von welchen Göttern reden wir konkret?«

»Hinduismus, Voodoo … welche Götter genau unter uns wandern, kann ich nicht sagen.«

»Und welche sind für den Nachzehrer-Fluch verantwortlich?« Sie zog das Tablett näher an sich heran, nahm ihren Tee und aß ein Wurstbrot.

»Diejenigen, die mit einem Totenreich zu tun haben.«

»Es ist alles ziemlich verwirrend. Langsam bin ich etwas irritiert. Hexen, Flüche, Nachzehrer …«

»Nun, lassen Sie es mich an einem Beispiel erklären. Nehmen wir an, ich würde Groll auf meine neue Nachbarin hegen, diese neugierige Pute, deren Katze stets in meinem Garten herumstreunt. Nennen wir die Gute Micaela. Und nehmen wir an, ich wäre der Anhänger einer Gottheit des Totenreiches. Hades zum Beispiel – er herrschte in der Antike über die Unterwelt. Ich würde ihn bitten, meine Nachbarin mit einem Fluch zu belegen. Und da ich ein guter Gläubiger bin, würde er mir meinen Wunsch erfüllen.« Mit einem Schmatzen löste er seinen Zahnersatz vom Zahnfleisch, um ihn gleich darauf wieder aufzusetzen.

Na lecker. Der Appetit auf den Früchtetee und die

Brote war Evelyn vergangen. Sie rümpfte die Nase und schob die Teetasse von sich. »Also entstehen die Nachzehrer durch die Missgunst irgendeines Gläubigen, dem solch ein Gott wohlgesonnen ist?«

»Nicht unbedingt. Es kann verschiedene Gründe dafür geben. Das wäre einer davon. Aber zurück zu unseren Überlegungen. Sobald Micaela, die Nachbarin, schwanger wird, würde Hades ihr Ungeborenes mit dem Fluch belegen. Nur dieses eine – die anderen Kinder und Micaela selbst wären davon nicht betroffen.«

»Das ist ziemlich unfair, ein Kind für das Vergehen der Mutter zu bestrafen.«

Hermann Herzhoff verzog bitter das Gesicht und stellte seine Teetasse ab. »Wer behauptet, Götter seien fair? Außerdem: Was kann es für eine Mutter Schlimmeres geben, als zuzusehen, wie ihr Kind stirbt? Nun ja, das Baby – nennen wir es A…« Er stockte. »Anton. Ja, Anton, ist doch ein schöner Name. Er würde also zur Welt kommen und sich prächtig entwickeln. Doch irgendwann – sollte kein Unfall dem zuvorkommen – würde er an einer Krankheit sterben, ob als Kind, Teenager oder junger Erwachsener – er stirbt noch vor seiner Mutter, so viel ist sicher. Im Sarg wacht Anton auf und giert nach der Lebensenergie seiner Verwandten. Einen nach dem anderen zieht er sie ins Grab.« Sein Kinn begann zu zittern. Die Stimme bebte. »Seinen Bruder, seine Mutter und … seine Schwester, die gerade ein Kind geboren hat.«

Evelyn hielt inne. Sprach Hermann Herzhoff von einem bestimmten Nachzehrer?

Der alte Mann riss sich zusammen und redete weiter: »Irgendwann hat er genug Kraft, den Sarg als Geist zu verlassen. Nun kann er aktiv jagen. Bald hat er genug Lebenskraft gesammelt, um sich zu materialisieren, also einen Körper zu erlangen.«

»Und falls er wieder stirbt, fängt alles von vorne an. Das Aufwachen im Grab, das Sammeln der Lebensenergie …«

»Richtig. Einige für uns Menschen tödliche Verletzungen können sie gut wegstecken, vorausgesetzt, sie gelangen schnell genug an Lebenskraft. Bei den anderen wandern sie zunächst in den Sarg.«

»Wie kann ich so eine Hexe – oder wenn Sie wollen, Gottheit – finden? Kann man sie rufen? Beschwören?«

Der Mann sprang auf, unglaublich flott für sein Alter. Die Decke rutschte auf den Boden. »Sie stellen seltsame Fragen, junge Dame.«

»Haben Sie schon eine Mächtige gesehen?«

Er ruckte auf Evelyn zu, das Gesicht erstarrt wie rissige Erde nach einer langen Dürre. Seine Augen glänzten fiebrig. »Ob ich eine gesehen habe?«, krächzte er. »Ich habe gesehen, wie die Seele eines Mädchens getötet wurde. Wie die Hexe im zierlichen Körper gewütet hatte, wie die Kleine schrie und sich bäumte, wie das unschuldige Ding schallend lachte, alle bespuckte und als Fotzen beschimpfte.« Er redete sich in Rage, winzige Speicheltropfen benetzten seine Lippen. »Ich habe gesehen, wie die Eltern die Arme mit Laken ans Bett gefesselt, einen Arzt und einen Priester gerufen haben, doch keiner konnte helfen. Es blieb ihnen nichts anderes übrig, als zu beobachten, wie alles Menschliche aus ihrer Tochter wich und einem Ungeheuer Platz machte. Erst dann ging die Mächtige fort.«

»Und das Mädchen?«, fragte Evelyn atemlos.

»Für immer verloren.«

Er warf ihr einen scharfen Blick zu, sah ihr direkt in die Augen. Dann wich er erschrocken zurück und bekreuzigte sich. »O mein Gott, Sie haben tote Augen! Verlassen Sie sofort mein Haus.«

»Bitte, sagen Sie mir die Wahrheit! Wie findet man eine Mächtige?« Sie umschloss seine Hände.

»Aufhören!« Er verengte die Lider. »Lassen Sie mich in Ruhe!«

»Aber …«

»Kein Aber.«

Er wusste, wie man an eine Hexe kam. Noch mehr: Der Professor war einer auf der Spur! *Das* wollte er ihr verheimlichen. Evelyn fühlte es mit ihrem siebten Sinn, so wie sie manchmal Adriáns Gedanken lesen konnte.

Ihr Blick geisterte über die Bücher in den Regalen, die sich mit Volksglauben, Mythen und Esoterik beschäftigten. Würde sie hier eine Antwort finden können? Dazwischen stand ein eingerahmtes Foto. Es zeigte einen Strand, eine lachende Frau mit langem dunklem Haar und einen Mann, der sie umarmte.

Evelyn wusste nicht, wie sie zu dem Regal kam – auf einmal hielt sie das Foto in den Händen. Das gleiche Bild hatte sie heute früh gesehen!

»Adrián«, flüsterte sie. Der Teil, auf dem er zu sehen gewesen wäre, war abgeschnitten.

»Ich würde ihn töten, wenn ich nur wüsste, wie«, kam es gepresst hinter ihr, so nah, dass Evelyn zusammenzuckte.

Draußen miaute eine Katze.

9. Kapitel

Kilian saß im Schneidersitz auf dem Boden, die Lider, die immer schwerer wurden, geschlossen und den Rücken kerzengerade durchgedrückt. Seine Hände ruhten auf den Knien. Im Geiste forschte er nach den Einzelheiten seiner Vision. Wie, zum Henker, sollte er diesen Supermarkt finden, in dem die schwangere Frau überfallen werden würde? In Hamburg und Umgebung gab es sicher Hunderte davon.

Das Kätzchen schmiegte sich an seinen nackten Fuß und kitzelte die Sohle mit der Schwanzspitze. Er schob das Tier beiseite, doch es kehrte hartnäckig zurück, um an Kilians großem Zeh zu nagen.

Er biss sich auf die Unterlippe, um nicht loszukichern. »Hey, der ist keine tote Maus, obwohl er womöglich so riecht.«

Er zwang sich, an seine Mission zu denken, nur an sie allein. Verschwommen eilten die Bilder der Vision an seinem geistigen Auge vorbei. Die Ausstattung des Supermarktes erinnerte ihn an einen Discounter, und auf dem Griff des Einkaufswagens, den die Schwangere vor sich hergeschoben hatte, war ein Logo aufgezeichnet. Er konzentrierte sich darauf, bis er den

Namen identifizieren konnte. Na toll. Von der Sorte gab es etliche in Hamburg. Er brauchte weitere Hinweise, und zwar schnell. Die Zeit lief ihm davon. Je mehr er trödelte, desto weniger Überlebenschancen hatte die Frau.

Kilian tauchte tiefer in die Erinnerungen ein. Er beobachtete das Opfer durch die Augen der Kreatur, hörte Geräusche der Umgebung und nahm allerlei Gerüche war. Einer davon schraubte sich besonders penetrant in seine Nase. Jedes Mal, wenn die Eingangstür des Ladens aufging, schwenkte der Gestank nach Hefe herein. So stark, dass Kilian glaubte, eine Handvoll von der Sonne aufgewärmte Hefe ins Gesicht gedrückt zu bekommen. Als die Vision ihrem Ende zuging, schien der Wind sich zu wenden und brachte einen intensiven Geruch nach etwas Süßem mit sich.

Schokolade.

Kilian riss die Augen auf. Unter der Couch zog er seinen alten Laptop hervor. Nach einiger Zeit hatte er das Gebiet eingegrenzt. Der Supermarkt musste zwischen Hamburg-Wandsbek und Hamburg-Marienthal liegen. Daran grenzten eine Hefe- und eine Schokoladenfabrik. Leider gab es dort mehr als eine Filiale, die es aufzusuchen galt.

Bei der Fahrt klapperte sein Transporter, als würde er jeden Moment auseinanderfallen. Vorsichtig manövrierte Kilian den Wagen durch den Verkehr. Er hatte sich über den Lenker gebeugt und die Augen zusammengekniffen. Trotz der Brille sah er verschwommen, als hätte jemand eine Schicht Vaseline auf die Scheibe geschmiert. Auch die Farben verblassten mehr und mehr. Für das gute Gehör und den perfekten Riecher seines Seelentiers hatte er bereits über dreißig Prozent seines eigenen Sehvermögens eingebüßt, und es wurde mit jedem Tag schlimmer. Die Prognosen brachten wenig Hoffnung, schließlich besaßen Hunde nur vierzig Prozent der menschlichen Sehkraft. Unter diesen Umständen sollte er kein Auto mehr fahren, und er ließ es auch bleiben, wann immer es ging. Wenigstens musste er den Führerschein nicht fälschen, im Gegensatz zu seinem Kriminalkommissarausweis. Die Fahrprüfung hatte er absolviert, als er noch keine Verbindung mit dem Seelentier eingegangen war und noch alle Farben des Lebens hatte genießen können.

Nach einer Stunde Fahrt erreichte er sein Ziel. Kilian parkte das Auto in einer Gasse, von der er glaubte, dass sie von keinen ungebetenen Besuchern heimgesucht werden würde, die sich über einen fast leblosen Körper wundern könnten oder die ein offen stehendes Auto zu sehr versuchen würde. Von der Straße aus fiel der Transporter hinter den Müllcontainern kaum auf. Kilian stieg aus und ging nach hinten. Im Laderaum tippelte ihm das Kätzchen entgegen. Er tätschelte den Kopf des Tiers. »Nein, du wartest brav hier. Zum Arzt bringe ich dich, wenn wir hier fertig sind. Abgemacht?«

Akash hatte sich in einer Ecke verkrochen und war kaum zu sehen, nur seine Augen glänzten. Kilian kletterte in den Laderaum und hockte sich vor ihm hin. »Komm, die Arbeit ruft.«

Der Hund knurrte seine Unlust heraus, als ahne er, was ihn erwartete: nämlich keine Jagd, bei der er seine eigenen Triebe ausleben und Instinkte schärfen könnte. Er stellte bloß seinen Körper zur Verfügung, musste seine Seele von einer anderen bezwingen lassen.

»Ich weiß, ich mag es genauso wenig wie du.« Und mit jedem Mal weniger, fügte Kilian in Gedanken hinzu. Was nun kommen würde, setzte ihnen beiden in gleichem Maß zu.

Aus der Jeanstasche holte er einen Hundekeks und wartete, bis sein Freund den Leckerbissen verschlungen hatte. Gerade als Akash sich das Maul ableckte und bei seinem Herrchen um eine Zugabe bettelte, packte Kilian das Tier an den Ohren und zog es zu sich hoch.

Akash jaulte auf und wand sich im Griff. Er knurrte und bellte, seine Krallen zerkratzten die Leinendecken, die den Boden bedeckten. Kilian ließ nicht locker. Seine Muskeln spannten sich an, während er den Hundekopf fixierte und in die goldbraunen Augen schaute. Er durfte auf keinen Fall das sich wehrende Tier loslassen und musste es dennoch schaffen, das innere Gleichgewicht zu finden. Ein Anflug von Panik überkam ihn. Was, wenn er nicht in sein Seelentier hineinfahren könnte? Wenn etwas schiefginge und er bis in alle Ewigkeiten körperlos durch die Welt geistern musste?

Kilian summte, keine bekannte Melodie, sondern Töne, die ihm gerade einfielen. Akashs Muskeln spannten sich an, bis sie zu vibrieren begannen. Kilian holte tief Luft, und mit dem Ausatmen löste sich sein Geist vom Körper. Er fühlte seine Gliedmaßen nicht länger, spürte keine Schwerkraft. Sein lebloser Körper sackte zur Seite, während Akash wie paralysiert dasaß.

Auf einmal wurde er von einem überirdischen Kraftstrom erfasst und in den Körper des Hundes hineingesaugt. Wildheit befiel ihn, Lust nach Jagd und Freiheit. Mit jeder Verschmelzung nahm er mehr von dem Hund in sich auf. Er fragte sich, wie lange es dauern würde, bis er sich gänzlich in ein wildes Tier verwandelte. Mit Mühe kämpfte er gegen die animalischen Triebe an und spürte, wie sie die Überhand zu gewinnen drohten.

Das Kätzchen miaute. Kilian sprang auf seine vier Beine und lief mit einem Grollen auf das Tier zu, mit nur einem Ziel: es zu zerfleischen. Das Maul weit aufgerissen, wollte er nach dem Pelzball schnappen, mit einem Biss sein Genick brechen. Das Kätzchen hechtete ihm entgegen. Die kleinen Tatzen krallten sich in seine Nase. Der Schmerz durchzuckte ihn. Er winselte auf und machte einen Satz nach hinten, während das Fellknäuel mit kämpferischem Fauchen nach ihm schlug.

Kilian floh aus dem Transporter. An der Hausecke schaute er zurück. Das Kätzchen rollte sich auf der Brust seines menschlichen Körpers zusammen, als wollte es ihn beschützen.

Die Sonne brannte auf ihn nieder. Das dichte Fell glich einem Pelzmantel, in dem er mitten im Hochsommer einen Marathon hinlegen musste. Er öffnete das Maul, streckte die Zunge heraus und hechelte. Die hereinströmende Luft brachte etwas Erleichterung.

Kilian trottete die Straße entlang. Die Geräusche, mehrfach verstärkt, malträtierten sein Gehör. Bald kam er zum ersten Supermarkt. Allerlei Gerüche flossen in seine Nase, den der Schwangeren konnte er allerdings nicht ausmachen. Entweder war sie noch nicht da, oder er stand vor dem falschen Laden. Auch das konnte passieren. Kilian huschte in das Geschäft. Akribisch achtete er auf jede Einzelheit, sei es nur ein Fleck auf dem Boden. Aus seiner Perspektive erschien ihm alles zu groß und irgendwie falsch, die Menschen registrierte er nur an ihren Schuhen und Gerüchen.

Vor dem Obststand stellte er sich auf die Hinterläufe und beäugte die Anordnung der Ware. Nein, das war eindeutig der falsche Laden.

Kilian lief zum Ausgang. Ein Mitarbeiter, der mit einem Cutter Pappkartons aufschlitzte, bemerkte ihn.

»He, wem gehört der Hund?«, rief er. »Hunde müssen draußen bleiben!«

Kilian bemühte sich, ihn nicht zu beachten und zum Ausgang zu gelangen. Dafür musste er an dem Mann vorbei. Dieser stolperte rückwärts und schleuderte einen leeren Karton nach ihm. Zugegeben, ein tschechoslowakischer Wolfshund flößte Respekt ein, aber gleich mit der Pappe um sich zu werfen? Kilian huschte den Gang entlang, als ein zweiter Karton ihn am Rücken traf. Das war zu viel. An einem Süßigkeitenstand hielt er an, hob das hintere Bein und urinierte auf die Bonbontüten. Zu schade, dass er nicht grinsen konnte.

Die Spur witterte er erst am dritten Laden, den er aufsuchte. Bereits auf dem Parkplatz roch er die Schwangere. Dazu mischte sich der Gestank nach etwas Süßem, so intensiv, dass Kilian glaubte, allein vom Riechen Karies zu bekommen. Die Schokoladenfabrik.

Bei den Einkaufswagen, wo der Wind ihm nicht direkt in seine Nase wehte, rollte er sich zusammen. Noch hatte er Zeit. Im Laden würde kein Totenküsser sein Opfer überfallen – zu viele Zuschauer. Die Kreatur würde es zu einem ruhigen Ort hinauslocken. Er dachte an die Schwangere. Sie gehörte nicht zu den Metamorphen, das konnte er riechen. Da er aber eine Vision über den Angriff auf sie bekommen hatte, musste sie irgendeine Verbindung zu ihnen haben.

Neben Kilian teilten sich zwei Männer ein Bier. Ihre Kleidung verströmte das unwiderstehliche Aroma von ungewaschenen Körpern. Auf dem Parkplatz tobten drei Kinder – zwei Jungs und ein Mädchen mit glitzernden Haarspangen und einer Barbie-Puppe in der Hand. Einer der Jungs riss die Puppe an sich und schleuderte sie unter ein fahrendes Auto. Die Reifen plätteten den Plastikkörper. Das Mädchen heulte auf, als die Mutter der beiden Rabauken aus dem Laden kam. Sie drängte ihre Söhne ins Auto und ließ das schreiende Mädchen mit einem »Der Parkplatz ist kein Spielplatz!« stehen.

Die Schwangere kam heraus. In einer Hand schwenkte sie eine Stofftasche, mit der anderen schob sie den Einkaufswagen vor sich her. Kilian spitzte die Ohren. Er konnte es spüren, der Totenküsser war bereits hier. Doch wer war es? Einer der trinkfreudigen Männer? Oder der junge Mann im roten Polohemd, der gerade den Laden verließ und in der Bäckerei daneben verschwand? Die Kreatur musste nicht sonderlich erfahren sein, wenn sie am helllichten Tag jagte, wo sie ihre Kräfte kaum nutzen konnte und die pralle Sonne ihr noch mehr Energie entzog. Vermutlich handelte es sich um einen Einzelgänger. Und einen Neuling.

Die Frau schob den Einkaufswagen in die Reihe und holte ihren Euro heraus. Als sie an dem schluchzenden Mädchen vorbeikam, blieb sie stehen. »Was ist los, Kleines? Wo sind deine Eltern?«

»Meine Mami war einkaufen. Ich wollte noch ein wenig mit den beiden Jungen spielen, aber sie haben mir meine Puppe kaputt gemacht!« Ihre Nase lief, und sie verschmierte den Rotz über ihre Wangen.

Die Frau gab ihr ein Taschentuch. »Wohnst du hier in der Nähe?«

»In der Oskarstraße.«

»Das ist gleich um die Ecke. Weißt du was? Ich bringe dich heim.«

»Danke. Kann ich Ihnen beim Tragen helfen?«

»Oh.« Die Schwangere blinzelte irritiert.

»Ich bekomme bald ein Schwesterchen, da helfe ich meiner Mami immer beim Tragen!« Ohne die Antwort abzuwarten, nahm die Kleine die Einkaufstasche und marschierte über den Parkplatz, sichtlich stolz darauf, helfen zu können.

Kilian reckte sich. Mit einigem Abstand folgte er den beiden. Bitte, flehte er in Gedanken, lass es nicht dieses Mädchen sein! Er hasste es, wenn er Kinder jagen musste, auch wenn Totenküsser keine Kinder mehr waren – bloß Teufelskreaturen mit einem engelsgleichen Antlitz. Doch wenn er die unschuldigen Gesichter sah, fiel es ihm schwer sich einzureden, es wären die widerwärtigen Bestien, die er so gut kannte.

Die Straße führte geradeaus, die Baumkronen spendeten Schatten. Zäh floss der Verkehr vorbei, als würde die Hitze auch ihm zusetzen. Bald kreuzte ein schmaler Weg die Straße. Das Mädchen ging nach links. Die Frau eilte ihr hinterher. »Warte, die Oskarstraße ist weiter vorne.«

»Mami und ich gehen aber immer hier lang!« Unbeirrt lief die Kleine weiter.

Der Weg führte an einer Wiese und einem Teich vorbei. Hinter den Büschen schlich Kilian den beiden hinterher. Ein paar Mücken hatten sich an ihn gehängt. Er schüttelte den Kopf, doch sie summten hartnäckig um seine Ohren.

Die Verkehrsgeräusche der Straße wurden gedämpfter. Bäume verdeckten die Häuser, die zu weit entfernt standen, als dass dort jemand etwas mitbekäme. Ein perfekter Ort für einen Überfall, bei dem jemand sein Leben lassen sollte.

Es war also das Mädchen. Kilian befahl sich, es nicht länger als Kind zu sehen. Doch dann lenkten hastige Schritte seine Aufmerksamkeit ab. Er bemerkte den Mann im Polohemd, der die Frau und das Mädchen einholte. War es doch nicht die Kleine? Aus seinem Schlupfwinkel beobachtete Kilian den Verdächtigen.

Der Mann überholte die Frau und verschwand hinter der Biegung des Weges. Wartete er dort auf sein Opfer? Könnte passen.

»Schauen Sie, ein Hund!«, rief das Mädchen. Kilian zuckte innerlich zusammen. Wurde er entdeckt? Doch die Kleine lief in die Büsche abseits von seinem Versteck.

»Warte!« Die Schwangere wackelte hinter ihr her. Er wusste nicht, ob wegen des Mädchens oder ihrer Tasche, die es immer noch trug.

Jetzt konnte er die beiden nicht mehr sehen. Kurz darauf ertönte ein Stöhnen, dann ein Japsen.

Kilian preschte mitten durch die Büsche. Die Zweige verfingen sich in seinem Fell, peitschten auf ihn ein, rissen Büschel aus seinem Pelz. Als er aus dem Geäst heraussprang, lag die Frau auf dem Boden. Mit weit geöffnetem Mund hatte sich das Mädchen über sie gebeugt, bereit, ihr die Lebenskraft auszusaugen. Ein friedliches Lächeln umspielte die Lippen der Schwangeren, die aufgerissenen Augen starrten teilnahmslos in den Himmel.

Kilian stürzte sich auf die Bestie, darauf bedacht, nicht in einen Blutrausch zu verfallen. Nur mit klarem Kopf konnte er auf Erfolg hoffen. Er griff es von der Seite an und brachte sie zum Taumeln. Das Mädchen fauchte. Seine Faust traf Kilian am Kopf. Er wälzte sich zur Seite, setzte zu einem neuen Angriff an, doch die Kreatur schmetterte ihn mit einem einzigen Schlag zu Boden.

Kilian sprang auf, und es gelang ihm, ihre Hand mit den Zähnen zu packen. Sie umschloss seinen Unterkiefer so fest, dass er glaubte, sie würde seine Knochen zermalmen. Mit übernatürlicher Kraft drückte sie ihn zu Boden, während sie seinen Kopf weiter nach hinten bog. Kilian röchelte. Gleich würde sie ihm das Genick brechen.

Das Mädchen feixte. »Ein Metamorph, wie schön. Es wird ein Festmahl sein.«

Der Geruch des Todes benebelte ihn. Die Kreatur

umschloss sein Maul mit den Lippen und saugte die Energie aus ihm. Kilian winselte. Die Kraft wich aus ihm wie Luft aus einem beschädigten Reifen. Seine Glieder erschlafften, während das Mädchen immer mehr Kraft erlangte.

Die Welt verdunkelte sich vor seinen Augen. Die Bilder, die ihm die Lüge von Frieden und Glück brachten, umhüllten seine Sinne. Er sah Sebastian, der sich lachend in einen Heuhaufen warf und an einem Halm zwirbelte. »Ach Kil, das Leben ist kein Ponyhof.« »Aber ein Saustall, Basti«, lautete wie stets Kilians Antwort darauf. Die Sonnenstrahlen ließen Lichtflecke auf dem Boden tanzen, Staubpartikel wirbelten in der Luft und kitzelten seine Nase.

Kilian wusste, es würden die letzten Bilder sein, die er vor seinem Tod zu sehen bekam, wenn er die Gegenwehr aufgab. So schmerzlich es sich auch anfühlte, vertrieb er die Vorstellungen von glücklichen Tagen aus seinem Kopf.

Er musste sich zusammenreißen, er musste kämpfen! Die telepathischen Kräfte der Totenküsser waren ihre Stärke, aber auch ihre Schwäche. Sie waren anfällig für Hypnose. Besonders jetzt, wenn sie sich beim Nähren öffneten, um die Energie in sich fließen zu lassen. Er konnte die Bestien zwingen, alles Mögliche zu sehen und schließlich einzuschlafen.

Kilian bündelte seine Gedanken, konzentrierte sich auf das Mädchen. Er musste die Kreatur mit ihren eigenen Waffen schlagen. Wenn nicht, hatte er verloren.

Ihm wurde schwindelig, aber dennoch ließ er sich nicht ablenken.

Es klappte! Ein leicht abwesender Ausdruck hüllte das Gesicht der Angreiferin ein. Die Augen wurden trüb, der Griff lockerte sich. Für die Kreatur hörte Kilian auf zu existieren; in den Bildern, die er ihr sandte, war er nicht da. Der Drang aufzuspringen und fortzulaufen überfiel ihn. Er bezwang den ersten Impuls und blieb liegen, ohne den Blickkontakt zu lösen.

Mit einem leisen Stöhnen sackte sie zusammen. Kilian erhob sich. Seine Beine schlotterten und drohten jeden Moment einzuknicken. Er schnappte den Kragen des Mädchens und zerrte es tiefer in die Büsche, wo keiner es vom Weg aus entdecken konnte. Danach kehrte er zu der Schwangeren zurück. Schwer hob und senkte sich ihre Brust, die Lider hielt sie geschlossen. Aber sie lebte. Bald wird sie aufwachen und denken, sie wäre ohnmächtig geworden. An den Überfall wird sie keine Erinnerungen behalten.

Früher hatte Kilian eine unbändige Freude erfüllt, wenn er jemanden retten konnte. Schließlich geschah das nicht allzu oft. Inzwischen waren seine Gefühle abgestumpft. Bloß eine weitere Aufgabe, die er erfüllt hatte. Es gab zu viele Kreaturen, zu viele Opfer. Wenn er eines rettete, dachte er unfreiwillig an Dutzend andere, die weniger Glück hatten. Jetzt galt es, den Transporter zu holen und die Beute seiner Königin zu bringen.

Es dauerte eine halbe Stunde, bis er an dem Wagen angekommen war und die Rückverwandlung vollzogen hatte. Eine Weile brauchte er, um seinen menschlichen Körper in den Griff zu bekommen. Nach weiteren fünfzehn Minuten erreichte er die Stelle, an der er die Bestie versteckt hatte. Die Schwangere war bereits fort. Er verstaute das Mädchen im Auto, wo Akash sich von der Verschmelzung erholte. Das Kätzchen fauchte beim Anblick der Kreatur und verdrückte sich in eine Ecke – Tiere spürten den Tod und mieden ihn.

Kilian fühlte sich zerschlagen. Halbblind steuerte er den Transporter durch das Netz der Straßen. Es kostete ihn Mühe, keine Schlangenlinien zu fahren.

Der Weg kam ihm elend lange vor. Nicht weit von der Ecke entfernt, an der die Annen- und die Clemens-Schultz-Straße mündeten, parkte er das Auto. Einen Moment saß er reglos an seinem Platz, zu erschöpft, um sich zu bewegen. Am liebsten hätte er sich gar nicht von der Stelle gerührt. Doch zum Ausruhen blieb ihm keine Zeit. Wenn die Kreatur aufwachte und zu Kräften kam, würde sie sich ihm nicht kampflos ergeben. Und eine neue Auseinandersetzung glaubte Kilian nicht überstehen zu können.

Als er die Seitentür des Transporters aufschob, fiel Licht auf das Mädchen. Ihre Lider flackerten, aber bei Sinnen war sie noch nicht.

Akash richtete sich taumelnd auf, einem Zusammenbruch nahe. Kilian kraulte seinen Kopf. »Bleib hier, Kleiner. Du hast schon genug geleistet.«

Der Hund legte sich wieder hin.

Kilian hob die Bestie auf, schloss den Wagen ab und ging zu einem vierstöckigen Altbau. Das Mädchen hatte den Lockenkopf an seine Brust gebettet und sah aus, als schlafe es. Ein Ziegelstein hielt die Tür offen, und Kilian schritt zu einer Wohnung im Erdgeschoss. Er hatte nicht mal geklingelt, als auf der Schwelle eine junge Frau erschien. Der Duft eines Tropenwaldes umgab sie, mit einem Hauch von Moschus. Ein angenehmer Duft, der ihm das Gefühl gab, zu Hause zu sein. In seiner Gemeinde. Erwünscht und erwartet. Aus der Wohnung wehte der Geruch von Mäusen und deren Exkrementen entgegen. Wenn Kilian lauschte, hörte er das Piepsen, das von überall ertönte. Die Leckerbissen für ihren Liebling züchtete die Königin selbst.

»Sie sieht so jung aus.« Linnea fuhr dem Mädchen über das Gesicht, kämmte mit den Fingern durch die Locken. »So rein.« Sie lispelte auf eine ganz entzückende Art und dehnte die Zischlaute aus. Das hüftlange Haar fiel ihren Rücken herab, die Strähnen links und rechts verdeckten ihre Ohren und verbargen ein Hörgerät. Die blinden Augen starrten durch Kilian hindurch. Keiner würde vermuten, wie viel Kraft hinter dem hilflosen Aussehen dieser Frau steckte.

Sie trat zu einer klobigen Kommode im Flur und befühlte eine riesige Kristallschale, bis sie einen Schlüsselbund fand. Eine Schlange kroch aus dem Gefäß und wand sich um ihr Handgelenk. Linnea hob den Arm und brachte den Schlangenkopf auf gleiche Höhe mit ihrem Gesicht. »Meine Süße, du bist ja eine ganz Ungeduldige. Willst du mitkommen?« Die Schlange züngelte, schlängelte sich an ihrem Arm hoch zur Schulter und legte sich um ihren Hals.

Linnea schloss die Wohnungstür ab. Unmerklich zögerte sie – vermutlich prüfte sie mit ihren nackten Füßen, ob ungebetene Zuschauer in der Nähe herumlungerten. Mit den bloßen Sohlen vermochte sie jede auch noch so kleinste Bodenerschütterung zu registrieren. Zufriedengestellt führte sie Kilian zum Keller. Das spärliche Licht beleuchtete die Abstellräume, die mit einem Maschendraht voneinander getrennt waren und in denen sich Kartons, alte Möbel und anderer Kram stapelten. Angestaute Luft und Staub füllten Kilians Lunge. Er hustete.

Eine Tür führte zu den Versorgungsanschlüssen des Hauses. An den Wänden verliefen armdicke Rohre, in denen das Wasser blubberte. In einer Ecke stand ein Stromkasten, in der anderen ein Metallschrank.

Linnea tastete herum und schob den Schrank beiseite, der Spuren in den Staub schleifte. Dahinter verbarg sich eine Tür. Die Königin suchte einen Schlüssel heraus und sperrte auf. Eine enge Treppe führte in die Finsternis. Unbeirrt schritt Linnea mit ihren nackten Füßen über den kalten Boden, während Kilian sich durch die Türöffnung zwängte und in die Dunkelheit stolperte. Zum Glück ging er nicht zum ersten Mal durch diesen Tunnel.

Der unterirdische Spaziergang dauerte mehrere Minuten. Kilian hörte, wie Linnea eine weitere Tür aufsperrte und eine Treppe hinunterstieg, die einige Meter in die Tiefe führte. Es roch moderig. Die Feuchtigkeit bedeckte die Wände mit einem Film. Ein eiskalter Tropfen fiel Kilian in den Kragen und lief sein Rückgrat hinunter.

Bald mündete der Tunnel in ein Kreuzgewölbe aus Stein. Ein schwaches Licht erleuchtete die Halle mit der hohen Decke, die von massiven Säulen gestützt wurde. Drei Gänge führten von ihr ab.

Kilian versuchte, das Unbehagen nicht zu nah an sich heranzulassen. Schreckliche Geschichten kursierten über diesen Ort. 1606 errichtet und 1814 von den französischen Truppen niedergebrannt, blieb der Krankenhof in den Kellern mancher Häuser erhalten. Mitten in St. Pauli, dem Roten Viertel, wo heutzutage das Nachtleben über den Überresten des Elends tobte. Die Menschen kannten nur einen winzigen Teil des Gewölbes, Linnea hatte den Rest entdeckt. Geheimgänge vom Hafen und der Hauptkirche St. Michaelis – von den Hamburgern liebevoll Michel genannt – sollten zu den Ruinen der Anlage führen. Einen davon hatte Linnea aufgespürt und den Geist des Pesthofes zu neuem Leben beschworen.

Kilian hatte viele Bücher und Dokumente über diese Stätte gewälzt. »Der Name Pesthof war ein Schrecken für alle Armen, und doch gab es damals viele so höchst Unglückliche, daß selbst dieses Elend noch eine Wohlthat für sie war«, hatte Johann Jakob Rambach, ein evangelischer Theologe des 18. Jahrhunderts, 1801 geschrieben. Rambachs Worte hätten allerdings auch für heute nicht treffender sein können: Die Vorzimmer des Todes warteten hier auf die unfreiwilligen Gäste. Manchmal kam es Kilian vor, als streiften die Geister der Kranken und »würklich Tollen, Narren und Blödsinnigen« durch diese Gemäuer, beobachteten das Leid und ergötzten sich an den Qualen der sterbenden Kreaturen.

Linnea kam an einer Reihe von Metalltüren vorbei, die sie für ihr Vorhaben hatte anfertigen lassen. Kilian verfluchte sein gutes Gehör, das ihm erlaubte, dahinter das Stöhnen, Schmatzen und Gurgeln der Leidenden wahrzunehmen.

Sie sperrte eine der Türen auf. In der Zelle stand ein metallisches Bettgestell mit einer Matratze, aus der die Sprungfedern durch die unzähligen Risse hervorlugten. Darauf lag eine Leiche angeschnallt. Die verfaulte Haut überzog den Schädel und den Körper, hing in Fetzen herab. Kilian sah jeden Knochen, jede Vertiefung und Wölbung am Skelett: die leeren Augenhöhlen, den zu einem Schrei geöffneten Mund.

Linnea machte die Gurte und Metallfesseln auf und zog die Leiche auf den Boden. Die Gebeine schlugen am Stein auf, der Schädel riss von der Wirbelsäule ab und kugelte zu Kilians Füßen. Die Finger wischte sie sich an der Hose ab.

»Bringen wir es hinter uns«, sagte Linnea mit ihrer

hohen, emotionslosen Stimme, die alle Regungen von sich wies. Ihre blinden Augen schienen ihn für seine Zimperlichkeit zu verhöhnen, als spüre sie nur zu genau, was in ihm vor sich ging. Kilian wünschte, einen ähnlichen Schild zu besitzen, den keine Zweifel durchdringen konnten.

Er legte das Mädchen auf das Bett. Die Kleine kam langsam zu Sinnen, merkte, was mit ihr geschah.

»Nein, bitte …«, flüsterte sie.

Kilian wandte den Blick von ihr ab. Warum musste sie wie ein Kind aussehen? Ihn so schuldlos anschauen? *Schnall die Kreatur an,* befahl er sich. *Sie ist kein Kind, sie ist es ganz und gar nicht. Dieses Mädchen ist eine mordende Bestie, weiter nichts.*

Mit den Metallfesseln fixierte er die Füße der Kleinen. Bevor er auch ihre Hände befestigen konnte, griff sie nach seinem Arm. »Nein! Tu's nicht!«

Er befreite seinen Ärmel, schnallte die Handschellen um ihre Gelenke und zurrte die Riemen über ihrer Brust und den Beinen fest. Seine Finger zitterten, und er hasste sich für diesen Ausdruck der Schwäche.

Als er die Zelle verließ, hörte er das Mädchen schluchzen: »Warum tut ihr das? Ich brauchte doch etwas zu essen!«

Er musste die Zähne zusammenbeißen, um sich nicht umzudrehen, und rätselte, ob Linnea sein Hadern mitbekommen hatte.

»Ich habe Angst im Dunkeln! Lass mich nicht hier! Bitte! Lass mich frei!«

Das Krachen der Metalltür schnitt die Schreie ab. Linnea sperrte sorgfältig ab, rüttelte an der Klinke und drehte sich zu ihm um. Ihr Duft benebelte seine Sinne, als sie die Arme um ihn schlang. »Diese Kreaturen sind schon tot. Mit dem, was wir tun, retten wir Leben.«

Er verharrte in ihrer Umarmung, als müsse er Kraft sammeln, um ein zustimmendes Nicken zustande zu bringen.

Sie schob ihn von sich. »Du hast wieder allein gejagt. Warum hast du keinen zu Hilfe gerufen?«

»Ich habe keine Hilfe gebraucht«, erwiderte er knapp.

»Mir gefällt deine Einstellung nicht. Ich habe dir genug Zeit gegeben, über deine Verluste hinwegzukommen. Was mit Johannes passiert ist, tut mir leid. Und Sebastian …« Linnea verzog das Gesicht, als ihr der Name herausrutschte. »Der Abtrünnige hat es nicht anders verdient. Du solltest dir ein neues Team suchen. Oder ich werde mich darum kümmern.«

»Ich komme auch allein gut zurecht.«

Ihre Augen sprühten Zornesfunken. »Wir dulden keine Einzelgänger. Alle für das Wohl der Gemeinschaft und gemeinsam gegen das Böse. Hast du das etwa vergessen?«

Er senkte den Kopf. Auf einmal hatte er nicht genug Kraft, ihrem Blick standzuhalten.

»Was ist mit dir los?«, fragte sie nun etwas sanfter. »Du verheimlichst mir etwas, das spüre ich.«

Er hörte ihr kaum zu. Das Flehen des Mädchens klang in seinen Ohren nach. *Lass mich frei!* – Die Worte klangen in seinen Ohren nach, wurden zu seinem eigenen Flehen.

»Du bist der Beste, Kilian, und ich schätze deine Fähigkeiten sehr. Such dir ein neues Team. Noch heute.« Linnea tätschelte seine Wange. Sie lehnte sich an die Tür und fuhr sich durch das Haar. Die Geste entblößte die Narben an ihrer linken Seite, doch gleich verdeckten die Strähnen das Grauen wieder. »Hast du sie gefunden?«

»Wen?«

»Die Frau aus dem Krankenhaus, die der Totenküsser sich geschnappt hat.«

»Evelyn?«

»Du kennst den Namen dieser Kreatur?«

Kreatur? Er spürte, wie seine Nackenhaare sich aufstellten, und bemühte sich, seine innere Unruhe nicht preiszugeben, die Antwort kraftvoll klingen zu lassen. »Evelyn ist keine Totenküsserin.«

»Was denkst du, hinter wem ich im Krankenhaus her war?«

»Die andere Bestie?«

Sie schnaubte. »Zuerst, ja. Er hat mich gewissermaßen zu ihr geführt. Wie auch immer, hast du ihre Spur entdeckt?«

Kilian taumelte zurück, bis er gegen eine Wand stieß. »Du musst dich irren. Ich glaube dir nicht! Sie ist keine Totenküsserin. Unmöglich!« Das Schwindelgefühl kehrte wieder, der vorherige Kampf mit dem Mädchen forderte seinen Tribut. In seinen Gedanken herrschte Chaos. Er hatte doch eine Vision über Evelyn bekommen. Sie musste eine Verbindung zu Metamorphen haben, egal ob als Mensch oder eine seiner Art. Aber eine Totenküsserin? Niemals! Mit fahrigen Fingern strich er sich durch das Haar. »Sie hatte einen Geruch, sie war … lebendig! Ich …«

Ich liebe sie!, wollte er herausschreien, konnte sich aber im letzten Moment zügeln.

Linnea packte ihn an den Schultern. »Kilian, nein! Sie ist eine Mörderin, keine Frage. Lass dich von ihrem harmlosen Aussehen nicht täuschen!« Ihre Aufregung schlug auf ihr Seelentier über. Die Schlange zischte aufgeregt, und Kilian spürte die Schuppen seine Wange aufkratzen.

Nein. Seine Evelyn hier, zu diesem langsamen, qualvollen Tod verurteilt? Das konnte er nicht zulassen. Er musste beweisen, dass sie keine Totenküsserin war. Koste es, was es wolle.

Sein Herz begann schneller zu schlagen, als er das Ausmaß seines Entschlusses begriff. Zum ersten Mal hatte er vor, sich seiner Königin zu widersetzen, seine Gemeinde zu verraten. Für die Liebe, die ihn womöglich sein Leben kosten würde.

10. Kapitel

Nach dem Gespräch mit dem Professor und nach allem, was sie erlebt hatte, wurde Evelyn das Gefühl nicht los, beobachtet zu werden. Sie beschleunigte ihre Schritte, begann zu rennen und war erleichtert, die Villa endlich erreicht zu haben. Hier fühlte sie sich sicher und beschützt, etwas, was sie erst seit gestern kennengelernt hatte.

Das schmiedeeiserne Tor war zu. Natürlich. Evelyn stellte sich die Goth-Lady vor, die eine geschwungene Augenbraue hochzog und meinte: »Was hast du denn erwartet? Das hier ist kein Bahnhof.« Obwohl sie Maria erst seit gestern kannte, war die junge Frau mit ihrer schrulligen Präsenz allgegenwärtig.

Evelyn drückte auf die Klingel. Die Gegensprechanlage knackte, und Marias Stimme drang scheppernd und künstlich durch den Lautsprecher: »Schön, dich doch noch wiederzusehen. Dann rein mit dir. Und hör auf, in der Nase zu bohren.«

Zwar hatte Evelyn nicht in der Nase gebohrt, sondern sich nur an der Spitze gekratzt, aber sie senkte wie ertappt die Hand. Fast hätte sie erwartet, Maria mit einem Fernglas auf einem Baum sitzen zu sehen.

Doch es war nur eine Kamera, die von einer Laterne aus auf den Eingangsbereich gerichtet war.

Im Haus angelangt, verspürte sie das Bedürfnis, als Erstes nach Adrián zu sehen. Ein Bedürfnis, dem sie nichts entgegensetzen konnte. Während sie die Stufen erklomm, fragte sie sich, was genau sie ihm gegenüber empfand. Einerseits hätte sie alles gegeben, um ihn zu berühren – und womöglich einiges mehr mit ihm anzustellen. Andererseits stieg das Grauen in ihr auf, wenn sie sich an Bernulfs Tod erinnerte. Schon seltsam, sich so sehr nach jemandem zu sehnen, dem man liebend gern einen Pflock ins Herz jagen würde.

Verflucht, es war alles so verwirrend!

Aber vielleicht war es das gar nicht.

Vielleicht sollte sie einfach mit ihm schlafen. Danach würde sie ihn abstoßend finden, und die Sache wäre ein für alle Mal erledigt. Nur … seltsamerweise wollte sie ihn nicht abstoßend finden müssen. Sie wollte ihn mögen …

Nein, das ist nur das Band, das zwischen uns besteht. In Wirklichkeit ist er mir völlig gleichgültig.

So weit, so gut. Aber warum stand sie dann jetzt vor seinem Schlafzimmer? Warum blickte sie so entsetzt auf das leere Bett und hatte Angst, er wäre tot? Wirklich tot, endgültig und ohne Wiederkehr.

Evelyn rannte durch das Haus. Die Angst um ihn war irrational, absurd, das wusste sie und konnte dennoch nicht aufhören, nach ihm zu suchen.

Sie fand ihn in der Küche auf der Arbeitsplatte sitzen und sich ein Handtuch mit Eis an den Kopf drücken.

Evelyn lief unwillkürlich auf ihn zu. Es reichte ihr nicht, ihn wohlauf zu sehen – sie tastete über seine Wange, den Hals und bis zur Schulter, und erst dann wagte sie zu glauben, dass es ihm wirklich gutging. Sie taumelte zurück, verärgert über ihre plakativen Gefühle. Fluchend über das Band, das sie zu solchen Peinlichkeiten zwang.

»Wir müssen reden!«, schoss es aus ihr hervor.

Er grinste. »Richtig, *guapa*. Du schuldest mir fünfzehn Euro und zweiundfünfzig Cent. Aber ich nehme es auch in Naturalien.«

Evelyn schnaubte und ohrfeigte ihn. »Dann sind wir damit quitt! Für das Geld waren das genug Körperlichkeiten«, schleuderte sie ihm entgegen, selbst erschrocken über die Heftigkeit ihres Ausbruchs.

»Au, mein Kopf! Der platzt gleich.« Er keuchte und drückte sich das Handtuch mit dem Eis an die andere Schläfe. Ein Wassertropfen lief seine Wange herunter, den Hals entlang und schließlich in den Ausschnitt seines Hemdes. Evelyn verfolgte den Weg des Tropfens unter dem dumpfen Pochen ihres Herzens. Gott, wenn das weiter so ging, brauchte sie auch Eis. Mindestens eine Wanne davon. Was geschah nur mit ihr?

Sie schüttelte den Kopf. Bloß nicht verraten, was in ihr gerade vorging, was allein der Gedanke daran, ihn zu berühren, an Reaktionen in ihr hervorrief. »Keine schlechte Idee, abgesehen von der Sauerei, die du damit veranstalten würdest.« Das kam bei weitem weniger angriffslustig, als sie es beabsichtigt hatte, um ihn auf Abstand zu halten.

»Hey, du hast mit den Intimitäten angefangen, während ich wehrlos im Bett lag und kurz davor war abzukratzen.«

Evelyn spürte, wie ihr Gesicht bis zum Haaransatz errötete. Auf dem Treppchen ihrer peinlichsten Momente kletterte dieser glatt unter den mit ihrem ersten Date, bei dem sie ihr Sprite durch die Nase auf die Hose ihres Freundes versprüht hatte. Verdammt, Adrián hatte Recht. Sie hatte ihn ja auch unbedingt begrapschen müssen.

»Das war …« Die Worte stockten ihr in der Kehle. Was sollte sie ihm schon sagen, wie alles erklären, wenn sie nicht einmal selbst wusste, was mit ihr geschah? Sie wandte sich ab, schlug die Arme um ihre Schultern und krümmte den Rücken. Ihre Nase begann zu kribbeln. Ganz klasse. Jetzt fehlte nur noch, dass sie zu heulen anfing.

Adrián rutschte von der Arbeitsplatte und trat hinter sie. Seine Hände strichen über ihre Schultern. »Schsch, du nimmst mich viel zu ernst. Ich habe nur blöde Witze gemacht, verzeih mir.«

Der Klang seiner Stimme brachte etwas in ihr zum Flattern. Sie hatte nie an Schmetterlinge im Bauch geglaubt, aber nun war anscheinend ein ganzer Schwarm davon in ihr geschlüpft.

Evelyn schloss die Lider. Wenn sie so intensiv seine

Gegenwart spürte, verloren ihre Sorgen und ihre Verzweiflung an Bedeutung. Nichts war ihr mehr wichtig. Das Einzige, was sie noch fühlte, waren seine Hände, die sanft ihren Nacken massierten. Evelyn stöhnte und lehnte den Kopf zurück. Adrián umarmte sie zaghaft.

Warum plötzlich so schüchtern?, neckte sie ihn in Gedanken. Es tat ihr gut, sich in seinen Armen zu wissen. Sie wollte mehr von ihm. So viel mehr, was er ihr wahrscheinlich unmöglich geben konnte!

Seine Lippen berührten ihren Hals. *Ist es besser so?*, hauchte es durch ihren Kopf, und gleichzeitig geschah etwas, das Evelyn gänzlich verwirrte, so unvorbereitet traf es sie. Sie empfand nicht nur ihre Gefühle, sondern auch die seinen, als hätte er sie ein Stück in seine Seele gelassen. Trostlosigkeit umfing sie, kalte Asche verbrannter Hoffnungen. All das, was sie auch in ihrem Traum über ihn empfangen hatte. Aber nicht alles war tot in ihm. Sie spürte Zärtlichkeit und gleichzeitig seine Furcht vor dem, was er da fühlte. Ihn so wahrzunehmen, machte Evelyn auf eine seltsame Weise betroffen und glücklich zugleich.

Es war so schön …

Zu schön, als dass sie es zulassen durfte. Mit einem Schlag wurde sie zurück in die Realität gerissen.

Evelyn keuchte, wand sich aus seiner Umarmung und flüchtete auf die andere Seite der Küche. »Fass mich nicht an!«, fauchte sie, und es war, als rissen die vier Wörter eine Schlucht zwischen ihnen auf.

Irritiert furchte er die Stirn. »Bitte?«

»Ich weiß nicht, was mit mir geschieht, aber ich will, dass es aufhört. Es muss aufhören!« Ihre Hände forderten irgendeine Beschäftigung, so rupfte sie an einer Dekoration aus getrockneten Zitrusringen und Vanillestäbchen. »Ich bin es nicht gewohnt, zu einer Nymphomanin zu mutieren, sobald ich mich dir nähere.«

Sein Mund verzog sich zu einer schmalen Linie.

Evelyn wandte den Blick ab, unfähig, ihn anzuschauen … dieses Gesicht, das plötzlich so tot wirkte. »Das Band, das zwischen uns besteht, seit ich dir in die Augen geschaut habe, wie kann man es lösen?«

»Das weiß ich nicht, die Situation ist auch für mich neu. Aber sieh es doch positiv: Es hätte auch schlimmer kommen können.«

»Was kann da schon schlimmer sein«, murmelte sie.

Adrián trat näher, rührte sie aber nicht mehr an. Sein Tonfall wurde weicher, als ahnte er trotz allem, was in ihr vorging. Dass sie ihn gar nicht von sich stoßen wollte, es aber tun musste.

»Nun ja. Ich hätte die Statur eines Sumo-Ringers und lauter Pickel im Gesicht haben können, und du könntest eine Warzenkröte sein. Stell dir bloß dieses Gefühl vor, wenn man sich gegenseitig ansieht und nicht weiß, ob man einander gleich vernaschen oder zuerst kotzen sollte.«

Sie schmunzelte. Wenn er bloß wüsste, wie oft sie

dieses Gefühl bereits gehabt hatte! Zugegeben, nicht bei ihm.

»Es muss eine Lösung geben. Genauso wie gegen diesen …« Sie suchte nach einem passenden Wort. »Zustand.«

»Was für einen Zustand?«

»Ein Nachzehrer zu sein.«

Er lachte. »Da muss ich dich enttäuschen. Es gibt keine Medikamente dagegen. Es ist unheilbar und erblich und wird nicht von der Krankenkasse bezahlt.«

»Wenn das ein Fluch sein soll, dann kann man ihn sicherlich aufheben. Ich habe nichts Unrechtes getan, um das zu verdienen!«

»Das haben wir alle nicht.«

»Eine Hexe könnte das rückgängig machen. Und wenn sie schon dabei ist, könnte sie auch das Band zwischen uns lösen.«

Er verdrehte die Augen. »Was weißt du schon von Hexen. Es sind gefühllose Geschöpfe, deren Handlungen unser Begriffsvermögen bei weitem übersteigen.«

»Ich war bei Professor Herzhoff. Er verheimlicht etwas. Das habe ich gespürt! Seine Art, wie er darüber gesprochen hat …«

»Du warst wo?« Er griff nach ihr, seine Hand verkrampfte sich um ihren Oberarm. »Wie … Woher weißt du von ihm? Lass ihn in Ruhe!«

»Ihn zu finden, war nicht besonders schwer.« Sie

versuchte, den Griff zu lockern. Vergeblich. »Ich frage mich, woher er so viel weiß. Sein Wissen scheint nicht nur auf Büchern zu basieren. Hast du vielleicht dazu etwas zu sagen?«

»Er ist ein alter Mann. Du bringst ihn in Gefahr.« Seine Finger bohrten sich schmerzhaft in ihren Arm.

»Du tust mir weh!«

Er hörte sie nicht, packte sie an den Schultern und schüttelte sie durch. »Ich verbiete dir, zu ihm zu gehen! Haben wir uns verstanden?«

Die Wut explodierte in ihr wie ein Chinaböller. Ihr wurde schwarz vor Augen. Aus allen Ecken rückte die Dunkelheit auf sie zu; die Schatten, die darin brodelten, erwachten zum Leben. Sie stemmte eine Hand gegen Adriáns Brust. Einer der Schatten durchriss die Membran zu dieser Welt und schlüpfte in Evelyn. Rauchige Fäden strömten ihre Arme entlang zu den Fingerspitzen, und im nächsten Augenblick schleuderte eine ungeahnte Kraft Adrián gegen die Wand. Etwas krachte und splitterte.

Die Dunkelheit fiel von Evelyn ab. Sie strauchelte und hielt sich an der Arbeitsplatte fest.

»Was war denn das?« Etwas Warmes floss aus ihrer Nase und tropfte auf die Bodenfliesen. Blut. Mit bebenden Fingern wischte sie sich die Nase ab. »Was, um alles in der Welt, war das?«

»Das würde ich auch gern wissen«, brummte Adrián. Beim Herunterfallen hatte er ein Bild von der Wand gerissen; die Glasscherben bestreuten den Boden.

Evelyn streckte die Hand aus, um ihm auf die Beine zu helfen. »Das wollte ich nicht. Wirklich nicht. Ich habe keine Ahnung, wie das geschehen konnte.« Es jagte ihr Angst ein, eine schreckliche Angst. Als hätte die Dunkelheit Besitz von ihr ergriffen, sich in ihr breitgemacht und würde nur darauf lauern, wieder auszubrechen. Und in dem Fall würde die Welt sicherlich nicht bloß mit einem kaputten Bild und einem verblüfften Nachzehrer davonkommen.

Adrián ignorierte ihre Geste, rappelte sich hoch und klopfte die Scherben von seiner Hose ab. »*Hostia!* Es hat sich angefühlt, als hätte ich eine Steckdose geknutscht.«

»Du knutschst Steckdosen?« Evelyn grinste und versuchte wie immer mit Heiterkeit ihre tiefe Verunsicherung zu kaschieren. »Sie haben äußerst seltsame sexuelle Neigungen, mein Herr. Frieden?«

»Bleibt mir kaum etwas anderes übrig.« Ein Lächeln spülte seine Züge weich. »Naja, ich habe mich auch nicht gerade gentlemanlike aufgeführt. Tut mir leid. Manchmal geht es mit mir durch, wenn … wenn meine Freunde in Gefahr sind.«

»Freunde? Bei Hermann Herzhoff habe ich ein Foto gesehen. Costa del Sol, nicht wahr? Der Teil mit dir ist abgeschnitten. Recht seltsam in Anbetracht dessen, wie du ihn verteidigst.«

»Ich würde sterben für ihn. Wenn ich könnte.«

»Er sagt nicht gerade dasselbe von dir.«

»Ich kann es ihm nicht verübeln. Es ist eine lange

Geschichte.« Adrián senkte die Stimme, bis Evelyn ihn kaum verstehen konnte. Was auch immer vorgefallen war, es tat ihm weh. Sie konnte seinen Schmerz wie ihren eigenen spüren.

»Ich habe Zeit.«

»Ich aber nicht. Lass uns lieber über etwas anderes reden.«

»Soll ich es selbst herausfinden?« Ihr schlechtes Gewissen meldete sich, weil sie ihn bedrängte, doch sie erstickte die Widerrede im Keim.

Er hob abwehrend die Hände. »Ist gut, ist gut. Ich erzähle dir alles, wenn du mir versprichst, Hermann in Ruhe zu lassen.«

»Abgemacht. Also, wer ist dieser Herzhoff?«

»Er ist alles für mich. Mein bester Freund, mein größter Feind. Mein Schwager.«

»Dein Schwager?« Evelyn fiel es schwer, sich den achtzigjährigen Mann als Adriáns Schwager vorzustellen, aber warum nicht? Hermann Herzhoff alterte, Adrián blieb ewig jung.

»Er war mit meiner Schwester verheiratet. Durch mich haben sie einander kennengelernt.« Adrián hob das Bild auf, das bei seinem Sturz von der Wand gefallen war, und befreite es von dem zerschlagenen Rahmen. »Ich stamme aus einer armen Familie. Meinen Erzeuger habe ich nie zu Gesicht bekommen. Ich nehme an, er ist ein Nachzehrer, von dem ich den Fluch geerbt hatte. Vielleicht treffe ich ihn irgendwann, ich hätte ihm nämlich viel zu sagen.«

»Nachzehrer können Kinder zeugen?«

»Die Männer sind zeugungsfähig, wenn die Partnerin ein Mensch ist.«

»Das finde ich ungerecht. Wieso können Nachzehrer-Frauen keine Kinder bekommen?«

»In totem Fleisch kann kein neues Leben heranwachsen. Als ich drei war, hat meine Mutter geheiratet, und ich bekam meinen Bruder Alejandro und zwei Jahre später meine Schwester Alba.«

Er schwieg. Evelyn wartete darauf, dass er fortfuhr, doch lange konnte sie ihre Neugier nicht im Zaum halten. »Und weiter?«

»Unser Vater ist gestorben, und ich musste die Familie über die Runden bringen. 1955 bin ich als Gastarbeiter nach Deutschland gekommen. Hier habe ich Hermann kennengelernt. Wir haben uns prima verstanden, und im nächsten Sommer habe ich ihn nach Spanien eingeladen. Mein Fehler, ich weiß. Alba hat sich in ihn verschossen. Ich war dagegen, dachte, sie wäre für ihn nur ein Sommerflirt. Doch er meinte es ernst. Am Ende seines Urlaubs haben Alba und er geheiratet. Das war im Sommer 1956, der glücklichste für uns alle. Ein Jahr danach bin ich gestorben.«

»Woran?«

»Lungenentzündung. Nichts Spektakuläres.«

Sie ahnte, was gleich kommen sollte. Der Teil, in dem Hermann zu seinem größten Feind wird.

»Um aufzuerstehen, hast du deine Familie ausgesaugt. Du hast alle getötet, auch Alba, nicht wahr?«

Den anklagenden Unterton konnte Evelyn nicht verbergen. Es überstieg ihre Vorstellungskraft, wie jemand sich an der eigenen Familie nähren konnte.

Anscheinend hatte Adrián die schlecht verborgene Ablehnung gespürt.

»Ich kann nichts zu meiner Verteidigung sagen.« Auf einmal stand er dicht neben ihr. Mit den Händen umschloss er ihr Gesicht. Seine Augen verwandelten sich in Eiskristalle, die Pupillen wurden winzig klein. »Ich werde es dir zeigen.«

Sie zerbrach an seinem Blick, der wie ein Messer in ihren Leib schnitt, und ertrank in seinen Gefühlen. Ihr Herz blieb stehen. Ihre Beine gaben nach, und eine undurchdringliche Nacht umhüllte ihre Sinne.

Evelyn wachte auf, wollte schreien, sich aufrichten, fortlaufen. Zu tief saß der Schrecken, den ihr der eigene Tod und der leidvolle Weg dorthin eingebracht hatten.

Doch sie konnte sich nicht rühren. Gefangen in einem toten Körper, wurde sie sich ihrer Umgebung bewusst, konnte alles sehen, obwohl rundum vollkommene Dunkelheit herrschte. Sie lag in einem Sarg, umschlossen von Holzwänden. Das Gewicht der Erde hatte die Bretter über ihr eingedrückt.

Zusammen mit dem Bewusstsein kam der Hunger. Wie eine Weißglut brodelte er in ihrem Magen, als stächen Dutzende von heißen Klingen in ihr Fleisch und schnitten alles in Kleinstücke.

Wände, überall Wände. Sie rückten näher, quetschten sie ein wie in einem Schraubstock. Panik überflutete ihre Sinne, doch es gab kein Entrinnen.

Padre nuestro, que estás en el cielo …

Aber Gott hörte sie nicht. Sie war allein gelassen mit ihrem Hunger, in der Enge, die sie erdrückte. Sie musste raus! Sie konnte es nicht länger aushalten! Doch alle Bemühungen, sich zu bewegen, waren umsonst. Ihre Hände waren mit einem Rosenkranz gefesselt, etwas Wurmartiges ringelte sich zwischen ihren Fingern. Ein Käfer krabbelte über ihr Gesicht und schlüpfte in ihren leicht geöffneten Mund. Evelyn spürte, wie die Beinchen über ihre Zunge piekten und die kleinen Kiefer begannen, ihre Wange aufzufressen.

Evelyn schrie und schlug um sich, ohne zu begreifen, wo sie war und was mit ihr geschah. Erst nach einer Weile kam sie wieder zu Sinnen. Adrián hielt sie fest in seiner Umarmung und streichelte ihr über den Kopf.

»Es ist vorbei«, flüsterte er auf sie ein. »Alles ist wieder gut, es ist vorbei.«

Tränen liefen in Strömen über ihre Wangen. Wenn Adrián sie nicht gehalten hätte, wäre sie zusammengebrochen und hätte nicht die Kraft gefunden aufzustehen. Sie schlang die Arme um seinen Hals, schmiegte sich an ihn und genoss die Berührungen seiner Hände, die über ihren Rücken glitten.

Was sie erlebt hatte, war nicht real, redete sie sich ein. Sie hatte es nur nachempfunden, aus seinen Erinnerungen heraus. Wie schrecklich musste es sein, es in Wirklichkeit zu erleben? Das überstieg ihre Vorstellungskraft.

»Verzeih mir«, sagte er und vergrub sein Gesicht in ihrem Haar. »Ich hätte es dir nicht zeigen dürfen.«

»Nein, das war richtig so.« Evelyn stotterte. Es fiel ihr schwer, die Worte zu formen, als hielte die Leichenstarre sie in ihren Fängen. »Sonst hätte ich niemals begriffen, was du erleiden musstest. Wie lange warst du im Sarg gefangen, bis du … bis du …«

»Bis ich meine Familie getötet habe?«, sagte er, was sie nicht auszusprechen wagte. »Etwa einen Monat.«

Es verschlug ihr den Atem. Sie hatte nur wenige Minuten der Qual erlebt und wäre bereit gewesen, jeden zu töten, nur um der Folter zu entkommen. So lange wie er Widerstand zu leisten, konnte sie sich kaum vorstellen. Schon gar nicht, wenn enge Räume einen in solche Panik versetzten.

Sie lehnte den Kopf an seine Brust und hörte seinen Herzschlag. Der Schrecken verebbte, doch sie klammerte sich genauso verzweifelt an Adrián wie eben noch. Er durfte nicht weggehen. Er durfte sie nicht in dieser fürchterlichen Welt allein lassen, sie brauchte ihn. Evelyn strich ihm über die Wange und entlockte ihm ein vorsichtiges Lächeln. Sie lächelte zurück. Mit seinem stummen Einverständnis zog sie seinen Kopf zu sich heran und berührte mit ihren

Lippen die seinen. »Und was ist mit: ›Fass mich nicht an‹?«, fragte er und erwiderte den Kuss.

»Vergiss es.« Fordernd fand ihre Zunge einen Weg in seinen Mund. Evelyn kostete ihn mit Genuss.

Diesmal war er es, der sie von sich schob. »Wir müssen aufhören.«

Sie blinzelte. Die zarte Magie, die sie gefangengenommen hatte, zerbrach. »Warum? Habe ich etwas falsch gemacht?«

»Nein, ganz und gar nicht. Bloß ... du hattest Recht, *guapa*, das sind nicht wir, nicht unsere Gefühle. Es ist nur dieser verfluchte Bann, der zwischen uns besteht. Das darf ich nicht vergessen, auch wenn es mich verrückt macht, dich nicht küssen zu dürfen.«

Nein, unmöglich! Sie fühlte sich zu ihm hingezogen wie zu keinem Mann jemals zuvor und mit der Zuversicht erfüllt, dass diesmal ihre Chimären schlafen würden ... Evelyn biss sich auf die Zunge. *Mach dich nicht lächerlich, es ist der Bann. Mehr nicht.* Adrián wollte sie nicht. Punkt. Sie musste sich damit abfinden.

Zum Glück ertönten im Flur Schritte, und Marias Erscheinung rettete Evelyn aus dem Verhängnis.

»Kommt mit, ihr Turteltauben. Conrad ist da. Wir sollten die Lagebesprechung durch... Oh nein, welche Sau war das denn?« Ihr Zeigefinger mit dem schwarz lackierten Nagel wies auf das Bild und die Scherben herum.

»Ich«, tönten Evelyn und Adrián unisono. Schnell

schob Adrián hinterher: »Es ist nichts passiert. Das Ding ist noch heile.«

»Das Ding? Das Ding?« Maria schien kaum noch Luft zu bekommen. »Das ist Original Raoul Dufy, ihr Banausen. Französischer Expressionismus Anfang des 20. Jahrhunderts. Oh, wie kann man nur so ein Kunstbanause sein.« Sie pustete sich eine ihrer Strähnen aus der Stirn. »Na gut, wir reden später darüber«, sagte sie im Oberlehrerton. »Conrad wartet.«

Das Krisenkaffeekränzchen fand ohne Kaffee im Wohnzimmer statt. Der Raum war mit Designer-Möbeln ausgestattet, an den Wänden glänzte die Sammlung der Waffen aus aller Welt und Epochen: ein chinesisches Dao, ein osmanischer Yatagan, ein spanisches Rapier und eine Vielzahl an Schwertern, Dolchen und Messern, die Evelyn sich nicht einmal in ihren skurrilsten Träumen vorstellen könnte. Ein langes, krummes Messer in einer ledernen Scheide und mit einem Löwenkopf am Griff zog ihre Aufmerksamkeit auf sich.

Conrad saß auf der cremefarbenen Ledercouch, zurückgelehnt und ein Bein über das andere geschlagen. Als Evelyn und Maria eintraten, erhob er sich, was vornehm, nahezu aristokratisch wirkte. Adrián begrüßte er mit einem Kopfnicken. »Schön, Sie gesund zu sehen. Nach Ihrem Unfall und anderen Begebenheiten haben wir uns Sorgen um Ihr Wohlergehen gemacht.«

»Und ich erst.«

Evelyn schaute von einem zum anderen. »Warum? Ihr seid unsterblich.«

»Sicherlich«, bestätigte Conrad und machte eine Pause. Er sprach wie immer ruhig und prononciert, doch der Blick, den er Evelyn zuwarf, gefiel ihr ganz und gar nicht. So abschätzend. Als glaube er, sie gehöre nicht hierher, sie wäre nicht eine von ihnen.

Evelyn lachte nervös. »Na, machen Sie es nicht so spannend.«

Conrad fuhr unbeirrt fort: »Der Vorgang des Auferstehens aus dem Grab ist schwieriger, als es klingt, wenn man davon erzählt. Es gibt genügend Nachzehrer, die sich nie aus dem Wiedergänger-Zustand materialisieren konnten und bis in alle Ewigkeiten als Geister durch die Welt streifen müssen. Nicht sonderlich amüsant, wenn Sie mich fragen. Deshalb sollte man es nie so weit kommen lassen und nach Möglichkeit erst gar nicht in den Sarg gelangen.« Er wandte sich wieder zu Adrián. »Motorradunfälle gehören dazu. Wie konnte das denn ausgerechnet Ihnen passieren?«

»Irgendwo in St. Pauli haben die Viecher mich aufgespürt und verfolgt. Ich bin auf die Reeperbahn abgebogen, und da hätten sie mich fast erwischt. Irgendetwas musste ich tun. Ich wusste, ein Unfall würde Aufmerksamkeit erregen, und die Metamorphe würden sich nicht trauen, mich offen anzugreifen. Da kam dieser Laster angefahren, und … ich habe zu spät bemerkt, dass ich unter ihm nicht hindurchpasse. Zumindest nicht mit dem Motorrad.«

»Das war sehr riskant«, sagte Maria. »Dieser Laster hätte dich direkt ins Grab befördern können.«

»Ihr habt Recht, *Gran Princesa,* aber wenn schon abtreten, dann wenigstens hollywoodreif. Zugegeben, ich habe mich wirklich verschätzt. Die Metamorphe haben versucht, im Krankenhaus an mich zu gelangen. Kaum zu glauben – die Königin persönlich! Aber Evy hat sie super abgelenkt.«

Wieder flog Conrads unergründlicher Blick zu Evelyn, doch er sagte nichts. Um diesem Blick nicht standhalten zu müssen, ergriff sie das Wort. »Wer sind eigentlich diese Metamorphe?«, wollte sie wissen.

Maria sah Conrad an, doch dieser machte keine Anstalten, irgendetwas zu erklären. Bloß ein kurzes Nicken. Die Lady wiegte den Kopf. »Stimmt, das haben wir dir noch gar nicht erklärt. Tja, es sind unsere größten Feinde, das hast du sicherlich mitbekommen. Sie sind in Gemeinschaften organisiert, die jeweils von einer Königin angeführt werden. Das macht es ihnen einfacher, die Angriffe auf uns zu koordinieren. Sie jagen, entführen, foltern uns.«

Evelyn dachte an den Hund, der Adrián zerfleischt hatte, und schaute zu dem geschwungenen Messer mit dem Löwenkopf. Damit hätte sie das Biest sicherlich in die Flucht schlagen können. »Was genau sind es für Wesen? Untote wohl eher nicht.«

»Nein. Bevor sie ihr Seelentier gefunden haben«, erklärte Maria weiter, »sind sie von den Menschen nicht zu unterscheiden. Sie nennen sich Anwärter, und erst wenn sie die Verbindung mit ihrem Seelentier hergestellt haben, werden sie zu vollwertigen Metamorphen. Sie können geistig mit dem Tier verschmelzen und agieren in dessen Körper.«

»Und welche Tiere sind es?« Sie fragte sich, warum das Messer so eine Faszination auf sie ausübte. Wie es sich wohl anfühlen würde, es in der Hand zu halten? Halt. Woher kam bloß dieser Drang, die Waffe unbedingt besitzen zu wollen?

»Es gibt verschiedene Seelentiere. Vom Adler bis zum Hamster – wir haben schon alles erlebt. Metamorphe haben bereits viele aus unseren Reihen entführt. Wir wissen nicht, was sie mit ihnen anstellen, versuchen aber, unseresgleichen zu finden und zu befreien. Denn manchmal, ja, manchmal spüren wir die Qualen unserer Brüder und Schwestern, als wären es unsere eigenen. Das ist die düstere Seite der Telepathie.«

Als Evelyn sich von der Waffe abwandte, sah sie direkt in Conrads braune Augen. Was ging in seinem Kopf gerade vor? Sie hätte alles gegeben, da reinspähen zu dürfen. Dieser Mann war ihr unheimlich und auf eine seltsame Weise vertraut wie jemand, dem sie nach vielen Jahren wieder begegnet war. Ob sie sich bereits gekannt hatten? Womöglich wusste er von ihrer Vergangenheit und wollte sie nicht in seiner Nähe haben. Sie richtete ihre nächste Frage direkt an ihn. »Woher kommen die Metamorphe? Wurden sie auch verhext?«

»Das vermag ich nicht zu beantworten.«

Sie schwor sich, diesmal nicht gleich wegzuschauen, sondern ihm zu zeigen, wie wenig Angst sie vor ihm hatte, und … schaffte es nicht. »Ich wette, Hermann Herzhoff weiß das. Er ist nicht nur ein Nachzehrer- und Hexenspezialist. Adrián, ich glaube, bei deinem Schwager sogar ein Buch über die Gestaltwandler oder so gesehen zu haben. Metamorphe sind doch in gewisser Weise Gestaltwandler, auch wenn sie anscheinend nicht physisch ihren Körper verändern, oder?«

Zu spät bemerkte sie, wie Adrián sich anspannte. Maria saugte die Luft durch die Zähne.

»*Sod it!*«, fluchte Conrad und stand ruckartig auf. »Rivas, wir müssen uns unterhalten.«

»Warten Sie. Es ist nicht so, wie es …«

»Jetzt sofort.«

Evelyns Mund fühlte sich plötzlich trocken an. »Habe ich vielleicht etwas Falsches gesagt?«

Niemand antwortete ihr. Adrián ging aus dem Zimmer, begleitet von Conrad, der ihn wie einen Verurteilten zum Schafott eskortierte. Verflucht! Hatte Adrián sie nicht gebeten, den alten Professor da rauszuhalten? Wie konnte es ihr bloß herausrutschen!

Minuten vergingen.

Maria stand auf und ging zu dem Messer, das Evelyn kurz davor bewundert hatte. »Ich habe gesehen, es hat dir gefallen. Man nennt es Khukuri«, erklärte sie, und der exotische Name schien einen Hauch von Magie zu verbreiten. »Siebzehntes Jahrhundert. Es gehört zur Ausrüstung der Gurkha und hat noch zwei kleinere Zusatzmesser. Schau hier.« Sie drehte die Scheide. Dann nahm sie das Messer heraus, kehrte zum Sofa zurück und reichte die Waffe Evelyn. »Du hast wirklich ein Auge für schöne Dinge.«

»Bekommt Adrián jetzt Schwierigkeiten?« Evelyn wog die Waffe in der Hand. Das Messer fühlte sich gut an, gerade so, als hätte der Griff schon immer in ihrer Handfläche gelegen.

Maria legte kumpelhaft einen Arm um sie. »Weißt du was? Ich schenke es dir«, sagte sie, ohne ihre Frage zu beantworten.

11. Kapitel

Einige Zeit unterhielt sich Evelyn mit Maria, wobei diese am meisten redete und hauptsächlich Fakten und die eine oder andere Anekdote zu ihrer Waffensammlung erzählte.

In Gedanken ging Evelyn die Szene durch, wie Adrián von Conrad abgeführt worden war. Bald konnte sie die Ungewissheit nicht mehr ertragen. Unter einem nichtigen Vorwand verließ sie Marias Gesellschaft und machte sich auf die Suche. Zwar wusste sie nicht, mit welchen Argumenten sie Conrad davon überzeugen sollte, Adrián in Ruhe zu lassen, aber … immerhin hatte sie jetzt ihr Khukuri dabei.

Die beiden Männer fand sie auf der Terrasse. Die Glastür war nur angelehnt, so konnte Evelyn das Gespräch mit anhören und hoffte, im Wintergarten unentdeckt zu bleiben. Sie lauschte, verborgen zwischen Orangenbäumchen, Passionsblumen und anderen Exoten.

»Ich hatte Sie gewarnt, Rivas.« Conrad lehnte sich an das Geländer. Er musste nicht lauter werden als sonst, um ungeheuere Dominanz zu verströmen. »Ich kann nicht erlauben, dass Sie die Existenz von uns allen in Gefahr bringen. Wie konnten Sie das bloß zulassen!«

Adrián tigerte in einer Ecke auf und ab. »Hermann wird niemals …«

»Hermann ist ein Mensch, und Menschen dürfen von uns nicht erfahren. Mit seinem Wissen ist er eine Bedrohung für uns alle. Wir müssen das Problem aus der Welt schaffen.«

»Ich kann doch unmöglich …«

Conrad stieß sich von der Brüstung ab und straffte die Schultern. Seitlich musterte er Adrián, dann wandte er sich ab. »Gut, vergessen Sie es. Ich werde mich darum kümmern.« Mit dem Fuß stieß er die Terrassentür auf.

»Nein! Warten Sie!«

Doch Conrad schenkte seinem Ausruf keine Beachtung.

Evelyn duckte sich hinter die Pflanzen, als er an ihr vorbeimarschierte. Zwischen den Blättern spähte sie zu Adrián und las Angst in seinen Zügen. Verflucht, was hatte sie bloß angerichtet? Der alte Mann schwebte in Gefahr, und das allein ihretwegen! Beim Gedanken daran, wie Conrad sich um das Problem kümmern würde, wurde ihr übel. Sie verließ ihr Versteck, als Adrián in den Wintergarten trat.

»Adrián. Ich …«

»Nicht jetzt, Evy.« In schnellen Schritten lief er an ihr vorbei und ließ sie allein zurück.

Den Rest des Tages verbrachte Evelyn auf dem Fensterbrett in ihrem Zimmer. Conrad und Maria schienen ihre Existenz vergessen zu haben, und Adrián plagte sich bestimmt mit den Sorgen, die sie ihm eingebrockt hatte. Kein Wunder, wenn er nicht auf die Idee kam, nach ihr zu sehen.

Inzwischen hüllte die Dämmerung die Stadt ein. Eine Brise wehte Rosenduft aus dem Garten herbei, so schwer wie die Samtvorhänge, hinter denen Evelyn sich versteckte. Die Grillen stimmten ein abendliches Konzert an. Idyllisch bis zum Erbrechen.

Je länger sie hier saß, desto trübsinniger wurde ihr Gemüt. Sie hätte ihre Zunge im Zaum halten sollen. Hoffentlich konnte Adrián alles gerade biegen. Und wenn nicht? Wenn dem alten Professor etwas zustieße – wie sollte sie damit leben? Nun, vielleicht war ›leben‹ das falsche Wort für ihren Zustand, aber eine Ewigkeit mit Schuldgefühlen verbringen zu müssen, klang noch schauderhafter.

Es klopfte. Evelyn ignorierte es. Die Tür öffnete sich trotzdem.

»Alles bestens«, antwortete sie auf die Frage, die nicht einmal gestellt wurde.

»Depressionen? Sie werden vergehen.« Conrad, ausgerechnet Conrad! Sie fing an, ihn zu hassen – allein schon für diesen kurzen Augenblick, in dem er Adrián in die Enge getrieben und ihm gedroht hatte. Sie hasste diesen Mann, um sich vor ihm nicht gruseln zu müssen.

»In der ersten Zeit ist es schwierig, sich zurechtzufinden.« Jetzt stand er dicht hinter dem Vorhang.

Geh weg! Verschwinde! Noch weiter von ihm fortrücken konnte sie nicht, ohne aus dem Fenster zu fallen. Doch sie traute sich nicht, ihn offen davonzujagen. »Sie haben aber gut reden.«

»Du musst nicht allein damit klarkommen. Ich … wir sind für dich da.« Das ›Du‹ überraschte Evelyn. Sie kaute auf der Unterlippe. Alles klar, die Vertrauen-Gewinn-Taktik. Wollte er sie so um den Finger wickeln, damit sie ihm und seinem Clan blind folgte? Darauf konnte er lange warten!

Er zog den Vorhang ein Stück beiseite und beabsichtigte anscheinend, sich zu ihr zu setzen, doch sie schubste ihn von sich. »Ja, ich habe gemerkt, wie Sie für Adrián da waren.«

Er blieb auf Abstand. Keine Regung verriet seine Gefühle. »Ich bin nicht hier, um über ihn zu reden.«

Sie senkte den Kopf und rieb sich über das Gesicht. *Adrián wird mich hassen. Er wird mich bis in alle Ewigkeiten hassen, weil ich ihn und Hermann verraten habe,* dachte sie … zu intensiv, und Conrad empfing es.

»Aber nein. Er wird sich bald abreagieren. Rivas ist wie ein Pulverfass: explosiv und laut, aber nicht auf Dauer. Du …« Er räusperte sich. »Sie haben nichts Falsches getan. Er ist es, der … nun ja, drücken wir es so aus: Sein Handeln war suboptimal. Das habe ich nicht erwartet. Nicht von ihm.«

»Was ist schon dabei, wenn er sich mit Hermann trifft? Es ist seine Sache.«

»Ich verstehe, dass es schwer ist, sich von der eigenen Vergangenheit loszusagen. Rivas klammert sich immer noch verzweifelt an seine Identität. Meine Güte, er versucht sogar mit aller Gewalt seinen spanischen Akzent zu bewahren! Aber können Sie sich vorstellen, was geschieht, wenn Menschen von unserer Existenz erfahren? Ich kann es nicht. Doch eines ist klar: Die Welt, wie wir sie kennen, wird aufhören zu existieren. Na gut, wir könnten dann dafür plädieren, dass die Verwendung von Bezeichnungen wie ›Totenküsser‹ oder ›Gierrach‹ politisch inkorrekt wird. Aber ich glaube nicht, dass die einzigen Fragen, die der Menschheit Kopfschmerzen bereiten würden, sich auf die Punkte beschränken würden, ob wir wahlberechtigt sind und kandidieren dürfen. Glauben Sie mir, dieses Versteckspiel macht keinem von uns Spaß, aber wir haben keine Wahl.«

»Wieso nehmt ihr das alles hin, wieso versucht ihr nicht, die Hexen zu finden und den Fluch zu beheben?«

Conrad presste die Lippen zusammen. Eine Furche grub sich in seine Stirn. Er wirkte besorgt. Um sie?

»Lynn, ich rate Ihnen, von dieser Idee abzulassen. Die Mächtigen sind gefährliche Geschöpfe, heimtückisch und unberechenbar. Erfüllen sie Ihnen einen Wunsch, bezahlen Sie das Tausendfache dafür. Es ist ein Pakt mit dem Teufel. Die Hexen werden Ihnen keinen Ausweg geben, sondern Sie in eine noch schlimmere Verdammnis stoßen.« In seinen braunen Augen lag Schrecken verborgen, und das erschütterte Evelyn mehr als all seine Worte. »Suchen Sie niemals – ich wiederhole! – niemals nach einer Hexe!«

»Aber …«

»Ich möchte Ihnen etwas erzählen. Ein guter Freund von mir wollte einmal die Gunst einer Mächtigen ersuchen. Sie kam zu ihm und erfüllte ihm den Wunsch. Doch sein neu erworbenes Glück wandte sich schnell gegen ihn. Schon bald wurde sein Wille gebrochen, und er endete mit einer zerstörten Seele als Zeuge seines eigenen Wahnsinns und geistigen Verfalls. Und nachdem der Tod ihn endlich erlöst hatte, wurde er zum Schattensklaven der Mächtigen, die er einst gerufen hatte.« Er drückte Evelyns Hände so stark, dass sich die Haut unter seinen Fingern weiß färbte. Dann zuckte er zurück, selbst bestürzt von der übereilten Geste. »Es gibt keinen Weg zurück. Je früher Sie sich damit abfinden, desto einfacher wird es für Sie. Akzeptieren Sie Ihr Schicksal.«

»Und wenn nicht?« Trotzig schob sie ihr Kinn vor. »Werde ich auch zu einem Problem, das es zu beseitigen gilt?«

Conrad seufzte resigniert. »Oh je, genau aus diesem Grund bin ich nie auf die Idee gekommen, Kinder in die Welt zu setzen.« Er winkte ab und deutete auf das Bett. »Da ist jemand, der Sie sehr vermisst hat.«

Evelyn folgte seiner Geste und entdeckte einen

Transportkäfig, in dem ein schwarzes Kaninchen mit einem weißen Fleck an der Ohrspitze hockte. Fridolin! Oh Gott, wie konnte sie ihn bloß vergessen haben? Der Arme! So viele Tage allein im Käfig, ohne frisches Wasser und Heu.

Sie stieß einen erstickten Schrei aus und eilte zu dem Käfig, entriegelte das Türchen und holte sich ihren kleinen Freund auf den Schoß.

»Fridolin«, flüsterte sie und streichelte seinen Kopf. »Oh, Fridolin …« Es tat gut, ihn im Arm zu halten, setzte aber ihrem Gewissen umso mehr zu. In all der Zeit hatte sie keinen einzigen Gedanken an ihn verloren. Dabei war er ein Lebewesen, das auf sie angewiesen war! Sie seufzte. Doch das Kaninchen kuschelte sich an sie und schien ihr bereits vergeben zu haben.

Conrads Gesicht erhellte sich. »Ich dachte mir schon, dass Sie ihn gern sehen würden.«

Evelyn beäugte den Mann von Kopf bis Fuß. Auf einmal so nett – womit hatte sie das bloß verdient? »Sie sind also in meine Wohnung eingebrochen?« Sogleich durchfuhr es Evelyn siedend heiß: Er war fort gewesen! Was, wenn er sich in dieser Zeit auch um das Problem ›Hermann‹ gekümmert hatte?

»Ich wollte ein paar Sachen für Sie holen und habe ihn dabei bemerkt. Der Arme sah irgendwie traurig aus.« Mit dem kleinen Finger hob er eine Tüte mit Grünzeug vom Fußboden auf. »Ich hoffe, da ist etwas dabei, was ihm schmecken wird.«

Die Angst um den alten Professor pochte in ihrer Brust.

Conrad hob eine Braue. »Stimmt etwas nicht?«

Evelyn fischte ein Kohlrabiblatt aus der Tüte und hielt es Fridolin entgegen. Wenn sie schon den Mann nicht loswerden konnte, dann musste sie ihn wenigstens von ihren Gedanken ablenken.

»Alles hier stimmt nicht! Die Zukunft macht mir Angst. Ihr wollt mir weismachen, dass ich Menschen töten muss, um zu überleben. Das kann ich nicht.« Evelyn zwang sich, an etwas anders zu denken als an den Professor. Ihre Erinnerungen schwenkten zum Vorfall an der Bushaltestelle. Heute früh war sie kurz davor gewesen, einem Passanten die Lebenskraft zu nehmen. »Ich habe einen Mann mit einem seltsamen orange-silbernen Schimmer gesehen. Was war das?«

»Sie haben seine Lebenskraft wahrgenommen. Einige bezeichnen das Schimmern als Aura. Jeder Mensch hat eine eigene Farbe, die vieles über ihn verrät. Orange deutet auf einen großen Lebenswillen und Gesundheit hin. Für uns ein Leckerbissen.«

Evelyn schüttelte sich bei seinen letzten Worten. Leckerbissen! Als wäre die Welt nichts anderes als eine überdimensionierte Selbstbedienungstheke mit lauter Delikatessen. »Jeder Nachzehrer kann die Aura sehen?«

»Wenn er es will. Aber mit der Zeit lernen wir, sie auszublenden.«

»Und welche Farbe habe ich?«

Conrad zögerte, als wusste er nicht, ob er die Frage tatsächlich beantworten sollte. »Nachzehrer verfügen nur über Grautöne. Es ist ein stumpfes, schmutziges Flirren, das uns umgibt, da wir keine eigene Lebenskraft besitzen.«

»Aber was ist mit mir?« Sie setzte das Kaninchen auf das Bett. Sogleich machte sich das Tier über die anderen Blätter her.

»Es sieht fast so aus, als hätten Sie sich noch nicht entschieden.«

»Mich noch nicht entschieden? Für was?«

»Und manchmal, ja manchmal, haben Sie gar keinen Schein.« Er musterte sie eindringlich. »Als besäßen Sie keine Seele.«

Sie schnaubte. »Natürlich habe ich eine!«

»Natürlich.«

Evelyn knirschte mit den Zähnen. Was meinte er jetzt schon wieder damit? Sie hatte seine Spielchen entschieden satt.

»Ich bin müde und würde jetzt gern schlafen gehen. Gute Nacht!«

Conrad nickte. »Noch etwas. Ich weiß von dem Band zwischen Ihnen und Rivas. Ich möchte eine dringende Bitte an Sie richten: Spielen Sie nicht mit ihm. Das hat er nicht verdient. Auch ein totes Herz kann schmerzen.«

Evelyn ballte die Fäuste. Dieser Typ mischte sich aber auch überall ein!

»Ach. Sprechen Sie aus Erfahrung?« Sie bezweifelte,

dass dieser Mann zu irgendwelchen Gefühlen fähig war. Sonst hätte er verstanden, was der Kontakt zu Hermann für Adrián bedeutete.

Conrad erblasste. Mit einem Mal wirkten seine Züge hart. »Gute Nacht«, warf er ihr trocken zu.

»Schlafen Sie schön«, giftete sie zurück.

Er deutete eine Verbeugung an und legte eine Hand auf die Türklinke, sah aber dann doch noch zurück. »Ach ja, nur zu Ihrer Kenntnis: Nachzehrer schlafen nie. Aber Ihnen wünsche ich trotzdem eine angenehme Nachtruhe. Wenn Sie müde sind und schlafen möchten, ist dagegen natürlich nichts einzuwenden.«

Die Tür fiel hinter ihm ins Schloss. Evelyn stöhnte und ließ sich in die Kissen fallen. Sie fühlte sich zerschlagen. So unendlich müde.

Hermann Herzhoff kniete vor dem Altar in seinem Wohnzimmer. Eine blauschwarze, vierarmige Statue mit purpurroter Zunge, die sie weit ausstreckte, thronte auf der Erhebung. Ihren Hals schmückte eine Kette aus Schädeln, und um die Hüften schmiegte sich ein Rock aus abgeschlagenen Armen, so präzise herausgearbeitet, als wäre die makabre Bekleidung echt. In einer Hand umklammerte sie ein Sichelschwert, die zweite hatte sie zu einem segnenden Mudra geformt, die dritte hielt einen abgeschlagenen Kopf und die vierte – eine Blutschale. Blumengirlanden und Kerzen schmückten den Altar. Die Räucherstäbchen schwängerten die Luft mit einem betörend süßlichen Duft.

Der alte Mann wog seinen Körper hin und her, völlig aufgelöst in seiner Meditation.

»Adi Divya Adi Divya
Adi Divya Jyoti Maha Kali Ma Namah
Madhu Shumbha Mahisha Mardhini
Maha Sakta Ye Namah
Brahma Vishnu Shiva Swarupa Twam Na Anyatha
Chara Charasya Palike Namo Namah Sada.«

Die Laute, die er von sich gab, vermischten sich zu einem eintönigen Singsang. Sobald das Gebet endete, fing er von vorne an, immer und immer wieder.

Sie trat zu ihm aus der Dunkelheit. »*Verehrung der großen Mutter Kali, die das erste im Universum leuchtende Licht ist*«, verhöhnte sie ihn. Beim Klang ihrer Stimme schreckte er aus seiner Meditation auf. »*Wir verneigen uns vor der großen Kraft und der Zerstörerin der Dämonen*«, fuhr sie spöttisch fort. »*Dämonen symbolisieren unsere niedere Natur. Du bist die Energie hinter Brahma, Vishnu und Shiva. Wir werfen uns vor dir nieder, Beschützerin des Universums.*«

»Ich … ich …«, stotterte er und wollte sich aufrichten, doch sie drückte ihn an der Schulter nieder.

»Man sollte nicht mehr Teufel rufen, als man bannen kann, alter Mann.«

Mit einem Ruck schleuderte sie ihn gegen den Wandschrank. Das Glas splitterte, die Porzellankätzchen, die auf einem Regal zu einer Soldatenreihe aufgestellt worden waren, purzelten herunter.

Der Alte hob schützend die Arme, als sie sich mit einem Satz vor ihm aufbaute.

»*Adi Divya Jyoti Maha Kali Ma Namah*«, schluchzte er, ohne imstande zu sein, ihren Blick zu erwidern, als stünde die Medusa vor ihm, deren Antlitz ihn zu Stein erstarren ließe.

»Gebete sind jetzt völlig nutzlos.« Sie packte ihn an einem Handgelenk und zerrte an seinem Arm. Ein Knacken ertönte. Der Mann schrie auf. Sie zog ihn hoch und hielt ihn an den Schultern, während seine Füße über den Dielen baumelten. »Es ist Zeit zu büßen. Für alle Vergehen, absichtliche oder unabsichtliche.«

Sie schmetterte ihn durch den Raum. Der Alte schlug gegen ein Regal und polterte mit einigen Büchern zu Boden. Erhaben schritt sie auf ihn zu. Er wimmerte und drängte sich in eine Ecke, während sie seine Angst voll und ganz auskostete.

»Bitte, verschone mich!«, bettelte er und streckte ihr den gesunden Arm entgegen. »Ich wollte doch nicht …«

»Natürlich nicht.« Sie beugte sich zu ihm und küsste seine Lippen. »Ich bin hier, um den Tod zu bringen.«

Kurz darauf spritzten die ersten Blutstropfen auf den Boden, und ein Schmerzensschrei entlud sich in die Stille. Sie schloss die Augen, legte den Kopf in den Nacken und sog den metallisch-süßlichen Geruch tief in ihre Nase.

Die Sirene jaulte und heulte, die grellen Scheinwerfer beleuchteten den Garten bis in die letzte Ecke. Evelyn krümmte sich auf dem Boden, drückte sich die Ohren zu und hielt die Augenlider zusammengekniffen, ohne zu wissen, wie sie in dieses Chaos aus Licht und Krach gelangt war. Sie fühlte das feuchte Gras unter sich und atmete den Geruch der Erde ein. Die Kühle der Nacht drang durch ihr T-Shirt, in dem sie sich schlafen gelegt hatte. Was war passiert? Wo war sie? Das Letzte, woran sie sich erinnern konnte, war, wie sie in ihrem Bett lag. Sie hatte geschlafen – oder nicht?

Jemand hob sie hoch und schüttelte sie, doch sie weigerte sich, die Augen aufzumachen. »Evy? Evy, was ist los?«

Mit einem Schlag wurde es still. Evelyn fürchtete, taub geworden zu sein. Vorsichtig öffnete sie die Lider und sah in Marias besorgtes Gesicht. Sie wollte etwas sagen, stieß jedoch nur ein klägliches Wimmern hervor.

Zusammen mit der Lady sank sie zurück auf den Boden. Maria drückte sie an sich und strich ihr durch das Haar. »Beruhige dich, es wird alles wieder gut.«

Wie durch einen Nebel sah sie Adrián um die Hausecke auf sich zulaufen. »Was ist passiert? Wieso ist die Alarmanlage losgegangen?«

»Keine Ahnung«, antwortete Maria ihm. »Ich habe sie hier gefunden. Halb nackt und voller Blut.«

Adrián ließ sich nieder und schob die junge Frau beiseite. Evelyn spürte seine Hände, die sie untersuchten. »Evy, oh mein Gott, geht es dir gut? Wurdest du angegriffen?« Er bebte vor Sorge. »Wer war hier? Metamorphe? Wie konnten sie auf das Grundstück kommen?«

»Niemand war hier«, erwiderte Maria mit Nachdruck, anscheinend, um sie beide zu beruhigen. »Sie scheint aus dem Fenster gestürzt zu sein.«

Nach und nach erlangte Evelyn ihre Sinne wieder. »Ich habe einen furchtbaren Traum gehabt.« Sie kämpfte gegen einen Weinkrampf an, der sie zu überwältigen drohte. Die Bilder, die sie gesehen hatte, fühlten sich so wirklichkeitsgetreu an! Nein, es war kein Traum. Nachzehrer schliefen nie. Es war eine Art … Vision!

»Wo ist Conrad?«, hauchte sie.

»Scht.« Adrián wog sie in den Armen.

»Wo ist Conrad?«, wiederholte sie schrill.

»Er ist schon längst gegangen. Beruhige dich. Es wird alles gut, es ist nichts Schlimmes passiert. Du hast nur Schürfwunden abbekommen, sie werden schnell verheilen.«

Sie schluchzte und vergrub ihr Gesicht an seiner Brust. »Ich habe gesehen, wie Hermann Herzhoff umgebracht wird. Es war so real. Ich habe durch die Augen des Mörders gesehen!«

12. Kapitel

Kilian wusste nicht, wie lange er am Steuer gesessen und auf das Haus hinter den Bäumen gestarrt hatte. Sicherlich nicht wegen der Architektur: Ein Bau aus Ziegelsteinen und mit einem Reetdach zählte hier auf dem Land nicht gerade zu den Raritäten.

Es wurde dunkel. Er beobachtete, wie die Lichter in den Fenstern an- und ausgingen, in einem der Zimmer schimmerte der Fernseher. Eine Holztür klapperte, jemand trat in den Hof und kurze Zeit später wieder ins Haus. Ein Mensch hätte auf die Entfernung das Geräusch gar nicht wahrgenommen, aber Kilian war kein Mensch.

Ob er nicht lieber den Motor starten und wegfahren sollte? Er grinste schief. Feige Sau! Alles, bloß nicht aussteigen und Fragen stellen, was? Die Unsicherheit quälte ihn, aber würde er die Wahrheit ertragen können? Evelyn – eine Totenküsserin. Unvorstellbar. Die Frau, die ihn an den Rand des Wahnsinns trieb, der er bis ans Ende der Welt folgen würde – sein schlimmster Feind. Es sprengte seine Existenzgrundlage, riss ihn aus dem geordneten Leben, in dem er seinen Beitrag für das Wohl der Gemeinschaft zu leisten hatte.

Kilian schlug mit dem Hinterkopf gegen die Kopfstütze. Er musste jetzt den Wagen verlassen und zum Haus gehen. Er musste klingeln und sich der Wahrheit stellen. Jetzt. Sofort.

Weitere fünf Minuten vergingen. Aus dem Handschuhfach fischte er eine Zigarettenschachtel und steckte sich einen Glimmstängel zwischen die Lippen, ohne ihn anzuzünden. Das tat er immer, wenn er sich unter die Leute mischte. Es schenkte ihm den Trug, einer von ihnen zu sein – und schon konnte er ihre Gesellschaft etwas besser ertragen.

Er gab sich einen Ruck, stieg aus dem Auto, sich darüber bewusst, wie er Zeit schindete, und machte die Schiebetür auf. Akash, der stundenlangen Fahrt überdrüssig, schoss heraus und schlug Purzelbäume im Gras. Auch das Kätzchen reckte sich und tapste zu ihm. Die Medizin, die der Arzt verschrieben hatte, zeigte Wirkung. Dem Kleinen ging es zunehmend besser. Kilian streckte ihm die Hand entgegen. Das Tier kletterte am Jeansstoff des Ärmels hoch und machte es sich auf seiner Schulter gemütlich. Kilian schmunzelte und krauelte den Pelzball unter dem Mäulchen. »Fall bloß nicht herunter, okay?«

Er pfiff Akash herbei und spazierte die Auffahrt entlang. Der Hund tobte um ihn herum, lief vor, um dann in großen Sprüngen zurückzukehren. In seinem Pelz hingen Blätter und Grashalme, das durchnässte Fell stand ab und bescherte ihm einen nahezu tollwütigen Ausdruck.

Die Felder ringsherum hüllten sich allmählich in Nebel, von den nahe liegenden Stallungen wehte der Geruch von Vieh und Mist herbei. Kilian hasste Dörfer. Sie erinnerten ihn an Sebastian und an die Leere, die dieser in ihm hinterlassen hatte. Manchmal fragte er sich, ob er oder Johannes etwas falsch gemacht hatten. Ob es ihre Schuld war. Und obwohl er die Frage jedes Mal verneinte, gelang es ihm nicht, sein Gewissen zu überzeugen.

Nach einer Wegbiegung kam Kilian zum Hof. Unter der Treppe lugte ein zotteliger Hund hervor, der sich bei Akashs Anblick mit eingezogenem Schwanz unter den Stufen verkroch. Kilian klingelte an der Tür.

Eine Frau Mitte vierzig öffnete ihm. Ihr spitzes Gesicht wirkte ausgedörrt, die Wangenknochen traten deutlich unter der spröden Haut hervor. Die Lippen, von denen sich Hautschichten wie Schuppen abpellten, bildeten eine schmale Linie. Die Frau roch nach gedünstetem Fisch, und Kilian musste die Zähne zusammenbeißen, um nicht das Weite zu suchen und stattdessen seinen gefälschten Ausweis zu zeigen.

»Kommissar Ney. Sind Sie Frau Behrens? Helga Behrens?«

Skeptisch beäugte die Frau das Kätzchen auf seiner Schulter und Akash, der herumschnüffelte. Ein Kommissar, der gleich seinen eigenen Streichelzoo mitbrachte, erweckte nicht gerade Vertrauen. Erst dann steckte sie ihre Nase in das Dokument und quittierte ihre Zufriedenheit darüber mit einem Nicken. »Warum?«

»Ich möchte einige Fragen über Evelyn Behrens stellen. Dürfte ich reinkommen?«

»Nein.« Sie steckte die Füße in die Gummistiefel, die neben der Tür standen, und trat auf ihn zu, womit sie ihn zwang, einige Stufen zurückzustolpern. »Ich bin Gitta, Helgas Schwester. Gehen wir ein Stück.«

Die Frau zog die Tür hinter sich zu. Aus ihrer Cordhose holte sie eine Schachtel Zigaretten und zündete sich eine an. Dann bot sie das Feuerzeug Kilian an, der es mit einem Kopfschütteln ablehnte und weiter an seiner Zigarette lutschte.

Zusammen nahmen sie den Weg um das Haus herum zu den Getreidefeldern.

»Ist Ihre Schwester nicht zu Hause?«, fragte Kilian, als das Schweigen ihm zu lange andauerte.

»Doch, doch.« Sie stieß den Rauch aus ihren Nasenlöchern hervor. »Ich wäre Ihnen dankbar, wenn Sie nicht die alten Wunden aufreißen würden. Helga hat schon immer Herzprobleme gehabt. Zu viel Aufregung ist nicht gut für sie. Fragen Sie mich, ich erzähle Ihnen alles, was Sie wissen wollen.«

»Kannten Sie Ihre Nichte gut?«

Sie fluchte wie ein Bierkutscher und zog die Strickjacke enger um ihre knochigen Schultern. »Ich hoffe, sie steckt in Schwierigkeiten.«

Kilian tat so, als hätte er die Bemerkung überhört. »Erzählen Sie mir von ihr.« Das Kätzchen krabbelte auf die andere Schulter, um dem Zigarettenrauch zu entkommen. Hinter ihnen trottete Akash her, die Ohren wachsam aufgestellt.

»Was wollen Sie denn wissen?«

Wann sie gestorben ist, lautete sein erster Gedanke. Stattdessen sagte er: »Alles.«

Gitta verzog den Mund und schnippte die Asche weg. »Evelyn war ein Dorfflittchen – eine Schande für uns alle. Die arme Helga, und das, nachdem sie diese Göre aus dem Waisenhaus geholt, ihr alles gegeben hatte.«

Ein Dorfflittchen? Die Worte danach hatte Kilian nicht mehr gehört. Er musste die Frau bitten, es noch einmal zu wiederholen. Das tat sie bereitwillig, betitelte Evelyn als Hure und als ob das nicht ausreichen würde, fügte sie noch ein, zwei Synonyme hinzu.

Kilian knurrte wie ein Tier; er stieß ein tiefes Grollen aus, das sich in seiner Brust gesammelt hatte und die Kehle hinaufrollte. Alles bebte in ihm vom Drang, seine Auserwählte zu verteidigen und das Schandmaul der Lüge zu bezichtigen. Er musste sich zügeln. Musste sein tierisches Ich bezwingen, wenn er die Frau nicht in Fetzen reißen wollte.

Erst nach einer Weile fühlte er sich imstande zu sprechen. »Evelyn ist nicht Helgas leibliches Kind?«

Die Frau schien sein Blackout nicht bemerkt zu haben. »Meine Schwester hat sie adoptiert, als sie kaum ein Jahr alt war. Ich habe schon damals gesagt, sie soll dieses Balg nicht zu sich nach Hause holen. Aber auf mich hört ja keiner.«

Adoptiert … Kilian überlegte, was das zu bedeuten hatte. Eine Totenküsserin, die von ihrem Vater den Fluch vererbt bekam und von der Mutter verstoßen wurde? Die Kreatur schwängert eine Frau und macht sich aus dem Staub. Kein Wunder, die Biester waren noch nie sonderlich ansässig oder gar familienfreundlich. Die Mutter kommt mit dem Baby nicht zurecht und gibt es weg. Doch genauso gut könnten Evelyns Eltern Metamorphe sein. Kinder, die keine Verbindung mit ihrem Seelentier eingehen konnten, wurden von der Königin verstoßen. Doch als Säugling? Von solchen Fällen hatte Kilian noch nicht gehört. Bei einem so kleinen Kind konnte nicht einmal die Königin feststellen, ob es sich für eine Verbindung als tauglich erwies.

»Sind Evelyns leibliche Eltern bekannt?«

Gitta atmete scharf ein und hustete. »Damit hat auch alles angefangen«, sprach sie, als sie wieder zu Atem kam. »Helga und Erich – ihr Mann – haben dem Mädel erzählt, ihre Eltern seien tot. Bei einem Unfall gestorben. Sie wollten sie schützen, damit sie ein Leben führen konnte, ohne sich fragen zu müssen, warum ihre leiblichen Eltern sie wie ein abgenutztes Spielzeug weggeworfen haben.«

»Weggeworfen?« Das konnte die Frau unmöglich wörtlich meinen.

»Das Balg wurde auf dem Sperrmüll gefunden, kurz nach der Geburt. Ein Wunder, dass sie überlebt hat.«

Das Bedürfnis, Evelyn in den Arm zu nehmen und

zu trösten, fuhr beinahe schmerzhaft durch seine Glieder. Er wollte sie beschützen. Sogar vor Dingen, die bereits geschehen waren und ihre Spuren hinterlassen hatten. Er wollte so vieles für sie tun, was er nicht konnte …

»Ab ihrem zwölften Geburtstag tauchten Geschenke auf. Alles direkt vor die Tür gelegt, ohne Absender. Und auch Blumen. Schwarzrote Callas, wie für ein Grab. Wir vermuteten, dass die leiblichen Eltern dahintersteckten. Ich habe Helga immer gesagt, sie soll die Sachen wegwerfen, aber …«

»Auf Sie hört ja keiner.«

»Genau.« Gitta nickte ernst. »Als die Göre sechzehn wurde, ist ihr ein Geschenk direkt in die Hände geraten. Und meine Schwester, das Dummerchen, hat ihr alles gestanden. Das Mädel flippte total aus. Diese dumme Gans setzte sich in den Kopf, unbedingt ihre Eltern suchen zu müssen. Aber sie biss sich die Zähne daran aus, das war ja wohl klar. Ab da ging es bergab mit ihr, sie hörte auf keinen mehr, tat, was sie wollte …« Gitta seufzte, warf die Kippe auf den Boden und zertrat sie mit der Schuhspitze. »Ich sag's Ihnen, alles ist eine Frage der Erziehung. Ich hätte ihr so den Hintern versohlt, dass sie die Striemen bis zum heutigen Tag getragen hätte, zum Andenken. Aber Helga und Erich waren einfach zu weich.«

Kilian zuckte zusammen. Seine Finger zerdrückten die Zigarette, und der Tabak rieselte auf die Erde.

»Verstehe«, murmelte er, obwohl er es nicht tat und

dafür auch niemals hätte Verständnis aufbringen können. Aber er musste das Gespräch am Laufen halten. »Was passierte dann?«

»Es wurde immer schlimmer, was sonst. Sie hing rum, soff und machte für jeden die Beine breit. Sie hat sogar meinen Otmar verführt! Verführt und … umgebracht.« All die Wut und Rage fielen mit einem Mal von ihr ab. Gitta schlang die Arme um sich. Die Strickjacke rutschte ihr von den Schultern und hing an ihren Ellbogen. Wie ein Häufchen Elend stand sie da und schluchzte.

Kilian starrte in die Dunkelheit und war dankbar für die Nacht, die sein Gesicht verhüllte. In den vergangenen Tagen hatte sich seine Welt nur um Evelyn gedreht. Wenn er sich schlaflos auf der Matratze wälzte, hatte er sich vorgestellt, wie sie war, wie sie lachte oder weinte; was sie traurig oder glücklich machte. Nach und nach war ihr Bild in seiner Vorstellung vollkommen geworden. Für ihn war sie ein höheres Wesen, und er verehrte sie fast, wie ein Heide seine Gottheit verehrt. Niemals hätte er gedacht, sich in eine verlieben zu können, die schon unzählige Männer vor ihm bestiegen hatten. Für die eine Vereinigung nichts weiter als ein bisschen Vergnügen bedeutete. Je länger er darüber nachdachte, desto mehr Abscheu stieg in ihm auf. Und trotzdem spürte er sein Verlangen nach ihr, sobald er an sie dachte. Er verfluchte sich selbst für seine Liebe – nein, für seine Sucht, gegen die er sich nicht einmal zu wehren versucht hatte. Was hatte er bloß getan, um das hier zu verdienen?

Er musste sich zusammenreißen. Musste weiter reden, weitere Fragen stellen. Schlimmer konnte es nicht mehr werden. »Sie haben Ihren …«

»Mann.«

»… Ihren Mann mit … mit dem Mädchen erwischt?« Er weigerte sich, ihren Namen auszusprechen, als wäre dieser etwas Schmutziges, was nicht in seinen Mund gehörte.

»An dem Abend, an dem diese Nutte ihn umgebracht hatte, war er mit ihr unterwegs. Sie sind die Bundesstraße entlanggefahren. Er saß am Steuer, sie sorgte vermutlich für Unterhaltung. An einer Kurve ist das Auto in einen Baum gekracht.«

»Sie ist gestorben?« Es wurde also doch schlimmer. Evelyn war eine Totenküsserin.

»Mein Mann ist auf dem Weg ins Krankenhaus gestorben. Die Göre hat es überlebt.«

Kilian blinzelte. Was hatte das schon wieder zu bedeuten? War sie nun eine Totenküsserin oder nicht?

Gitta wischte sich die Augen und schluchzte wieder. Auf einmal hatte Kilian Mitleid mit der Frau, denn er fühlte sich ebenso betrogen. Auch wenn er es gewesen war, der sich selbst ein Trugbild vorgegaukelt hatte.

»Mit achtzehn hat sie dann das Dorf verlassen«, fuhr die Frau fort. »Wir haben nie wieder etwas von ihr gehört. Letztes Jahr ist Erich gestorben, sie war nicht einmal bei seiner Beerdigung. Helga ist seit langem krank. Meinen Sie, dieses Ding hätte sie auch nur einmal besucht? Oder angerufen, wie es ihr geht, gar ob die Arme noch lebt?« Sie holte aus der Tasche ein abgewetztes Papiertaschentuch und putzte sich laut die Nase. Das Tuch faltete sie zusammen und verstaute es wieder.

»Das Mädchen war nicht tot? Sind Sie sich sicher?« Kilian wusste nicht, was ihm wichtiger war und was mehr Kummer bereitete: zu erfahren, dass er keine Totenküsserin liebte, dafür aber ein Dorfflittchen und eine Mörderin?

Ein Lachen erschallte. »Absolut. Ich weiß noch, wie ich vor ihrem Bett im Krankenhaus verharrte, den Geräten lauschte und das Kissen in den Händen hielt. Ich war kurz davor, sie zu ersticken.« Gitta senkte den Kopf. »Ich schätze, das sollte ich nicht unbedingt einem Kriminalkommissar erzählen. Aber wissen Sie was? Es ist mir egal. Ja, ich wollte sie umbringen, und ich hätte das getan, wenn nicht eine Krankenschwester ins Zimmer gekommen wäre. Diese Hure hat uns alles genommen, was uns lieb war, und zog weiter, als es nichts mehr zu holen gab. Verdient so eine das Leben?« Gitta blickte mit einer stummen Anklage gen Himmel. Kilian tat es ihr gleich, und so standen sie still in der Dunkelheit und beobachteten das Funkeln der Sterne, jeder in seinem Elend versunken.

Kilian wusste nicht, wie er nach Hause gelangt war. Die Fahrt verlief wie im Halbschlaf, während sich seine Gedanken um Evelyn drehten und ihn schier in den Wahnsinn trieben. Er wollte sie hassen, doch es war ihm unmöglich. Er wollte sie lieben, aber sein Verstand wehrte sich dagegen. Vor dem Gespräch mit Gitta hätte er keine Minute gezögert und für seine Liebe zu Evelyn sogar seine Gemeinschaft verraten, alles aufgegeben, was ihm lieb und teuer war. Jetzt fragte er sich, ob so eine es wirklich wert wäre.

Wie bei einer Schallplatte mit einem Sprung kehrten seine Gedanken pausenlos zu ihr zurück. Er erinnerte sich an ihren Duft. Der Geruch hüllte ihn ein, erstickte ihn, und es gab kein Entkommen. Wer, zum Teufel, war sie? Warum hatte sie so eine Macht über ihn? Kilian wusste nicht, ob er vor Sehnsucht den Mond anheulen oder vor Wut um sich beißen sollte. Es kam ihm vor, als reiße ihn jemand entzwei und vergnüge sich damit, ihm Qualen zu bereiten. Fast meinte er zu hören, wie er verhöhnt wurde: *Wie viel kannst du noch aushalten, mein Lieber? Gib auf, du kannst nicht gewinnen.*

Sobald Kilian das Auto auf seinem Grundstück geparkt hatte und ausgestiegen war, witterte er Gäste. Er blähte die Nüstern, um mehr aus dem Geruch zu erfahren. Linnea. Sie wartete auf ihn, zusammen mit jemandem, der nach Federvieh stank. Ein Metamorph, dessen Geruch er nicht kannte.

Mit dem Fuß stieß er die Eingangstür seines Bungalows auf und sah die beiden im Wohnzimmer stehen. Der junge Mann neben Linnea war durchschnittlich groß – was es Kilian mit seiner Statur erlaubt hätte, ihm ohne Anstrengung auf den blonden Haarwirbel zu spucken – und schmal, was diesen Streich höchstwahrscheinlich ohne Konsequenzen belassen hätte. Der Unbekannte trug ein langärmeliges Hemd, eine verblichene Jeans mit einer Gürtelschnalle in Adlerform und Sneakers, die bestimmt schon viele Wege gegangen waren. Auf seinem Hals zeichneten sich Narben ab, die unter den Haarsträhnen hervorlugten.

»Einfach zum Knuddeln. Wer ist der Bursche, und was tut er hier?«, brummte Kilian anstelle einer Begrüßung. Er duldete keine Fremden in seinem Revier.

Linnea ging auf seine Frage nicht ein. »Wo warst du, Kilian? Ich hoffe, du wolltest nicht schon wieder allein jagen?« Die Schlange hatte sich um ihren Hals gelegt wie ein ausgefallenes Schmuckstück. Die schwarzen Knopfaugen schienen jede seiner Bewegungen zu beobachten.

»Gassi. Was will der Kerl hier?«

Linnea züngelte und schüttelte dann den Kopf. Er wusste, dass sie seine Lüge gerochen hatte, denn er brachte fremde Düfte mit sich, die nicht aus der Umgebung stammten. Erstaunlicherweise ließ sie es auf sich beruhen. »Ich möchte dir ein neues Mitglied unserer Gemeinde vorstellen: Finn Rothenberger.«

»Schön. Nachdem ich seinen Namen kenne, kann er sich zum Teufel scheren.« Kilian zog seine Jeansjacke aus und warf sie auf den Sessel, verfehlte aber das Ziel, wodurch die Jacke auf den Boden fiel. Er ging daran vorbei und holte sich aus dem Kühlschrank ein Bier.

Linnea nahm ihm die Flasche aus der Hand und berührte seine Wange mit ihren kalten Fingern. »Sei nett zu ihm. Er hat erst vor kurzem die Verbindung zu seinem Seelentier aufgebaut.«

»Gratuliere.« Kilian maß ihn mit einem Blick vom Kopf bis Fuß. »Lass mich raten. Der Schnuffelhasi.«

Der Kerl grinste und verwuschelte sich das blonde Haar. Kilian hätte kotzen können. Diesem Grinsen waren bestimmt schon viele Mädels nachgelaufen, aber wenn der Typ dachte, er könnte damit auch Kilian herumkriegen, dann hatte er sich geschnitten!

»Er hat einen Rotmilan«, erwiderte Linnea sanft. »Ab heute wird Finn mit dir jagen. Er kann dir helfen, glaub mir.«

»Er kann mich am Arsch lecken!«, schnaubte Kilian und biss sich sogleich auf die Zunge, doch die Worte waren bereits gefallen.

Im nächsten Augenblick traf ihn eine Ohrfeige. Der Schlag kam so hart an, dass sein Kopf zur Seite prallte. Linnea packte ihn an den Haaren. »Stelle nie wieder meine Anweisungen in Frage! Haben wir uns verstanden?«

Zorn flammte in ihm auf. Er wollte sich losreißen, seine Freiheit erkämpfen, vielleicht sogar töten. Seine animalische Seite verlangte nach Vergeltung. Doch er bezwang seine Triebe, hielt still.

Die zierlichen Finger gruben sich fester in seine

Haare. »Haben wir uns verstanden?«, wiederholte die Königin.

»Ja«, presste er hervor.

Sie ließ von ihm ab und lächelte – auf einmal offenherzig und erfreut. »Jetzt gehört Finn zu dir. Sei nett zu ihm und bring ihm alles Notwendige bei.«

Linnea stellte die Bierflasche auf dem Tisch ab und verließ den Bungalow ohne ein weiteres Wort. Aus dem Fenster sah Kilian sie in einen kleinen VW steigen. Hinter dem Steuer saß ein Mann mit einer Krähe auf der Schulter – ihr neuer Favorit?

Das Auto fuhr davon. Zurück blieben ihr Duft, die Demütigung und der Bursche, der alles zu verantworten hatte.

Der Typ trat einen Schritt auf ihn zu. »Das gerade tut mir leid.« Er besaß tatsächlich die Frechheit, ihm die Hand hinzustrecken, und erwartete wohl ein Entgegenkommen. »Ich habe schon viel über dich gehört. Ich freue mich, dass wir zusammen jagen werden.«

»Halt's Maul!« Kilian schmetterte die Bierflasche nach ihm. Der junge Mann duckte sich, und das Glas zerschellte an der Wand. Schäumend rann das Bier die Tapete herunter.

Finn schüttelte die Tropfen, die er abbekommen hatte, von seiner Schulter ab. »Damit du es weißt: Ich habe von Johannes und Sebastian gehört. Ich habe nicht vor, ihre Plätze einzunehmen …«

Kilian sprang auf, packte ihn am Kragen und rüttelte ihn durch. »Wage es nicht, ihre Namen in den

Mund zu nehmen.« Er stieß ihn von sich, angeekelt, ihn überhaupt angefasst zu haben.

Der Kerl taumelte, fand jedoch sein Gleichgewicht wieder. Seine Miene entgleiste. »Linnea ist unzufrieden mit dir. Sie will, dass ich ihr von dir berichte«, schleuderte er Kilian entgegen. »Ich dachte, du solltest das wissen, wenn du beim nächsten Mal handgreiflich wirst. Und ich sage es dir, weil es mich ankotzt, jemanden ausspionieren zu müssen.«

»Dann los, lauf ihr hinterher und erzähl ihr alles! Und mach die Tür zu, wenn du gehst.« Kilian rauschte ins Schlafzimmer und kickte das Kissen, das auf dem Boden lag, in eine Ecke. Es war nicht mehr bloß ein Knurren, das in seiner Brust brodelte und den Weg nach draußen suchte. Er stellte sich vor, wie er zurück in die Stube laufen und dem Burschen die Zähne in die Kehle schlagen würde. Wie er Haut und Fleisch zerfetzte und an einem Blutschwall schluckte. Die animalischen Triebe benebelten seine Sinne, ohne dass er sich mit Akash verbunden hatte. Er musste etwas niederreißen, zerfetzen – er musste jagen und töten.

Die Gier nach Blut verdrängte die kläglichen Reste seines menschlichen Verstandes. Kilian kletterte aus dem Fenster und tauchte in die Nacht ein. Wie ein Schatten folgte ihm Akash.

13. Kapitel

Evelyn saß im Waffenzimmer auf der Couch – das Khukuri griffbereit in ihrem Schoß. Sobald sie die Augen schloss, kehrte der Schrecken zurück und brachte die Bilder des Grauens. Hermanns verzweifeltes Gesicht, sein Flehen … Noch schlimmer war die Erinnerung an seine Augen, als er begriffen hatte, wie er sterben sollte. Was geschah mit ihr, warum musste sie all das miterleben? Hatte sie den Mord wirklich durch die Augen des Täters gesehen, oder spielte sich alles lediglich in ihrer Fantasie ab?

Wenn sie auch nur blinzelte, lockte die Dunkelheit sie, und die Schatten darin tranken von ihrer Angst und Verzweiflung. Tranken sie leer, bis nichts mehr in ihr blieb, abgesehen von einer trägen Stumpfheit. Sie sah den schwarzen Nebel, der auf sie zukroch, stand kurz davor, hineinzuschreiten. Gebannt starrte sie auf die dunklen Wogen, unfähig, sich zu rühren oder den Blick abzuwenden. Was erwartete sie dort? Würde sie sich vollkommen auflösen? Selbst zu einem Schatten werden?

»Hey.«

Evelyn schreckte zusammen und sah Adrián hereinkommen. Er schritt durch den Nebel, der ihm bis zu den Knöcheln reichte, und wirbelte die Schwaden herum, die in Sekundenschnelle verdampften, bis nichts mehr von ihnen übrig blieb.

»Maria sucht das Haus und das Grundstück sicherheitshalber ab. Aber ich glaube, sie hat Recht mit ihrer Vermutung. Es war eine Art Tagtraum. Nachzehrer, die erst vor kurzem in ihr Dasein gerutscht sind, haben sich noch nicht mit dem Ausbleiben des Schlafes abgefunden und vermissen das Träumen. Sie wandeln auf der Grenze zwischen dem Schlaf und dem Wachsein und ...«

»Geh bitte.«

Er blieb seitlich von ihr stehen. »Wie fühlst du dich?«

Sie hob das Khukuri und sah ihn in der Spiegelung der Klinge an. »Ausgezeichnet, was sonst. Maria hat ja wie immer Recht. Ich bin schlafgewandelt, habe in einem Tagtraum einen Schrecken gekriegt und bin aus dem Fenster gefallen. Passiert halt.«

Adrián setzte sich auf den Couchtisch. »Entschuldige. Ich weiß, ich bin kein guter Tröster. Frauentränen, Gefühle – all das ist nicht meine Welt. Da bin ich voll aufgeschmissen.«

»Dann geh einfach.«

»*Caramba,* ich will aber nicht gehen! Ich will dir helfen.«

Sie hob die Arme, auf denen sich die Kratzer von Glassplittern abzeichneten. »Dann bring das Verbandzeug her. Oder willst du mir die hier auslecken?«

Er drückte sanft ihre Hände. »Evy, vor mir brauchst du deine Angst nicht zu überspielen. Ich weiß, wie du dich fühlst …«

»Du weißt rein gar nichts.«

»Doch. Ich kann dich spüren, schon vergessen? Nicht immer, aber jetzt gerade ganz deutlich.«

Und ich – dich. Vor mir brauchst du deine Hilflosigkeit nicht zu kaschieren. Sie lächelte und registrierte, wie auch in seinen Augen etwas aufleuchtete.

Dann sag mir, was ich tun kann, damit es dir bessergeht.

Sie lächelte immer noch, beugte sich zu ihm und glättete mit den Fingern eine Furche auf seiner Stirn. »Nichts. Aber du könntest mir erklären, wie das hier funktioniert.«

»Was?«

»Die Telepathie. Die Tatsache, dass wir manchmal die Gedanken voneinander lesen.«

»Puh. Da sollte dich lieber Maria aufklären. Sie ist in solchen Sachen einfach besser. Von allen Berufen, die ich bereits ausgeübt habe, ist meine Tätigkeit als Lehrer besonders gründlich in die Hose gegangen. Dicht gefolgt von meiner Karriere als Sänger.«

»Ich frage aber dich.«

»Okay. Hm. Womit fang ich da am besten an … Also schön. Hattest du schon einmal Vorahnungen, die sich dann erfüllten? Kennst du so ein seltsames Gespür für Menschen oder Situationen?«

»Das kennen wohl die meisten.«

»Richtig, einige mehr, die anderen weniger. Das liegt an dem Âjnâ.«

»Entschuldige – woran?«

Er kämpfte sichtlich um passende Worte, dann gab er auf. »Du wirst es eher als Drittes Auge kennen. Und jetzt lach bitte nicht.«

Sie lachte trotzdem. Adrián zog eine gespielt-verärgerte Miene. »Das meinte ich mit dem Lehrer! Ich kann nicht mit dir reden, wenn du mich nicht ernst nimmst.«

»Okay, okay. Fahr fort. Ich bin ganz Ohr.«

»Nach dem Tod und der Wiederkehr in diese Welt öffnet sich bei einem Nachzehrer das Âjnâ vollständig, und du kannst auf diese Weise mit den anderen deiner Art kommunizieren. Es ist ein wenig wie – du wirst gleich wieder lachen – beim Telefonieren.«

»Warte kurz.« Evelyn kicherte und tippte mit dem Zeigefinger gegen die Stirn. »Da ruft mich grade jemand an.«

Jetzt kicherte auch er. »Du bist unmöglich, weißt du das?«

»Ja, klar. Erzähl weiter.«

»Was ich meine: Du musst denjenigen kennen, also ihn mindestens einmal gesehen haben, bevor du mit ihm so sprechen kannst. Auf große Entfernungen funktioniert das schlechter als aus der Nähe. Und dein Kommunikationspartner muss diese Verbindung auch wollen, mit anderen Worten: rangehen. Du ahnst vielleicht, das alles braucht Übung. Im Moment kannst du dein Âjnâ noch nicht kontrolliert schließen und öffnen, was mir hin und wieder erlaubt, deine Gedanken zu empfangen.«

»Und normale Menschen sind für dich wie ein offenes Buch?«

»Jein. Nur die wirklich intensiven Gedanken strömen dabei heraus. Es ist ein stetes Rauschen und ziemlich anstrengend. Grenzt fast an Reizüberflutung, wenn man das nicht ausblendet. Dabei gibt es Menschen, die ihre Gedanken etwas besser verbergen, bei den anderen klappt das weniger. Das Band zwischen uns zum Beispiel verstärkt die Wahrnehmung ungemein.«

»Und wie funktioniert dieses Empfangen genau?«

»Um jemanden zu rufen, musst du dich auf den Ausgangspunkt konzentrieren, deine Energie dorthin schicken. Aber Vorsicht: Unter Umständen könnte man mehr von deinen Gedanken lesen, als dir lieb ist. Telepathie ist eine …« Er räusperte sich. »… sehr intime Angelegenheit und mit Vorsicht zu genießen. Wir gebrauchen sie eigentlich nicht oft. Und um dich vor der Kontaktaufnahme zu verschließen, stell dir am besten eine Wand um dich herum vor, schotte dich vor der Welt ab. Mit etwas Übung bekommst du mehr Gespür dafür.«

»Wo befindet sich der Ausgangspunkt?«

Adrián legte die Finger auf ihre Stirn oberhalb der Nasenwurzel, direkt zwischen ihre Augenbrauen. »Hier.«

Er wollte die Hand zurückziehen, doch Evelyn ergriff seinen Arm und hinderte ihn daran. Sie sah ihm in die Augen und fragte sich, was sie bei diesem toten Mann fand, das die Lebenden ihr nie zu geben imstande gewesen waren. Es war merkwürdig, eine wandelnde Leiche zu lieben.

»Abartig ist das passendere Wort dafür«, neckte Adrián sie, der natürlich ihre Gedanken gelesen hatte, so eindringlich wie diese waren.

Evelyn errötete und stellte sich rasch eine Wand vor. Ziegelsteine unter dem Putz, etwas Graffiti wie in Hamburgs Schanzen-Viertel.

Sie liebte ihn, aber empfand er dasselbe für sie? Wo endete der Bann zwischen ihnen, und wo fingen die echten Gefühle an?

»Du solltest dich ein wenig ausruhen«, schlug Adrián vor, der die Ausgrenzung gespürt haben musste.

Sobald das Gespräch erstarb und die Ausgelassenheit sich verflog, kehrten die Schreckensbilder zurück. Instinktiv griff Evelyn nach ihrem Messer. Als ob man die Schatten erstechen könnte!

»Die Nacht ist fast vorbei, ausruhen lohnt sich nicht mehr«, murmelte sie in der Erwartung, sogleich den schwarzen Nebel zu sehen. Sei wachsam, mahnte sie sich. Und fürchte dich vor den Schatten.

»Du kannst hier nicht ewig sitzen«, sagte er.

»Und ob ich das kann.«

»Verstehe.« Er nickte zögernd. Einen Moment schien er zu überlegen, bis er abrupt aufstand und ging, ohne ein weiteres Wort zu verlieren. Er ging einfach so weg, ließ sie allein zurück! Bestürzt schaute Evelyn ihm hinterher, wollte ihm etwas nachrufen, aber ihr Stolz erlaubte es ihr nicht. Sie zog die Beine an. Zum ersten Mal fühlte sie sich tot. Und vor allem: verlassen.

Evelyn hörte nicht, wie er zurückkam, und erst als Adrián sie auf die Arme nahm und hochhob, wurde sie sich seiner Gegenwart bewusst.

»Was tust du da?«, japste sie. Ihr Khukuri klimperte auf den Boden. »Mein Messer!«

»Du brauchst es nicht. Außer du hast vor, meine Eingeweide zu studieren. Allerdings ist das kein allzu ästhetischer Anblick.«

»Lass mich runter, hörst du?«

Ungeachtet ihres Protestes trug er sie aus dem Wohnzimmer die Treppe hoch. Kaum eine Minute später gelangten sie ins Bad. Erst hier ließ er sie frei.

Der kalte Marmor unter ihren Füßen zwang sie, Zuflucht auf der flauschigen Matte zu suchen. Über ihrem Kopf erstreckte sich die Decke aus Spiegeln. Am anderen Ende des Raumes führten einige Stufen zu einem Whirlpool, der in den Boden eingelassen war. Wasser lief in die Wanne und schlug den fliederfarbenen Schaum auf, der einen Duft von Ylang-Ylang mit einer Prise Jasmin verströmte. Adrián dämmte das Halogenlicht und zündete ein paar Teelichter an, die auf der Fensterbank und um den Whirlpool herum aufgestellt waren.

»Ich fürchte, das ist das Beste, was so ein Romantik-

Hinterwäldler wie ich zustande bringen kann. Gefällt es dir?«

Sie schluckte hörbar, zu überrumpelt von diesem Anblick, und lachte nervös auf. »Also wirklich, liest du denn keine Frauenzeitschriften? Die Rosenblätter fehlen. Und jetzt sag nicht, du konntest so kurzfristig keine auftreiben. Mir zuliebe hättest du auch Marias Garten plündern können, das ist wohl nicht zu viel verlangt. Und wo ist die Musik? Wenigstens Kuschelrock oder so.«

Seine erschrockene Miene wich einem breiten Grinsen. »Ich würde dir gern etwas vorsummen.«

»Ne, lass mal. *Brigitte* und *Cosmopolitan* halten solche Foltermethoden bei einem romantischen Bad zu zweit für hinderlich.«

Sie sahen einander an. Der Anflug von Albernheit zerrann. Auf einmal wussten sie nicht, was sie sagen, was sie tun sollten. Wie seltsam. Manchmal einander so nah und plötzlich so fern.

Adrián fuhr ihr durch das Haar. »Du solltest es häufiger offen tragen. Es steht dir.«

Sie entzog sich ihm. »Warum bist du bei mir? Was … was willst du?«

Meinen Körper, wie so viele andere vor dir? Denn mehr kann ich dir nicht geben.

»Ich will dich lieben. Aber vor allem will ich, dass du dich selbst liebst. Kannst du das?«

Die Frage erschreckte sie. Nein, wollte sie rufen. »Ich weiß es nicht«, sagte sie stattdessen. Es war ja auch egal. Er war bei ihr, sie konnte ihn haben. Hatte sie sich die ganze Zeit nicht gerade das gewünscht?

Evelyn zog ihn an sich heran und presste ihren Mund auf den seinen, ließ von ihm nur ab, um etwas Luft zu holen. Ihre Küsse bedeckten sein Gesicht und kehrten immer wieder zu seinen Lippen zurück, nagten und saugten an ihnen. Je mehr sie von ihm kostete, desto beschwingter wurde ihr Gemüt. Doch es stillte nicht ihre Gier, sondern entflammte ihre Lust nur noch stärker. Sie verlangte mehr, forderte ihr Recht auf jeden Zentimeter seines Körpers. Sie wollte brennen, zu Asche zerfallen und zusammen mit ihm auferstehen. Als ein Wesen. Bis in alle Ewigkeiten vereint.

So unsanft sie über ihn herfiel, so zärtlich und behutsam erwiderte er ihre Leidenschaft. Seine Hände fanden den Weg unter ihr T-Shirt. Evelyn legte den Kopf in den Nacken. Der Duft seines Körpers, vermischt mit Ylang-Ylang, kribbelte in ihrer Nase.

»Ich liebe dich«, hauchte Evelyn heiser. Sie hatte die Worte nie zu ihm sagen, das Gefühl nicht real werden lassen wollen, aber nun war es zu spät. Einige Herzschläge lang bangte sie in der Stille um die Antwort.

Seine Umarmung wurde fester. »Ich dich auch, *mi vida*.«

Sie schmunzelte in sich hinein, während ihr Herz Purzelbäume schlug, während sie kaum noch Luft bekam und sich doch so leicht wie noch nie zuvor fühlte. »Gar nicht mehr *guapa*?«

»Dafür ist mir das zu ernst geworden.«

Mit der flachen Hand fuhr Adrián über ihren Bauch, streichelte mit den Fingerspitzen um ihren Nabel. Ein Wärmestrudel, den seine kreisenden Bewegungen in Gang setzten, zog sich tiefer in sie hinein und verschlang ihren Verstand. Wenn sich so das Totsein anfühlte, dann war sie gern tot. Wenn der Fluch bedeutete, die Ewigkeit mit ihm zu verbringen, dann war sie gerne verflucht. Bis ans Ende aller Zeiten.

Seine Finger strichen über die Innenseite ihrer Oberschenkel, glitten höher und schlüpften unter ihren eng sitzenden Slip. Alles zerbrach. Die Unbeschwertheit verwandelte sich plötzlich in eine Qual, zerrte an ihrer Seele und stampfte sie nieder. Evelyn spannte sich an, als würden ihre Muskeln zu Stein erstarren. Die Wärme, die durch ihr Inneres floss, wurde zu einem eisigen Strom. Sie blickte Adrián ins Gesicht und sah ein anderes vor sich: rund und blass, mit großen Tropfen Schweiß auf der Stirn und an der Nasenspitze. Ein ungeduldiges Keuchen, der säuerliche Atem. Nacht – feuchter Waldboden – zu viel Tequila – und Evy, die ein großes Mädchen sein wollte. Sie wich zurück auf die kalten Fliesen.

Es wird nicht anders sein. Es kann nicht anders sein. Jetzt tief Luft holen und es über sich ergehen lassen. Bloß keine Gedanken zulassen. Bloß nicht erlauben, verletzt zu werden.

Nacht – kalter Waldboden – und feuchte, gierige Hände, die den Slip hinunterreißen und ihre Oberschenkel spreizen, sie weiten wie eine Weihnachtsgans zum Ausstopfen.

Na mach schon, forderte sie Adrián in Gedanken. Nimm es dir, das willst du doch, oder?

Warum zögerte er? Die Kälte des Marmors unter ihren Füßen wurde zur Kälte ihrer Seele.

Nacht. Immer wieder diese Nacht, das Keuchen und die groben Stöße in ihr Fleisch, die ihr Inneres auseinanderzureißen scheinen.

Evelyn griff nach Adriáns Hemd. Ratschend gab der Stoff nach, Knöpfe schossen in alle Richtungen und trommelten auf den Boden. Mit ungeschickten Griffen öffnete sie seinen Gürtel und zerrte an dem Reißverschluss. Verdammt, musste er ausgerechnet jetzt klemmen?

Adrián umschloss ihr Gesicht mit beiden Händen und zwang sie, ihm in die Augen zu schauen. »Was ist mit dir?«

»Nichts. Was soll schon sein?« Sie entwand sich ihm und machte sich weiter an seinem Reißverschluss zu schaffen. Bloß nicht nachdenken, dann wird es schneller vorbei sein.

Er packte ihre Arme. »Das ist also ein ›Nichts‹ für dich.« Evelyn las ihm eher von den Lippen, als dass sie ihn hörte. »Nur leider bin ich für ein Nichts nicht zu haben, tut mir leid.«

Er ließ sie frei und stolperte einige Schritte rückwärts.

Wenn er jetzt geht, verlierst du ihn. Für immer.

Das Wasser lief über den Wannenrand, strömte die Stufen hinab und spülte kleine Schaumwölkchen zu ihren Füßen. Evelyn sah, wie er die Hand auf den Türknauf legte, und hatte das Gefühl zu ertrinken.

Wenn er jetzt geht …

Bitte bleib! Es kam einem Schrei gleich, obwohl sie keinen Ton verloren hatte. Adrián öffnete die Tür. Evelyn starrte in seinen Rücken. Ihre Augen brannten.

Wenn er geht …

Die Stelle in der Mitte ihrer Stirn, die er zuvor mit den Fingern berührt hatte, schien zu glühen. *Bitte bleib, lass mich nicht allein! Ohne dich kann ich nicht sein.* Zögernd wandte Adrián sich um.

»Bitte geh nicht.« Sie wollte ihn einholen, umarmen, wieder seine Berührungen spüren, konnte sich aber kaum bewegen. Ihre Füße waren wie in Zementklötze gegossen. »Verlass mich nicht. Ohne dich bin ich tot.«

»Evy, ich …«

Lass mich nicht fallen. Du bist der Einzige, der mich auffangen kann. Sie schloss die Augen, die sich mit Tränen füllten. Er hörte sie nicht, vielleicht schirmte die Mauer, die sie aufgebaut hatte, ihn weiterhin ab. Vielleicht glaubte er ihr auch nicht. Sie musste reden, ihm alles erzählen, alles erklären! Die Worte stockten und rieben ihr die Kehle wund. Kein Ton drang über ihre Lippen.

Auf einmal war er wieder bei ihr. Sie spürte seine Umarmung. Er hielt sie fest, sie würde nicht fallen.

Ich bin da, mi vida, streifte es ihren Kopf. Keine Wand mehr zwischen ihnen. Nichts, was sie trennen konnte.

Evelyn berührte sein Gesicht, strich mit den Daumen über die hohen Wangenknochen, zeichnete mit einem Zeigefinger das kantige Kinn nach. Sie wollte ihn fühlen, mit allen Sinnen, ihn in sich aufnehmen, wie sie es mit seinen Gedanken getan hatte. Sie fragte sich, was ihn in ihren Augen so anziehend, so anders machte. Er war kein Schönling. Dennoch ritzte sich sein Gesicht tief in ihren Verstand ein: die ausdrucksvollen Augen und die sinnlichen Lippen, die Nase mit dem winzigen Höcker und das markante Kinn.

Evelyn zögerte einen Sekundenbruchteil und streifte ihm das Hemd von den Schultern. Ihre Finger tasteten über seine Muskeln, wie die einer Blinden. Er ließ sie seinen Körper erkunden, Zentimeter für Zentimeter, bis sie vertraut mit ihm wurde.

Ihre Hand wanderte über seinen Bauch und berührte den sperrigen Reißverschluss. Adrián umschloss ihre Finger. »Bist du dir sicher?«

»Ja, das bin ich.«

Sie öffnete den Reißverschluss – ohne Hast ging er erstaunlich leicht auf – und streifte die Hose von seinen Hüften.

Adrián drückte sie an sich. »Oh Evy …«

»Oh Adrián«, neckte sie und konnte sich ein Grinsen nicht verkneifen. Bei all seiner äußeren Härte war er auf eine süße Art unglaublich kitschig.

»Schon wieder nimmst du mich nicht ern…« Weiter kam er nicht, denn sie verschloss seinen Mund mit einem Kuss. Einen Augenblick, der Evelyn einer Ewigkeit gleichkam, hielten sie einander fest, kaum atmend, um die Vertrautheit zwischen ihnen nicht zu zerstören. Dann zog er ihr das T-Shirt über den Kopf. Kurze Zeit später standen sie nackt voreinander, auf eine seltsame Weise peinlich berührt, während das Wasser aus der Badewanne sich um ihre Knöchel sammelte.

Evelyn drehte den Wasserhahn zu und stieg in die Wanne. Das warme Nass empfing ihren Körper, der Schaum knisterte, als sie sich hineinlegte. Adrián stand vor ihr, und sie genoss den Anblick seiner Statur im gedämmten Licht und dem Flackern der Kerzen. Romantik und Kitsch waren doch nicht so übel, wie sie es sich nach der Lektüre mancher Frauenzeitschriften immer ausgemalt hatte.

»Komm zu mir«, bat Evelyn, auf einmal ganz und gar nicht mehr so sicher wie zuvor.

Er ließ sich neben sie sinken. Unter Wasser streichelte er ihre Oberschenkel, und die Anspannung, die sie erneut erfasst hatte, wich zurück. Evelyn öffnete sich ihm, bereit, ihn zu empfangen. Aber er setzte die Erkundung ihres Körpers fort, so wie sie kurz zuvor seinen erkundet hatte. Zärtlich berührten seine Lippen ihren Hals, Kuss um Kuss legte er eine Spur zu ihrer Schulter. Evelyn gierte nach mehr, wollte alles und am liebsten gleich. Aber er ließ sich Zeit. Verständlich. Als Untoter hatte er jede Menge davon, und auch sie musste lernen, sich zu gedulden.

Seine Züge wirkten weich. Keine Maske mehr, hinter der er seine Gefühle verbarg. Kein Held, der aus dem achten Stock sprang oder sich zwischen sie und einen wütenden Hund stellte.

»Nimm mich«, hauchte sie und schlang die Arme um ihn, so fest, als wollte sie ihn nie mehr von sich lassen. »Jetzt!«

»Nein. Später.«

Ach ja, richtig, sie wollte doch Geduld lernen.

Mit der Zunge fuhr er langsam zu ihrer Brust und umschloss mit den Lippen ihre Brustwarze. Evelyn stöhnte. Zum Teufel mit der Geduld! Ihr Körper bog sich unter ihm, sie wollte ihn endlich in sich spüren. Und wenn er nicht sofort …

Sanft rieb er seine Erektion an ihrer Scham, dann etwas fester. Jetzt flammte ihr Verlangen nach ihm erst richtig auf. Sie spürte Adrián Haut an Haut, aber auch in ihren Gedanken und Empfindungen. So nah war ihr noch kein Mann zuvor gekommen. Sie fühlte ihn bereits in sich – sein Wesen, nicht sein Fleisch. Alle Gefühle verdoppelten sich. Sein Begehren steigerte das ihre. Sie liebte sich mit seinen Sinnen und schenkte ihm all ihre Leidenschaft. Ein Augenblick der absoluten Vollkommenheit.

In der Umarmung eines toten Mannes entdeckte Evelyn sich neu. In der Umarmung eines toten Mannes lernte Evelyn zu lieben. Ihn. Die Welt, in der er existierte. Und sich selbst. Lieben mit allen Sinnen und bis zur Besinnungslosigkeit, gegen alle Gesetze der Vernunft und über alle Grenzen hinweg.

Dann drang er in sie ein.

Ein Hauch von Angst erfasste sie, die Erinnerungen an den feuchten Waldboden und die harten Stöße stiegen in ihr empor. Doch gleich darauf wurde sie von anderen Empfindungen übermannt. Adriáns Gefühle wurden zu ihren Empfindungen, das Glück, die Lust schenken zu können, und die Freude, empfangen zu werden.

Sie ließ ihn ihre Erregung erleben, die sich langsam steigerte und ihr ganzes Wesen ergriff. Das Knistern des Schaums ging ihr unter die Haut. Das warme Kribbeln kroch ihren Bauch hoch und prickelte wie Sekt in ihren Adern.

Er bewegte sich schneller. Ihre beiden Körper stießen Wasserschwalle auf den Boden – ein kleiner Sturm in einer großen Wanne. Als Evelyn ihre Lust nicht mehr im Zaum halten konnte, schrie sie auf. Ihr Unterleib pochte. Sie spannte im Takt ihren Beckenboden an, presste ihre Oberschenkel um Adriáns Hüften, wölbte den Körper, verharrte so für einen Sekundenbruchteil und spürte, wie Ekstase sie erlöste. Als ihr Orgasmus verebbte, brodelte es erneut in ihr auf, und die Flut von Adriáns Emotionen erschütterte sie. Evelyn spürte das sanfte Pochen seines Glieds, das befreiende Gefühl, nichts mehr zurückzuhalten.

Einige Zeit schwebte sie in diesem seligen Zustand,

losgelöst von allem Weltlichen, und atmete den Geruch ihrer Liebe. Adrián hielt sie in den Armen, und sie war ihm dankbar dafür, seinen Körper auch jetzt so nah an sich zu spüren. Ihre Chimären schwiegen.

Sanft wusch er ihre Haut und massierte sie mit kreisenden Bewegungen. Ihre Kratzer vom Sturz verschwanden allmählich, stellte sie fest. Also doch – untot.

Evelyn schmiegte sich an Adrián und bettete den Kopf auf seine Brust. Sein Herzschlag wiegte sie in einen wohligen Schlummer. »So könnte ich mich an die Ewigkeit glatt gewöhnen«, murmelte sie.

»Du wirst sie nicht allein durchstehen müssen. Ich bin bei dir.«

»Ist das eine Drohung?«

»Hm, nimm es, wie du willst.«

»Also zusammen bis ans Ende aller Zeiten?«

Er zögerte. Ihre Alarmglöckchen läuteten Sturm. Irgendetwas stimmte nicht, irgendetwas verheimlichte er ihr, und ihr Instinkt sagte ihr, dass sie es lieber nicht hören wollte.

»Ich muss dir etwas gestehen. Über mich und Hermann, über unsere Beziehung.«

Auf einmal kam ihr das Wasser kalt vor. Sie fror.

»Jetzt sag nicht, er sei dein Liebhaber«, versuchte sie zu scherzen.

»Nein. Evy … Diese Sache mit dem Nachzehrer-Fluch … Ich war nicht ganz ehrlich zu dir. Weißt du, der Fluch kann behoben werden. Durch eine Hexe.«

»Dann kann ich … können wir … wieder leben?«

»Warte. Wenn der Fluch behoben wird, zerfällst du zu Staub. Denn er ist der einzige Grund, warum du noch in dieser Welt existierst. Ohne den Fluch würde es dich auch nicht geben.«

»Und was hat das mit dir und Hermann …«

Und da war er, der Gedanke, der ihm entflohen war und den sie aufgeschnappt hatte. Er musste ihn nicht einmal aussprechen, mit einem Mal wusste sie es.

Evelyn schnaubte erschrocken und setzte sich auf. »Oh nein. Du und Hermann – ihr sucht nach einer Hexe? Damit sie dich erlöst?«

Er senkte die Lider. »Ja.«

»Warum hilft er dir, wenn er dich so sehr hasst?«

»Für ihn ist das die einzige Möglichkeit, mich zuverlässig aus der Welt zu schaffen und sich für den Tod seiner Frau – meiner Schwester – zu rächen.«

Das Herz schlug ihr bis zum Hals. »Wenn die Hexe dir deinen Wunsch erfüllt, dann stirbst du.«

»Evy, ich bin schon tot.«

»Das heißt, wenn er eine Hexe tatsächlich ruft, beschwört oder was auch immer, dann wirst du …«

»Vielleicht.«

»Jemand muss ihn aufhalten!«

»Evy, warte. Du redest schon fast wie Conrad. So einfach ist es nicht, eine Hexe zu rufen. Wir versuchen das schon seit vielen Jahren und …«

»Wie bist du bloß auf die Idee gekommen, dich auf so etwas einzulassen!«

»Ich existiere, weil andere Menschen für mich sterben. Ich habe meine Familie getötet! Meinst du, es ist leicht, damit eine Ewigkeit zu verbringen?«

»Das ist doch nicht alles«, beharrte sie.

»Und es gibt noch das Vergessen.«

»Ich verstehe nicht ganz.«

»Dein Körper kann ewig leben, aber dein Gehirn kann nicht ewig Informationen speichern. Stück für Stück werden die Erinnerungen an dein menschliches Leben verschwinden, und irgendwann wird nichts Menschliches mehr in dir zurückbleiben. Du wirst zu einer Killermaschine, die nichts anderes kennt, als zu existieren, um zu töten. Und zu töten, um zu existieren.«

»Egal. Jetzt haben wir gerade einander gefunden, und du willst sterben? Wie kannst du mir so etwas antun?«

»Nein, ich ...«

Ja, was? Bestürzt sah sie in sein Gesicht.

Er konnte sie doch unmöglich allein in ihrer Ewigkeit lassen! Nicht jetzt und nicht irgendwann später. »Versprich mir, dass du mit Hermann redest, dass du ihn dazu bringst, die Suche nach der Hexe aufzugeben. Zwinge ihn, wenn es nötig ist, aber bring ihn von der Idee ab!«

»Evy ...«

»Versprich es mir«, forderte sie. »Versprich es mir, verdammt!«

»Wie kann ich das tun?«

Als wäre etwas in ihr geknickt, brach sie über ihm zusammen und drückte ihre Stirn an seine Brust. »Verstehst du das denn nicht? Ich will dich nicht verlieren!«

Adrián umarmte sie. Aber er sagte nichts.

14. Kapitel

Kilian erwachte auf dem Waldboden, zu einer Fötushaltung gekrümmt. Der Geruch nach Moos, Laub und Erde stieg ihm in die Nase. Ein schöner Geruch, in dem er selig badete und ihn auskostete, bis sich ein neuer dazumischte: Blut.

Unruhe schwoll in ihm an. Wie war er hierhergekommen? Und vor allem: Wo war er? Er dachte an das Letzte, an das er sich erinnern konnte: das Gespräch mit Linnea und diesem Kerl, der durch das Wort der Königin gleichermaßen zu seinem Gefährten und zu seinem Bewacher geworden war. Jemand, dem er nicht wirklich trauen konnte und auf den er sich dennoch verlassen sollte, wenn es zur Jagd kommen würde. Und keine Möglichkeit, ihn loszuwerden.

Der Geruch des Blutes …

Hatte er …?

Kilian rollte sich auf den Rücken. Fliegen surrten über ihm, setzten sich auf sein Gesicht, krabbelten über die Wangen und die Nase. Er verscheuchte sie, doch die hartnäckigen Biester kehrten aufs Neue zurück.

Es raschelte. Akash rückte an seine Seite und spendete ihm mit seinem Körper Wärme. Kilian schloss die Augen und streichelte den treuen Freund. Seine Gesellschaft beruhigte ihn, und er versuchte abermals, seine Gedanken zu ordnen. Was war mit ihm geschehen? Er dachte an die Wut, die ihn nach dem Gespräch mit Linnea ergriffen hatte, die ihn genötigt hatte, in den Wald zu stürzen. Wildheit, Blutrausch, Gier hatten ihn übermannt. Danach – Schwärze.

Nein. Kilian stöhnte. Alles, nur das nicht! Bitte, bitte, bitte nicht! Zögernd hob er die Hände vor das Gesicht. Blut klebte daran.

Gott, was hatte er getan!

Der Gedanke schnürte ihm die Kehle zu, und er hätte geweint, wenn er es nicht vor langer Zeit verlernt hätte. Blackout, Panikattacken – das bedeutete nur eines: Er war seinem animalischen Ich verfallen, es hatte die Oberhand über seinen Geist gewonnen und ihn zu einer tollwütigen Bestie gemacht. Heute Nacht hatte er jemanden getötet. Und es würde wieder geschehen. Immer häufiger, bis er hinter Schloss und Riegel gebracht würde, seinem Wahnsinn völlig verfallen.

Halt! Noch war es nicht so weit.

Kilian raffte sich auf. Zunächst gelang es ihm nur, auf alle viere zu kommen. Er kämpfte mit der Schwerkraft, doch seine Beine knickten weg, und er fiel auf die Knie. Die Umgebung tanzte vor seinen Augen eine lebhafte Polka, sein Gleichgewichtssinn weigerte sich, ihn aufrecht gehen zu lassen.

Zum Tier, er wurde zum Tier …

Akash winselte und stupste Kilians Handfläche mit seiner kalten Schnauze an.

»Das wird schon, mein Kleiner«, krächzte er und rappelte sich an einem Baum hoch.

Eine Weile stand er da, die Wange an die Rinde gedrückt, voller Angst, den Stamm loszulassen. Wie sollte er jetzt nach Hause gelangen?

»Sie liebt dich nicht«, ertönte es neben ihm.

Kilians Kopf ruckte herum. Erst jetzt nahmen seine Hundeaugen eine Regung am Rand der Lichtung wahr – ohne die Brille sah er bloß Schemen und registrierte vor allem die Bewegungen. Da, unter einem Baum saß er, der Kerl, den Linnea ihm aufgehalst hatte.

»Was?« Seine Kehle schmerzte, und der Ton glich eher einem Knurren statt einem menschlichen Wort.

»Diese Linde, die du so innig umarmst. Sie wird deine Liebe nicht erwidern – die ist ziemlich angepisst.«

»Bitte?« Sein Kopf drohte bei jeder Bewegung zu zerbersten. Der Boden schwankte, doch Kilian gelang es, aufrecht zu bleiben.

»Akash hat sie beglückt.« Finn hob die Thermoskanne, die neben ihm stand. »Auch Kaffee? Ich dachte mir, das würde eine lange Nacht und ein ermattender Morgen sein, deshalb habe ich welchen gemacht.«

Kilian gab den Kampf mit seinem Gleichgewichtssinn auf und rutschte zu Boden. »Was willst du hier?«

»Ich habe mir Sorgen um dich gemacht. Wie ich feststellen musste, ganz zu Recht.«

»Wie hast du mich gefunden?«

»Ein Vögelchen hat es mir gezwitschert.«

»Du hast mich ausspioniert.« Hätte er die Kraft gehabt, hätte er den Typen erwürgt. Aber in seiner jetzigen Verfassung fiel es ihm schwer, auch nur einen Arm zu heben.

Winselnd kroch Akash auf ihn zu und legte ihm die Schnauze in den Schoß. Blut verklebte das Fell. Sie hatten also zusammen gejagt. Ein Kaninchen, das musste ein Kaninchen gewesen sein.

»Was habe ich gerissen?«

Finn erblasste. Er schraubte die Thermoskanne auf, schenkte sich den Kaffee ein und schlürfte die dampfende Flüssigkeit.

»Was, verdammt?«, knurrte Kilian. Seine Stimmung schlug auf den Hund über. Akash hob die Lefzen und stieß ein Grollen hervor.

Finn strich sich durch das Haar und zog sich ein paar Strähnen über das linke Ohr, das durch eine Narbe einen Knick aufwies. »Ein Reh.«

Kilian schluckte. Wenigstens war es kein Mensch gewesen. Denn für einen Moment hätte er schwören können, menschliches Blut gerochen zu haben. Aber er musste sich geirrt haben. »Wie schlimm?«

»Keine Sorge, ich habe …« Er machte ein Geräusch, als müsste er würgen. »Ich habe mich um alles gekümmert. Soweit es mir möglich war.«

Also sehr schlimm. Kilian stöhnte. Einmal hatte Linnea ihn losgeschickt, um eine Ausreißerin, die der

Krankheit verfallen war, zu finden und sie zu ihr zu bringen. Bei der Krankheit ging es um eine besondere Form von Tollwut, die seine Artgenossen früher oder später befiel, je nachdem, wie oft sie die Verbindung mit ihrem Seelentier eingegangen waren.

Die Ausreißerin hatte er über einem Wildschweinkadaver gestellt. Das arme Tier war aus purer Lust am Töten zerfetzt worden. Das Bild, das sich ihm damals auf der Wiese geboten hatte, hatte sich tief in sein Gedächtnis gebrannt. Vor allem aber die erkrankte Metamorph-Frau … seine Mutter. Das Aufblitzen in ihren Augen, der rötliche Schaum vor dem Mund, das bluttriefende Fleisch in ihren Händen, das sie gierig verschlang – die Bilder würde er niemals vergessen können.

»Habe ich was von dem Vieh gefressen?« Das Rohfleisch beschleunigte den Verlauf der Krankheit. Kilian rätselte, wie viele Monate ihm noch blieben, bis er wahllos zu töten anfing.

Als Finn nicht antwortete, blickte Kilian zu ihm hinüber. Irgendwas verschwieg der Typ. Womöglich war es gar kein Reh gewesen? Was, wenn … Nein. Es war ein Tier gewesen, kein Mensch. Einen Menschen würde er niemals überfallen. Nicht einmal im Blutrausch. Das hoffte er zumindest.

Auf einmal wollte er nur noch nach Hause. Duschen, frische Sachen anziehen, sich wieder normal fühlen. Er stand auf und kam ins Schwanken, musste sich an der Linde festhalten. Finn schüttete die Kaffeereste ins Gras. »Komm, ich helfe dir.«

»Fass mich an, und ich breche dir so die Knochen, dass du in die Medizinbücher eingehen wirst. Als Präzedenzfall.« Er stieß sich von dem Baum ab. Der Boden drehte sich unter seinen Füßen und kam auf ihn zu.

Finn stützte ihn. Trotz seiner dürren Statur war er nicht einmal getaumelt unter seinem Gewicht. »Das Risiko gehe ich ein. Müsste ich dann zu einem Tierarzt?«

Zusammen stolperten sie durch den Wald, während Akash hinter ihnen hertrottete. Kilians Füße verfingen sich im Gras. Finn musste ihn durch das Geäst schleppen, und Kilian schämte sich seiner Schwäche.

Die Bäume lichteten sich. Reviergerüche erfüllten die Luft, und er erblickte den Bungalow. Auf einem Zaunpfosten saß ein Greifvogel und putzte sich das Gefieder.

»Dein Seelentier?«, fragte er Finn. Jetzt ahnte er, welches Vögelchen dem Typen zugezwitschert hatte, wo er sich befand.

»Hm. Ein Rotmilan soll es sein. Ein Weibchen. Hab ich mir sagen lassen.«

»Wie heißt sie?«

»Keine Ahnung.«

»Ein interessanter Name. Vor allem: ein seltener.«

Finn verfrachtete ihn auf einen Baumstamm, der die Bank neben seiner Eingangstür ersetzte, wischte sich mit dem Ärmel über die Stirn und plumpste neben Kilian. »Ihr könnt das Vieh zurückhaben. Ich will das alles nicht.« Er grinste schief und lehnte sich mit dem Hinterkopf an die Hauswand. »Stell dir vor, ich nehme schon Abstand davon, eine Kakerlake zu zertreten. Wer weiß, wessen Seelentier sie ist. Und Mücken – das ist wahrhaftig eine Plage.«

Kilian schmunzelte. Hätte er den Kerl nicht so sehr gehasst, würde er ihn sogar mögen. »Bis jetzt habe ich von keinem gehört, der eine Verbindung zu Insekten eingegangen ist. Nur Wirbeltiere sind davon betroffen, also kannst du die Mücken weiterhin ruhig erschlagen. Wie bist du auf deinen Rotmilan gekommen?«

»Bin auf den Kopf gefallen.«

Kilian hob eine Augenbraue. »Hör zu, Kleiner, ich habe meine Frage ernst gemeint.«

»Ich meine Antwort auch. Es ist eine dumme …«, er senkte die Stimme bis hin zu einem Flüstern, »und vor allem eine peinliche Geschichte. Meine Nachbarin hat mich gebeten, einen Lüster anzubringen. Ich wusste sofort, ich sollte das lieber sein lassen. Handwerken ist nicht mein Ding, ich habe nämlich zwei linke Hände und zehn Daumen. Aber …«

»Sie war eine heiße Braut, und du wolltest ihr imponieren.«

»Nein, eigentlich nicht. Sie war ein graues Mäuschen, aber ich mochte sie. Du solltest ihre Kekse probieren, ich sag dir, das …«

»Seelentier, Verbindung, Lüster! Komm mir nicht vom Thema ab.«

»Ich bin von der Leiter gefallen.«

Kilian prustete los. »Und weiter?«

»Im Bruchteil einer Sekunde dachte ich noch: Wenn ich ein Vöglein wär' … Ich habe gesehen, wie mein Geist sich vom Körper löst, dahinschwebt und plötzlich in einen Vogel hineinfährt. Eine Nahtoderfahrung, dachte ich, als ich aufgewacht war. Im Krankenhaus meinten die Ärzte, ich wäre im Koma gewesen, aber jetzt fehle mir nichts mehr. Am nächsten Tag folgte mir dieser Vogel überallhin, und am Abend stand Linnea vor meiner Tür.« Sein Gesicht verfinsterte sich. »Es war erschreckend. Ich wusste plötzlich: Ihr wirst du bis ans Ende der Welt folgen, ihr jeden Wunsch von den Lippen ablesen, ob du willst oder nicht. Ihr Geruch hat mich um den Verstand gebracht. Seit dem Initiationsritual bin ich nicht mehr ich selbst, Kilian. Sie beherrscht mich, aber ich will ihr nicht gehören.«

Kilian beäugte ihn von Kopf bis Fuß. Der Typ klang ehrlich, denn so viel Abscheu und Verachtung hätte er unmöglich vorspiegeln können. Zumindest nicht ihm, der ein falsches Spiel meistens witterte. Warum wehrte sich dieser Kerl so sehr dagegen, seine Königin zu verehren? Kilian hielt inne. Das ist ganz normal, wollte er ihm erklären und musste an Evelyn denken. Das, was Finn beschrieb, spürte jeder Metamorph gegenüber seiner Königin, sonst konnte die Gemeinschaft nicht funktionieren. Weshalb empfand er Ähnliches für Evelyn? Geschah es aus demselben Grund, aus dem einige seiner Art abtrünnig wurden und einer Menschenfrau nachliefen?

Wie Sebastian …

»Geht es dir gut?«

Kilian nickte zerstreut. »Ja, klar. Kennst du dich mit Vögeln gut aus?« Ihm war es egal, worüber der Typ redete. Sein eigenes Gefühlschaos musste seine Ordnung finden.

Finn lachte grimmig. »Vögeln kann ich gut, aber was Tiere angeht – da bin ich eine Flasche. Meine einzigen Haustiere waren fünf Guppys. Sie haben bei mir genau drei Wochen überlebt.«

»Deine Mutter hätte dich als einen Anwärter vorbereiten müssen.«

»Wo meine Mutter ist, weiß ich nicht. Ich bin bei meiner Oma aufgewachsen.« Er seufzte. »Euer Leben – ich begreife es nicht. Und ganz ehrlich: Es schreckt mich ab. Ich will nicht für Linnea den Laufburschen spielen, aber wenn sie in der Nähe ist, kann ich nicht anders. Ich habe keinen Willen mehr. Wird es einfacher? Wie kommst du damit klar?«

Kilian gestand sich ein, dass er nie darüber nachgedacht hatte. Er liebte seine Königin. Jeder Metamorph tat es. Es hatte sich für ihn ganz natürlich angefühlt, Linnea überallhin zu folgen. Bis er Evelyn kennengelernt hatte.

»Wenn man so spät die Verbindung mit dem Seelentier eingegangen ist – und dazu noch nicht einmal als ein Anwärter vorbereitet wurde –, ist es schwierig, sich in unsere Gesellschaft zu integrieren. Du wirst schon noch alles begreifen, glaub mir.«

»Ganz ehrlich, ich bin kein Typ für irgendeine Integration. Nehmt das Federvieh zurück.« Mit dem Kinn deutete er auf den Rotmilan. »Ich gehe lieber zurück und hänge den verdammten Lüster auf. Und das, bevor ich noch auf den Gedanken komme, mich selbst aufzuhängen.«

»Es gibt kein Zurück mehr.« Seltsam, wie sehr dieser Bursche sich dagegen sträubte. Als gehöre er nicht zu ihnen, nicht einmal nach dem Ritual.

Finn senkte den Kopf. »Warum habe ich das schon geahnt?«

Kilian stand auf. »Ich gehe mich duschen«, warf er dem Kerl zu. Warum sollte es ihn interessieren, was diesen Typen beschäftigte? Er selbst hatte genug um die Ohren.

Finn erhob sich ebenfalls.

»Was?«, blaffte Kilian. »Hat Linnea dir befohlen, mich auch unter die Dusche zu begleiten? Aber pinkeln darf ich noch ohne Aufsicht, oder?«

Der Bursche lächelte flüchtig. »Keine Sorge, ich werde dich nicht ausspionieren. Du hast mein Wort. Nur von dem Blutrausch muss ich ihr erzählen, damit sie keine Lunte riecht.«

Hoffentlich. Denn es gab nur einen auf der ganzen Welt, dem er seine Seele ausschütten und seine Verbindung zu Evelyn beichten konnte. Bloß durfte keiner davon erfahren. Vor allem nicht Linnea.

Als Finn gegangen war, kostete es Kilian Überwindung, sich unter die Dusche zu stellen. Der Anblick des Wassers löste in ihm Panik aus – ein weiteres Merkmal des sich anbahnenden Wahnsinns. Er wusch sich schnell und flüchtete aus dem Bad, bevor die Angst ihn rasend machen konnte. In einer Schublade fand er eine Ersatzbrille – seine hatte er bei dem nächtlichen Ausflug verloren.

Das Kätzchen miaute und strich ihm um die Beine. Er stellte dem Kleinen Milch hin und ging aus dem Haus. Akash kam hinter ihm angelaufen, setzte sich vor den Transporter und wedelte mit der Rute.

»Aus!«, befahl Kilian. »Warte hier auf mich.«

Sichtlich enttäuscht kehrte der Hund ins Haus zurück. Kilian kaute auf der Unterlippe. Sein siebter Sinn beschwor nichts Gutes herauf.

Er ließ den Transporter stehen und nahm den Marsch von vier Kilometern in Kauf, um zum nächsten Bahnhof und dann mit der Regionalbahn nach Hamburg zu gelangen. Als er ausgestiegen war, hatte er das Gefühl, von der Großstadtluft erdrückt zu werden. Menschenschweiß, Abgase und Benzin füllten seine Nase aus und ließen seinen Atem stocken.

Sein Ziel lag in der Nähe des Ortes, an dem er das Totenküsser-Mädchen gestellt hatte. Sogleich wurde er vom Strudel der Menschen mitgerissen. Bald schwirrte ihm der Kopf. Der Lärm und die vielfältigen Gerüche hämmerten auf seine empfindlichen Sinne ein. Mitten im Strom der Menschen wurde ihm abermals klar, dass er nicht zu diesen Gestalten gehörte, auch wenn er wie einer von ihnen aussah. Mehrfach schaute er sich um, doch er konnte weder den Rotmilan noch den Typen irgendwo ausmachen. Anscheinend folgte ihm tatsächlich niemand.

Kilian war froh, als er endlich die richtige Straße erreicht hatte, und rettete sich aus dem Tumult ins Treppenhaus des grauen Plattenbaus. Hier drin fühlte er sich zwar wie in einer Streichholzschachtel eingeschlossen, aber wenigstens kehrte Ruhe in ihn ein. Klappernd und ruckelnd kam der Fahrstuhl an. Die zerkratzte Kabine mit den platt getretenen Kaugummis, angetrockneten Rotz-Kleksen auf dem Boden und den Brandstellen von den Zigaretten an den Wänden ließ wenig Vertrauen in dieses Technik-Fossil aufkommen. Dennoch betrat er den Lift.

Im sechsten Stock hielt der Fahrstuhl an. Kilian blieb vor einer Tür mit dem Schild HEIDEMANN und dem Fußabtreter WILLKOMMEN stehen und roch Bratkartoffeln, die in die Pfanne gehauen worden waren. Er klingelte. Hinter der Tür ertönten Schritte, die bekannt und gleichzeitig so fremd klangen. Als das Schloss knackte, setzte sein Herz für eine Sekunde aus – was würde ihn gleich erwarten? –, dann sah er Sebastian vor sich.

Sie blickten einander wie Fremde an. Kilian wusste nicht, was er sagen sollte. So vieles hatte sie einst miteinander verbunden, und jetzt klaffte eine Schlucht zwischen ihnen, die kaum zu überwinden war. Obwohl es nicht einmal ein Jahr zurücklag, als Sebastian aus der Gemeinschaft verbannt worden war, erkannte Kilian seinen ehemaligen Freund und Gefährten kaum wieder. Sein Haar war ergraut, um die Augen und den Mund lagen Fältchen, die sicherlich nicht vom vielen Lachen stammten. Er trug eine fleckige Schürze und umklammerte einen hölzernen Kochlöffel, als wollte er seinem Besucher damit eines überziehen.

»Hi«, sagte Kilian und hob unbeholfen die Hand zum Gruß.

Es dauerte, bis Sebastian begriff, wer vor ihm stand. »Was tust du hier?«, hauchte er erschrocken.

»Einen alten Freund besuchen.«

Sebastian nagte an der Unterlippe, dann trat er zur Seite, obwohl ihm das Misstrauen ins Gesicht geschrieben stand. »Komm rein.«

Als Kilian in den Flur trat, spähte sein Freund ins Treppenhaus, als erwarte er, dass eine Horde von Metamorphen über ihn herfiele. Schließlich dirigierte er Kilian in die Küche.

Ein Fliegennetz schmückte das Fenster, auf dessen Sims eine Azalee vor sich hinwelkte. Auf der Arbeitsplatte und dem Tisch stapelte sich das schmutzige Geschirr. Die Pfanne mit Bratkartoffeln zischte und spritzte Öl auf den Herd. Kilian setzte sich auf einen Hocker. Sebastian blieb unschlüssig stehen, als wäre er Gast in der eigenen Wohnung.

»Wie geht es dir?«, fragte Kilian, ohne passende

Worte zu finden. Und das, obwohl sie sich früher stundenlang über Gott und die Welt unterhalten hatten.

»Ich komme klar«, lautete die Antwort mit unverdeckter Kühle.

Nein, er hätte nicht hierherkommen sollen. Es nützte nichts. Sie würden die ganze Zeit einander nur Banalitäten zuwerfen und sich immer befremdlicher fühlen. Andererseits … Kilian schob einen Stapel Teller in die Mitte des Tisches und stützte sich mit dem Ellbogen ab. Ach, zum Teufel!

»Ich habe Tollwut, Basti. Die Metamorph-Tollwut.«

Sein ehemaliger Freund klappte den Mund auf, doch Kilian fiel ihm ins Wort: »Und ich habe mich verliebt, aber nicht in ein Weibchen unserer Art. Sie ist vielleicht eine Totenküsserin. Ich weiß es nicht genau.«

Sebastian ließ sich auf einen Hocker fallen. »Keine halben Sachen, was?«

»Du bist der Einzige, mit dem ich darüber reden kann. Du hast dich wegen deiner Liebe gegen die Königin gestellt.« *Ich bewundere dich,* wollte er hinzufügen. *Und verdamme dich für den Verrat an unserer Gemeinde. An mir.*

»Ich wurde verbannt, Kil! Schon vergessen?« Er sprang auf und machte ein paar Schritte durch die enge Küche. »Ich kann dir eins sagen: Kein Weib ist es wert.«

»Was? Du bedauerst deine Entscheidung?«

Sebastian schwieg, und das war Antwort genug.

Kilian rieb sich das Gesicht. Mit einem Mal begriff er, warum er wirklich hier war: Er suchte Zuspruch. Etwas wie ›Go, Kil, go!‹. Eine Bestätigung, dass er in seiner Liebe Glück finden könnte, egal welche Hindernisse vor ihm lagen oder was über seine Liebste gelästert wurde.

Doch Sebastian dachte nicht einmal daran, ihn zu unterstützen. Mit verschränkten Händen stand er da und zeigte mit seinem ganzen Wesen, wie unwillkommen ihm der Besuch war.

»Wo ist denn deine Auserwählte?«, fragte Kilian.

»Auserwählte? Mann, hierzulande heißt das einfach nur ›Lebenspartnerin‹. Sie ist beim Frauenarzt. Es ist bald so weit bei uns.« Er starrte auf die verwelkte Blume und wog den Kochlöffel in der Hand.

»Basti, ich möchte frei sein. Ich möchte mein Leben jemandem widmen, den ich liebe. Warum musst du meine Träume töten?«

»Meine Güte, du benimmst dich wie ein Welpe, der von der Leine gelassen wurde!« Der Hass in seinen Worten ließ Kilian erstarren. »Unsereiner gehört nicht hierher, sondern in die Gemeinschaft. Ich habe schon immer gesagt: Das Leben ist kein Ponyhof. Was das bedeutet, habe ich erst jetzt begriffen.«

»Aber …«

»Warum bist du hergekommen? Du hast hier nichts mehr zu suchen. Das Recht auf meine Freundschaft hast du verloren, als ich verbannt wurde. Ich habe deine Hilfe gebraucht, und du hast mich im Stich gelassen!«

Sprachlos sah Kilian ihn an. Im Stich gelassen? Was hätte er denn tun sollen? Nein, der Mann vor ihm war nicht der Basti, mit dem er gejagt hatte, dem er sein Leben anvertraut hätte. Es war ein Fremder, der in einer Plattenbauwohnung hauste und sein Dasein bedauerte.

»Wo ist eigentlich Großmütterchen Thilde?«, fragte Kilian. Bastis Seelentier konnte er sich hier nicht vorstellen. So eine Wohnung eignete sich nur bedingt für eine Kuh.

Sebastian zog die Augenbrauen zusammen. »Du hast wirklich keine Ahnung. Wer sich gegen die Gemeinschaft entscheidet, entscheidet sich gegen sein Seelentier. Am Tag der Verbannung wurde sie zur Ehre der Königin geschlachtet.«

»Was redest du da? Linnea würde niemals …«

»Linnea ist ein manipulierendes, hinterhältiges Miststück. Ihr Duft macht dich willig. Aber ich … ich sehe klar, jawohl. Ich kenne die Wahrheit.«

»Du verlierst den Verstand, Basti, du gibst allen die Schuld für deine Entscheidung. Mir. Linnea. Der ganzen Welt. Ich habe schon einmal davon gehört, dass die Abtrünnigen ohne die Gemeinde wahnsinnig werden, aber ich hätte mir nie vorstellen können, es mit den eigenen Augen zu sehen.«

Sebastian presste die Zähne aufeinander und wies

mit dem Kochlöffel zur Tür. »Es ist besser, wenn du jetzt gehst.«

»Ja, das ist es wohl.« Kilian erhob sich und schritt in den Flur. Er stand schon auf dem Treppenabsatz, als er sich umdrehte und zurückschaute. »Johannes wurde getötet. Drei Wochen, nachdem du unser Team verlassen hast.«

Kein Muskel zuckte auf dem blassen, fremden Gesicht.

»Und falls es dich interessiert«, fuhr er fort, »es war Adrián. Diese Kreatur hat ihn zu Tode gefoltert.«

»Es tut mir leid für deinen Bruder«, kam es tonlos zurück, und die Tür fiel ins Schloss.

Kilian floh die Treppe hinunter. Der Geruch angebrannter Bratkartoffeln verfolgte ihn bis zur Straße. Draußen tauchte er in dem lärmenden Menschenstrom unter. Er ließ sich davon mitreißen, ging, ohne zu wissen, wohin, als eine Hand sich auf seine Schulter legte. In der Hoffnung, dass es Sebastian war – der Sebastian, den er wirklich kannte –, drehte er sich um und blickte in Finns Gesicht.

»Du hast mir also doch nachspioniert«, presste Kilian durch die zusammengebissenen Zähne hervor. »Ich hätte es wissen müssen. Verflucht, nein. Ich hätte es merken sollen!«

»Mach dir nichts draus. Mein Vieh entdeckt sogar eine Maus, die am Boden wühlt. Linnea will dich sprechen.«

Sein Herz rutschte ihm in die Hose. »Sicher. Hast

du ihr schon gepetzt, dass ich einen Abtrünnigen besucht habe?«

»Krieg dich wieder ein. Nichts habe ich ihr gepetzt. Ich habe dir mein Wort gegeben.«

»Natürlich!« Er packte den Burschen am Ärmel. »Tu nicht so scheinheilig. Fast hättest du mich mit deinen Geschichten weichgekocht. Der arme Junge, ganz ohne Eltern, der Gemeinde nicht angepasst … Dein falsches Spiel kann ich leicht durchschauen!«

»Genau.« Finn sah ihn an, und ein Anflug von Enttäuschung legte sich auf sein Gesicht. Ruhig befreite er den Ärmel aus dem Griff. »Du bist ein Idiot, Kilian. Und jetzt komm. Linnea wartet schon.«

Linneas Wohnung empfing Kilian mit einem warmfeuchten, exotischen Duft. Im Flur musste er die Schuhe und die Socken ausziehen, bevor seine Königin eine der Türen öffnete und ihn in das Wohnzimmer hereinließ. Finn durfte draußen bleiben, was Kilian nicht ohne gewisse Schadenfreude registriert hatte.

Rindenmulch piekste in seine Fußsohlen, als er den Raum betrat; Äste, Stämme und üppige Pflanzen gaben Linneas Liebling genug Klettermöglichkeiten. Die andere Hälfte des Raums wurde von Sand bedeckt, auf dem große Steine eine Felsenlandschaft bildeten. In einer Ecke sprudelte ein Springbrunnen, und das Wasser lief in einen kleinen Teich. Kilian hörte Mäuse herumwuseln – die Schlange der Königin bevorzugte aktives Jagen. Kokosmatten für besseres Speichern der

Luftfeuchtigkeit hingen von den Wänden herab. Efeuranken kletterten an den Ästen und in den Zwischenräumen empor. Wärmelampen und ein Vernebler sorgten für authentisches Tropengefühl.

Kilian entdeckte Linneas Schlange auf einem Ast an der Wand. Das Tier schlängelte sich herunter auf die Schulter ihres Frauchens, sobald dieses Platz unter einer Palme genommen hatte.

Mit einem Kopfnicken bedeutete Linnea Kilian, sich ebenfalls zu setzen.

»Wie geht es dir?« Ihr Lispeln rauschte durch seinen Kopf. Er forschte in ihrer Mimik, um herauszufinden, ob sie ihm zürnte. Und fand keine Antwort.

»Gut«, erwiderte er vorsichtig. Die Blätter einer Palme piekten seine Wange, und je länger er hier saß, desto schwüler drückte die Luft auf seine Lunge.

Eine Falte legte sich zwischen Linneas Augenbrauen. »Lüg mich nicht an, Kilian, lüg mich nicht an. Finn hat mir von dem Blutrausch erzählt. Wie lange weißt du es schon?« Sie schien innerlich zu vibrieren. Vor Mitleid? Abscheu? Kilian vermochte es nicht zu erkennen.

»Gewissheit habe ich seit heute.«

»Ich habe befürchtet, dass es so weit kommt.« Sie senkte den Blick. Ihre dichten Wimpern warfen Schatten auf ihre Wangen. Ihr Haar hatte die Feuchtigkeit aufgenommen und kräuselte sich um das zierliche Gesicht. »Deine Aggressivität, der Drang zur Abgeschiedenheit, Depressionen … Zum Glück behielt

Finn dich im Auge, sonst hätte ich auch heute noch nichts davon erfahren. Oder?« Jetzt schwang ein Vorwurf in ihren Worten.

»Ich hätte es dir gesagt. Irgendwann.« Er log, und sie wusste das. Natürlich wusste sie es, denn sie war seine Königin. Es bedarf schon etwas größerer Anstrengungen, sie zu hintergehen.

Auf einmal beugte sie sich zu ihm und umarmte ihn. »Mein tapferer Junge.« Ihr Hörgerät fiepte, als sie Kilian an sich drückte.

Von dieser Geste überrumpelt, spannte sich sein Körper an.

»Was willst du von mir?«, fragte er, als sie ihn wieder freiließ.

Linneas blinde Augen blitzten auf. »Gib! Nicht! Auf!« Ihre kalte, feuchte Hand berührte seine Wange. »Du bist mein bester Jäger, und ich will dich nicht verlieren. Du kannst gegen die Krankheit ankämpfen.«

»Um Zeit zu gewinnen?« Es war nicht die Verzweiflung, die er spürte – es war die Hoffnung. Die Hoffnung, die ihm Linnea schenkte, auch wenn es töricht war, daran zu glauben. Und der Gedanke an Evelyn, trotz allem. Er wollte diese Frau, er liebte sie. Liebte sie, als wäre sie seine Königin.

»Du musst kämpfen! Du kannst die Krankheit besiegen. Zumindest für einige Monate, vielleicht sogar Jahre.«

Er senkte den Kopf. Er wünschte, sein Leben wäre

wieder unkompliziert und schlüge gewohnte Bahnen ein. Er wünschte, es gäbe keine Evelyn – nur seine Mission und den Trieb, der Gemeinschaft zu dienen. Aber es war nun mal nicht einfach, und das würde es auch niemals sein.

»In Ordnung«, flüsterte er.

»Schön. Finn weise ich ein, auf dich achtzugeben. Solltest du in einen Blutrausch fallen, wird er dich aufhalten.«

»Mich aufhalten? Dieser Grünschnabel?« Den Burschen würde er mit einer Hand entzweibrechen können, und das in normaler Verfassung. Was würde er erst mit ihm anstellen, wenn er einen Anfall bekäme und das Zehnfache seiner Kräfte erlangte?

»Ein Betäubungsgewehr wird ihm behilflich sein.«

»Na, ich hoffe, er schießt besser, als er Lüster aufhängt.«

Eine Ahnung von einem Lächeln huschte über ihre Lippen. »Schone dich. Verbinde dich nicht mit Akash und reg dich nicht auf. Das wird schon helfen, einen Anfall zu vermeiden. Mach dir ein paar ruhige Tage, erhol dich – empfinde es als Urlaub. Du musst deine animalische Seite bezwingen!«

Urlaub? Ausgerechnet jetzt? Zögernd sprach er das Thema an, das ihm keine Ruhe gab. »Was ist mit der Totenküsserin aus dem Krankenhaus? Du wolltest, dass ich nach ihr suche.«

»Lass das nicht deine Sorge sein. Vor einigen Tagen habe ich Micaela darauf eingesetzt. Wir ahnten bereits, dass ein gewisser Hermann Herzhoff Verbindungen zu den Kreaturen pflegt. Unser Verdacht bestätigte sich. Er trifft sich mit Adrián – den kennst du schließlich, nicht wahr? –, und vor kurzem beobachtete Micaela auch diese Frau bei ihm. Sie meinte, es könnte ihr gelingen, sie noch einmal zu Herzhoff zu locken und sie dort zu überfallen.«

Kilians Herz schlug dumpf. Micaela kannte er zu gut. Sie war eine der besten Jägerinnen und in gewisser Weise seine Konkurrentin, wenn es um die Aufträge ging. Ihre wildfarbene Hauskatze hatte Akash schon öfter die Beute unter der Nase weggeschnappt.

Wenn Micaela an die Sache ranging, hatte Evelyn keine Chance.

Er musste es verhindern! Selbst wenn es bedeutete, sich dafür dem Befehl der Königin zu widersetzen.

15. Kapitel

Evelyn wachte auf, als etwas ihr Gesicht kitzelte. Sie öffnete die Augen und sah Fridolins Mäulchen über sich. Das Kaninchen hatte es sich auf ihrer Brust gemütlich gemacht und beharrte auf der Meinung, sein Frauchen habe genug Schlaf gehabt. Von wegen, die Nachzehrer könnten nicht schlafen! Evelyn kicherte und schob das Tier auf das Kissen. Mit einer Hand tastete sie herum, in der Annahme, auf Adrián zu stoßen.

Doch seine Betthälfte war leer.

Ruckartig richtete sich Evelyn auf.

Allein.

Wieder allein.

Kälte schlich unter ihre Haut, und die Härchen auf ihren Armen stellten sich auf. Auf einmal fror sie. Eng wickelte sie die Decke um ihren Körper, wie ein kleines Kind, das sich zurück in den Mutterleib wünscht. Ihr Blick wanderte durch den Raum, und sie hatte das Gefühl, nicht mehr hierherzugehören. Alles wirkte fremd. Sogar ihr eigener Körper, aus dem sie ausbrechen wollte.

Ihre Chimären erwachten, reckten sich und streckten die Klauen nach ihrer Seele aus. Die verzerrten Erinnerungen an den gestrigen Abend brandeten auf und spülten den Schmutz aus den Abgründen ihres Inneren herbei.

Sie spürte Adrián auf sich, fordernd und besitzergreifend, seine Erektion, die sich in sie bohrte.

Dreckige Hure!, peitschte es auf sie ein. Evelyn kauerte sich zusammen, krampfte die Hände um die Decke. Sie wünschte sich, nichts mehr zu fühlen, sich an nichts mehr erinnern zu müssen.

Eine Schlampe, ja das war sie, war sie schon immer gewesen! Und gestern hatte sie schon wieder bereitwillig die Beine breit gemacht. Sie verabscheute sich.

Mit starren Fingern zog Evelyn die Decke bis zum Kinn, um ihre Blöße zu bedecken. Die Berührungen, die gestern Lust in ihr erweckt und Geborgenheit geschenkt hatten, schienen heute kalt an ihrer Haut zu kleben. Sie kniff die Lider zusammen, bis die Augen schmerzten. Vergessen, sie wollte alles vergessen. Aber ihr Seelenwunsch blieb ihr verwehrt.

Die Bilder der Leidenschaft zogen wie bleierne Wolken über ihren Erinnerungen auf. Sie widerten sie an. Nur dass es nicht wirklich Adrián war, der jetzt ihre Gedanken beherrschte und vor dem sie sich ekelte, sondern der Waldboden, das runde, vor Anstrengung verschwitzte Gesicht, das Schmatzen, mit dem das erschlaffte Glied aus ihrer Scheide herausgezogen wurde, und der füllige Körper, der keuchend zur Seite rollte.

Evelyn weinte stumm, weinte um ihre geschundene Seele. Sie kannte keine Liebe, keine Wärme, und sie würde sie auch nie kennenlernen. Wer durch ihren Schutzschild hindurchkam, brach etwas in ihr entzwei und weckte die Geister der Vergangenheit.

Ihr wurde übel. Evelyn lief aus dem Zimmer, den Flur entlang ins Bad, und beugte sich über die Toilette. Sie würgte, doch es kam nichts. Nur diese Übelkeit, die in ihren Rachen aufstieg, um sich dann wieder zurückzuziehen. Japsend stieß sie sich von der Kloschüssel ab, stakste in die Dusche und drehte am Wasserhahn. Heiße Strahlen, unter denen ihre Haut aufzuplatzen drohte, peitschten auf sie ein. Gut so. Bloß alles wegspülen, sich säubern und vergessen. Immer noch fror sie, tief in ihrem Inneren.

Von der Ablage riss Evelyn das Duschgel an sich und drückte die ganze Flasche über ihrem Körper aus. Der weiße Schaum verdeckte ihre Nacktheit, und der Duft nach Passionsblumen verstopfte ihre Nase und die Kehle. Aber auch durch das intensive Aroma hindurch roch sie die Säfte ihrer Sünde. Wie besessen schrubbte Evelyn die Haut, kratzte sie mit den Fingernägeln auf.

Verdammte Hure, das hast du verdient!

Die gehässige Stimme marterte ihr Hirn. Am liebsten hätte sie sich die Haut vom Körper gerissen.

Nach einer Stunde des Schrubbens befiel sie Erschöpfung, der Kopf schwirrte ihr von dem blumigen Duft, und der Boden schwankte wie auf hoher See.

Ihre Beine gaben nach, und Evelyn sank in einer Ecke zusammen. Sie heulte, während das Wasser die Tränen von ihren Wangen fortspülte, aber es brachte keine Erleichterung.

Irgendwann verebbte der Anfall. Eine Taubheit der Sinne kehrte ein; Evelyn kauerte in der Dusche, bis sie die Kraft fand, wieder auf die Beine zu kommen. Wie im Schlaf trocknete sie sich ab und zog ihre Sachen an.

Sie wandelte den Flur entlang, zurück zu dem Zimmer, das Maria ihr gestern zugewiesen hatte. Dort wollte sie sich einschließen und im Bett ausharren, bis sie alles verdrängt hatte und weiter funktionieren konnte.

Doch da sah sie ihn.

Adrián.

»Schon wach, *mi vida*?« Immer noch der Adrián mit dem lebendigen Lächeln und dem offenen Gesicht, auf dem jede seiner Gefühlsregungen abzulesen war.

Wie versteinert beobachtete Evelyn, wie er sich ihr näherte.

Nein, geh fort – erlaube mir nicht, dir wehzutun!, wollte sie aufschreien, doch ihre Lippen bewegten sich nicht.

Jetzt stand er dicht vor ihr. So nah, dass sie ihn mit jeder Zelle ihrer Haut spürte. Und dennoch hatte sie sich noch nie jemandem so fern gefühlt.

In ihrer Erinnerung stieg der Geruch des Liebesaktes empor, und die Übelkeit kehrte zurück. Ihr wurde schwindelig. Sie hielt sich so krampfhaft am Türrahmen fest, dass die Sehnen ihrer Hand hervortraten.

Bleib weg von mir, bewegte sie die Lippen, doch kein Ton entwich ihrer Kehle. Sie schnappte nach Luft und presste hervor wie unter Wehen: »Bleib! Mir! Fern!«

»Was ist los?« Sie spürte seine Hände auf ihren Schultern. »Geht es dir nicht gut?«

»Nimm deine Pfoten von mir!«, brüllte sie und stieß ihn von sich.

Er hob abwehrend die Hände und wich ein Stück zurück. »Schon gut, schon gut. Was ist passiert?«

Alles brodelte in ihr, die Hirngespinste bäumten sich auf und fauchten: »Tu nicht so scheinheilig! Du hast gekriegt, was du wolltest.« Sie hörte ihre eigene, hohe und verzerrte Stimme, doch es war ihr, als sehe sie all dem nur zu, viel zu machtlos, um etwas dagegen zu unternehmen.

»Evy …«, fing er irritiert an, aber sie ließ ihn nicht ausreden.

»Ihr seid alle gleich!«, spuckte sie die Worte wie Gift heraus. »Was willst du jetzt noch von mir? War es dir nicht genug? Soll ich noch einmal die Beine für dich breit machen? Ist es das, was du willst?«

Evelyn sah in sein Gesicht, das sich zu einer Maske verhärtete, und dachte an den Traum, den sie in der ersten Nacht in der Villa gehabt hatte:

Vertraust du mir?

Ja.

Dein Fehler.

Sein Herz in ihrer Hand, das sie zum Leben erweckt hatte, um es herauszureißen. Die Chimären gierten nach Blut. Und sie würden es bekommen.

Adrián hob die Arme und trat wieder auf sie zu, womöglich in einem letzten Versuch, sie zu beruhigen. Er wollte sie nicht aufgeben, nicht so – diese Erkenntnis erfüllte sie mit Wärme. Aber nicht genug, um die Geister der Vergangenheit zu vertreiben. Hart schlug sie seine Hände zur Seite, rauschte an ihm vorbei in ihr Zimmer und warf die Tür hinter sich zu. Mit fahrigen Fingern schloss sie ab und lehnte sich dagegen.

Sein Klopfen erschütterte das Holz und ging in jede Faser ihres Körpers über. »Evy, habe ich etwas falsch gemacht? Rede mit mir. Bitte!«

Sie schloss die Augen. Tränen liefen ihre Wangen herab. »Du hast mich ausgenutzt«, kreischten ihre inneren Peiniger. »Verschwinde! Ich hasse dich.«

Schwäche fuhr in ihre Beine, und sie glitt zu Boden. *Fang mich auf, denn ich falle …*

Doch Adrián hörte ihr Flehen nicht.

»Verstehe«, kam es tonlos von der anderen Seite der Tür. Danach herrschte Stille.

Erst nach einer Weile konnte Evelyn sich zusammenreißen und aufstehen. Die Gespenster schliefen, vollauf befriedigt, ein Unheil angerichtet zu haben.

Sie spürte ein Ziehen in der Magengrube, als sie an Adriáns zärtlichen Blick von gestern Abend dachte. An das Lächeln, das seine kantigen Züge weich zeichnete. Nie mehr würde er sie so ansehen.

»Na, zufrieden?«, fragte sie in sich hinein und schlug die Arme über dem Kopf zusammen. »Was soll ich jetzt bloß tun?«

Ihr erster Gedanke war, Adrián aufzusuchen, ihm alles zu erklären. Vielleicht würde er es verstehen und ihr verzeihen. Vielleicht wurde alles wieder gut.

Und dann?

Was, wenn ihre Dämonen erneut erwachten? Wie oft würde sie ihn dann zerbrechen? Wie viel Schmerz könnte er ertragen? Ihm das anzutun, war sie nicht imstande. Dafür liebte sie ihn zu sehr.

Sei frei Adrián, frei von mir. Ich muss gehen, um niemandem mehr wehzutun.

Ja, das wäre das Beste für alle. Hastig schob Evelyn Fridolin in den Transportkäfig, versteckte das Khukuri unter ihrem langen Cardigan und stopfte die wenigen Sachen, die Conrad aus ihrer Wohnung gebracht hatte, in eine Tasche.

Sie lauschte an der Tür. Hoffentlich würde niemand versuchen, sie aufzuhalten, und es ihr noch schwerer machen, als es schon war.

Alles still.

Durch den Türspalt schlüpfte Evelyn in den Flur, dann die Treppe hinunter in die Eingangshalle. Nach einem kurzen Kampf mit dem Schloss stürzte sie ins Freie, zum Tor, und schließlich hinaus auf die Straße. Ihre Beine trugen sie wie von selbst. Erst als Evelyn die

Villa nicht mehr erblicken konnte, gönnte sie sich eine Verschnaufpause. Wo sollte sie hin? In ihrer Wohnung würden die Nachzehrer sie schnell finden, vielleicht Fragen stellen und versuchen, sie zur Rückkehr zu überreden.

Während sie ziellos die Straße entlanglief, kamen ihr die Gedanken an den Alptraum über Herzhoffs Mord wieder. An ihren Wunsch, den Professor in seinen Hexen-Forschungen aufhalten zu müssen. Ein mulmiges Gefühl schlich sich ein, eine seltsame Ahnung von … Nein! Sie sollte sich vergewissern, dass es ihm gutging. Und bei der Gelegenheit vielleicht mit ihm über Adrián reden. Erst dann konnte sie in Ruhe über ihre eigenen Probleme nachdenken und mit dieser Welt, die sich ihr in den letzten Tagen offenbart hatte, abschließen.

Evelyn steuerte die nächste Bushaltestelle an.

Sie bezahlte den Fahrschein mit dem Geld, das sie vorgestern von Adrián geliehen hatte. Auch danach blieb ihr etwas übrig. Sie ließ die Münzen auf den Sitz neben ihr regnen. Nein, sie durfte nichts behalten, das sie an ihn erinnern würde. Diesen Schmerz könnte sie nicht ertragen.

Endlich erreichte sie das Gebiet, in dem der Professor wohnte. Den Käfig in der Hand und die Tasche, die ihr stets von der Schulter rutschte, unter den Arm geklemmt, schlenderte sie die Straße entlang. Keine Fußgänger, keine Autos – die Gegend wirkte verschlafen … oder ausgestorben. Bloß dieses Gefühl, angestarrt zu werden – es ließ ihr keine Ruhe. Sie beschleunigte ihre Schritte, drehte sich immer wieder um.

Da sah Evelyn sie. Die Unbekannte, die sie damals an der Bushaltestelle bemerkt hatte und die im Nebel verschwunden war. Die Frau mit der Haut, so dunkel wie Ebenholz, stand an einer Hausecke, spielte mit ihrer Perlenkette und musterte Evelyn. Ob es nur eine Einbildung war? Etwas an dieser Person machte ihr Angst. Evelyn rannte los, und als sie zum wiederholten Male zurückgeschaut hatte, war die Frau verschwunden.

Endlich erreichte sie Herzhoffs Haus. Das Gartentor war nur angelehnt, und eines der Fenster stand weit offen. Eine halb abgerissene Gardine hing heraus und bewegte sich im Wind.

Evelyn stellte die Tasche und den Käfig ab und ging zur Tür. Unter dem Vordach hatte die Kreuzspinne ihr Netz wieder gesponnen, und nun blieben die feinen Fäden Evelyn abermals im Gesicht kleben, als sie hindurchlief. Sie beachtete es nicht, drückte auf die Klingel und wartete. Als auch nach weiteren Versuchen sich niemand gemeldet hatte, trat sie zum geöffneten Fenster.

Über den Sims lugte sie in die Küche. »Professor Herzhoff? Sind Sie da?«

Keine Antwort. Er würde doch nicht weggehen und das Fenster offen stehen lassen? Ihre Anspannung verstärkte sich. Evelyn stemmte sich am Sims ab, rutschte über die Kante und glitt lautlos auf den Boden. Bereits im Flur bemerkte sie es – den Geruch nach Blut, den sie zu gut von ihrer Arbeit im Krankenhaus kannte. Auf einmal musste sie sich zwingen, weiterzugehen. Noch ein paar Schritte, dann verharrte sie auf der Schwelle zum Wohnzimmer.

Evelyn hatte schon vieles gesehen, aber was sich hier ihrem Blick eröffnete, übertraf ihre Vorstellungskraft. Fast glaubte sie, an das Set eines Splatter-Filmes gelangt zu sein.

Das Zimmer sah so verwüstet aus, als hätte hier ein Tornado getobt. Regale waren von den Wänden gerissen worden, Bücher und zerfetzte Blätter lagen verstreut, Glassplitter, umgekippte und teilweise zu Kleinholz zerschlagene Möbel – und überall Blut. So viel Blut! Die Wände waren vollgespritzt, der Teppich nass getränkt. Der üble Geruch drohte Evelyn zu ersticken.

Den Professor selbst sah sie nicht sofort. Er lag in einer Ecke, oder besser gesagt das, was von ihm übrig geblieben war. Sein Leib war zerfetzt worden wie von einem wilden Tier: Gelenke unnatürlich verdreht, die Bauchhöhle aufgerissen und das Fleisch teilweise von den Knochen abgerupft. Auf seiner Brust saß eine wildfarbene Katze und naschte an dem Fleisch seiner Wangen. Als das Tier Evelyn bemerkte, fauchte es und schoss an ihr vorbei in den Flur.

Evelyn schloss die Augen, und sogleich fielen die Erinnerungen an den Alptraum über sie her. Eine Vision. Sie hatte tatsächlich die Vision seines Todes gesehen!

Sie stürzte zum Ausgang. Sie brauchte frische Luft. Sie brauchte …

Als sie die Tür aufriss, prallte sie mit jemandem zusammen. Noch konnte sie kaum einen Gedanken fassen, als ein Schlag ihren Kopf traf.

Dann fiel die Dunkelheit über sie her.

16. Kapitel

Sie lief durch Glas und stürzte, und es gab niemanden, der sie aufgefangen hätte. Splitter prasselten auf ihren Rücken und schnitten in die Haut, doch den peitschenden Schmerz merkte sie kaum.

Evelyn stand auf. Drehte sich um. Ihr Körper bewegte sich wie ferngesteuert, als sie auf den schwarzen Nebel zuschritt. Die Schwaden krochen ihr entgegen, wanden sich wie eine verendende Schlange auf dem Boden.

Sie betrachtete den Nebel. Sie hatte keine Angst vor ihm, im Gegenteil – sie begrüßte ihn wie einen alten Freund. Die Schwaden leckten an ihren gespreizten Fingern, leicht wie der Hauch einer Feder und eisig wie das arktische Meer. Die Kälte strömte unter ihre Haut, stieg auf und erfasste ihr Herz.

Erhobenen Hauptes trat sie in ihr Reich.

Wir sind hier, um dir zu dienen, flüsterten Schattenwesen von überallher. Mal stiegen Klagen auf, dann wieder ertönten Ausrufe, doch alle waren sie von tiefster Ehrfurcht gezeichnet. *Denn du bist die Schwarze. Dein Körper ist der Himmel der Nacht …*

Tausende von Fingern fuhren über ihre Brüste, strichen den Bauch entlang zu den Oberschenkeln. Sanft, als wehte eine Brise über ihre Haut. Sie genoss es, wie das Blut in ihren Adern gefror und das Herz aufhörte zu schlagen. Ein seltsames Gefühl erfasste sie – das Gefühl, nicht mehr zu existieren.

Deine Augen sind das Licht der Sterne …

Sie schloss die Lider, und als sie wieder aufblickte, wurde etwas Neues in ihrer irdischen Hülle geboren. Eine Königin des Universums. Eine Herrscherin über die Zeit.

Die Schöpfung ist dein Traum, tönte das Echo der Tausend Stimmen, *dein Traum …*

Sie schritt aus dem Nebel heraus und träumte ihren Traum: Von einem Häuschen im Grünen mit einer verrosteten Hollywoodschaukel; von einer wildfarbenen Hauskatze, die sich auf einem Pfosten zwischen zwei Grundstücken putzte; von der Bewegung der Gardine des Hauses von nebenan.

Jemand beobachtete sie …

Das Bewusstsein kehrte schleppend zu ihr zurück und brachte quälende Kopfschmerzen und Wellen von Übelkeit mit sich. Evelyn stöhnte. Sie wusste nicht, was real war und was nicht. Die Wirklichkeit vermischte sich mit ihren Träumen und den Bruchstücken ihrer Vision. Wurde sie verrückt? Konnte sie ihren Gedanken und Empfindungen überhaupt trauen?

Ihr Kopf dröhnte, und jede Bewegung bescherte ihr neue Qualen. Wo war sie überhaupt? Evelyn versuchte sich zu bewegen. Es ging nicht. Die Hände waren ihr hinter dem Rücken gefesselt worden, die Füße in Knöchelhöhe zusammengebunden. Das Brummen des Motors und das Rauschen der Reifen auf dem Asphalt drangen zu ihr durch. Sie lag in einem Auto.

Mit den Fingern tastete sie um sich, soweit es ihre Fessel erlaubte. Grobes Material – Leinensäcke oder etwas Ähnliches – lag unter ihr auf dem kalten Metall. Evelyn rief ihre letzten Erinnerungen wach. Sie war aus dem Haus des Professors gerannt. Jemand hatte direkt vor der Tür gestanden. Danach – ein Fall ins endlose Nichts.

Oder war all das nur ein Traum gewesen?

Die Angst in ihr schwoll an. Sie biss die Zähne zusammen, um nicht loszuschreien und das bisschen Verstand zu bewahren, das ihr noch blieb. Tief durchatmen – nachdenken!

Einige Sekunden lang verharrte sie bewegungslos, bis ihre Gedanken nicht mehr umherrasten und ihr Verstand zögerlich zu arbeiten begann. Sie wurde entführt – mal wieder –, so viel stand fest. Von wem und warum? Die Antwort drängte sich ihr wie von selbst auf: von dem Mörder. Oder der Mörderin? Es fiel ihr leichter, dabei an einen Mann zu denken. Vielleicht war er am Tatort geblieben, vielleicht war er zurückgekehrt und hatte Angst bekommen, sie habe ihn gesehen. Womöglich wusste er sogar von der Vision und befürchtete, sie könnte ihn dadurch identifizieren.

Da sie keine Augenbinde trug, bedeutete dies hier

vermutlich eine Reise ohne Wiederkehr. Aber solange sie lebte, bestand eine Chance auf Rettung. Die würde sie nicht ungenutzt verstreichen lassen und auf keinen Fall aufgeben! Evelyn Behrens würde bis zuletzt kämpfen.

Der Wagen schwenkte nach links, und sie wurde gegen die Wand gedrückt. Autsch! Etwas ritzte in ihren Daumen. Vorsichtig ertastete sie eine scharfe Metallkante. Vielleicht würde es ihr gelingen, die Fessel daran auszufransen? Sie setzte den Strick an die Kante und bewegte ihre Hände vor und zurück.

Vor Anstrengung trat ihr der Schweiß auf die Stirn, ihre Unterarme schmerzten, doch der Erfolg blieb aus. Sie ließ sich nicht entmutigen. Wie besessen säbelte sie weiter, um die Fessel aufzulockern und ihre Hände zu befreien. Die Kante schnitt ihre Haut auf, eigenes Blut verklebte ihre Finger, und der Strick bohrte sich nur noch tiefer in ihre Handgelenke.

Weiter, du schaffst das!, feuerte sie sich an. Das Seil würde bestimmt gleich reißen.

Das Auto verlangsamte seine Fahrt. Evelyn horchte auf. Schon am Ziel? Das würde ihr Ende bedeuten.

Seltsam – sollte sie wirklich eine Nachzehrerin sein, müsste dieser Umstand nicht sonderlich beunruhigend auf sie wirken. Aber ans Sterben hatte sie sich noch nicht gewöhnt und allein der Gedanke daran, in einem engen Sarg aufzuwachen, ließ den Lebenswillen in ihr sprudeln.

Das Auto hatte offenbar die asphaltierte Straße verlassen und holperte nun einen Weg entlang. Dabei klapperte es wie eine Blechdose, die ein Kind vor sich hinkickt und die jeden Augenblick auseinanderzufallen drohte. In einem Schlagloch wurde Evelyn auf den Bauch geschleudert. Sie prallte mit dem Gesicht gegen den Boden. Sogleich flammten Schmerzen in ihrem Kopf auf. Sie stöhnte durch die zusammengepressten Lippen und spürte Blut aus ihrer Nase fließen.

Evelyn tastete nach der Kante. Verdammt, wo war sie? Sie wand sich von einer Seite auf die andere, um wieder an die Stelle zu gelangen, die ihr eine mögliche Rettung versprach. Aus dem Dunkel des Wagens ertönte ein Grollen. Lauerte da ein Tier? Womöglich jenes, das Hermann in Stücke gerissen hatte!

Sie verharrte für einen Augenblick, um dann wieder auf den Leinsäcken hin und her zu rutschen. Die Haarsträhnen klebten ihr im Gesicht. Etwas juckte sie am Ohr, aber die Stelle konnte sie nicht kratzen.

Da! Endlich ertastete sie die Kante und setzte ihre Arbeit fort. Die Minuten verstrichen. Mit jedem Ruck des Wagens verlor Evelyn die Stelle und musste sie aufs Neue suchen. Doch sie gab nicht auf. Von der verrenkten Haltung, in der sie lag, taten ihr die Muskeln weh, die Wunden an ihren Händen brannten. Auf all das achtete sie nicht. Das Einzige, was zählte, war das Überleben. Sie musste es schaffen!

Der Wagen blieb stehen. Oh nein! Gleich würde ihr Entführer kommen … Sie säbelte weiter, noch verbissener als zuvor. Endlich riss der Strick. Blitzschnell richtete sie sich auf und machte sich an dem Knoten um ihre Fußgelenke zu schaffen. Ihre tauben Finger gehorchten ihr nicht, glitschig vor Blut rutschten sie immer wieder ab.

Das Auto wackelte, eine Tür schlug zu. Jemand war ausgestiegen! Evelyn zerrte und rüttelte an dem Knoten. Verdammt! Sie hätte schreien mögen vor Verzweiflung. Dabei war es ihr fast gelungen, die Fessel zu entwirren.

Schritte kamen näher und verharrten vor der Tür zum Laderaum. Der Entführer wartete offenbar – doch worauf bloß? Evelyn sammelte ihre letzten Kräfte, und es gelang ihr tatsächlich, den Knoten zu lösen. Schwer atmend fiel sie auf den Rücken. Und jetzt? Sie war zu schwach, um sich mit einem Mörder anzulegen. Er würde sie überwältigen und ihre Bemühungen zunichte machen. Ihr blieb nur die Hoffnung, dass er sie nicht gleich abknallen würde, dass sie in einem Moment der Unachtsamkeit eine Gelegenheit bekam zu fliehen.

Evelyn wickelte den Strick so um ihre Gelenke, dass sie sich jederzeit befreien konnte, und legte sich hin, als die Tür zur Seite geschoben wurde. Ihr Herz setzte einen Schlag lang aus, um dann noch schneller zu pochen. Jemand beugte sich zu ihr herunter und verdeckte die Sonne. Evelyn rührte sich nicht, tat so, als wäre sie benommen. Starke Arme hoben sie aus dem Auto und legten sie im weichen Gras ab. Blätter rauschten weit über ihr.

»Bist du okay?« Der Mann tätschelte ihre Wangen. Ein nasses Tuch fuhr ihr über die Stirn, berührte die Beule an ihrem Kopf und ließ sie vor Schmerz ächzen. Länger die Ohnmacht vorzugaukeln, gelang ihr nicht. Sie schlug die Augen auf.

Der Mann vor ihr war … riesig. Wenn sie noch vor wenigen Tagen Bernulf als stattlich, groß und anziehend angesehen hatte, dann stellte dieses Exemplar hier alle und jeden in den Schatten. Sogar Adrián, musste sie zugeben.

Das T-Shirt spannte um seine breiten Schultern, eine an den Knien ausgefranste Jeans schmiegte sich an die deutlich schmaleren Hüften. Das Haar in der Trendfarbe straßenköterblond hing ihm in die Augen, was ihn wild aussehen ließ; und obwohl er einen Dreitagebart trug, machte er keinen ungepflegten Eindruck.

»Tut mir leid für alles«, sagte er rau, und eine deutliche Erleichterung schwang in seinem Ton mit. Hatte er sich Sorgen um sie gemacht? Und das, nachdem er sie niedergeschlagen hatte? Das waren nicht gerade die ersten Worte eines Entführers, die sie erwartet hätte.

»Ich wollte dir nicht wehtun. Aber ich musste dich fortbringen, und freiwillig wärst du sicherlich nicht mit mir gegangen.« Seine grauen Augen hinter der Brille im Harry-Potter-Look – die genauso fehl am Platz wirkte wie Maria in ihrer Märchenvilla – musterten sie mit demselben Argwohn, mit dem Evelyn ihn studierte. »Wer bist du? Wieso … wieso hast du so einen Einfluss auf mich?«

Tja, wer war sie? In letzter Zeit bekam Evelyn diese Frage erstaunlich oft gestellt. Und wenn sie früher eine klare Antwort darauf gewusst hatte, so verweigerte sie jetzt lieber die Aussage und suchte unauffällig nach irgendeiner Waffe, mit der sie sich gegen diesen Brocken von einem Mann verteidigen konnte. In der Nähe entdeckte sie einen Ast, mit Moos und Holzpilzen bewachsen. Zugegeben, ein Prellbock würde bei diesem Exemplar mehr Wirkung zeigen, aber die Situation erlaubte ihr nicht, wählerisch zu sein. Allerdings lag der Ast zu weit weg, um mit einem Griff an ihn zu gelangen.

»Wer bist du?«, wiederholte er mit Nachdruck. »Gehörst du zu *denen*?«

Sie schwieg.

»Antworte mir, verdammt!«, brüllte er. War es etwa Verzweiflung, die er überdecken wollte? Irgendetwas stimmte nicht. Es kam ihr so vor, als wüsste er selbst nicht so genau, was er mit ihr anfangen sollte.

»Ich bin …« Sie musste sich räuspern, um den Frosch aus dem Hals zu bekommen. »Ich bin Krankenschwester.« Gleichzeitig schaute sie ihm in die Augen und hoffte, er würde nicht den Mut aufbringen, sie anzugreifen, wenn sie ihn so offen ansah. Er wirkte jedenfalls nicht wie ein abgebrühter Serienkiller. Sie spürte förmlich, wie etwas an ihm nagte. Gewissen? Ihre einzige Chance lag darin, es auszunutzen.

»Du warst mit den Totenküssern zusammen, das weiß ich.« Er wischte sich mit dem Lappen über die Stirn, mit dem er zuvor Evelyns Gesicht betupft hatte, erstarrte für einen Augenblick und roch an dem Stofffetzen, bevor er die Hand sinken ließ. Seine Augen waren gerötet, die Haut blass. Viel Schlaf und Ruhe hatte er in der letzten Zeit wohl nicht genossen.

»Ich wurde entführt.« Sie sprach so ruhig wie möglich, um ihn nicht in Rage zu bringen.

»Warum? Was wollten die Kreaturen von dir?«

»Ein Heftpflaster wohl nicht.«

»Spiel nicht mit mir!« Plötzlich packte er sie und schüttelte sie an den Schultern durch. »Was wollten die von dir? Sag es mir!«

Dutzende von Hämmern trommelten auf ihre Schädeldecke ein. Evelyn biss sich auf die Unterlippe.

»Ich weiß es nicht«, stöhnte sie. Vor Schmerzen verschwamm die Umgebung vor ihren Augen. Mit allen Sinnen kämpfte sie gegen die Ohnmacht an. Nein, sie durfte es sich nicht erlauben, das Bewusstsein zu verlieren. Nicht jetzt!

Der Mann ließ von ihr ab. »Entschuldige«, murmelte er. »Es ist … Ich weiß nicht … ich …« Er vergrub beide Hände in seinem Haar. »Und dann haben sie dich freigelassen?«

»Ich bin geflohen.« Das war nicht ganz gelogen, auch wenn sie inzwischen bedauerte, die Villa verlassen zu haben. Dort war sie in Sicherheit gewesen und wäre niemals in die Hände dieses … ja, was denn? … dieses Verrückten gelangt.

Aus dem Transporter sprang ein wolfsähnlicher Hund. Sein Fell war mit angetrocknetem Blut verschmiert. Evelyn keuchte. Den hatte sie doch in der Gasse gesehen! Ihre Unruhe drohte in blanke Angst umzuschlagen. Würde diese Bestie sie zerfleischen, wie damals Adrián? Sie dachte an die Wildheit, mit der sich das Tier auf sein Opfer gestürzt hatte. Auf einmal ergab alles einen Sinn. Dieser Kerl vor ihr – das war Herzhoffs Mörder. Sein Hund hatte den Professor umgebracht, denn wer sonst könnte eine Leiche so zerfetzen?

Der Entführer blickte zu seinem vierbeinigen Komplizen, wodurch er Evelyn den Rücken zuwandte. »Sitz, Akash!«

Evelyn schüttelte die Fesseln ab und sprang auf die Beine. Mit einem Satz gelangte sie an den Ast, holte aus und schlug dem Mann gegen den Nacken. Das morsche Holz brach entzwei, doch die Wucht des Schlages ließ den Kerl über den Hund stolpern und ins Gras fallen. Evelyn schleuderte das Aststück nach ihm und stürmte in den Wald.

Ohne nachzudenken rannte sie durch die Büsche und schlängelte sich zwischen den Bäumen durch. Der Hund würde sie aufspüren. Sie brauchte dringend einen Fluss oder einen Bach, damit das Tier ihre Fährte verlor! Sie lief weiter, ohne zurückzuschauen. Wenn sie sich umdrehte, würde der Anblick der verfolgenden Bestie sie auf der Stelle lähmen. Ihr rasselnder Atem, das Knacken der Zweige unter ihren Füßen, das Rascheln der Blätter und des Grases überdeckten alle anderen Geräusche. Sie konnte sicherlich keinen großen Vorsprung gewinnen. Vielleicht spielte der Entführer mit ihr, wollte die Jagd in allen Zügen auskosten?

Nein, nicht daran denken!

Sie war eine lausige Läuferin. Seitenstiche zwangen sie, einen Gang herunterzuschalten. Ihr fehlte die Luft, als würde sie ersticken, und das Herz drohte förmlich zu platzen, so sehr pumpte es das Blut durch die Adern. Evelyn stolperte über eine Wurzel und polterte einen Hügel hinunter. Gleich darauf sprang sie auf die Beine. Weiter, weiter! Ihre Lunge schmerzte. Evelyn war völlig erschöpft. Ein paar Schritte noch, dann stürzte sie. Nur mit Mühe gelang es ihr, sich aufzurappeln. Keuchend hielt sie sich an einem Baumstamm fest und starrte angestrengt vor sich hin. Bildete sie es sich ein, oder kroch tatsächlich ein schwarzer Nebel von allen Seiten auf sie zu? Fort, bloß fort von hier!

Sie taumelte auf eine Lichtung. Wohin jetzt? Entfernt hörte sie Autogeräusche. Evelyn steuerte die Richtung an, auch wenn sie kaum hoffte, die Straße noch vor ihrem Entführer zu erreichen.

Über ihr kreiste ein Greifvogel. Sie beneidete ihn für seine Leichtigkeit, mit der er mit den Lüften spielte.

Ihre Beine weigerten sich, sie zu tragen. Schwankend bahnte sie sich den Weg zwischen den Bäumen hindurch. Die Verkehrsgeräusche kamen näher. Sie würde es schaffen! Noch ein wenig, noch ein kleines Stück.

Ein Hecheln. Ein Rascheln.

Erschrocken blickte Evelyn über die Schulter. Wie ein grauer Pfeil schoss der Hund auf sie und riss sie zu Boden.

Adrián, hilf mir!

Der Gedankenstoß quetschte das letzte Quäntchen Kraft aus ihr. Benommen beobachtete sie, wie der Entführer gelassen auf sie zukam, so als ginge er spazieren und genieße die Natur. Er pfiff den Hund zurück und blickte auf sie herab.

»Es hat keinen Sinn, wegzulaufen. Ich werde dich finden. Überall.«

Durch Tränen blickte sie zum Himmel empor, zu dem Vogel, der irgendwo da oben sorglos schwebte, konnte ihn jedoch nirgends entdecken.

Der Mann half ihr auf die Beine. Nahezu zärtlich hielt er sie in den Armen. »Dir fern zu sein ist unerträglich«, flüsterte er und schnaubte, als ihm die Worte herausgerutscht waren und er sich dessen bewusst wurde.

Da sah Evelyn auch den Vogel, der auf einem Baum saß. Regungslos beobachtete er das Geschehen.

»Ah. Hier seid ihr«, erklang es plötzlich mit unverdecktem Frohsinn, und Evelyn spürte, wie der Entführer zusammenzuckte. »Warum wurde ich nicht zur Party eingeladen?«

Ein junger Mann stampfte aus dem Geäst auf sie zu. Der Vogel schwang sich vom Ast und flatterte ihm auf die Schulter, was den Mann zu einem schmerzhaften »Autsch!« veranlasste. »Spinnst du, du Mistviech?« Er schubste das Tier herunter, stolperte selbst, das Gesicht – kreidebleich

»Scheiße«, murrte Evelyns Entführer.

»Finn«, korrigierte ihn der Ankömmling. »Willst du mir erklären, was du hier treibst, oder soll ich lieber gleich Linnea rufen? Denn das erwartest du doch von mir, nicht wahr?«

17. Kapitel

Wenn er Alkohol vertragen hätte, dann hätte er sich betrunken. Aber die Fähigkeit, menschliche Nahrung aufzunehmen – oder besser gesagt, bei sich zu behalten –, hatte er vor langer Zeit verloren. Genauso wie er auf Zigaretten verzichten musste, was den Entzug in seinem Zustand als wandelnde Leiche nicht gerade erleichtert hatte. Schon kurios – den gesündesten Lebensstil begann er ausgerechnet nach seinem Tod zu führen.

So saß Adrián in dem BMW, den er von Maria ausgeliehen hatte, und starrte auf Hermanns Haus, während Evelyn seine Gedanken beherrschte. Sie verfolgte ihn wie ein Traum, dessen Nachklang einen noch lange nach dem Aufwachen verzaubert, auch wenn er zu vergessen geglaubt hatte, was es hieß zu träumen. Kein Wunder, wenn er seit über fünfzig Jahren schlaflos durch die Welt streifte.

Evelyn. Wie von selbst schickten seine Lippen die Laute ins Nichts. Der Klang ihres Namens bescherte ihm ein schmerzhaftes Ziehen in der Magengrube. Er dachte daran, wie sie seinen Namen gerufen, sich über seinen spanischen Akzent lustig gemacht und das R zu rollen versucht hatte: »Adrrrián«. Die Erinnerungen entlockten ihm ein Lächeln, das gleich darauf erlosch.

Was war so schwer daran, seine Triebe im Zaum zu halten? Am liebsten hätte er sich eigenhändig erwürgt, wenn das nur etwas bringen würde.

Er begehrte sie, vielleicht vom ersten Augenblick an, als er sie gesehen hatte. Sie war etwas Besonderes, sie verunsicherte ihn, schenkte ihm Freude an seiner Existenz … Bei Gott! – so ein Kaleidoskop der Gefühle hatte noch keine Frau zuvor in ihm ausgelöst. Ja, sie war ein Traum, den er selbst zerstört hatte.

Du hast mich ausgenutzt. Ihre Worte hatten ihn wie ein Pflock ins Herz getroffen. Noch mehr schmerzte die Tatsache, dass sie Recht hatte, auch wenn er es nicht gewollt hatte. Denn hätte er sie mit Drogen abgefüllt, um sie gefügig zu machen, wäre es kaum ein Unterschied gewesen. Der Bann ließ ihr keine Wahl. Doch wenn er an den gestrigen Abend zurückdachte, war er sich nicht sicher, ob er sein Begehren im Zaum hätte halten können. Sie war alles für ihn. Sie war …

Mi vida.

… sein Leben, das er verloren hatte. Es erschreckte ihn, wie leer die Welt vor ihm lag, über der er zu stehen glaubte.

Mit den Fingern zeichnete Adrián die Biegung des Lenkrades nach, während sich in seinem Kopf die Bilder von Evelyn drängten, wie sie ihn umarmte und sich an ihn schmiegte. Er vermisste die Wärme ihres Körpers und die Zärtlichkeit ihrer Lippen.

Alles nur ein Trugbild. Nur der Bann.

Die wahre Evelyn hasste ihn, und das konnte er ihr nicht einmal verübeln. Er hatte den Mann umgebracht, den sie mochte, vielleicht sogar liebte – Bernulf oder wie auch immer er hieß. Adrián starrte auf die Straße vor sich und musste sich eingestehen, dass er eifersüchtig war. Auf einen Toten, gegen den er nie gewinnen konnte. Dieser Arzt würde für immer Evelyns Herz beherrschen, während er, eine Leiche – denn was gab es da schon zu verschönern? –, nur Abscheu in ihr hervorrufen würde.

Zu gut erinnerte er sich an ihren Blick, mit dem sie ihm im Aufwachraum des Krankenhauses begegnet war. Eine Kampfamazone, gefangen in dem zierlichen Körper einer Krankenschwester. So viel Mut, so viel Tatendrang und Energie. Eine, der man nicht jeden Tag begegnete. Vielleicht war er deswegen länger als nötig im Krankenhaus geblieben, auch auf die Gefahr hin, von Metamorphen angegriffen zu werden. Und insgeheim war er froh, dass die Schlangenfrau hinter ihr her gewesen war und er Evelyn hatte retten dürfen. Für sie hätte er sich mit allen Seelentieren der Welt angelegt. Bei all ihrer Stärke und ihrem Mut wirkte sie dennoch zerbrechlich – und vielleicht hatte er sie gestern zerstört. Was ihr Vertrauen anging, ganz sicher.

Adrián suchte nach dem Antrieb, der ihn in Bewegung versetzen und zu Hermanns Haus bringen würde. Er sollte endlich das tun, wofür er hierhergekommen war. Wenn er sich selbst noch länger bemitleidete, brauchte der BMW womöglich die Winterreifen.

Außerdem blieb ihm nicht viel Zeit.

Wir müssen das Problem aus der Welt schaffen, hatte Conrad gedroht. Er wusste, was sein Anführer von ihm verlangte – Hermanns Gedächtnis zu manipulieren. Aber das konnte er seinem ehemaligen Freund unmöglich antun – sein halbes Leben auszulöschen. Er musste ihn warnen und ihm helfen unterzutauchen. Nach ihrem Telefonat vor ein paar Tagen müsste Hermann die entsprechenden Vorkehrungen eingeleitet haben. Jetzt galt es keine Zeit mehr zu verlieren.

Adrián stieg aus dem Auto und lief über die Straße, den Hut tief ins Gesicht gerückt und den Kragen des Sakkos hochgeschlagen, so dass er vor der Sonne geschützt war. Die hitzigen Strahlen entzogen ihm die Energie, verbrannten und schwächten ihn – er musste sich bald nähren, wenn er nicht zusammenbrechen wollte.

Am Zaun huschte eine Katze vorbei und verschwand in der Hecke des Nachbargrundstückes. Trotzdem bemerkte er das Schimmern um sie herum – ein Seelentier. Normale Vierbeiner besaßen dieses Flimmern nicht.

In ihm läuteten alle Alarmglöckchen. Der Geist des Metamorph war nicht in der Katze, auch das konnte er erkennen, aber wo ein Seelentier herumstreunte, befand sich auch sein Herrchen nicht weit entfernt. Und die Biester jagten niemals allein, nur in Rudeln.

Adrián fluchte. Hermann schwebte in Gefahr – und das nicht allein durch Conrad. Ohne Gedanken an die eigene Sicherheit zu verschwenden, eilte er zum Haus.

Abseits des Kiesweges erblickte er eine Tasche und den Käfig mit einem schwarz-weißen Kaninchen, das sich bei seinem Anblick ängstlich in eine Ecke verkrümelte und zu zittern begann. Evelyn! Was machte sie hier? Die Angst um sie schnürte ihm die Kehle zu. War die Katze womöglich hinter ihr her? Fast hätte er ihren Namen herausgeschrien, zügelte sich aber noch rechtzeitig.

Stille lag über dem Grundstück. Kein Anzeichen für einen Angriff oder einen Kampf. Nach einer kurzen Überlegung brachte Adrián die Tasche und den Käfig ins Auto. Bei einer Flucht würden sie keine Zeit haben, die Sachen mitzunehmen, und Evelyn würde sich weigern, das Kaninchen hierzulassen.

Nachdem er alles im Auto verstaut hatte, kehrte er zum Haus zurück und klingelte an der Tür. Die Stille brachte ihm Unbehagen, und das Âjnâ prophezeite nichts Gutes. Zwar konnte er mit dem Dritten Auge nicht in die Zukunft sehen und nur das Schimmern und die Farben der Seelen wahrnehmen, aber es schärfte dennoch seine Vorahnungen. Immer wieder schielte er zum Nachbargrundstück, auf dem die Katze verschwunden war, jederzeit bereit, sich mit seinen Angreifern einen Kampf zu liefern.

Erneut klingelte er, drückte so lange auf den Messingknopf, bis er das Schrillen kaum mehr ertragen konnte. Irgendwas stimmte hier nicht, das spürte er. Beim genauen Hinsehen bemerkte Adrián, dass die Tür nicht abgesperrt war, sondern nur angelehnt. Er schlüpfte ins Haus. Der Gestank nach Blut raubte ihm den Atem. Verflucht, was war hier geschehen? Wobei er nach einigen Ritualen von Hermann schon Schlimmeres gerochen hatte. Adrián stahl sich den Flur entlang. Mit dem Ärmel streifte er den schmiedeeisernen Kandelaber auf einer Kommode. Der Kerzenständer wackelte auf seinen drei Beinen. Hastig griff Adrián nach ihm und brachte ihn zum Stehen.

Er näherte sich dem Wohnzimmer. Als er über die Schwelle trat, keuchte er wie unter einem Schlag ins Zwerchfell. Er war zu spät gekommen!

Mehrere Sekunden verstrichen, bis er die Szenerie bis in den letzten Winkel ihrer Brutalität wahrgenommen hatte. Und sein Versagen.

Mit Hermann Herzhoff verband ihn mehr als nur Freundschaft oder Feindschaft, Vertrautheit und ein gemeinsames Ziel – nämlich eine Erinnerung an sein ehemaliges Leben. Jetzt lag der alte Mann in einer Ecke wie ein achtlos hingeworfenes Knäuel, und ein Fliegenschwarm labte sich an dem Leichenschmaus.

Zorn schwoll in Adrián an. Niemals vergessen. Niemals verzeihen. Wer auch immer das getan hatte, er würde dafür büßen. Das schwor er sich.

Adrián nahm den Hut ab. In stiller Andacht kniete er sich vor die Leiche. Die Hände gefaltet, sprach er ein Gebet – für Hermann wäre das wichtig gewesen. Adrián selbst befand sich in einem Niemandsland, was Glaubensfragen anging. Nachdem er im Sarg aufgewacht war, hatte er bekennen müssen, dass weder Gott noch Teufel ihn haben wollten, und das Wissen um die Hexen stellte seine spirituellen Vorstellungen auf eine harte Probe. Zu Lebzeiten war er streng katholisch gewesen, und so hatte er in den ersten Monaten des Totseins etliche Klagen gen Himmel geschickt, die allesamt unbeantwortet geblieben waren. Mit jedem weiteren Tag hatte er sich mehr von der Kirche entfernt.

»*Amén*«, beendete Adrián sein Gebet und richtete sich auf. »*Descansa en paz.*«

Ruhe in Frieden, alter Freund, wiederholte er in Gedanken.

Darauf bedacht, keine Spuren zu hinterlassen, untersuchte er den Raum. Im Chaos fand er Hermanns Notizbuch, aus dem mehrere Seiten herausgerissen waren, und Asche im Kamin. Die Verwüstung im Zimmer diente dazu, etwas zu verbergen. Nach und nach fiel Adrián auf, wovon seine Aufmerksamkeit abgelenkt werden sollte: Jemand hatte gründlich aufgeräumt. Alle Notizen des Professors, all seine Forschungen über die Mächtigen, Nachzehrer oder Metamorphe waren vernichtet worden.

Er schaute auf die geschundene Leiche und konnte sich kaum ausmalen, was der alte Mann kurz vor seinem Tod hatte erleiden müssen. Es dauerte, bis er sich so weit zusammengerissen hatte, dass er wieder rational denken konnte.

Wer wusste von Hermann und seinen Forschungen? Evelyn, Conrad, Maria. Und wenn er die Katze in Betracht zog, auch einige Metamorphe – nur woher? Er dachte an seinen Informanten, mit dem er einen Deal eingegangen war. Nein, der hatte sicherlich keine Ahnung von dem Professor und seinem Vorhaben.

Nochmals durchforstete er das Zimmer, diesmal auf der Suche nach den Spuren, die der Mörder vielleicht hinterlassen hatte. Zwischen den zerschlagenen, blauschwarzen Steinen, die keinen Hinweis lieferten, was es früher einmal war, bemerkte er eine gelbe Blume – welche Sorte konnte er mangels nötiger Aufmerksamkeit im Biologieunterricht nicht identifizieren. Und nach einem flüchtigen Suchen fand er einzelne Blätter im Raum, zwei davon klebten an der Leiche.

Conrad. Die Gewissheit nahm Formen an.

Vergessen Sie es. Ich kümmere mich darum, echote die Drohung in seinen Ohren. Adrián ballte die Hände. Jede Faser seines Körpers vibrierte und schrie nach Rache.

Im Flur ertönten Schritte. Adrián sprang auf und huschte hinter einen Schrank. Kein sicheres Versteck, aber zum Fenster war es zu weit und im Flur schnitt der unbekannte Besucher ihm den Weg ab. Er verharrte, dicht an die Wand gedrückt.

Auf der Schwelle erschien eine junge Frau. Stumm stand sie da, ohne Regung, mit aschfahlem Gesicht. Dann keuchte sie und stakste ins Zimmer. Mit zitternden Händen durchwühlte sie ihre Mini-Handtasche, fischte ein Handy heraus und tippte den Notruf ein. Sie versuchte etwas zu sagen, stockte und stotterte, unfähig, auch nur ein klares Wort hervorzubringen. Solange sie mit dem Telefon kämpfte, schlich sich Adrián zur Haustür. Er war schon fast da, als er hörte, wie die Frau in den Flur gelaufen kam und gegen die Kommode prallte.

Er fuhr herum und schaute sie direkt an. Der Blick unter den dunklen, welligen Haarsträhnen schien Adrián auf der Stelle festzunageln.

»Wer bist du?«, entfuhr es ihm.

Die Unbekannte hielt sich an der Anrichte fest, als würde sie jeden Moment zusammenbrechen. Adrián starrte in die grünen Augen, die ihn so sehr an die seiner Schwester erinnerten. Von so viel Ähnlichkeit wurde ihm schwindelig. Fast glaubte er tatsächlich, Alba vor sich zu sehen.

»Es wäre besser für alle, du hättest mich nicht gesehen.« Das Mädchen tat ihm ein wenig leid. Denn sie musste vergessen.

Mit einem Satz stand er direkt vor ihr, packte sie am Nacken und zog sie an sich heran. Er sah das Schimmern, das die Frau umgab: ein dunkelblaues Leuchten, das auf einen starken Willen hindeutete. Den zu brechen würde nicht einfach sein. Allerdings wurde das Blauschimmern von Grautönen überzogen – Angst und Verwirrung. Verständlich in der gegebenen Situation.

Die Wahrnehmung der Aura erweckte den Hunger in ihm. Das Verlangen nach ihrer Lebenskraft wütete gleich einer Feuerhölle in seinen Eingeweiden und überflutete seinen Verstand. Er wollte nicht bloß ihre Erinnerungen manipulieren, er wollte sie aussaugen. Mit aller Macht stemmte er sich gegen seine Gier und merkte, wie er verlor. Sein Fluch war stärker als er. Sein Fluch verlangte nach Nahrung. Adrián zog sie an sich und presste seine Lippen auf ihren Mund.

Die Frau kämpfte gegen ihn an, sowohl körperlich als auch mental, aber sie hatte keine Chance. Entfernt hörte er ein Japsen, als er ihre geistige Barriere brach und in ihren Verstand eindrang. Dann floss ihre Lebensenergie in ihn ein.

Adrián, hilf mir!

Der Schmerz durchbohrte die Mitte seiner Stirn, als hätte er zu schnell zu viel Eis verschlungen. Er brach in die Knie. Für einen Moment sah er kaum etwas; dann glaubte er in dem verschwommenen Durcheinander, das seine Augen wahrnahmen, einen Wald zu erkennen. Panik, die nicht seine war, überflutete ihn. Er schwankte und stützte sich an der Wand ab. Als er die Kraft fand, den Kopf zu heben, sah er den Kandelaber auf sich herabsausen.

18. Kapitel

Evelyn musterte den Ankömmling. Dabei rechnete sie sich gedanklich aus, welche Chancen sie im Kampf gegen ihn hätte und was sie als Waffe nehmen könnte.

Im Kampf?

Noch wenige Tage zuvor wäre ihr niemals in den Sinn gekommen, Strategien für eine Auseinandersetzung mit einem Unbekannten zu ersinnen und das auch noch zu genießen. In einer Sache hatten Adrián und Maria Recht: Evelyn Behrens war tot. Die Evelyn, die im Schlafzimmer eines Nachzehrers erwacht war, hatte mit der stillen Krankenschwester nichts mehr gemein. Es erschreckte sie, wie sehr ihr das neue Ich entgegen aller Vernunft gefiel. Sie fühlte sich mächtig und unbesiegbar. Und gleichzeitig befreit.

Im Vergleich zu dem Hundemann sah der Neue schmächtig aus, und bei seinem Anblick flüsterte ein Stimmchen ihr ein: Mit dem wirst du fertig! Nie zuvor empfundene Wildheit und Kampflust erwachten in ihr. Fast wünschte sie sich, es darauf ankommen zu lassen.

Ihr Entführer stellte sich schützend vor sie, und Evelyn starrte verblüfft in seinen Rücken.

»Noch ein Schritt«, knurrte er den Kerl an, »und ich beiße dir die Kehle durch.«

Der junge Mann hob die Hände. Obwohl auf seinen Lippen ein freches Grinsen spielte, trat er zurück. »Immer mit der Ruhe, Bello. Willst du einen Keks?« Der Greifvogel, sein Seelentier vermutlich, thronte auf dem Ast und ordnete das Gefieder wie eine High-Society-Dame vor einem wichtigen Ball. Während der Wolfshund nur darauf wartete, sich an der Seite seines Herrchens in den Kampf zu stürzen, interessierte sich der Vogel entschieden wenig für die Situation, in der sein menschlicher Partner steckte.

»Mach weiter so«, drohte Evelyns Entführer. »Gib mir einen Grund, dir deine Eingeweide zu zeigen.«

Der freche Ausdruck verschwand aus dem Gesicht des jungen Mannes. Mit einem Schlag wurde er ernst und konnte die Anspannung nicht mehr vertuschen. »Ich will gar nicht deine Lorbeeren ernten. Ich will nur helfen, damit die Kreatur dir nicht nochmal entwischt.«

Meinte er mit »Kreatur« etwa sie? Evelyn schubste ihren selbst ernannten Beschützer zur Seite und trat vor. »Du willst ihm helfen? Na wag es, greif mich an! Gib *mir* den Grund, dir deine Eingeweide zu zeigen.«

Er wich noch einen Schritt zurück, bemühte sich aber, sie zu ignorieren. »Linnea wird uns beide vierteilen, wenn die da uns davonläuft. Du weißt selbst, wie wild sie auf die Bestie ist.«

»Auf die ›Bestie‹?« Evelyn sprang vor, schnell wie ein Windstoß, und landete direkt vor dem Kerl. Er stolperte und fiel fast in die Büsche, aus denen er gekommen war. Rasch warf er einen Blick zu dem Vogel, der nicht gerade so aussah, als brenne er darauf, ihm zu helfen. Mit einer Hand packte Evelyn den jungen Mann am Hals und drückte zu. Unter ihren Fingern pulsierte seine Schlagader. Seine Aura glomm in ihren Augen auf und versprach einen Leckerbissen.

Der Vogel schüttelte die Federn zurecht und sauste auf Evelyn hinunter. Sie hörte das Flattern der großen Schwingen und sah die Krallen, die auf ihre Augen zielten. Zur Abwehr riss sie die andere Hand vor das Gesicht und sah, wie der schwarze Nebel erschien. Langsam stieg der dunkle Dunst vom Boden auf.

Wir werden dir dienen … dienen … dienen …

Wie damals bei Adrián durchbrach eine der Schattenkreaturen die Membran und bohrte sich in Evelyns Brust. Dünne Rauchschwaden stiegen von der Haut auf, als verdampfe die Oberfläche. Kälte fror ihr Inneres ein. Was als Nächstes geschah, durchlebte Evelyn wie ein fremder Beobachter aus dem eigenen Körper heraus. Sie wandte sich zur Seite und hätte im nächsten Augenblick den Vogel am Hals gepackt und umgedreht, da wurde sie zu Boden gezerrt.

Ein Schwindelanfall überkam sie. Alles ringsherum flimmerte ihr vor den Augen, und sie brauchte einige Atemzüge, um zu sich zu finden. Die Beherrschung über ihren Körper kehrte zurück. Kein Nebel mehr, keine Stimmen, keine Schattenwesen. Schwer lastete das Gewicht ihres Entführers auf ihr.

»Pfeif dein Vieh zurück«, zischte er seinem Gegenüber zu.

»Sie hat mich angegriffen!«

»Ich habe gesagt: Pfeif dein Vieh zurück. Aber plötzlich.«

Der junge Mann nickte mit verzerrter Miene. Sein Vogel flog einen Kreis und machte es sich auf dem Ast gemütlich.

»Geht es dir gut?«, hauchte der Mann Evelyn ins Ohr. »Du blutest.«

Sie fühlte ein warmes Rinnsal aus ihrer Nase sickern.

»Schon okay«, wisperte sie. Sein Gesicht, so nah vor dem ihren, ließ ihr Herz schneller schlagen. Doch nicht das allein versetzte sie in Aufregung. Es war sein Duft. In jeder anderen Situation hätte sie ihn als unangenehm empfunden – er roch schlichtweg nach Hund. Aber darunter mischte sich eine andere, fremde Note, deren Wirkung Evelyn nicht zu erklären vermochte. Dieser Duft nahm ihr die Angst und erweckte Vertrauen.

»Ist wirklich alles in Ordnung bei dir?«, wiederholte er.

Nein, ganz sicher nicht. Aber er war nicht Adrián, der ihre Gedanken hätte hören können.

»Du erdrückst mich«, keuchte sie.

Der Mann sprang auf die Beine und half ihr hoch. Behutsam klopfte er Blätter und Grashalme von ihrer Kleidung ab. »Entschuldige.«

»Ich werde es überleben.« Anscheinend wollte er ihr nichts tun, er beschützte sie sogar. Evelyn rang sich ein flüchtiges Lächeln ab und beobachtete überrascht, wie sich seine grauen Augen dabei erhellten. Er hatte wirklich etwas von einem Hund. Zumindest blickten die meisten Vierbeiner genauso entzückt zu ihren Herrchen auf, wenn sie ein Leckerli bekamen.

»Heißt du wirklich Bello?«, fragte sie trocken, um nicht zu viel Verbundenheit zu wecken. Sie durfte diesem Kerl nicht trauen. Schon gar nicht, wenn sie ihm so schnell trauen *wollte*.

»Normalerweise höre ich auf Kilian Ney.«

»Ich heiße Evelyn.«

»Ich weiß.« Er zog einen Grashalm aus ihrem Haar und zwirbelte ihn zwischen den Fingern. Scheu, als wäre er selbst verwirrt über seine eigenen Worte, sagte er: »Du glaubst gar nicht, wie viel es mir bedeutet, dich bei mir zu haben.«

Sie musterte ihn argwöhnisch.

»Kilian, was tust du da?«, meldete sich der andere wieder. »Sie ist eine von denen.«

»Das ist sie nicht«, antwortete er, ohne den Blick von ihr abzuwenden.

Sie hätte gern erfahren, was dieser Kilian gerade dachte und fühlte. Worauf er hoffte und wovor er sich fürchtete. Sein Blick sagte zwar viel, aber nicht alles. Irgendetwas machte ihn unruhig, gar ratlos. Gleichzeitig kam er ihr so vertraut vor, als gehöre er schon immer an ihre Seite. Und sie – an seine.

»Aber natürlich«, beharrte der andere, allerdings mit weitaus weniger Courage. »Linnea …«

»Linnea irrt sich. Evelyn ist keine Totenküsserin.« Kilian sog die Luft ein, atmete genießerisch aus und flüsterte: »Verflucht, Finn, riech es doch selbst.«

Evelyn wich zurück. »So weit kommt's noch. Bin ich eine läufige Hündin, dass alle an mir schnuppern müssen?«

Kilian ergriff ihre Hand, verflocht die Finger mit den ihren. »Bitte! Ein Duft verrät einem Metamorph alles, und deiner sagt eindeutig, wer du bist. Ein Duft lügt nie.«

Seine Worte verwirrten sie. Wenn ein Duft nie log, würde es tatsächlich heißen, dass sie und dieser Kilian … füreinander bestimmt waren? Nein, das klang nun wirklich abartig. Zugegeben weniger abartig als die Tatsache, dass sie gestern einem Toten ihre Liebe gestanden und mit einer Leiche geschlafen hatte.

Unruhe erfasste sie, als der Fremde sich ihr näherte, aber sie zwang sich, gelassen zu bleiben. Kilian hielt noch ihre Hand, ob als Zeichen seiner Zuneigung oder um sich zu vergewissern, dass sie nicht floh, vermochte sie nicht einzuschätzen. Keiner bemerkte ihr Misstrauen.

Finn beugte sich zu ihr, vorsichtig, als befürchte er, sich die Schleimhäute an ihr zu verätzen. Gleich darauf zeichnete sich Überraschung, gar Verwirrung auf seinem Gesicht ab.

»Sie riecht wie … wie die Königin«, hauchte er und

atmete erneut ihren Duft ein. Und gleich noch einmal, als könnte er sich an ihr nicht sattriechen.

Kilian runzelte die Stirn. Auch er schnupperte an ihrem Hals.

Das war eindeutig zu viel. Evelyn wand sich los. »Genug. Kann mir jemand erklären, was das soll?«

»Finn hat Recht, du riechst wie sie. Zumindest sehr ähnlich. Du hast diese … diese …« Er stockte. Seine Nasenflügel bebten, während er erneut ihren Duft erfasste. »Es ist unglaublich! Am besten, wir fahren zu mir und reden über alles in Ruhe. Was denkst du?«

Nein!, wollte sie ausrufen. Dieser Kerl hatte sie zusammengeschlagen, gefesselt und in einen Wald geschafft. Aus welchem Grund sollte sie ihm vertrauen? Nur weil sie ihn gut riechen konnte? Andererseits hatte sie nicht viele Optionen. Er würde sie niemals laufenlassen, das hatte er bereits mehr als deutlich gezeigt. Also biss sie sich auf die Zunge und nickte.

Kilian und sie gingen voran. Finn hielt Abstand zu ihnen, genauso wie der Hund. Der Blick der honigfarbenen Augen bohrte sich ihr in den Rücken. Immer wenn Evelyn zu dem Tier schaute, spürte sie dessen Argwohn. Für ihn war sie ein Eindringling, der ihn von seinem Platz an Kilians Seite verdrängte. Vielleicht würde es ihr gelingen, sein Herrchen um den Finger zu wickeln, aber nicht den wachsamen Rüden. Der Hund mochte sie nicht. Sie ihn genauso wenig.

An dem Auto angelangt, öffnete Kilian ihr die Tür und sah zu Finn. »Willst du mit?«

Dieser fuhr sich durchs Haar und strich nachdenklich die Strähnen über sein linkes Ohr, als wäre er sich nicht sicher, ob er Kilian allein lassen sollte. Dann schüttelte er den Kopf. »Ich komme nach.«

Kurz darauf holperte der Transporter den Sandweg zurück zur Landstraße. Der Wagen sah verkommen aus. Schmutzige Fetzen auf dem Boden verströmten den Geruch von Maschinenöl, was Evelyns Kopfschmerzen nicht gerade linderte. Aus den Rissen in den Sitzen lugte das gelbe Schaumstoffpolster. Unter dem Spiegel baumelten zwei verstaubte, ausgeblichene Stoffwürfel. Während der Fahrt spähte Evelyn aus dem Augenwinkel zu ihrem Fahrer, der sich über das Lenkrad beugte und mit zusammengekniffenen Lidern auf den Weg starrte.

Er bemerkte ihre Blicke, wurde sichtlich nervös und stammelte: »Es tut mir leid für die – mhhh – Unannehmlichkeiten.«

Evelyn ergriff die Gelegenheit, um mehr zu erfahren. »Wieso hast du mich überfallen?« Mit den Fingerspitzen befühlte sie die Beule an ihrem Kopf. Der Schmerz durchbohrte ihren Schädel, und ihre Hand zuckte zurück. Vielleicht hatte keiner dem Typen gesagt, dass die modernen Neandertaler die Frauen nicht mehr mit einer Keule hauten, um sie an den Haaren in ihren Bau zu schleppen.

»Du warst in Gefahr. Mir blieb keine Zeit, um dir alles zu erklären. Ich musste dich fortbringen.«

Skeptisch hob sie eine Augenbraue. »Gefesselt?«

»Ich war mir nicht sicher, ob du … ob du nicht doch eine von denen bist. Hier im Wald glaubte ich unbeobachtet zu sein, um mich zu vergewissern, wer du bist.«

Mit anderen Worten, um sie durchzuschnüffeln. Eine sehr romantische Vorstellung von einem Date, keine Frage.

»Jetzt weißt du es?«

»Ja.«

Seine Offenheit überraschte sie. Aber noch mehr überraschte Evelyn, dass sie in seiner Gegenwart anscheinend nach und nach vergaß, unter welchen Umständen sie ihn kennengelernt hatte. Was er ihr angetan hatte. Musste sie sich Sorgen wegen eines akuten Stockholm-Syndroms machen? Gleich zweimal nacheinander eine ähnliche Situation zu erleben, in der sie mit ihrem Entführer sympathisierte, war eindeutig zu viel.

»Wo ist eigentlich Fridolin?«, wollte sie wissen.

»Wer?«

»Mein Kaninchen. Ich hatte ihn bei mir im Käfig gehabt.«

»Ich fürchte, du warst in diesem Moment meine einzige Sorge.«

Sie zögerte, bevor sie die nächste Frage stellte: »Was hast du überhaupt vor Hermanns Haus getan?«

Kilian machte keine Anstalten, etwas zu verschleiern, als lege er es darauf an, sie von seiner Aufrichtigkeit zu überzeugen. »Linnea hat Micaela, eine Jägerin, auf dich gehetzt. Sie hatte das Haus nebenan gemietet und Herzhoff einige Zeit lang beobachtet. Ich musste vorher da sein, sonst hätte sie dich jetzt in ihrer Gewalt.«

»Micaela war also die neugierige Nachbarin.« Evelyn dachte an die Gardine und an den Zeugen aus ihrem Traum. Hoffnung schimmerte ihr entgegen. »Hat sie gesehen, wer Hermann umgebracht hat?«

»Umgebracht? Also habe ich mich doch nicht geirrt, als ich Blut gerochen hatte.« Kilian ließ einige Sekunden verstreichen. »Ich weiß nicht, was Micaela gesehen hat. Sie war nicht da. Nur ihre Katze.«

»Die Leiche wurde zerfetzt.« Evelyn fasste ihren Mut zusammen. »Wie von einem Hund.«

Die Anschuldigung blieb in der Luft hängen. Kilian starrte stumpf vor sich hin, das unrasierte Gesicht bleich wie ein Leichentuch.

»Nein … Ich … nein, nein, ich hätte doch nicht … Zu Herzhoff und dann zurück in den Wald, in einer Nacht? Unmöglich … Die Zeit dafür wäre doch zu knapp … «

Evelyn erschauderte. Er redete gar nicht mehr mit ihr, sondern murmelte vor sich hin, suchte nach Erklärungen, die ihn entlasten würden, um sich selbst zu überzeugen.

»Vorsicht!« Sie riss das Lenkrad nach rechts, als der Transporter zielsicher in eine Grube steuerte. Der Wagen schwenkte zur Seite, knapp dem Sturz ins Abseits entkommen. Der Gurt schnitt ihr ins Fleisch. »Sieh lieber auf die Straße.«

Er schreckte zusammen, wie aus einem Traum erwacht. »Ich habe ihn nicht getötet. Ich bin mir sicher.«

Was, wenn doch? Was, wenn sie neben einem Killer saß? Aber die Angst wollte sich nicht einstellen. Je länger sie in seiner Nähe verweilte, desto wohler fühlte sie sich, entgegen aller Vernunft.

»Ich habe den Mord beobachtet«, gestand Evelyn ihm. »Ich habe in einem Traum durch die Augen des Mörders gesehen.«

Kilian schnappte nach Luft. Sein Kopf ruckte herum, und er starrte sie mit weit aufgerissenen Augen an. Evelyns Herz setzte einen Schlag lang aus. Er war es! Würde er jetzt eine lästige Zeugin töten? Doch seine Haltung entkrampfte sich und er lächelte breit. »Du hattest eine Vision! Weißt du, was das bedeutet? Es ist der endgültige Beweis! Niemand mehr wird deine Zugehörigkeit bestreiten können.«

»Zugehörigkeit? Zu wem?«

»Zu uns. Du bist ein Metamorph!«

Sie runzelte die Stirn. »Weil ich einen Traum hatte?«

»Eine Vision«, verbesserte er sie. »Metamorphe erhalten welche, wenn die Opfer eine Verbindung zu uns haben und von einem Totenküsser angegriffen wurden.«

»Welche Verbindung soll Hermann Herzhoff zu euch gehabt haben?«

Kilian hob die Schultern. »Ich weiß es nicht, es ist auch egal. Wenn du eine Vision von seinem Tod empfangen hast, dann kannst du dir sicher sein: Es war ein

Totenküsser, der ihn umgebracht hat. Damit entlastest du mich auch.«

Evelyn brauchte eine Weile, um das Gehörte zu verdauen. Er glaubte also, sie wäre ein Metamorph. War Conrad vielleicht deshalb so skeptisch gewesen und hatte ihr nicht vertraut? Der jahrhundertealte Nachzehrer musste das wohl geahnt haben. »Diese Visionen zeigen also die Zukunft?«, hakte sie nach.

»Richtig. Wie weit sie vorgreifen, ist unterschiedlich und aus der Vision selbst gar nicht feststellbar. Das ist eine äußerst ungenaue Angelegenheit, wenn du mich fragst.«

Angenommen, das stimmte und der Mörder war ein Nachzehrer: Wer kam in Frage? Nur einer – Conrad. Er hatte ein Motiv und eine Gelegenheit. Noch mehr, er hatte es sogar angedroht! Andererseits: Vielleicht versuchte Kilian gerade, den Verdacht von sich abzulenken? Er könnte ihr ja vieles erzählen. Warum sollte sie ihm glauben? Verdammter Mist! Wenn sein Duft sie bloß nicht so verwirren würde!

Kilian interpretierte ihre Schweigsamkeit auf seine Weise. »Du brauchst keine Angst mehr zu haben. Ich bin da, ich lasse nicht zu, dass dir irgendetwas geschieht.«

»Erzähl mir von dir«, bat Evelyn zerstreut. Wenn er redete, half es ihr, sich nicht so auf seinen Geruch zu fixieren.

»Was willst du denn wissen?«

»Alles.«

Zu ihrer Überraschung zierte er sich nicht. »Ich bin schrecklich unordentlich und mag Abgeschiedenheit. Meine Lieblingsfarbe ist Blau. Ich wurde vor zweiundfünfzig Jahren geboren und …«

»Zweiundfünfzig? Meine Güte, du solltest für Antifaltencreme werben. Ich hätte dich auf höchstens Mitte dreißig geschätzt.«

»Wenn man über einundzwanzig Jahre alt ist und die Verbindung mit dem Seelentier eingegangen hat, altert man sehr langsam. Zumindest äußerlich verändert man sich kaum.«

»Hast du eine Familie?«

»Mein Vater ist vor meiner Geburt gestorben. Meine Mutter brachte Vierlinge zur Welt: mich, meine beiden Brüder – Johannes und Arthur – und meine Schwester Gesa.«

»Oha. Das war sicherlich schwer für deine Mutter, sich allein um vier Kinder zu sorgen.«

»Du hilfst der Gemeinschaft, und die Gemeinschaft hilft dir. Egal, was passiert. Wir sind nie allein.«

»Eine interessante Form der Lebensversicherung und der Altersvorsorge. Siehst du deine Geschwister oft?«

»Gesa hat sich einer Gemeinde in Amerika angeschlossen. Ihr Seelentier ist ein Berglöwe, in unseren Breitengraden hätte es zu viel Aufmerksamkeit erweckt. Arthur ist für immer ein Anwärter geblieben – das heißt, er hat sein Seelentier nie gefunden. Ich weiß nicht, was aus ihm geworden ist, nach seinem einundzwanzigsten Geburtstag habe ich ihn nicht mehr gesehen.« Für einen Augenblick hielt er die Luft an. »Und Johannes – er ist gestorben.« Kilian schluckte hörbar. Eines seiner Lider zuckte, und er rieb sich hastig das Auge. »Eine der Kreaturen hat ihn umgebracht.«

»Meinst du damit die Nachzehrer?«

Er überhörte ihre Frage. Seine Nasenflügel flatterten. Schon wieder machte er den Eindruck, als rede er gar nicht mit ihr, sondern mit einem unsichtbaren Begleiter. »Zwei Tage lang wurde er gefoltert. Als wir ihn gefunden haben, war er ein seelisches Wrack, in dem das Leben nur noch schlummerte. Ich war es, der ihn einschläfern musste, damit er nicht weiter litt. Jede Wette, dass die Kreatur es so geplant hatte.« Er schlug mit der Faust gegen das Lenkrad. Das Plastik der Airbag-Abdeckung brach. Er verzog das Gesicht und schüttelte die Hand. Seine Knöchel färbten sich rot, die Haut war an einigen Stellen abgeschürft.

Evelyn schwieg. Was sollte sie auch sagen? Ein banales ›Tut-mir-Leid‹? Er brauchte keine Worte. So nahm sie seine Hand und drückte sie leicht. Er erwiderte den Händedruck.

Am Bungalow angekommen, parkte Kilian das Auto im Hof und ließ den Hund frei. Als Evelyn sich seinem Herrchen nähern wollte, stellten sich bei dem Tier die Nackenhaare auf, und es knurrte.

»Aus, Akash!«

Kilian musste den Befehl wiederholen, bis der

Hund Evelyn zum Haus ließ. Aus dem verrosteten Briefkasten holte Kilian ein Anzeigenblättchen und klemmte es unter den Arm. Danach sperrte er die Tür auf. »Habe ich schon erwähnt, dass ich unordentlich bin? Außerdem lebe ich recht einfach.«

Evelyn schaute sich um. Das Wort ›einfach‹ war noch übertrieben. Sogar ein Hundehäuschen erschien ihr gemütlicher als diese Bude, aber sie bemühte sich, ihre Ablehnung nicht offen zu zeigen. Kilian warf die Zeitung auf den Tisch und fegte Socken und eine Jogginghose vom Stuhl auf den Fußboden. »Bist du hungrig? Möchtest du einen Tee?«

Evelyn nickte und setzte sich. Ihr Blick fiel auf die Zeitung. »Tim Becker (8) wird weiterhin vermisst. Die Polizei und ein Suchtrupp aus Freiwilligen …«

Winzige Krallen piekSten in ihre Wade. Ein Kätzchen krabbelte an ihrem Bein hoch und sprang vom Schoß auf den Tisch, wo es laut zu miauen begann.

Kilian lachte. »Ah, da ist der Rabauke. Ich habe mich schon gefragt, wo er steckt.« Er brachte dem Kleinen Milch und hantierte dann in der Küchennische herum. Wenig später reichte er Evelyn eine dampfende Tasse Tee.

Sie nippte an der heißen Flüssigkeit. Die Anspannung fiel von ihr ab. Es fühlte sich an, als wäre ihr Leben endlich in Ordnung gekommen. Sie begann sogar Gefallen an dieser Bude zu finden. Kilian gesellte sich zu ihr. Er erzählte ihr etwas, doch sie hörte nicht richtig zu. Jetzt, als ein wenig Ruhe eingekehrt war, musste sie an Adrián denken. Auf die Entfernung hin schien die Macht des Bandes zwischen ihnen nachgelassen zu haben. Sie gierte nicht nach seinen Berührungen, spürte kein Verlangen nach seinem Körper. Aber sie vermisste ihn. Und es war quälender als die sexuelle Anziehung, die wenigstens gestillt werden konnte.

Nein, sie durfte nicht zu ihm zurückkehren, erinnerte Evelyn sich. Sie hatte ihm bereits genug wehgetan. Und sollte sie wirklich ein Metamorph sein, dann würde der nächste Kuss, den sie von ihm bekommen würde, ihren Tod bedeuten.

Ihr Gedankenfluss wurde jäh unterbrochen. Es klopfte an der Tür.

»Bestimmt Finn«, erklärte Kilian.

Kaum hatte er den Schlüssel umgedreht, wurde die Klinke seiner Hand entrissen. Eine junge Frau, die ziemlich aufgebracht wirkte, kam herein und zwang Kilian, einige Schritte zurückzuweichen. Nach Maria war sie die seltsamste Erscheinung, die Evelyn je zu Gesicht bekommen hatte. Die Unbekannte trug keine Schuhe, züngelte beim Eintreten und schien Evelyn sogleich zu wittern. Der Blick ihrer blassgrünen Augen blieb an ihr hängen, ohne sie wirklich zu sehen. Die Frau war blind.

»Ah, schön. Du hast sie gefunden.«

Evelyns Herz flatterte. Die Schlangenfrau aus dem Krankenhaus! Fieberhaft suchte sie nach einer Möglichkeit zu fliehen. Aber es gab keine. Hinter der Frau trat Finn hervor und schnitt ihr den Weg ab. Mit einem Mal wirkte das Zimmer winzig, und Evelyn kam es wie eine Zelle vor. Sie schielte zur Küchennische und entdeckte dort einen Messerblock. Wenn es darauf ankäme, würde sie sich nicht ohne Gegenwehr ergeben.

»Ich hätte es wissen müssen, dass du mich verpfeifen wirst«, knurrte Kilian Finn an.

»Er war's nicht«, erwiderte die Frau an seiner Stelle und warf Finn einen finsteren Blick zu. »Und darüber reden wir später, glaub mir. Doch nun zu der Kleinen …«

»Evelyn ist keine Totenküsserin«, protestierte Kilian. »Sie ist eine von uns.«

»Das hat Finn bereits erwähnt, als ich ihn mir vorgeknöpft habe.«

»Warum verfolgst du sie dann? Sie trägt Königin-Gene in sich, nicht wahr? Willst du sie deshalb vertreiben, weil du keine andere in deinem Revier duldest?«

»Mit Verlaub, das geht dich nichts an. Lasst uns allein.«

»Nein.« Kilian trat vor.

»So?« Sie hob eine Augenbraue. Ihr Ton wurde milder. Die Frau trat auf ihn zu, umarmte ihn und drückte sein Gesicht in ihre Halsbeuge. »Ach Kilian, du bist zu verwirrt, um klar denken zu können. Lass mich alles regeln.«

Er atmete ihren Duft ein. Als er den Kopf abwandte, wirkten seine Augen trüb. Die Muskeln waren angespannt und die Gesichtszüge verkniffen, als bereite er sich auf einen bitteren Kampf vor. »Dein Duft … es ist also wahr, was Sebastian erzählt hat? Er vernebelt einem die Sinne, schaltet etwas im Gehirn ab, macht willig und folgsam.« Er ballte die Hände. »Aber nicht dieses Mal. Wenn du Evelyn haben willst, musst du an mir vorbei.«

Sie wich zurück. »Kilian, was redest du da? Hat dir diese … diese Frau endgültig den Verstand umnachtet?«

Kilian sah zu Evelyn, und es entging ihr nicht, wie er mit sich kämpfte. Als er die Schlangenfrau anblickte, strahlten seine Züge Entschlossenheit aus. »Mag sein. Jetzt ist sie meine Königin.«

Das Gesicht der Frau verfinsterte sich, wurde zu Stein, in den blinden Augen lag Groll. Für einen Moment bekam Evelyn Angst um Kilian, und in ihr erwachte das Bedürfnis, ihn zu beschützen. Als gehörte er ihr, als wäre er ein Kind, das bedroht wurde.

Dann zuckten die Mundwinkel der Schlangenfrau, und ihre Züge wirkten plötzlich weich und mädchenhaft. »Ich glaube, es ist an der Zeit, die Wahrheit zu offenbaren«, sagte sie. »Ich bin Evelyns Mutter.«

19. Kapitel

Adrián duckte sich, um dem Kandelaber zu entkommen. Die Frau taumelte zurück und schleuderte ihre gusseiserne Waffe nach ihm, die ihn knapp verfehlte und in den Spiegel hinter ihm sauste. Splitter klirrten auf den Boden.

Wenige Herzschläge lang sahen sie einander an – ein Mädchen und der leibhaftige Tod. Dann fuhr die junge Frau herum und stürmte den Flur entlang zur Treppe.

Adrián registrierte das kaum. Seine Gedanken drehten sich um Evelyn. Sie brauchte ihn, und er war nicht da. *Komm schon, zeig mir, wo du bist!*, flehte er, doch sein Ruf verklang im Nirgendwo. Keine Antwort. Und was noch erschreckender war – er fühlte sie nicht mehr. Sie war fort. Unerreichbar. Tot?

Bitte lass sie nicht sterben.

Die Vorstellung, sie zu verlieren, jagte ihm einen Schrecken ein. Evelyn war zu unerfahren, um ihr Grab schnell verlassen zu können. Zu gut erinnerte er sich an ihre Angst, die sie ergriffen hatte, als er ihr seine Qualen im Sarg gezeigt hatte. Das in der Realität zu erleben, würde sie nicht verkraften. Er musste sie finden, und zwar so schnell wie möglich. Vielleicht war es noch nicht zu spät.

Im oberen Stockwerk polterte etwas, dann hörte er ein schleifendes Geräusch und wie Holzdielen unter einem schweren Gewicht knarrten und ächzten. Nein, zuerst sollte er ein anderes Problem lösen. Die junge Frau hatte ihn gesehen, noch schlimmer: Sie wusste von seiner Natur, nachdem er in ihre Gedanken eingedrungen war.

In wenigen Sprüngen erklomm er die Treppe. Ein enger Flur mit einem abgetretenen Teppichläufer lag vor ihm, vier Türen führten davon ab. Er stieß die zu seiner Linken auf. Ein Bad.

Das Mädchen befand sich noch im Haus. Adrián spürte die Lebenskraft, die ihn zu ihr lockte. Sein toter Geist verzehrte sich danach, pulsierte und erweckte Hunger. Die Kleine konnte ihm nicht entfliehen. Einmal von ihrer Energie gekostet, würde er sie auch am anderen Ende der Stadt aufspüren können.

Die zweite Tür führte zum Schlafzimmer. Die nächste knallte gegen eine massive Truhe. Durch den Spalt erspähte er die junge Frau. Voller Schreck blickten ihm die großen, ausdrucksvollen Augen entgegen, grün wie Smaragde. Lange schwarze Locken, zu einem Pferdeschwanz gebunden, fielen ihr den Rücken herab. Sie hastete zum Fenster und riss es auf. Ohne zu zögern, kletterte sie aus dem Zimmer.

Adrián versuchte die Tür aufzustoßen und die Kommode zur Seite zu schieben, doch die Stützen hatten sich in den Holzdielen verkeilt. Er könnte natürlich die Tür und die Kommode mit einem Kraftstoß zur Seite fegen, aber er wollte seine Energie nicht verschwenden. Ein Luftzug brachte ein Knacken von Ästen und ein Keuchen mit sich.

Adrián hastete die Treppe herunter, stürmte aus dem Haus und sah sich um.

Die Frau war nicht da. Verdammt! Er durfte sie nicht entkommen lassen. Nicht ohne ihre Erinnerungen zu löschen. Er lief hinaus auf die Straße. Wo war sie? Weit dürfte sie nicht geflohen sein.

In der Nähe heulte ein Motor auf. Adrián fuhr herum. Ein silberner Sportwagen raste auf ihn zu.

Als Nächstes hätte er sicherlich die Unterseite des Wagens bewundern und die Reifenspuren von seinem Hemd abkratzen können, wenn seine Instinkte nicht die Steuerung des Körpers übernommen hätten. Er sprang hoch und sah das Auto unter sich vorbeirasen. Hart landete er auf dem Asphalt. Seine Beine knickten um, und er rollte mehrfach um die eigene Achse, bis er am Straßenrand liegen blieb, schwer atmend und der Sonne ausgeliefert. Die Strahlen versengten sein Gesicht und lähmten seinen Körper.

Los, feuerte er sich an, gib hier keinen sterbenden Schwan ab! Das Russische Staatsballett hat keine freie Stelle ausgeschrieben.

Je länger er hier verweilte, desto schwerer würde es ihm fallen, sich wieder in Bewegung zu setzen. Die Frau hatte bestimmt die Polizei verständigt. Bald würde es hier nur so von Beamten wimmeln. Er musste fort, so schnell wie möglich.

Adrián rappelte sich hoch. Der Schleier vor seinen Augen verdichtete sich, alles verschwand wie hinter beschlagenem Glas. Sein Kopf fühlte sich schwer an, die Glieder schlaff. Diese verdammte Sonne, sie saugte ihn leer, brannte Blasen auf seine Haut, und er verschwendete seine letzte Energie unwillkürlich für deren Heilung. Er brauchte Nahrung. Ganz dringend.

Ein Schritt und noch einer. Die Kraft verließ ihn schneller, als er gehofft hatte. Endlich gelangte er an den BMW und lehnte sich dagegen.

»Brauchen Sie Hilfe?« Eine Frauenstimme erklang neben ihm, blechern und verzerrt. »Ich habe dieses Auto davonrasen gesehen – hat es Sie angefahren?«

In seiner schwindenden Wahrnehmung sah er einen Engel sich zu ihm beugen, der an der Hand einen anderen, kleineren Engel führte.

»Sind Sie verletzt? Ich rufe gleich einen Arzt.« Dann das erschrockene Wimmern eines Mädchens: »Mami, stirbt der Mann?«

Ein safrangelbes Schimmern, warm glühend, umgab die beiden und weckte seine Gier. Wie ein Raubtier reckte sie sich in ihm, kroch empor, leckte an seinen Sinnen. Noch konnte er sie zurückdrängen, tief in die Dunkelheit seiner Seele. Aber lange würde er keinen Widerstand leisten können.

Die sanften Hände fuhren ihm über das Gesicht. »Hören Sie mich? Es wird alles gut. Halten Sie durch.«

Verzweiflung und Sorge umhüllten seine Sinne. Das Engelwesen bangte – ausgerechnet um ihn, der es gleich vernichten würde.

»Flieht.« Er wollte die beiden davonjagen, doch es gelang ihm nicht, sich auch nur zu rühren.

»Mami, ich habe Angst!«

»Nicht jetzt, Sinja. Lauf zurück nach Hause und warte dort auf mich. Hörst du?« Und zu ihm: »Bleiben Sie bei mir, hören Sie? Sehen Sie mich an! Es wird alles gut.«

Nein. Wird es nicht.

Geht fort, verschwindet von hier! Lasst mich allein, wollte er rufen.

Seine Gier schwoll wie ein bösartiger Tumor an und gewann die Kontrolle über ihn. Sein Herz pumpte schneller, während es immer kälter um ihn herum wurde.

Geht fort … geht fort … geht fort, betete er, bis seine Instinkte über seinen Verstand die Oberhand gewonnen hatten. Ein Krampf bäumte seinen Körper auf. Adrián schrie. Wie eine Zange packte seine Hand, über die er nicht länger Herr war, den Nacken des Engels. Das Safrangelb erzitterte, als er seinen Totenkuss an die noch lebendigen Lippen presste.

Wärme liebkoste sein Gesicht, erhitzte es, bis die Weißglut das Fleisch von seinen Knochen zu verzehren schien. Die Energie, die in ihm sprudelte, versetzte ihn in Ekstase. Bilder aus einem fremden Leben zogen vor seinem inneren Auge vorbei. Schöne Bilder, die ihm etwas von diesem fernen Glück schenkten. Der Engel stöhnte, während das Kreischen des Mädchens am Rande seiner Wahrnehmung hallte. Dann verschlang ihn die Dunkelheit.

Adrián erwachte, als tauche er aus einer dickflüssigen Suppe auf. Wie lange er ohnmächtig gewesen war, vermochte er nicht einzuschätzen, und es dauerte, bis er die Zeiger auf seiner Uhr erkennen konnte. Nur wenige Minuten waren vergangen, stellte er fest. Die Erinnerungen kehrten langsam zurück.

Mit einer Schläfe lehnte sich Adrián gegen die kalte Karosserie des BMWs, die ihm etwas Linderung verschaffte. Allmählich begann er, die Welt um sich herum zu erfassen. Neben ihm lagen zwei Leichen: eine Frau Mitte dreißig, in einem eleganten Kostüm und mit einer Designer-Tasche, deren Inhalt sich während des kurzen Kampfes über den Boden verteilt hatte. Und ein Mädchen, ein Grundschulkind mit dunkelblonden Locken und einem pinkfarbenen Ranzen, von dem glitzernde Ponys mit großen, traurigen Augen aufschauten. Blauschwarze Beulen entstellten die Gesichter der beiden. Das Lächeln, das auf ihren Lippen lag, wirkte grotesk und ließ Adrián sogar jetzt noch erschaudern, obwohl er es schon oft gesehen hatte. Das Leben, so hieß es, zieht vor den Augen eines Sterbenden vorbei – und er sorgte dafür, dass es nach Möglichkeit schöne Erinnerungen waren.

Vor Erbitterung, vor Wut auf sich selbst konnte er

kaum atmen. Mutter und Tochter. Zwei Engel, die ihm das Leben geschenkt hatten, auf das er kein Recht besaß. Niemals würde er sich daran gewöhnen, und er fragte sich, wie Maria ihre Existenz zu solch einem Preis akzeptieren konnte. Oder Conrad.

Conrad …

Ein Name, der in ihm Hass auslöste – Hass, Tatendrang und Rachegelüste. Dieser Mann hatte Hermann auf dem Gewissen und vielleicht auch Evelyn. Die Puzzleteile fügten sich zusammen: die Drohung, die Blumenreste im verwüsteten Zimmer und die Brutalität des Mordes. Conrad machte sich selten die Hände mit etwas schmutzig, das keine Pflanzenerde war, aber wenn er aktiv wurde, ging das zwar nicht gleich in die Geschichtsbücher ein, aber zumindest in alle Zeitungen.

Um die entflohene Zeugin würde er sich später kümmern müssen. Adrián inspizierte die leere Straße – offenbar hatte er Glück gehabt, und niemand hatte etwas mitbekommen. Schweren Herzens bettete er die leblosen Körper in den Kofferraum. Es würde keine Messe für seine Engel geben, kein Grab, zu dem die Hinterbliebenen pilgern könnten. Aber in seinem Herzen würden sie weiterleben, wie jeder von denen, die ihm den Atem des Lebens eingeflößt hatten.

Er steuerte den BMW durch die Straßen der Stadt, darauf bedacht, alle Verkehrsregeln zu befolgen. Er bremste sogar brav an den gelben Ampeln, statt wie sonst auf das Gaspedal zu treten und über die Kreuzung zu brausen. Je mehr er sich Conrads Adresse näherte, desto schwerer fiel es ihm, seine Wut unter Kontrolle zu halten.

Einem Wunder gleich fand er einen Parkplatz nur zwei Blocks entfernt auf der ansonsten von Autos verstopften Straße. Schnellen Schrittes überquerte er die Fahrbahn. An dem Blumenladen angelangt, zerrte er an der Klinke. Verschlossen. Mit einer Hand schirmte er die Augen ab und spähte durch das getönte Glas der Vitrine. Eine üppige Yucca-Palme versperrte ihm die Sicht. Ranken von Kletterpflanzen hingen von der Decke, Orchideen und andere Exoten vermittelten den Eindruck eines Tropenwaldes. Ob sich jemand darin aufhielt, vermochte Adrián nicht zu sagen. Es war ihm auch egal. Sollte Conrad wider Erwarten nicht anwesend sein, würde es ihm vielleicht gelingen, Indizien auf Evelyns Aufenthaltsort zu finden.

Er leitete die Energie in sein Bein und trat mit einem Kraftstoß die Tür auf. Sie prallte gegen die Wand, das Glas splitterte und klirrte zu Boden. Das Glöckchen ertrank in seinem alarmierenden Gebimmel.

»Conrad!« Adrián stürmte in den Raum.

Sein Blick tastete jede Ecke ab, auch wenn sein Anführer sicherlich keine Beweisstücke oder Hinweise offen liegen lassen würde. Er registrierte den Tresen mit der alten Kasse, die Trennwand aus Bambus dahinter, die Töpfe mit frischer Erde und den Knollentrieben, die daraus ragten. Keine Spur von den gelben Blumen, die er in Hermanns Wohnung entdeckt hatte. Adrián ging zur Theke und öffnete eine Schublade. Sie beinhaltete nur Geschenkpapier, eine Rolle mit Verpackungsband, die Hälfte einer Nagelschere und ein Messer mit rostfarbenem Schmutz an der Klinge. Blut?

»Suchen Sie etwas Bestimmtes?« Aus dem Hinterzimmer trat Conrad hervor. Er trug eine grüne Schürze, seine Hände steckten in Gartenhandschuhen, und in der Rechten hielt er eine Blumenschere. »Was soll der Lärm, Rivas?« Er bemerkte die misshandelte Tür, seufzte und schüttelte den Kopf. »Vom Anklopfen hat Ihnen wohl noch keiner etwas erzählt?«

»Wo ist sie?«, knurrte Adrián. Am liebsten hätte er den Mann gepackt und durchgeschüttelt, konnte aber gerade noch sein Temperament zügeln. Nur keine voreiligen Handlungen – damit würde er Conrad bloß in die Hand spielen.

»Wer oder was?«

»Evelyn!«

»Hatten Sie sich nicht zu ihrer Gouvernante erklärt? Ich dachte, das reicht fürs Erste, und ich muss es nicht auch noch.« Er legte die Schere auf den Tresen und streifte die Handschuhe ab. Von einem Regal nahm er einen Lappen und begann, die Blätter eines Gummibaums zu polieren. »Ist die Kleine Ihnen etwa abhandengekommen? Das kann passieren. Ich fürchte, Sie überschätzen Ihre Anziehungskraft auf Frauen.«

Adrián schnaubte. Jegliche Vernunft zerschellte an seinem Groll. In Rage griff er nach der erstbesten Waffe, die ihm zur Hand kam. Es war ein gewundener stählerner Stab, der einer Blume als Stütze diente. Mit einem Ruck riss Adrián ihn aus dem Topf und richtete die Spitze auf Conrad.

»Wo ist sie? Was hast du mit ihr gemacht?« Er bebte vor Wut. Jetzt gab es kein Zurück mehr. Nicht für ihn.

Ein gönnerhaftes Lächeln huschte über Conrads Lippen und ließ die Grübchen auf seinen Wangen erscheinen. »Sie wollen doch nicht im Ernst mit mir fechten. Machen Sie keine Dummheiten und gehen Sie nach Hause. Ich bin bereit, mit Ihnen zu reden, sobald Sie Ihr südländisches Temperament wieder im Griff haben.«

Adrián stürzte sich auf ihn. Er achtete nicht darauf, dass der Mann ihm den Rücken zugekehrt hatte und unbewaffnet war. Alles, was ihn beherrschte, war der Wunsch nach Rache.

Um ein Haar hätte die Spitze des Stabes Conrad aufgespießt. Im letzten Augenblick wich er zur Seite, griff an und schleuderte seinen Widersacher zu Boden. Die Wucht des Hiebes ließ Adrián bis zur Wand rutschen. Von einem Regal polterten Keramiktöpfe mit Blumen auf ihn herab. Sofort sprang er auf die Beine und hob seine Waffe.

Conrad schmunzelte. Seine braunen Augen glänzten erheitert. »Ich habe nicht vor, mit Ihnen zu fechten, Rivas.«

Adrián wusste, was es bedeutete, Conrad herauszufordern, in dessen Händen sich selbst ein Waschlappen in eine tödliche Waffe verwandelte. Aber vielleicht war das Glück auf seiner Seite. Wieder richtete er die Spitze des Stabes auf seinen Anführer.

»Du hast Hermann umgebracht.« Die Ruhe, die ihn ergriff, überraschte ihn selbst. Sogar seine Hände hatten aufgehört zu zittern und umklammerten entschlossen den Stahl.

»Immer noch *Sie*, wenn ich bitten darf.« Nahezu spielend riss Conrad ein Bambusrohr aus der Abtrennwand und drehte es wie einen Kampfstab herum. »Ich hatte keinen Grund, den alten Mann umzubringen. Mir hätten andere Methoden zur Verfügung gestanden, ihn zum Schweigen zu bringen.«

Sie umkreisten einander wie zwei Raubkatzen.

»Oh, mir fallen gleich viele Gründe ein! Es sollte eine Lehre für mich sein, damit ich mich nicht gegen dich auflehne. Wie oft hatten wir unterschiedliche Ansichten? Fürchtest du um deine Position? Wie viele unserer Leute würden mir folgen, wenn ich sie riefe?«

Conrad bewegte sich leichtfüßig und geschwind. Keine Diele knarrte unter seinen Sohlen. Er ähnelte einem Schatten, als wäre er da … und dann doch nicht.

»Dass ich nicht lache.« Sein Raunen bescherte Adrián eine Gänsehaut. »Für einen Anführer sind Sie zu hitzig, um Entscheidungen zu treffen. Ein kleiner Funke bringt Sie auf die Palme.«

»Von dort oben hat man eine wundervolle Aussicht.« Er holte aus, doch Conrad wehrte den Schlag mit Leichtigkeit ab.

»Das hier beweist das nur.«

Eine neue Welle von Wut brauste in Adrián auf. Er stürzte sich auf seinen Widersacher. »Was hast du mit Evelyn gemacht? Sag es mir!«

Schlag um Schlag parierte Conrad seine Hiebe. Adrián kam es so vor, als verhöhne der Mann ihn, spiele bloß mit ihm. Ein Schritt nach links, ein Schritt nach rechts in einem makaberen Tanz um den Tod, während Adrián in dem wütenden Ansturm schnell die Kraft verlor.

»Vergessen Sie Evelyn«, sagte Conrad ruhig und wehrte eine weitere Reihe von Stichen ab, ohne selbst seinen Gegner anzugreifen. »Sie wissen nichts über sie.«

»Ach ja? Du anscheinend umso mehr.«

»Durchaus.«

Adrián registrierte, wie Conrad in einer der Drehungen seine rechte Seite schutzlos öffnete. Gezielt stieß er mit der Spitze des Stabes zu, doch sein Widersacher schlug ihm die Waffe aus der Hand. Sie klimperte über den Boden. Adrián beugte sich hinab, und der Hieb des Bambusrohres streckte ihn nieder. Blitzschnell rollte er sich auf den Rücken, sah erneut das Bambusrohr auf sich zukommen und brachte seinen Körper mit einem Ruck ein Stück nach links. Er griff nach seiner Waffe und stach von unten auf Conrad ein. Sein Gegner machte einen Satz nach hinten. Adrián sprang auf die Beine und drängte den Mann weiter zurück. Die dumpfen Schläge von Stahl auf Holz rasselten durch den Raum.

»Was ist mit Evelyn?«, presste Adrián durch die zusammengebissenen Zähne. Wild schlug er um sich herum. Seine Waffe zertrümmerte Übertöpfe und schnitt durch die Orchideen-Oase. Weiße Blüten schwebten zu Boden.

»Sie ist nicht die, für die Sie sie halten«, erwiderte Conrad, der wieder in die Defensive ging. Adrián begriff, was für eine Taktik sein Anführer verfolgte: so lange warten, bis er sich einen Fehler leistete, um ihn dann mit einem gezielten Treffer auszuschalten. In diesem Zweikampf konnte er nicht gewinnen, dafür war er nicht gut genug.

Conrad schien den kurzen Anflug von Zweifel zu spüren und holte aus. Der Bambus traf Adrián in den Bauch, er stolperte zurück, fing sich aber wieder. Sein Widersacher grinste. »Sind Sie es noch nicht müde, sich von mir verprügeln zu lassen?«

»Ich gehe nicht, bis ich erfahren habe, wo Evelyn ist!«

Erneut startete er eine Reihe von Übergriffen. Geschickt wich Conrad ihnen aus. Adrián sammelte seine Kräfte, bündelte sie tief in seinem Innern und investierte alles in einen Sprung. Er flog über Conrads Kopf, landete hinter ihm auf dem Tresen und ließ den Stab auf ihn niedersausen. Sein Gegner duckte sich, diesmal aber nicht schnell genug. Die Spitze schlitzte sein Hemd auf. Der Mann drehte sich um und zielte mit dem Bambusrohr auf Adriáns Beine, um ihn zu Fall zu bringen. Doch Adrián fiel von seinem Podest aus über ihn her und riss ihn zu Boden. Den Stahl gegen den Hals seines Gegners gedrückt, zischte er: »Es ist besser, du sagst mir, was ich wissen will!«

Conrad röchelte. Sein Gesicht färbte sich rot. Er hörte auf, sich zu wehren, streckte eine Hand aus und schöpfte etwas vom Boden. In der nächsten Sekunde traf eine Handvoll Erde Adrián ins Gesicht. Der Dreck juckte ihm in den Augen, er blinzelte – und wurde zur Seite geschleudert. Ein Fuß presste ihn nieder.

»Gütiger Gott, Sie lieben sie tatsächlich. Pech, dass sie Ihnen niemals gehören wird.«

Adrián stockte der Atem. Seine Angst um Evelyn wurde nahezu greifbar. »Was hast du mit ihr gemacht?«, flüsterte er.

Sein Widersacher blickte auf ihn herab. Die Grübchen in seinen Wangen schienen Adrián zu verspotten. »Ich kann Sie nicht töten, Rivas, das ist mir bewusst. Aber ich kann Sie für ein Weilchen ins Nirvana schicken.«

Conrad holte aus.

Verzeih mir, Evy, strich ein müder Gedanke durch Adriáns Kopf. *Ich habe dich im Stich gelassen.*

20. Kapitel

Evelyn spürte alle Blicke auf sich ruhen. Sie ballte die Hände und spuckte aus: »Meine Mutter ist Helga Behrens, die für mich gesorgt und mich großgezogen hat. Jede andere Person hat das Recht auf diese Bezeichnung schon vor langer Zeit verloren.«

Die Frau machte eine beschwichtigende Geste. »Ach Lynn, ich weiß, was du gerade empfindest.«

Diese Abkürzung ihres Namens setzte ihr nur noch mehr zu. »Einen Scheißdreck wissen Sie!«

Und plötzlich wusste sie nicht, ob sie toben oder heulen sollte. Am liebsten alles zugleich.

Die Schlangenfrau deutete mit einem Nicken zur Tür. »Finn? Lass uns allein«, sagte sie, und an Kilian gerichtet: »Du auch. Keine Sorge, ich werde ihr nichts antun.«

Finn murrte etwas und verzog sich nach draußen. Auch Kilian machte Anstalten, das Zimmer zu verlassen. Evelyn hielt ihn am Ärmel seines T-Shirts zurück.

»Geh nicht!«, bat sie ihn, weil er der Einzige hier war, dem sie ein wenig vertraute.

»Ich bin in der Nähe«, versprach er. »Keine Sorge.«

Er verließ sie, und Evelyn blieb allein mit der Frau

zurück, die behauptete, ihre Mutter zu sein. Einige Minuten lang herrschte Stille. Auf leisen Sohlen schlich Evelyn in die Nähe des Messerblocks. Die Fremde war blind, das sollte sie nicht bemerkt haben. Nur ein Griff – und die Waffe wäre in ihrer Hand.

»Du wirst das Messer nicht brauchen. Ich habe nicht vor, dich anzugreifen«, hörte sie die Frau lispeln, was beinahe freundlich klang. Ihre Art erinnerte Evelyn unangenehm an Conrad. Stille Wasser waren tief – das hatte sie bereits gelernt und fiel nicht mehr auf diese zurückhaltende Art herein.

»Woher …?« Sie brach ab.

»Ich bin blind wie eine Schlange. Das habe ich von meinem Seelentier geerbt. Genauso wie die Infrarotsicht.« Die Fremde schmunzelte. »Eine nette und vor allem sehr bunte Angelegenheit. Ganz ohne irgendwelche verbotene Substanzen – so mancher Halbstarke würde mich darum beneiden. Ansonsten kann ich nur riechen, wenn ich züngele, was allerdings weniger nützlich ist.« Ihr Gesicht wurde ernst. Sie streckte eine Hand aus. »Mein Name ist Linnea Andersen.«

Evelyn ignorierte die Begrüßung. Je länger sie die Frau musterte, desto mehr hatte sie die unangenehme Vorstellung, dass diese Unbekannte ihre Mutter sein könnte. Obwohl Linnea jünger als sie aussah, verstand Evelyn allmählich, warum sie im Krankenhaus gedacht hatte, die Schlangenflüsterin schon einmal gesehen zu haben. Die zierlichen Züge ähnelten den ihren, ebenso die Stupsnase und die blassen Sommersprossen.

Die Frau seufzte und senkte den Arm. »Ich habe gehofft, das würde das Eis zwischen uns brechen. Ich freue mich wirklich, dich endlich sprechen zu können.«

»Ich kann nicht gerade dasselbe von mir behaupten«, erwiderte Evelyn schroff, ohne ihre Abneigung verbergen zu wollen.

»Das kann ich dir nicht verübeln. Was ich dir allerdings übelnehme, ist, dass du einen Keil zwischen mich und meine Zugehörigen zu schlagen versuchst. Spaltung wäre der Tod unserer Gemeinschaft.«

»Deine Zugehörigen sind mir schnuppe. Du kannst sie behalten.«

»Aber du bist ihnen nicht egal. Kilian würde dir bis ans Ende der Welt folgen, unfähig, sich dagegen zu wehren. Dein Duft bringt ihn um den Verstand, und sein Schicksal ist damit besiegelt. Warst du verliebt oder fandest einen Mann interessant, als er dich im Krankenhaus gewittert hat? Du musst unbewusst den Paarungsduft verströmt haben. Es war Kilian unmöglich, ihm zu widerstehen.«

»Paarungsduft! Na, das ist an Romantik nicht zu übertreffen.«

»In unserer Gesellschaft gibt es keine Romantik. Das können wir uns einfach nicht leisten. Wir wählen unsere Partner nach anderen Eigenschaften, dafür aber fürs Leben. Auf jeden Fall hatte Kilian Recht, du trägst Königin-Gene in dir.«

»Hatte er auch Recht damit, dass du mich deswegen umbringen willst?«

Sie lachte melodisch wie ein Windspiel. »Aber nein. Ich beschütze dich. Das habe ich doch schon immer getan.«

Jetzt war es Evelyn, die lachte, allerdings bei weitem weniger melodisch. »Du hast mich auf den Müll geworfen, sobald ich geboren wurde! Das ist nicht gerade die Art von Schutz, die ich mir so vorstelle.« Unbemerkt ging sie zum ›Du‹ über.

Linnea machte eine Geste zur Couch. »Setz dich, und ich erzähle dir alles.«

»Nein danke.« Evelyn bevorzugte, bei den Messern zu bleiben.

»Wie du meinst.« Als die Schlangenfrau sich dem Sofa zuwandte, zog Evelyn eines der Messer aus dem Block und versteckte es hinter dem Rücken. Fest umklammerte sie den Plastikgriff, was ihr Sicherheit gab.

Linnea nahm den Platz ein, graziös und in betont aufrechter Haltung wie eine wahrhaftige Königin. »Ich verlange keine Vergebung von dir, hoffe aber auf dein Verständnis.«

»Wenn es weiter nichts ist.«

»Hör mich wenigstens an.« Sie senkte den Kopf, und ihre Haarsträhnen verdeckten ihr Gesicht. »Lange ist es schon her. Ich war fünfzehn und ohne ein Seelentier. Meine Mutter hatte bereits die Hoffnung aufgegeben, mich als einen vollwertigen Metamorph in die Gemeinschaft einzuführen und auszubilden. Jeden Monat brachte sie einen anderen Mann nach Hause, der sein Bestes tat, um mit ihr ein neues Kind zu zeugen. Ein Kind, das kein Versager wird. Es waren so viele Männer, dass sie mir bald wie ein einziger vorkamen, gesicht- und gestaltlos. Sie starben für ihre Pflicht, aber ihre Anstrengungen brachten keinen Erfolg.«

Evelyn bemühte sich um eine gleichgültige Miene. In ihrem Inneren dagegen kämpften widersprüchliche Gefühle: Hass, Verzweiflung, Trauer.

»Meine Mutter sah in mir ein schlechtes Omen und ließ nichts unversucht, um es mir zu zeigen. Normalerweise werden die Anwärter mit einundzwanzig aus der Gemeinschaft verstoßen, da gibt es meistens keine Hoffnung mehr, das Seelentier zu finden. Ich wurde mit sechzehn verbannt und ab da von einem Internat ins andere geschoben. Ich verlor mein Zuhause, meine Identität, und Menschen um mich herum sahen in mir nur einen Freak, der versucht, mit Tieren zu sprechen. Schließlich landete ich in Hamburg.«

»Mein Mitleid hält sich in Grenzen«, murrte Evelyn.

Linnea lugte unter ihrem Haarschleier hervor. Stolz loderte in ihren Augen. »Mitleid brauche ich nicht. Hör mir zu und entscheide dann, was du von mir hältst.« Sie fuhr fort: »An diesem Tag regnete es stark. Dennoch verharrte ich stundenlang vor dem Schaufenster eines Zoogeschäfts. Irgendetwas zog mich immer wieder hin, ein Ruf, der meine Knochen zum Vibrieren brachte. Ich beobachtete die Tiere in den Käfigen und fragte mich, ob eines von ihnen zu mir gehörte. Da kamen diese zwei Typen vorbei. ›Kröten-Flüsterin!‹, riefen sie und warfen Dreck nach mir. Meine Geduld platzte, und gegen jegliche Vernunft fiel ich über sie her, schlug mit Fäusten auf sie ein. Die beiden waren natürlich stärker. Sie traten mich mit ihren Stahlkappenboots auch dann noch, als ich auf dem Boden lag. Ich schluckte das Regenwasser, das in Strömen den Asphalt entlangfloss, und bettelte um Gnade. Aus dem Geschäft gegenüber lief ein junger Mann heraus, vielleicht nur fünf Jahre älter als ich. Die beiden werden ihn halbtot prügeln, dachte ich mit Schrecken, aber es gelang ihm, sie zu vertreiben. Die Typen flohen, ich blieb einfach nur liegen und wollte sterben. Der Unbekannte half mir hoch. Ich erbrach Blut auf seine Hose, trotzdem ließ er mich nicht zurück und schleppte mich in seinen Laden. Mehrfach verlor ich das Bewusstsein. Alles schwirrte in meinem Kopf, die Realität vermischte sich mit meinem Delirium. Er stellte keine Fragen, drängte nicht. Dafür war ich ihm dankbar. Seit diesem Tag versuchte ich immer, wenn ich vor der Tierhandlung stand, in der Spiegelung der Vitrine in sein Geschäft zu spähen. Manchmal sah ich ihn, und mein Herz spielte verrückt.«

Tief in Evelyn rührte sich Mitleid, obwohl sie dagegen ankämpfte. Nein, mahnte sie sich, diese Frau will nur eines – dein Vertrauen gewinnen. Es ist ein abgekartetes Spiel, alles vorher berechnet und zusammengestellt. Wer wusste schon, ob das Ganze der Wahrheit entsprach? Sei auf der Hut! Lass dich nicht um den Finger wickeln!

»Erzähl weiter«, forderte sie, darauf bedacht, keine Gefühle durchsickern zu lassen. Kurz wirkte Linnea gekränkt, dann beherrschte sie sich.

»Es hat ein halbes Jahr gedauert, bis ich mich getraut habe, wieder mit ihm zu sprechen. Danach besuchte ich ihn jeden Tag. Wir redeten über alles Mögliche, nur nicht über uns. Manchmal redeten wir gar nicht, saßen nur da und sahen einander an, als wüssten wir, dass jeder von uns die eigenen Dämonen hütete.« Sie lachte traurig auf. »Schon bald wollte ich mehr, aber er scheute jedes Mal zurück, als ich ihm näherzukommen versuchte. Er war wie ein wildes, verwundetes Tier, das jeder fremden Hand misstraut. Ich übte Geduld und ließ mich von den Instinkten führen, die mir als Anwärterin blieben. Und meine Geduld wurde belohnt. Etwa ein Jahr danach liebten wir uns auf dem Boden seines Ladens, und dieselben Instinkte sagten mir, dass ich dich an diesem Tag von ihm empfangen habe.«

»Und wenn sie nicht gestorben sind, dann leben sie noch heute«, stieß Evelyn verbittert aus. Ohne es selbst zu bemerken, hatte sie sich auf den Sessel der Frau gegenüber gesetzt und lauschte der Geschichte. Waren es die erwähnten Instinkte, die auch sie zähmten? Zum Glück umklammerte sie noch das Messer hinter dem Rücken. Der Gedanke an die Waffe beruhigte sie.

»Einige Zeit verging. Dann geschah es, an einem dieser Tage«, erzählte Linnea weiter, »an denen meine

Knochen vibrierten. Diesmal so stark, dass ich ruhelos hin und her lief. Bis zum Abend hielt ich es aus, aber es wurde immer schlimmer. Ich glaubte, verrückt zu werden, und zerschlug Sachen vor lauter Frust. Raus, ich musste raus, solange kein Unglück passierte! Ich schlich aus dem Internat und streifte lange durch die dunkle Stadt. Schließlich lief ich zu meinem Geliebten, in der Hoffnung, er würde mir beistehen, vielleicht irgendwie helfen. Er war nicht da, aber in dem Moment, als ich vor dem Zoogeschäft stand, traf es mich wie ein Schlag. Ich sah durch die Augen einer Schlange, beobachtete mich selbst, wie ich erstarrt und mit verdrehten Augäpfeln vor dem Schaufenster verharrte. Als ich wieder zu mir kam, erblickte ich die Schlange in einem der Terrarien. Da wusste ich, sie war mein Seelentier, ich hatte die Verbindung zu ihr hergestellt! Ohne wirklich zu registrieren, was ich tat, zerschlug ich die Vitrine und stahl die Otter. Noch in dieser Nacht floh ich aus Hamburg. Die nächsten Tage vergingen wie in einem nie enden wollenden Alptraum. Immer wieder verschmolz mein Geist mit dem der Schlange, danach fühlte ich mich hundeelend und kotzte mir die Seele aus dem Leib. Ich aß kaum etwas, streunte herum ohne Ziel und merkte selbst, wie ich langsam, aber sicher irre wurde. Eines Morgens, als ich in einem Wald erwachte, sah ich eine Frau vor mir. Ich erkannte sie nicht sofort: meine Mutter. Sie kniete neben mir, umarmte mich und flüsterte immer wieder: ›Liebes, ich habe mir solche Sorgen um dich gemacht! Aber jetzt wird alles gut. Du bist bei mir. Ich bringe dich nach Hause.‹« Linneas Lippen bildeten eine schmale Linie, ihr schönes Gesicht war zu einer Maske erstarrt.

»Wie hat dich deine Mutter gefunden?«, wollte Evelyn wissen.

Linnea wischte sich über die Wangen und blinzelte, um die Tränen zu vertreiben. »Sie war eine Königin, und als solche spürte sie, wenn ein neues Mitglied unter ihre Fittiche kam oder ob der Tod jemanden aus ihren Reihen riss. Ganz besonders, wenn es um die Anwärter ihrer Gemeinschaft geht.«

»Und du bist mit ihr zurückgegangen? Nach all dem, was sie dir angetan hatte?«

»Ich hatte keine Wahl, sonst wäre ich verrückt geworden, unfähig, die Verschmelzungen zu steuern. Irgendwann hätte sich mein Geist mit dem der Schlange so sehr vermischt, dass ich nicht mehr hätte unterscheiden können, wo ich war und wo die Schlange. Also ging ich mit ihr, um zu lernen, mit dem Vorsatz, irgendwann zu meinem Geliebten zurückzukehren. Das Verhältnis zu ihm und meine Schwangerschaft verheimlichte ich. Meine Mutter hätte es nicht zugelassen, mich«, Linnea verzog vor Verachtung das Gesicht, »ein so wertvolles Mitglied ihrer Gemeinde, an einen Menschen zu verlieren. Auch einen Bastard, gezeugt von einem Unwürdigen, hätte sie nicht geduldet.«

»So seht ihr also die Menschen? Als Unwürdige?«

»So sah meine Mutter sie.«

»Hast du deswegen auf deinen Liebhaber verzichtet?«

»Oh nein. Ich hätte alles riskiert. Aber ich wusste, meine Mutter würde mich nicht gehen lassen. Eher würde sie ihn töten, damit ich keinen Grund mehr hätte, die Gemeinschaft zu verlassen. Deshalb hielt ich alles geheim. Die Zeit drängte, irgendwann würde es mir unmöglich sein, die Schwangerschaft zu verheimlichen. Auch so musste ich mir immer neue Tricks einfallen lassen, damit sie es nicht witterte. Dann bekam ich meine Gelegenheit. Als meine Mutter einmal ihren Trupp bei einer mehrtägigen Jagd anführte, floh ich. Ich konnte natürlich nicht direkt zu meinem Liebsten gehen, da ich damit rechnete, verfolgt zu werden, und so bemühte ich mich, die Spuren zu verwischen. Meine Mutter war mir dicht auf den Fersen, ich spürte das. Sie war eine ausgezeichnete Jägerin. Ich versteckte mich in Güterzügen, Schiffscontainern, bereiste per Anhalter ganz Deutschland und die Nachbarländer. Ich fror und hungerte, aber mein Ziel ließ ich niemals aus den Augen. Als ich glaubte, meine Verfolgerin abgeschüttelt zu haben, ging ich nach Hamburg. Glücklich, am Ende meiner Reise angelangt zu sein, suchte ich das Geschäft gegenüber dem Zooladen auf …« Sie stockte. »Wo meine Hoffnungen mit einem Schlag zusammenbrachen.«

»Lass mich raten. Er hatte inzwischen eine andere.«

»Er war tot.«

Evelyn schluckte vernehmlich. »Hat deine Mutter doch von ihm erfahren und ihn umgebracht?«

Linnea schien die Frage überhört zu haben. Versunken in ihren Erinnerungen, erzählte sie weiter:

»Er war tot, und ich war jung, hochschwanger und verzweifelt. Ich rannte weg, ohne zu wissen, wohin. Rannte so lange, bis ich am Ende meiner Kräfte an irgendeiner Müllkippe zusammengebrochen bin. Es war spät abends, als die Wehen einsetzten. Es fühlte sich an, als reiße mich etwas von Innen auf. Eine Fehlgeburt? Ich wusste es nicht. Zwölf Stunden unvorstellbarer Qual, dann hielt ich dich in den Armen. Und wusste: Meine Mutter war in der Nähe. Sie durfte dich nicht in die Finger bekommen! Ich alarmierte anonym die Polizei, dass auf dem Recyclinghof ein Baby liegt, und ließ mich von meiner Mutter abführen. Die nächsten Jahre verbrachte ich in der Gemeinde, lernte alles, was es über meinen Zustand als Metamorph zu lernen gab, und betete heimlich, dass es dir gutgehen möge.«

Evelyn starrte gen Boden. »Vielleicht haben deine Gebete doch etwas bewirkt. Ich wurde von sehr lieben Leuten adoptiert.«

Zaghaft streckte Linnea die Hand aus, als wollte sie Evelyn berühren, senkte den Arm jedoch wieder und wandte ihr Gesicht ab. »Das freut mich«, wisperte sie.

»Was ist aus deiner Mutter geworden?«

Einen Moment lang schwieg die Schlangenfrau. »Ich habe sie getötet.« So leicht sagte sie das. So emotionslos.

»Du hast … was?«

Linnea strich ihr Haar links zur Seite, und Evelyn verschlug es den Atem. Statt des Ohres ragte ein krummer, roter Stummel hervor, drei wulstige Narben zeichneten ihre Schläfe und zogen sich über den Hals herab zur Schulter. »Sie war eine gute Jägerin, aber ich bin zu einer besseren geworden.« Linnea ließ ihre Strähnen los, die das Bild des Schreckens verdeckten. »Danach habe ich versucht, dich zu finden, aber alles vergebens. Ich hatte schon die Hoffnung aufgegeben, bis ich dich im Krankenhaus traf. Und da wusste ich, dass du es bist. Dein Metamorph-Geruch hat sich nicht verändert.«

»Du wolltest mich umbringen«, sagte Evelyn tonlos und mit weitaus weniger Schneid als noch Minuten zuvor. Ob sie ihr bereits alles vergeben hatte? Nein, natürlich nicht. Aber hassen konnte sie diese Frau ebenso wenig.

»Nein, nein. Ich hätte dir niemals etwas angetan. Ich hatte keine Zeit für Erklärungen, der Totenküsser war in der Nähe, und ich musste dich mitnehmen. Leider ist mir die Kreatur zuvorgekommen.«

»Also, in der normalen Menschenwelt sind Entführungen eher selten, wenn man bloß mit jemandem reden will.«

»Ich weiß, wie sich das alles anhört, ich habe immer versucht, es geheim zu halten, sogar nachdem ich dich gefunden hatte. Und es tut mir unendlich leid, was ich dir angetan habe. Wenn du der Meinung bist, dass ich für alles büßen soll, dann kannst du mich töten. Mit dem Messer, das du hinter deinem Rücken versteckst.«

Evelyn zuckte zusammen. Bestürzt schaute sie auf ihre Hand, mit der sie das Messer umklammerte.

Wut. Verzweiflung. Hilflosigkeit. Sie hielt es nicht mehr aus, es zerfraß und zerriss sie. Vor vielen Jahren hatte sie ihren leiblichen Eltern, die sie wie ein nutzloses Stück Dreck weggeworfen hatten, die Verantwortung für alles Negative zugeschoben. Dabei hatte sie ihr Leben eigenständig zerstört. Mit einem Ausruf rammte sie das Messer tief in die Tischoberfläche. Linnea war nicht einmal zusammengezuckt. Zufriedenheit schlich sich auf ihr Gesicht.

Evelyn kämpfte mit den Tränen. In ihrem Inneren herrschte Chaos. Sie wünschte sich beinahe, das alles niemals erfahren zu haben, um wieder die gewohnte Ruhe – oder besser gesagt: die Leere – zu spüren, die sie ergriff, wenn sie an ihre leiblichen Eltern dachte. Und gleichzeitig war sie dankbar für die Wahrheit.

»Also bin ich ein Metamorph?« Eine schöne Vorstellung. Eine bessere als die von einer Existenz als Untote. Keine Schuldgefühle, keine Morde, um selbst zu überleben. Hatte sie sich nicht gerade das ersehnt?

Kein Adrián.

Egal ob bei den Metamorphen oder in ihrer früheren Menschenwelt – glücklich würde sie nicht werden können.

»Ja«, erwiderte Linnea. »Beziehungsweise: Du bist noch eine Anwärterin.«

»Mit meinen siebenundzwanzig Jahren habe ich noch kein Seelentier.«

»Ich werde dir helfen, es zu finden. Wir schaffen das schon, ich glaube fest daran. Schließlich hat Finn es auch geschafft.«

»Was, wenn ich das gar nicht will?«

Adrián – warum nur hatte sie ihn kennengelernt? Warum musste sie jetzt an ihn denken?

Linnea stand auf und faltete die Hände vor der Brust. »Bitte, gib uns eine Chance. Du wirst sehen, wie schön es ist, dazuzugehören, sich auf die anderen verlassen zu können. Keine Verzweiflung mehr, keine Angst. Wir lieben dich.«

Evelyn mied es, sie anzuschauen. Ist es das, was sie wollte? Geliebt zu werden? Aber sie wurde geliebt. Von vielen Menschen, deren Liebe sie zurückgewiesen hatte. Von Adrián, den sie von sich gestoßen hatte.

»Ich weiß, du bist müde und durcheinander. Schlaf eine Nacht drüber. Morgen wird es dir bessergehen, ganz bestimmt.«

Evelyn löste sich aus der Starre, als sie bemerkte, wie die Frau sich zum Gehen wandte. »Warte. Ich habe noch so viele Fragen!«

Doch Linnea war bereits aus dem Zimmer verschwunden.

Also ein Metamorph.

Sei's drum.

Damit konnte sie leben.

Verzeih mir, Evy, ich habe dich im Stich gelassen. Adriáns Stimme in ihrem Kopf. Erschrocken schaute Evelyn auf. Hatte er ihre Gedanken mitgelesen? Wusste er, dass sie niemals zu ihm zurückkommen würde?

Dass sie gerade seine Liebe … verraten hatte?

21. Kapitel

Evelyn lauschte in die Dunkelheit. Die Kiefern kratzten an den Wänden des Bungalows, und das Geräusch drang in sie ein, als schabten die Äste an ihrem Inneren. Was willst du eigentlich?, schalt sie sich. Du hast die Wahrheit über deine Herkunft erfahren, du bist bei Leuten, die dich in ihren Kreis aufnehmen möchten, ohne Wenn und Aber. Du hast deine Mutter gefunden. Verdammt, du bist die Tochter einer Königin!

Aber glücklich bist du nicht.

In dem karg eingerichteten Zimmer fühlte sie sich wie ein Häftling auf seiner Pritsche. Wenigstens war Kilian noch eingefallen, alles frisch zu beziehen. Trotzdem müffelten das Kissen und die Decke wie drei Tage lang getragene Socken, und auf der harten Matratze, die direkt auf dem Boden lag, glaubte Evelyn, die Entstehung von blauen Flecken in Echtzeit zu erleben. Auch Kilian schien vergeblich auf das Sandmännchen zu warten und wälzte sich auf dem Sofa hin und her. Erst weit nach Mitternacht ertönte aus dem Wohnzimmer ein gleichmäßiges Schnarchen.

Evelyn blinzelte in die Dunkelheit. Was sollte sie tun? Hierbleiben und mehr über diese Metamorphe erfahren oder fliehen, um ihr geordnetes Leben wieder aufzunehmen und all den Irrsinn hinter sich zu lassen? Schließlich hatte sie auch früher weder den Schutz eines Nachzehrer-Clans noch den einer Metamorph-Gemeinde gebraucht.

Ein Geräusch lenkte sie ab – das leise Klacken der Krallen auf den Holzdielen. Evelyn stemmte sich mit einem Ellbogen ab und schaute zur Tür.

Akash. Sie erkannte nur seine Silhouette, die angespannte Haltung und die starre, aufgerichtete Route. Nicht gut. Unter keinen Umständen wollte sie mit diesem Hund allein in einem Raum sein. Mit einem aufgebrachten Hund umso weniger.

Sie knipste die Lampe neben ihrer Matratze an, um besser zu sehen. Das Tier fletschte die Zähne und stieß ein tiefes Grollen hervor. Seine Rückenhaare sträubten sich, die Ohren waren nach vorn gerichtet und die Nase in tiefe Falten gelegt. Die Bernstein-Augen starrten sie direkt an. Herausforderung leuchtete darin.

»Sitz«, flüsterte Evelyn. »Sitz, Akash.«

Mit lautem Gebell stürzte sich der Hund auf sie, die weißen Reißzähne blitzten vor ihrem Gesicht auf. Evelyn kreischte, rollte zur Seite und schnellte hoch. Sie wusste nicht, was mit ihr danach geschah, wie sie es zustande bringen konnte, doch sie fand sich plötzlich in der Nähe der Tür, was sie unmöglich mit einem einzigen Sprung hätte erreichen können. Akash prallte gegen eine Wand. Sogleich rappelte er sich auf und schüttelte benommen den Kopf.

»Kilian! Hilf mir!«, schrie Evelyn und stürmte aus dem Zimmer. Sie hörte das Pochen der Pfoten, stolperte in die Stube und knallte die Tür hinter sich zu. Der Hund warf sich gegen das Holz, das unter seinem Ansturm erbebte.

Kilian richtete sich auf dem Sofa auf und rieb sich verschlafen die Augen. »Was ist hier los?«

Evelyn lief zu ihm. »Dein Hund, er ist …«

Die Tür gab nach, und Akash schoss aus dem Schlafzimmer. Kilian sprang vom Sofa und riss Evelyn zur Seite, gerade als der Hund zu einem neuen Angriff hochschnellte. Statt in Evelyn schlugen die Reißzähne in Kilians Arm. Blut tropfte auf den Boden, wurde zu einem Rinnsal. Akash winselte auf. Er duckte sich, legte die Ohren flach und wich zurück. Sein Blick flackerte, schweifte umher, ohne ein Ziel zu erfassen.

»Was war denn das?«, ächzte Kilian, während das Blut weiterhin seinen Arm entlangströmte. Der Hund winselte erneut und drehte den Kopf weg. Seine ganze Haltung zeugte von Unterwürfigkeit. Keine reißende Bestie mehr. Keine Gefahr.

Evelyn schüttelte ihre Starre ab und packte Kilian am Handgelenk. »Zeig her. Wo hast du das Verbandszeug?«

Er antwortete nicht. Irritiert, fassungslos starrte er den Hund an.

»He, hörst du mich?« Sie musste ihm leicht auf die Wange klatschen, damit er sich ihrer Gegenwart bewusst wurde. »Verbandszeug, wo hast du es?«

»Das Bad. Der Medizinschrank.«

Evelyn nickte, führte ihn zur Küchennische und drückte ihn auf einen Stuhl nieder. Er setzte sich.

»Ich bin gleich wieder da.« Evelyn lief ins Bad. Der Hund folgte ihr nicht, was sie innerlich aufatmen ließ. Sie musste in zwei Hängeschränken wühlen, bis sie alles zusammen hatte, was sie brauchte. Denn natürlich lagen die Sachen überall, doch nur nicht dort, wo sie hingehörten.

Zurück in der Küche angekommen, schleifte Evelyn einen Hocker heran und setzte sich Kilian gegenüber. Sie reinigte die Wunde und begann, einen Druckverband anzulegen. Ab und zu schielte sie zu Akash, der sich in eine Ecke verzogen hatte. »Passiert das öfter?«

Kilian antwortete mit einer Zeitverzögerung: »Was?«

»Dass dein Hund Menschen angreift.«

»Nein. Nie. Eigentlich rastet er nur aus, wenn er die Totenküsser jagt. Manchmal. Nicht immer. Aber vielleicht … vielleicht ist das die Krankheit.«

»Was für eine Krankheit?«

»Die Tollwut.«

Evelyn schnaubte. »Wir müssen sofort in ein Krankenhaus. Wo liegt der Autoschlüssel? Ich fahre dich hin.«

»Nein.« Er legte eine Hand auf ihre Schulter. Eine Ahnung von einem Lächeln umspielte seine Lippen. Ein sehr trauriges Lächeln. »Kein Arzt wird mir helfen können. Es ist eine Krankheit, die nur Metamorphe befällt. Früher oder später holt sie jeden, der sich häufig mit seinem Seelentier verbindet. Mich hat es anscheinend früher erwischt. Linnea meinte, man könne den Verlauf aufhalten, verzögern, aber dem heutigen Vorfall nach ist es anscheinend zu spät.«

Schweigend betrachtete sie sein Profil: die hohe Stirn, die Adlernase und das scharf gezeichnete Kinn.

Kilian zog die Augenbrauen zusammen, bis diese eine Linie bildeten. Die Sorgenfalten hatten sich tief in seine Haut eingegraben. »Ich sterbe, Evelyn. Ich und Akash. Die Tollwut fängt mit Depressionen an, Reizbarkeit, dem Drang nach Abgeschiedenheit. Dann kommen die Anfälle. Sobald ich in einen Blutrausch verfalle, werde ich von purer Lust am Töten gesteuert. Ich kann zwischen Freund und Feind nicht unterscheiden. Jeder, der sich mir nähert, ist in Gefahr. Das, was Akash gerade angerichtet hat, war so ein Anfall.«

»Wenn du jetzt denkst, ich werde tatenlos zusehen, wie du …«

»… wie ich irgendwann auf den Gedanken komme, dir die Kehle herauszureißen? Finn ist in der Nähe, um dich zu beschützen, er übernachtet im Schuppen. Sollte ich einen Anfall bekommen, wird er mich mit einem Betäubungsgewehr aufhalten.«

Sie verdrehte die Augen. »Na, hoffentlich ist er schneller zur Stelle, als du mich fressen kannst. Aber was ich eigentlich sagen wollte …«

Auch diesmal ließ Kilian sie nicht ausreden.

»Ja, du kannst dich nicht nur auf ihn verlassen.« Er stand auf, ging aus dem Raum, um einen Augenblick später zurückzukehren. »Deshalb ist es besser, wenn du das hier zurückbekommst«, sagte er und legte das Khukuri vor Evelyn auf den Tisch. Ihre Waffe! Natürlich, sie hatte sie bei Herzhoff unter dem Cardigan getragen.

»Du gibt es mir? Einfach so?«

»Ich vertraue dir. Außerdem bin ich dir vermutlich auch dann überlegen, wenn du dein Messer hast.«

»Hochmut kommt vor dem Fall. Ich kann kratzen und beißen, schon gewusst?«

»Es ist nicht lustig, Evelyn. Die Situation ist sehr ernst.«

Sie biss sich auf die Unterlippe. »Du gehst also nicht mit mir zum Arzt?«

»Nein.«

»Du bist ein Sturkopf.«

»Ich weiß.« Er lächelte, und sie musste sein Lächeln einfach erwidern. Noch intensiver nahm sie seinen Geruch wahr. Er schien allgegenwärtig, schwebte im Raum, kitzelte ihre Nase und klebte buchstäblich an ihr.

Sie mochte Kilian. Wie sie Bernulf gemocht hatte. Und was sie ihm genauso wenig wie dem verstorbenen Doktor eingestehen würde.

»Du bist so schön, wenn du lächelst.«

Kilians Gesicht war ihr so nah, dass ihr Herz stolperte, um dann höher zu schlagen. Sein Duft betörte sie, aber die Träume, die er in ihr erweckte, lagen ihr schwer im Magen. Es fühlte sich falsch an.

Evelyn schob den Hocker zurück und stand auf. »Ich mache uns einen Tee, okay?«

Sie musste sich mit irgendetwas beschäftigen, um nicht gänzlich verrückt zu werden. So hantierte sie mit einem verbeulten Aluminiumkocher, suchte nach Tee und Tassen, solange die Gasflamme das Wasser erwärmte.

»Was glaubst du, welches Seelentier ich habe?«, fragte sie so beiläufig wie bei einem Smalltalk.

»Schwer zu sagen. Hm.« Er rieb sich das Nasenbein. »Wie lange ist das Kaninchen bei dir, nach dem du mich im Auto gefragt hast?«

»Fridolin? Er ist schon zwölf. Ich habe ihn vor ein paar Jahren aus einem Tierheim geholt.« Auf einmal begriff sie, worauf Kilian hinauswollte. »Du denkst doch nicht etwa ...« Sie kicherte. »Nein, nein. Mein Seelentier ist ein Löwe oder ein Panther. Irgendetwas in der Art.«

»Wir sind nicht bei Wünsch-dir-was. Ich fürchte, das kann man sich nicht aussuchen.«

Sie zog eine Schnute. »Na toll. Alle haben Wolfshunde und Schlangen, und ich – ein Kampfkaninchen? Monty Python lässt grüßen. Ich sehe schon, wie sich meine Feinde vor Angst in die Hose machen.«

»Mein Freund hat ...« Eine Spur von Traurigkeit legte sich auf sein Gesicht. »Ich hatte mal einen Freund, dessen Seelentier eine Kuh war.«

»Wie baut man die Verbindung zum Seelentier auf? Kann man irgendwie prüfen, ob es wirklich Frido ist?«

»Versuche, dich auf ihn zu konzentrieren. Es ist, als wolltest du ihn zu dir rufen. Und manchmal, ja manchmal rufen die Seelentiere selbst ihr Herrchen oder Frauchen.«

»Ihn rufen? Okay. Friiiiiiiidoooooooo.« Sie kicherte erneut los.

Er riss die Hände in die Höhe und warf sich gegen die Stuhllehne. »Du nimmst mich nicht ernst! Ich gebe auf.«

Diese einfache Geste versetzte ihr einen Stich. Adrián. Warum musste sie schon wieder an ihn denken? Warum ließ er sie nicht los? Vor ihrem inneren Auge schälte sich sein Gesicht heraus, offen und glücklich, wie auf dem Foto von 1956. Evelyn legte die Hände auf dem Tisch zusammen und bettete ihren Kopf darauf. Ihre Gedanken entschwanden. Ohne es zu wollen, träumte sie sich zu ihm an die spanische Küste der Sonne. Sie lief ihm entgegen, ohne vorwärtszukommen. Ihre Füße versanken bis zu den Knöcheln im heißen Sand, während sie sich vorankämpfte. Endlich fiel sie ihm in die Arme.

»Ich liebe dich«, flüsterte sie. Der Wind brachte den Geruch des Meeres mit sich und trug ihre Worte davon. Sie schmeckte Salz auf ihren Lippen.

»Ich liebe dich.« Sie wiederholte es wie ein Gebet.

Er streichelte ihre Wange, aber es waren fremde Berührungen, die sie erschreckten, gegen die sie sich mit allen Sinnen wehrte.

Evelyn wachte auf. Ihr schlaftrunkener Blick registrierte Kilian. Seine rauen Finger fuhren über ihre Nase, die Lippen und das Kinn. Er merkte nicht, dass sie wach war. Auf seinem Gesicht lag ein verträumter, glücklicher Ausdruck. Da spürte sie seine Lippen auf ihrem Mund, die leicht salzig schmeckten.

Nein! Das durfte sie nicht zulassen. Tu ihm weh, stoße ihn von dir! Lieber jetzt als später. Denn das war immer noch besser als das, was sie Adrián angetan hatte.

Sie ohrfeigte ihn. »Was fällt dir ein?«

Kilian presste eine Hand auf seine Wange. »Warum?« In seinem Ton schwang eine Anklage mit. »Wir sind füreinander bestimmt. Es tut mir leid, wenn ich dich erschreckt habe, du warst so … Ich konnte mich nicht beherrschen.«

»Wir sind nicht füreinander bestimmt«, schleuderte sie ihm entgegen. »Und werden es nie sein. Wenn du das noch einmal tust, wirst du es bedauern, mir mein Khukuri zurückgegeben zu haben.«

Muskeln spielten an seinen Kiefern, als zermalmte er seinen Groll. »So hältst du es also? Zuerst die Männer um den Verstand bringen und sie dann abweisen? Darf ich erfahren, welche Fertigkeiten diejenigen vorweisen müssen, die dann doch in deinem Bett landen?«

»Bitte?«, schnaubte sie.

Seine grauen Augen sprühten Zornesfunken. »Ich war in deinem Dorf und habe mit deiner Tante gesprochen!«

Nacht. Feuchter Waldboden. Kalt. Sie begann zu zittern, ohne es unterdrücken zu können.

»Dann weißt du wohl alles über mich. Gratuliere«, presste sie durch die zusammengebissenen Zähne hervor, drehte sich um und floh. Floh von ihren Erinnerungen, vor sich selbst. Hinaus auf den Hof, dann querfeldein in den Wald. Tannennadeln piekten in ihre Fußsohlen, die Wurzeln zerkratzten ihre Haut. Doch ihre Beine trugen sie weiter.

Fort, fort von hier!

Sie irrte zwischen den Bäumen umher. Die Äste zerrten an ihrem T-Shirt und den Haaren. Die kühle Luft drang bis zu den Knochen und schnitt in ihre Lunge. Über einer Wurzel stolperte sie und fiel hin.

Wald. Feuchter Boden. Nacht.

Evelyn krallte die Hände in die Grasbüschel. Sie keuchte, rang nach Luft, erstickte beinahe aus Angst vor den Bildern, die ihr Gehirn zu übermannen drohten.

Doch die Erinnerungen blieben zurück in ihren Abgründen. Nicht das runde, verschwitzte Gesicht sah sie vor sich, das ihr all die Jahre Alpträume bereitet hatte, sondern Adrián.

Ich halte dich fest, sagte er. *Du wirst nicht fallen.* Mi vida. Er vertrieb die Dämonen. Seine Umarmung, auch wenn Evelyn sie bloß in ihrem Geist durchlebte, schenkte Wärme und Geborgenheit.

»Mein Drachentöter«, flüsterte sie. Sie wollte ihn berühren, aber ihre Finger strichen bloß durch die Luft.

Neben ihr raschelte etwas. In der Dunkelheit erahnte sie eine Silhouette. Nicht Adrián. Kilian.

»Es tut mir so furchtbar leid«, hauchte er und fiel vor ihr auf die Knie. »Bitte verzeih mir.«

Sie blinzelte in das nächtliche Firmament. Kilians Duft berauschte sie, doch nicht ihn wollte sie bei sich wissen. Was hätte sie nicht alles gegeben, um bei Adrián zu sein, sich an ihn zu schmiegen und seine Nähe zu spüren.

Kilian schien nicht zu merken, was in ihr vorging. »Ich habe keine Ahnung, was in mich gefahren ist. Bloß: Ich habe dich so lange gesucht. Du weißt nicht, was es heißt, endlich eine Partnerin zu finden, mit der man das ganze Leben verbringen würde. Und dann bist du da, bei mir, um mich im nächsten Augenblick von dir zu stoßen.« Er krümmte den Rücken. »Es ist alles neu für dich. Ich sollte dir mehr Zeit geben.«

Nein, dachte sie. Keine Zeit der Welt würde mich dazu bringen, dich zu lieben. Kein Metamorph-Duft würde Adrián aus meinem Herzen vertreiben. Ich gehöre ihm. Und wenn ich nicht bei ihm sein kann, dann bei keinem.

»Es ist nur so«, redete er weiter, »als deine Tante all diese Dinge über dich erzählte … ich wusste einfach nicht, was ich glauben sollte.«

»Und wem glaubst du jetzt?« Hatte sie es gesagt? Oder waren es die Bäume, die raschelten und ihr Wispern in die Welt trugen?

»Nicht wem. An was. Ich glaube an dich. Das ist alles.«

»Schön für dich.« Evelyn stand auf und wollte zurück zum Haus gehen, doch Kilian – immer noch auf den Knien – stellte sich ihr in den Weg.

»Warte. Willst du mir nicht erzählen, was damals wirklich geschah?« Er zog sie zu sich herunter und zwang sie zurück auf den Boden.

»Nein.«

»Bitte! Ich will dich kennenlernen. Ich will wissen, wer du wirklich bist.«

All diese Jahre hatte sie das Geheimnis gehütet. Sobald jemand ihr nahekam, krochen die Chimären empor und labten sich an ihrer Pein. Aber vielleicht war die Zeit gekommen, sie endgültig zu vertreiben. Seit Linnea ihr ihre Herkunft offenbart hatte, war sie dabei, ihr bisheriges Leben Stück für Stück neu durchzudenken, es mit anderen Augen zu sehen. Warum also nicht bis ans Ende gehen? Und endgültig einen Schlussstrich ziehen?

Evelyn zog sich den Saum des T-Shirts über die Knie. Das Gras juckte an ihren Beinen. »Als ich erfahren habe, dass meine Eltern womöglich noch leben, habe ich alles versucht, um sie zu finden. Was ich mir nicht alles erträumt habe! Nach und nach bekam ich Einzelheiten meiner Vergangenheit mit.« Wenn sie sich zuhörte, kam es ihr vor, als wäre sie selbst nur ein unbeteiligter Beobachter. »Im Nachhinein weiß ich, Helga und Erich wollten mich nur beschützen. Aber die Wahrheit ließ etwas in mir zerbrechen. Ich begann die Schule zu schwänzen, bin spät bis in die Nacht mit irgendwelchen Typen durch die Straßen gezogen und habe mich betrunken. Warum? Tja. Als wollte ich meinen leiblichen Eltern beweisen, dass sie Recht hatten, mich auf den Müll geworfen zu haben. Dort gehörte ich hin.«

»Aber nein!«

Mit einer Geste brachte Evelyn ihn zum Schweigen. Wenn er sie unterbrach, wusste sie nicht, ob sie erneut den Mut aufbringen konnte, ihre Geschichte zu beenden. »An dem Abend war ich mit meiner Clique in einer Bar. Ein Gläschen Tequila, noch eines – bald war ich sturzbetrunken. Irgendetwas ist dann passiert – ob eine Schlägerei oder nicht –, jedenfalls wollte ich weg. Meine Eltern anzurufen, wagte ich nicht. Also wählte ich die Nummer meiner Tante. Sie war nicht da, mein Onkel nahm ab. Er würde mich abholen, sagte er, ich solle mir keine Sorgen machen. Habe ich auch nicht getan, er war immer nett zu mir und half mir öfter mal aus der Patsche. Eine Stunde später saß ich in seinem Wagen. Auf dem Heimweg ist mir übel geworden, und wir mussten in einem Wald anhalten. Ich übergab mich, immer wieder. Was dann passiert ist, weiß ich nicht. Auf einmal lag ich auf dem Boden, mein Onkel stand über mir und machte seine Hose auf.« Ihre Kehle fühlte sich wund an, und sie war nicht imstande, auch nur ein weiteres Wort von sich zu geben. Ob sie jemals sein Gesicht vergessen könnte?

Nein, natürlich nicht. Aber es jagte ihr keinen Schrecken mehr ein. Sie musste nur die Augen schließen, dann sah sie Adrián.

»Er hat dich vergewaltigt!«

»Oh nein. Ich war zu besoffen, um mich zu wehren oder Nein zu sagen. Ich glaube, in dem Moment habe ich gar nicht registriert, was er mit mir anstellte.«

»Warum hast du das nicht deinen Eltern erzählt?«

»Ich war nicht sonderlich vertrauenswürdig – zu oft hatte ich schon gelogen, um mich aus der einen oder anderen Affäre zu winden. Wer sollte mir da glauben?«

»Und wie ist es zum Unfall gekommen?«

»Auch das hat dir Gitta erzählt? Nun, bei diesem einen Vorfall im Wald blieb es nicht. Immer wieder machte er sich an mich ran, doch andererseits war er so nett. Ich suchte bei mir die Schuld, konnte es nicht länger ertragen. Als er mich das nächste Mal zu diesem Wald fuhr, riss ich am Lenkrad, und das Auto krachte in einen Baum.« Sie schaute zu den Kronen empor. In den Verzweigungen der Äste glaubte sie Grabeskreuze über sich zu sehen. Dutzende. »Ich war eingeklemmt. Er konnte sich befreien, wollte Hilfe holen. Danach verlor ich das Bewusstsein und bin erst im Krankenhaus zu mir gekommen. Dort habe ich erfahren, dass er am Unfallort gestorben war. Vermutlich waren seine Verletzungen ernster, als ich gedacht hatte. Ich habe ihn also umgebracht.«

»Du hättest auch tot sein können!« Kilian machte

einen Ruck, als wolle er sie umarmen, aber Evelyn schob sich von ihm weg. Das Recht darauf, sie anzufassen, würde er nicht so schnell wieder erlangen. Vielleicht nie mehr.

»Das wollte ich auch.«

»Also hat deine Tante gelogen, als sie gesagt hat, du wärst ein Flittchen.«

Evelyn seufzte. Wie leicht es ihm fiel, jemanden anzuklagen! »Sie hat nicht gelogen.«

»Aber …«

»Das ist kompliziert.« Sie konnte es ihm nicht erklären. Denn jetzt, im Nachhinein, begriff sie es nicht einmal selbst. Sie hasste sich selbst. Hasste ihren Körper. Und diejenigen, die ihn anfassten. Vor allem hoffte sie, ihr Onkel würde sich vor ihr ekeln, wenn sie es mit jedem Dahergelaufenen trieb, und sie in Ruhe lassen. Aber sie hatte sich geirrt.

»Und nach dem Unfall bist du aus dem Dorf gegangen?«

Evelyn zupfte einen Grashalm ab und lutschte an einem Ende. »Ich beendete die Schule, zog dann weg und machte eine Ausbildung zur Krankenschwester. Ich wollte mit meiner Vergangenheit abschließen, nicht mehr daran denken müssen. Deshalb bin ich nie zurückgekehrt, und bis heute habe ich nicht die Kraft gefunden, meine Eltern auch nur anzurufen.«

Kilian stöhnte. Beinahe sah es so aus, als würde er weinen. »Ich bin so ein Idiot! Wie konnte ich …«

Sie stand auf, womit sie seinen Redefluss jäh unterbrach. »Du konntest es nicht wissen. Schon okay. Du bist nicht der Einzige, der so etwas von mir gedacht hat.«

Sie wollte das Gespräch beenden und war froh, als es in der Nähe raschelte und sich aus der Dunkelheit eine Silhouette mit einem Gewehr in der Hand schälte.

»Da seid ihr! Ist alles in Ordnung?« Finn klang besorgt, aber ein Blick auf Kilian reichte wohl aus, um ihn zu beruhigen.

Evelyn schnippte den Grashalm zur Seite. »Lasst uns zum Haus gehen.«

Sie schritt voran, Finn folgte ihr. Als sie sich umdrehte, hockte Kilian noch an seinem Platz. Mit seiner massiven Gestalt wirkte er wie ein Troll, der sich in einen Stein verwandelt hatte.

22. Kapitel

Adrián sah das Bambusrohr auf sich zukommen. Doch der Schlag traf ihn nicht. Wenige Zentimeter von ihm entfernt knallte das Ende gegen die Dielen. Bevor Adrián begreifen konnte, was gerade passiert war, warf Conrad seine Waffe auf den Boden.

»Ich hoffe, das war Ihnen Lektion genug.« Der Nachzehrer wirkte größer, stattlicher und auf eine erdrückende Art erhaben, als könne seine Präsenz alle und jeden unterjochen. »Sind Sie inzwischen von Ihrer Palme mit der ach so tollen Aussicht runter?« Als keine Antwort kam, streckte Conrad eine Hand aus. »Ich deute das als ein Ja. Und jetzt hoch mit Ihnen.«

Adrián nahm die Friedensgeste an, nicht ohne seinen Gegner im Auge zu behalten – das Misstrauen ganz abzuschütteln, gelang ihm nicht. Aus einem Hinterzimmer holte Conrad einen Besen und begann, die Spuren des Kampfes zu beseitigen. »Und jetzt erzählen Sie mir in Ruhe, was bei Ihrem Schwager vorgefallen ist.«

Noch traute Adrián dem überraschenden Stimmungswandel nicht, trotzdem berichtete er von dem

Mord, seinen Beobachtungen und Evelyns Verschwinden. Conrad hörte zu, ohne zu unterbrechen. Erst als Adrián von Evelyns zurückgelassenen Sachen im Garten erzählt hatte, presste Conrad die Lippen so stark aufeinander, dass sie weiß anliefen. »Sie sagen, eine Seelentier-Katze war am Tatort?«

»Ja.«

»Und dann verdächtigen Sie ausgerechnet mich?«

»Nun, auch Sie müssen zugeben, dass die Umstände nicht gerade entlastend sind.« Adrián ging zum ›Sie‹ über, was ihm erlaubte, sich von seinen eigenen Gefühlen zu distanzieren. Wie lange es ihm noch gelingen würde, seine Angst um Evelyn niederzudrücken, wusste er nicht. Vor Hilflosigkeit hätte er die Wände hochgehen können. Wenn er nicht bald eine Spur von ihr fand, würde er die ganze Stadt in Schutt und Asche legen, egal ob das etwas bringen würde oder nicht.

»Sie meinen, es waren die Metamorphe?« Alles brannte in ihm danach, endlich einen Schuldigen zu haben, an dem er seine Wut auslassen konnte. Gleichzeitig musste er zugeben, wie Recht Conrad hatte: Er konnte gut draufhauen, aber nicht nachdenken. Um ein Anführer zu sein, brauchte man mehr Fingerspitzengefühl als Muskelkraft.

»Zum gegenwärtigen Zeitpunkt sehe ich davon ab, irgendwelche Spekulationen anzustellen.« Conrad stellte die übel zugerichteten Pflanzen zur Seite und inspizierte die Bruchstellen an den Stielen mit Wehmut, als betrachte er die gebrochenen Flügel eines Kükens.

Adrián tigerte durch den Raum und verteilte die Erde und Scherben, die Conrad zusammengefegt hatte, durch den ganzen Laden. »Wer würde sonst infrage kommen? Wenn es diese Biester waren, dann schwöre ich, sie werden es büßen!«

Conrad griff zum Besen. Als Adrián an ihm vorbeilief, senkte er den Stiel wie eine Schranke. »Um Himmels willen, Rivas, setzen Sie sich endlich. Oder haben Sie vor, bis nach China zu rennen? Was die Metamorphe angeht: Wir verfügen über keine Hinweise auf ihr Versteck.«

Adrián schwang sich auf den Tresen und ballte die Faust. Ja, sie wussten nicht, wo das Versteck der Metamorphe lag, aber er konnte es mit etwas Glück herausfinden. Obwohl ihm vor Abscheu übel wurde, wenn er nur an die Person dachte, die ihm diese Auskunft geben könnte. Hatte er sich nicht geschworen, mit ihr keine Geschäfte mehr zu schließen? »Ich kann die Informationen vermutlich beschaffen.«

»Bei wem?«

»Lassen Sie das meine Sorge sein. Ich werde herausfinden, wo sie sich verkriechen, und dann schlagen wir zu!«

»Immer mit der Ruhe. Überstürzen Sie nichts.«

»Nichts überstürzen?« In einem Kraftschub hämmerte er die Faust in die Tresenplatte und durchbrach die oberen Holzschichten. »Evelyn hat nicht mehr viel

Zeit. Ich muss sie da rausholen!« Die blutenden Knöchel und den Schmerz spürte Adrián kaum.

Conrad seufzte. »Ich schätze, wir sollten uns erst dann wieder unterhalten, wenn Sie aufgehört haben, meinen Laden zu demolieren.«

»Nein, nein. Es tut mir leid«, fiel Adrian ihm ins Wort. Für einen raschen, koordinierten Angriff brauchte er die Unterstützung des Clans. Wenn er Evelyn retten wollte, musste er Conrad auf seine Seite ziehen. Keine einfache Angelegenheit. Was würde seinen Anführer dazu veranlassen, solch eine Operation zu wagen? Abgesehen von der Androhung, dass eine Horde Metamorphe seine Pflanzen kahlfressen würde.

Adrián stoppte den Aufruhr seiner Gefühle und bemühte sich um einen ruhigeren Ton. »Wir werden das Nest vernichten, aber ich brauche Hilfe. Ihre Hilfe.«

»Ach, was Sie nicht sagen.« In Conrads Augen schimmerte ein frecher Ausdruck, der ganz und gar nicht zu ihm passte. Verdammt, der Mann hatte ihn durchschaut, mit dem Einschleimen konnte er also aufhören.

Adrián versuchte eine andere Strategie. »Zusammen können wir den Metamorphen einen Schlag verpassen, von dem sie sich nicht so bald erholen werden. Ist es nicht das, was wir uns alle wünschen, endlich von den Biestern in Ruhe gelassen zu werden?« In seinem aufgebrachten Zustand fielen ihm keine weiteren Gründe ein. Und diese waren zu wenige, um das Oberhaupt des Clans zu überzeugen.

Conrad nahm eine Schere und begann, ein Buchsbäumchen zu stutzen. Zu gern hätte Adrián erfahren, was in dem Mann vorging. Würde er zustimmen? Wenn nicht, musste er versuchen, Maria auf seine Seite zu ziehen. Mit ihrem Einverständnis könnte der Plan funktionieren, auch wenn Conrad sich dagegenstellte. Ihr würden viele Nachzehrer folgen. Und sie brauchten in diesem ermüdenden Kampf endlich ein Erfolgserlebnis. Es würde sie alle enger zusammenschweißen, und die Einzelgänger, die dem Clan gefährlich werden könnten, dazu bewegen, sich ihnen anzuschließen.

Was Conrad letztendlich überzeugte, konnte Adrián nur raten. Vielleicht die Aussicht auf einen durchschlagenden Erfolg. Vielleicht ahnte das Oberhaupt auch sein Vorhaben und wollte es nicht auf einen Machtkampf mit Maria ankommen lassen. Jedenfalls schien er überzeugt zu sein, und mehr brauchte Adrián nicht. »Werden die Informationen, die Sie beschaffen wollen, zuverlässig sein?«

»Das werden sie.«

»Wer ist Ihr Informant?«

»Das kann ich Ihnen nicht sagen.«

Conrad schien die Antwort erwartet zu haben, und ein Zucken in seinem Gesicht zeigte, wie wenig sie ihm schmeckte. »In Ordnung. Wenn Sie alles haben, dann kommen Sie in die Villa. Dort werden Maria, Sie und ich den Angriff durchplanen. In drei Tagen wären wir kampfbereit, sofern Ihre Informationen uns überzeugen.«

»Drei Tage? Aber Evelyn …«

»Drei Tage, Rivas, die mir immer noch zu knapp bemessen erscheinen.«

Adriáns Herz krampfte sich zusammen, als er daran dachte, Evelyn noch länger in den Händen seiner Feinde zu wissen. Aber unbedacht anzugreifen, bedeutete eine sichere Niederlage. Ihm blieb nur zu hoffen, dass sie so lange durchhalten würde.

»Okay.« Er stand bereits in der Tür, als er sich noch einmal umdrehte und die Frage stellte, die ihm auf eine unerklärliche Weise Unbehagen bereitete: »Was haben Sie gemeint, als Sie sagten, ich wüsste nichts über Evelyn?«

»Ich wollte Sie nur warnen. Vergessen Sie es.«

»Warnen? Wovor?«

»Haben Sie es denn nicht selbst bemerkt?« Conrad sah ihn direkt an. »Lynn ist nicht wie wir.«

»Klar, sie muss mit ihrem Dasein erst mal zurechtkommen«, stammelte Adrián und fragte sich, warum er sich gezwungen fühlte, sie zu verteidigen.

»Das ist es nicht.« Conrads Hand griff um die Schere, als wolle er sie erwürgen. Eine Ader pochte an seinem Hals. »Ihre Mutter war ein Metamorph.«

»Das ist unmöglich! Woher …«

»Sie wollten gerade gehen. Auf Wiedersehen.«

»Nein, warten Sie!«

»Auf Wiedersehen!«, wiederholte Conrad mit Nachdruck.

Einen Moment sahen sie einander an, als wollten

sie ihre Kräfte messen, bevor sie erneut aufeinander losgehen würden. Doch das konnte Adrián sich nicht erlauben. Bei dem Angriff auf die Feinde brauchte er die Hilfe des Clan-Oberhaupts. Also sah er davon ab, den Mann noch mehr zu reizen, und gab klein bei. Egal, was Conrad behauptete, er kannte Evelyn schließlich. Vielleicht besser, als sie sich selbst kannte. Und ein Metamorph war sie ganz sicher nicht.

Die Leichen aus dem Kofferraum in einem Wald zu bestatten, dauerte länger, als Adrián gedacht hatte. Vor allem, weil er sich die Zeit genommen hatte, sich von den Toten zu verabschieden, wie es die Hinterbliebenen nicht tun konnten. Auch wenn diese Geste von einem Außenstehenden einer Farce gleichkäme, bedeutete sie ihm sehr viel. So fuhr er erst am frühen Abend zurück nach Hamburg und erreichte den Bezirk, in dem sein Ziel lag, als es bereits dämmerte.

Im Strom der Autos und der Menschen, die, in ihren eigenen Trott versunken, zu dieser späten Stunde an ihm vorbeieilten, fühlte er sich für die anderen unsichtbar. Adrián hätte sich nicht vorstellen können, irgendwo anders als in einer Metropole zu leben, in der jeder jedem egal war, wo keiner Fragen stellte und Verbrechen geschahen, die viel grausamer waren als die, zu denen er gezwungen war, um zu überleben.

Er liebte es, durch die Nacht zu streifen. Wenn er am Tag den Schutz seiner Wohnung oder, falls er nach draußen musste, die Schatten suchte, so spendete ihm die Dämmerung ungeahnte Kräfte. Er sehnte sich nach Dunkelheit und genoss es, die Kühle des Abends auf der Haut zu spüren. Manche Nächte verbrachte er gänzlich draußen, um die Finsternis in jede Pore seines Körpers aufzunehmen. Dann fuhr er zum Hafen und spazierte am Kai entlang, bewunderte das Funkeln der Schiffslichter im Wasser und wurde eins mit der Nacht.

Bald verließ Adrián die Straße und schlüpfte ins Treppenhaus eines Hochhauses. Das Licht im Erdgeschoss flimmerte und tat in den Augen weh. Adrián verabscheute Fahrstühle, diese Monster, die Menschen verschluckten und ratternd in ihrem Leib hinauf oder hinunter beförderten, und lief die Stufen zum 6. Stock hoch. Er musste sich zwingen, um auf die Klingel zu drücken. Eine Frau öffnete ihm, in eine Strumpfhose und einen schlabberigen braunen Pullover gehüllt, unter dem sich ihr Bauch wölbte. An ihrem Kinn zeichnete sich ein blauer Fleck ab, der sich bereits gelblich färbte.

Adrián setzte sein charmantestes Lächeln auf. »Guten Abend. Ich bin ein Freund Ihres Mannes. Ist er zu Hause?«

»Nein«, flüsterte sie, als trüge sie Schuld an diesem Umstand.

»Das ist ärgerlich. Er hat mich doch tatsächlich gebeten, noch heute vorbeizukommen. Und ich musste deswegen durch die ganze Stadt fahren. Wann ist er wieder da?«

»Das weiß ich nicht«, kam es genauso scheu zurück.

»Könnte ich vielleicht auf ihn warten?«

Er bemerkte, dass sie am liebsten Nein gesagt hätte, sich aber nicht traute. Es missfiel ihm, ihre Ängstlichkeit auszunutzen, aber mit leeren Händen zurückzugehen, konnte er sich nicht erlauben. »Ach, was soll's. Anscheinend war es Ihrem Mann doch nicht so wichtig, wie er gesagt hat. Leider werde ich diese Woche keine Zeit mehr haben, noch einmal vorbeizukommen. Dann muss er sich eben länger gedulden. Sagen Sie ihm …«

Mit jedem seiner Worte wurde ihre Miene verzweifelter. »Nein, nein«, unterbrach sie ihn, »kommen Sie rein. Möchten Sie im Wohnzimmer auf ihn warten?«

Während die Frau ihn durch den Flur geleitete, nahm er das Flirren ihrer Lebenskraft wahr – blassblau, stumpf, ohne jeglichen Glanz. Eine schüchterne Person, die zu beeinflussen für ihn ein Kinderspiel gewesen wäre.

Im Wohnzimmer blieb die Frau stehen, als fürchte sie sich hereinzukommen, wagte es aber nicht zu gehen. Adriáns Blick wanderte ihren Körper entlang und blieb an ihrem Bauch haften. Er sah die Farben des Fötus, die in Pastelltönen schimmerten, und die dunkelbraunen Zungen, die das Kleine zu verschlingen schienen. Das deutete auf eine schwere Krankheit hin.

»Was fehlt Ihrem Baby?«, fragte er. Seine Betroffenheit musste er nicht einmal heucheln – die Leiden des kleinen Wesens gingen ihm unter die Haut.

Die Frau legte die Hände um ihren Bauch, als wolle sie ihr Ungeborenes vor aller Grausamkeit der Welt beschützen. »Der Arzt sagt … er sagt …« Sie verstummte, ohne imstande zu sein, ihren Satz zu beenden.

Adrián spürte das Echo ihres Kummers. Er war froh, diese Zweifel niemals selbst erleben zu müssen. Ein Kind in die Welt zu setzen und dem kleinen Wesen den Fluch weiterzugeben, käme für ihn niemals in Frage. »Er befürchtet eine Fehlgeburt, nicht wahr?«

Auf einmal machte die Frau den Eindruck, gleich zusammenzubrechen. Adrián eilte zu ihr, stützte sie und führte sie zu einem Sessel. Er hätte ihr gern mehr geholfen, aber er war kein Arzt. Er konnte nur mit seinem Nachzehrer-Blick zusehen, wie der Körper der Schwangeren gegen das Baby ankämpfte, als wäre es etwas Fremdartiges, was nicht in einen Menschenleib gehörte. Die Ursache dafür wusste er nicht.

Im Flur klackte das Schloss.

Die Frau schreckte zusammen. »Mir fehlt nichts. Danke.« Sie erhob sich schwerfällig und schwankte aus dem Zimmer. »Ach, Schatz, wie schön, dass du da bist. Ein Freund von dir ist da, er meinte …«

»Du dummes Weibsstück!«, dröhnte es durch die Tür. »Wie oft habe ich dir gesagt, du sollst niemanden reinlassen. Ich habe keine Freunde!«

Das Wüten eines Betrunkenen, das Wimmern einer verängstigten Frau … Bevor noch etwas Schlimmes passierte, trat Adrián in den Flur.

»Willst du nicht erst mal hallo sagen, Sebastian?« Was er vor sich erblickte, gehörte zu den abstoßendsten Erscheinungen, die ihm jemals unter die Augen gekommen waren. War er noch vor einiger Zeit einem imposanten Mann von der Statur eines Bullen gegenübergestanden, sah er nun einen Versager, der sich an der Wand abstützte und seine Frau anbrüllte. Die Augen in dem schlaffen Gesicht blickten trüb. Das fettige, ergraute Haar hing in Strähnen auf seine Schultern herab. Die Alkoholfahne, die der Kerl verbreitete, verpestete die Luft der ganzen Wohnung.

Bei Adriáns Anblick erblasste er. »Du?«, presste er durch die zusammengebissenen Zähne hervor, stieß sich von der Wand ab und torkelte ein paar Schritte vorwärts. Er wäre gestürzt, hätte Adrián ihn nicht am Oberarm gepackt.

»Wir müssen reden, Sebastian. Ich schätze, du bist mir noch etwas schuldig.«

»Ich bin dir nichts schuldig!«, lallte er, und Adrián musste das Gesicht abwenden, um sich von dem säuerlichen Atem nicht übergeben zu müssen.

»Das sehe ich anders. Und jetzt komm ins Wohnzimmer.«

Sebastian strampelte sich los und hielt sich an der Garderobenstange fest. Schwer hob er den Kopf, schielte zu seiner Frau und brummte: »Geh in die Küche und stör uns nicht. Na los, worauf wartest du noch? Beweg deinen Arsch.«

Sie zuckte zusammen, schien noch kleiner und

jämmerlicher zu werden. Rasch verschwand sie in der Küche, und die Tür fiel hinter ihr zu. Dahinter ertönte ein Schluchzen. Adrián ballte die Hände. Er stand kurz davor, dem Kerl eine reinzuhauen, aber mit einem gebrochenen Kiefer würde dieser Mann ihm schlecht etwas über die Metamorph-Anlage erzählen können.

Im Wohnzimmer angelangt, plumpste Sebastian in den Sessel und legte die Füße auf den Couchtisch.

»Was willst du von mir? Wir sind miteinander fertig«, keuchte er. Es kostete ihn sichtlich Mühe, klar zu reden.

Adrián stützte sich mit dem Ellbogen auf die Fensterbank. »Wer einen Pakt mit dem Teufel schließt, gehört ihm auf ewig. Ich brauche Informationen von dir.«

Sebastian lachte krächzend, was einem Hustenanfall gleichkam. »Und womit willst du mir drohen? Mit dem Fegefeuer? Schau dich bloß um: In der Hölle bin ich schon längst angekommen.«

»Das merke ich.«

»Also verzieh dich.«

»Wie du meinst. Deine ehemaligen Metamorph-Freunde werden sicherlich gern erfahren, wer den Tod von Johannes Ney zu verantworten hat.«

Sebastian schnappte nach Luft. »Du hast ihn umgebracht, schon vergessen?«

»Stimmt, wie konnte es mir bloß entfallen. Aber … Moment mal. Warst nicht du es, der mich angefleht hat, dir bei deinem Rachezug zu helfen, weil dieser Johannes Ney deine Kuh geschlachtet hat?«

Rote Flecken überzogen das Gesicht des Mannes. »Diese Kuh hieß Großmütterchen Thilde, und sie war mein Seelentier!« Er wollte aufspringen, taumelte, und Adrián benötigte bloß einen Schubs, um ihn zurück in den Sessel zu befördern.

»Bleib, wo du bist, ich bin noch nicht fertig! Ja, ich habe Johannes umgebracht. Aber du hast danebengestanden und dich an den Qualen des Armen ergötzt. Du warst derjenige, der sich alle möglichen Foltern für ihn ausgedacht hat. Und dich hat er in den letzten Minuten der Besinnung verflucht.« Manchmal, wenn er in den Erinnerungen daran zu ertrinken drohte, redete Adrián sich ein, er wäre nicht schuld an dem Vorfall. Sebastian hatte ihn aufgesucht und um Hilfe angefleht, ihn zum Werkzeug seines Racheplans gemacht. Unter anderen Umständen hätte Adrián niemals eingewilligt – er tötete nicht aus purer Lust. Nur um zu überleben. Aber die Informationen, mit denen Sebastian angekommen war, waren zu wichtig gewesen – und jetzt könnte sein Wissen Evelyns Leben retten. Die Brutalität der Tat milderte das keineswegs.

Sebastian knirschte mit den Zähnen. »Mag sein. Aber wer wird dir, einem Totenküsser, schon glauben?«

»Wie gut, dass ich einen sehr realistischen und nicht jugendfreien Film dazu habe«, bluffte Adrián. Natürlich hatte er keinen – das Ganze zu filmen wäre ihm niemals in den Sinn gekommen. Zu grausam waren die Bilder: das dunkle Lagerhaus, der Schweiß-, Blut- und Uringeruch, der gefesselte Mann, der bis zuletzt gekämpft hatte, und die Schreie, die noch immer in Adriáns Ohren hallten, wenn er daran dachte.

»Du krankes Schwein! Das glaube ich dir nicht!«

»Wollen wir wetten? Ich bin sicher, deine Metamorph-Freunde werden viele Inspirationen dafür finden, was sie mit dir für den Tod ihres geschätzten Mitglieds anstellen könnten.«

Mehrere Atemzüge lang starrte Sebastian ihn an, dann knickte er ein und vergrub die Hände in seinen Haaren. »Okay«, flüsterte er. »Was willst du von mir wissen?«

Adrián tätschelte ihm die Schulter. »Na geht doch.«

Drei Tage. Dann würde er Evelyn befreien können.

23. Kapitel

Evelyn rätselte, ob sie im Bungalow ein Gast oder eine Gefangene war. Als sie vorsichtig anmerkte, sie würde gern nach Hause gehen, entgegnete Kilian, nur eine umfassende Ausbildung verspräche bei der Suche nach dem Seelentier eine Aussicht auf Erfolg. Dabei ließ sein Gesichtsausdruck keinen Zweifel zu – er würde sie nicht freilassen. Auch Akash behielt sie im Auge und machte eine Flucht unmöglich. Wenigstens versuchte er nicht mehr, sie in Stücke zu reißen. So beugte sich Evelyn ihrem Schicksal und harrte der Dinge, die da kommen mochten.

In den nächsten Tagen, die sie im Bungalow verbrachte, wurde sie von Kilian umsorgt. Evelyn fand es rührend, aber mehr Gefühl als zu einem Welpen aus dem Tierheim wollte in ihr nicht aufkommen. Nach dem Vorfall im Wald wusste sie, dass sie diesen Mann niemals lieben könnte, egal wie anziehend sein Duft war.

Finn wohnte weiterhin im Schuppen und wurde zu einem unsichtbaren Begleiter. Sein Geschick, allen aus dem Weg zu gehen und nicht aufzufallen, beeindruckte Evelyn. Sie beschloss, ihn besser kennenzulernen.

Ganz altruistisch war ihre Entscheidung jedoch nicht: Vielleicht würde es ihr gelingen, ihr Königin-Erbe auszunutzen. Vorausgesetzt, das, was Linnea erzählt hatte, stimmte. Wenn sie Finn dazu bringen würde, ihr ebenso zu verfallen wie Kilian, könnte sie die beiden Männer aufeinanderhetzen und in dem Aufruhr der Gemüter einfach verschwinden. Nicht die feine englische Art, aber was für Möglichkeiten hatte sie noch?

Im Bungalow fand sie ein Spielkarten-Set und lud den jungen Mann zu einem Canasta-Abend ein. Kilian quittierte es mit einem Murren und verbrachte eine halbe Stunde beleidigt in einer Ecke, setzte sich dann aber dazu. Schon bald hatte Finns Geselligkeit die kleine Runde mit Frohsinn angesteckt, und sie lachten und blödelten herum bis spät in die Nacht. Doch egal wie sehr Evelyn ihren weiblichen Charme ausspielte, Finn erwies sich als harte Nuss. Eines war sicher: Eher würde Brad Pitt ihr zu Füßen liegen als er. Es wollte bei ihm einfach nicht funktionieren. Irgendetwas an ihm war … anders.

Als Evelyn sich bettfertig machte, klopfte es an der Schlafzimmertür, und Kilian trat herein. »Magst du ihn?«

Zunächst begriff sie nicht, was er meinte. »Wen?«

»Finn.«

Sie hätte fast losgelacht, riss sich aber zusammen und neckte: »Er ist nett. Ja, ich glaube, ich mag ihn.«

Noch bevor sie etwas hinzufügen konnte, fuhr Kilian auf dem Absatz herum und stürmte aus dem

Zimmer. Die Eingangstür knallte zu und Evelyn nutzte die Chance zu einem Fluchtversuch.

Sie zog sich hastig wieder an, doch als sie das Haus verlassen wollte, glänzten ihr von der Schwelle Akashs goldene Augen entgegen. Sein Fell am Nacken stellte sich auf, der Köper spannte sich an. Dieser verfluchte Köter! Evelyn blieb nichts anders übrig, als bloß das Geschehen auf dem Hof zu verfolgen. Kilian brüllte, dazwischen versuchte Finn etwas zu erwidern, als er jäh verstummte. Es klang so, als hätte Kilian ihn geschlagen. Für einige Sekunden herrschte Stille.

»Du bist wirklich krank«, sagte Finn plötzlich vollkommen ruhig. »Dein menschlicher Verstand verabschiedet sich. Du wolltest wissen, was du in jener Nacht gerissen hast. Keine Ahnung. Dort, wo ich dich gefunden habe, hast du nicht viel von deinem Opfer bei dir gehabt. Aber ein Reh war das nicht. Denn Rehe tragen keine Hemden, und ich habe einen Stofffetzen in deiner Hand gesehen, der nicht von deinem T-Shirt stammte.«

»Was redest du da …«

»Ich wollte dir helfen. Ich wollte dir wirklich helfen, wieder zu dir zu finden. Aber du lässt mich nicht. Stattdessen wirfst du mir vor, dir deine Auserwählte auszuspannen.«

»Finn, warte. Es …«

»Lass mich in Ruhe. Ich habe genug von dir, von Linnea und deiner beschissenen Gemeinde.« Die Tür des Schuppens klappte zu.

Einige Zeit später kam Kilian ins Haus und ließ sich auf das Sofa fallen. An Evelyn richtete er kein Wort. Was ihr sehr entgegen kam, denn sie fühlte sich auch ohne seine Vorwürfe mies genug. Was hatte sie bloß angerichtet!

Am nächsten Tag schlug die Hitze der letzten Wochen ohne Vorwarnung um. Wohin das Auge reichte, erstreckte sich der graue Himmel. Die Kiefern knarrten unter den Windböen, der Regen trommelte gegen die Fensterscheiben. Andere hätte all das deprimiert, Evelyn jedoch spürte einen neu erwachten Tatendrang. Sie würde es schon schaffen, ihren Bewachern zu entkommen.

Auf einer Kommode entdeckte sie einen Kamm und begann, ihr Haar zu entknoten. »Sind deine Flöhe eigentlich reinrassig?«, rief sie gut gelaunt, als sie in die Stube trat.

Kilian saß am Küchentisch und streichelte gedankenverloren das Kätzchen, das sich auf seinen Oberschenkeln ausgestreckt hatte. Vor ihm stand eine Tasse Tee, die er genauso wenig beachtete wie Evelyns neckende Worte. Als sie sich zu ihm gesellte, murrte er einen Gruß, ohne von dem Pelzball aufzuschauen. Zu seinen Füßen lag Akash, dessen Blick Evelyn belauerte, doch in der Gegenwart seines Herrchens wagte er es nicht, sie anzugreifen.

»Schlechtes Wetter, was?« Sie setzte sich an den Tisch und bestrich ihren Toast mit einer dicken Schicht Butter. Leider beherbergte Kilians Kühlschrank abgesehen von der angebrochenen Dose Hundefutter und einer Packung Milch nichts mehr, und das, wo sie so einen Mordshunger hatte!

Kilian beobachtete die Regentropfen, die die Scheibe herunterliefen. »Jetzt werden die Kreaturen aus allen Löchern herauskriechen. Ich hasse das.«

»Meinst du die Nachzehrer?« Sie verschlang ihr Brot und nahm sich noch eine Scheibe, diesmal ohne sie zu toasten.

»Je weniger Sonne, desto besser fühlen sich die Teufelsdinger. Warte erst mal den Herbst und den Winter ab. Kennst du das Sprichwort? Im Herbst fallen Blätter und Menschen. Du willst gar nicht wissen, wie viele von denen auf die Rechnung dieser Verdammten gehen.«

»Ihr jagt sie, und sie jagen euch. Dabei scheint das beide Seiten nicht sonderlich zu beglücken. Warum handelt ihr nicht einen Waffenstillstand aus?«

»Es sind mordlüsterne Bestien!« Kilian knallte die Faust auf die Tischplatte. Seine Tasse kippte um, und Tee rann auf das Holz. »Mit denen kann man nicht verhandeln.«

Evelyn wollte protestieren, bremste sich aber rechtzeitig. »Habt ihr das bereits versucht?«

»Ich würde mir lieber eine Kugel verpassen, als Frieden mit ihnen einzugehen. Die Kreaturen töten uns seit Anbeginn der Zeit. Und weißt du, warum? Weil unsere Lebensenergie sie besser sättigt als die der Menschen. Wir sind wie Sahnetörtchen für sie! Meinst du, das wird irgendwann aufhören?« Er schüttelte sich und umarmte das Kätzchen, als könne es ihm Trost spenden. »Wir müssen sie vernichten. Das ist unsere Lebensaufgabe.«

»Und was ist mit ein Haus bauen, einen Baum pflanzen und ein Kind zeugen?« Evelyn stopfte einen weiteren Toast in sich hinein. Ihr Hunger ließ sich einfach nicht besänftigen! »Wie wollt ihr die Nachzehrer überhaupt vernichten, wenn sie unsterblich sind?«

»Einst haben wir sie einfach getötet. Je mehr von ihren Körpern zerstört wird, desto länger brauchen sie, um wiederzukehren. Dann aber entdeckten wir ihren Schwachpunkt. Wenn sie aushungern, sind sie weg. Schluss, aus, Feierabend.«

Evelyn blieb der Bissen in der Kehle stecken. »Ihr lasst sie verhungern?« Sie schluckte hörbar, beobachtete, wie das Rinnsal des vergossenen Tees zur Tischkante lief und auf Akashs Schnauze tropfte.

»Früher konnten sie wochen-, manchmal monatelang überleben. Aber inzwischen haben wir den Vorgang optimiert. Unter bestimmten Folterarten verschwenden sie viel Energie darauf, ihren Körper am Leben zu erhalten, und die Kraft verlässt sie schneller.« Er sprach mit so einer Gelassenheit, dass Evelyn ein Schauer den Rücken hinunterlief.

»Das ist … grausam.«

»Sie haben es verdient.«

»Ganz sicher nicht!« Kaum hatte sie es ausgesprochen, tat ihr der hitzige Ausruf leid – was, wenn Kilian einen Verdacht schöpfte? Aber er winkte nur ab: »Wenn du länger bei uns bist, wirst du es schon verstehen.«

Sein Handy läutete und erlöste Evelyn von dem Gespräch. Kilian erwachte aus seiner Melancholie. Mit dem Kätzchen im Arm begab er sich auf die Suche. Er spähte unter das Sofa, warf die Zeitungen auseinander, durchstöberte die herumliegende Wäsche. Endlich fand er das Telefon.

»Ney.« Danach folgte ein Ja, dann eine Pause und noch ein Ja. Das Gespräch wurde beendet. »Es war Linnea.«

»Mh.« Die Unterhaltung von vorhin beschäftigte Evelyn noch immer. Sie griff zur Toastpackung, stellte aber fest, dass sie leer war. Und dieser Hunger! Das Essen vermochte ihre Gier nicht zu stillen. Sie erinnerte sich an den Mann an der Bushaltestelle, an den Schimmer, an ihr Verlangen nach seiner Lebenskraft. War sie vielleicht doch eine Nachzehrerin? Sie spähte zu Kilian. Zuerst zaghaft, dann immer intensiver erglühte das Schimmern um ihn herum. So heiß, so verlockend – sie erhob sich, machte einen Schritt auf ihn zu. Es zog sie unwiderstehlich an. Mit halbgeöffnetem Mund näherte sie sich seinem Gesicht.

»Evelyn? Ist alles in Ordnung mit dir?«, erreichte Kilians Stimme ihr Ohr wie durch Wasser.

Akash knurrte drohend.

Evelyn blinzelte. Das Glühen der Aura erzitterte und löste sich auf wie Wasserdampf. »Entschuldige. Was hast du gerade gesagt?«

»Linnea ruft uns zu sich. Sie meinte, es sei sehr wichtig, wollte aber die Einzelheiten nicht am Telefon erzählen.«

»Dann lassen wir sie besser nicht warten.« Mit einer Hand fuhr sie sich über die Stirn. Was war mit ihr los? Nichts, antwortete eine verräterische Stimme in ihrem Kopf. Du wolltest ihn einfach nur küssen … zu Tode. Sie wagte es nicht, ihn anzuschauen, aus Angst, die Gier nach seiner Lebensenergie nicht zügeln zu können. »Ich schätze, sie möchte wissen, was ich mir so überlegt habe. Wegen der Sache, dass sie angeblich meine Mutter ist.«

Insgeheim freute Evelyn sich, aus dem Bungalow herauszukommen. Auch wenn Linneas Domizil wohl kaum ihre Wunschadresse war. Sollte die Königin sie nach ihrer Entscheidung fragen, wüsste sie nichts zu antworten. Ob sie ihr überhaupt glauben sollte? Zu sehr klang die ganze Geschichte nach einer Seifenoper.

Wenige Minuten später saßen sie im Auto und fuhren nach Hamburg.

Das Schimmern, das sich mit neuer Kraft um Kilian herum entfaltete, blendete Evelyn, obwohl sie ihn zu ignorieren versuchte. Der Hunger wütete in ihren Eingeweiden. Sie kämpfte dagegen an. Kämpfte während der Autobahnfahrt und in den Staus der Stadt, kämpfte auch dann, als sie kaum noch etwas registrierte als die Aura und ihren Hunger. An einer roten Ampel verlor sie ihren Kampf. Einem Impuls folgend, schlang sie einen Arm um Kilians Nacken, zog ihn zu sich heran und presste ihre Lippen auf die seinen. Eine wohlige Wärme breitete sich in ihr aus. Sie spürte eine fremde Stärke, die durch ihre Adern strömte und ihren Körper mit Leben erfüllte. Es war köstlich, betörend und …

Im Laderaum wütete der Hund und warf sich gegen die Stahlwand, die ihn von der Kabine seines Herrchens trennte. Kilian zuckte zusammen und entzog sich Evelyns Umarmung. Auch sie ließ von ihm ab. Irritiert starrten sie einander an, während sie von den hinter ihnen wartenden Autos ausgehupt wurden.

»Bitte entschuldige«, wisperte Evelyn. Sie hatte doch nicht wirklich vor … Ihr wurde schwindelig vor Abscheu.

»Nein, nein. Schon okay.« Kilian klang geschwächt. Aber anscheinend hatte er den Vorfall anders gedeutet, im Kuss nicht seinen nahen Tod gesehen.

Evelyn krümmte sich auf ihrem Sitz zusammen. Akash wütete weiter. Von überall hupte es.

Kilian hämmerte mit der Faust gegen die Trennwand. »Ruhe! Aus! Was ist bloß los mit diesem Köter?« In Schlangenlinien fuhr er davon, die Lider zusammengekniffen und tief über das Steuer gebeugt.

»Was weißt du eigentlich über Hexen?«, fragte Evelyn. Sie musste einfach irgendwas unternehmen. Wie lange würde sie sich sonst noch im Zaum halten können, um niemanden zu töten?

»Mh, wie kommst du jetzt darauf?«

»Nur so.«

Er schüttelte den Kopf. »Wir sollten lieber nicht über die Mächtigen reden.«

»Warum nicht?«, rief Evelyn aus. »Warum haben alle so eine Angst vor ihnen?«

»Besser ist es. Ich habe mal von einem Metamorph gehört, der mit einer Mächtigen einen Deal eingegangen war. Sie soll ihm seine Seele entrissen und ihm stattdessen einen Dämon eingepflanzt haben.«

»Gruselig«, höhnte Evelyn. »Erzähl mir die Geschichte unbedingt beim nächsten Lagerfeuer. Was weißt du konkret über die Hexen?«

»Das war's auch schon. Aber …« Er warf ihr einen verstohlenen Blick zu. »Ich kann mich umhören, wenn du magst.«

Sie spürte, wie viel Überwindung es ihn kostete, und wusste auch, warum er es trotzdem anbot. Eine Wiedergutmachung, die ihm eine neue Hoffnung auf ihre Gunst gab. Sie verfluchte sich für ihr falsches Spiel, lächelte aber und strich ihm über den verbundenen Arm. »Das wäre prima. Du glaubst gar nicht, wie wichtig mir das ist!«

Wegen der unzähligen Staus – das schlechte Wetter hatte die Hamburger Fahrer wohl zu stark aus dem Konzept gebracht – kamen sie erst kurz nach Mittag in St. Pauli an. Kilian fand keinen Parkplatz vor Linneas Haus, und bis sie schließlich dort ankamen, waren sie bis auf die Knochen durchnässt. Zu Evelyns Erleichterung war Akash im Wagen geblieben. Im Gegensatz zu seinem Herrchen wusste er den Todeskuss von vorhin richtig zu deuten.

Linneas Haus hatte sich Evelyn als eine Festung vorgestellt, einen Adelssitz, der einer Königin würdig war. Zu ihrer Enttäuschung wurde sie in ein Mehrfamilienhaus geführt. Sie steuerte die Treppe nach oben an, doch Kilian dirigierte sie in den Keller.

»Linnea meinte, sie würde unten auf uns warten. Ich mag es selbst nicht, dort hinzugehen. Deshalb habe ich auch Akash im Auto gelassen, das setzt ihm jedes Mal ziemlich zu.«

Hinter einer Metalltür führte eine Treppe ins schwarze Nichts. Evelyns Alarmglöckchen meldeten sich, und sie weigerte sich, auch nur einen Schritt weiterzugehen.

Kilian schien ihre Zweifel bemerkt zu haben. »Dir wird nichts passieren«, versicherte er. »Ich bin bei dir.«

Der Treppe folgte ein Tunnel, in dem Evelyn sich wie von einem Wurm verschluckt fühlte. Tastend und stolpernd bewegte sie sich vorwärts und umklammerte Kilians Hand. Noch eine Treppe!

»Ein paar Meter weiter runter, und wir sind in Australien angekommen«, beschwerte sie sich. Obwohl sie nie die Richtung gewechselt hatten, bezweifelte Evelyn, den Weg zurück allein finden zu können. Die glitschigen Wände und die niedrige Decke konnte sie mit einer Hand befühlen, und es kam ihr vor, als wäre sie lebendig begraben. Sie fröstelte. Die Kleidung umwickelte ihren Körper wie nasse Leichentücher und behinderte ihre Bewegungsfreiheit.

Endlich sah Evelyn ein Licht, und sie wurde in einen Saal geführt. Hohe Säulen stemmten das kuppelähnliche Gewölbe und verpassten dem Raum einen mittelalterlichen Stil. Es roch nach Verwesung, und Evelyn glaubte ersticktes Stöhnen, Flehen und Schmatzen wahrzunehmen. Spielte ihr Verstand verrückt? Oder waren es Geister, die diese Hallen bewohnten? Inzwischen war sie bereit, alles Mögliche in Betracht zu ziehen.

Aus einem Durchgang trat Linnea ihnen entgegen, begleitet von zwei Männern und einer Frau. Die Königin mit ihrem Hofstaat. Die Blinde fühlte sich sichtlich wohl in diesen Gemäuern.

»Schön, dass ihr da seid.« Ihre blasse Hand streichelte Kilian über die Schulter, der Arm schlängelte sich wie eine Schlange um seinen Hals. »Darf ich dich einen kurzen Moment allein sprechen?«

Ohne seine Antwort abzuwarten, nahm sie ihn zur Seite. Wie sehr Evelyn sich auch anstrengte, sie konnte kein Wort belauschen. Die beiden Metamorph-Männer und die Frau hielten sich im Schatten zurück, doch sie spürte ihre Blicke auf sich ruhen.

Kilians Miene verfinsterte sich. Schließlich nickte er und kam zurück. »Evy, es gibt schlechte Neuigkeiten. Ich muss weg – werde woanders gebraucht.«

»Dann gehe ich mit dir!« Keine Sekunde lang wollte sie mit diesen Leuten allein bleiben.

Seine Mundwinkel zuckten. »Nein, das ist zu gefährlich. Hier bist du sicher.«

»Ich kann auf mich aufpassen, glaub mir.« Sie zog das Khukuri aus der Lederscheide, die sie unter ihrem Cardigan trug. Beim Anblick der Waffe rückten die Bewacher der Königin ein Stück auf sie zu, doch Linnea hielt sie mit einer Geste zurück.

»Ich werde bei dir bleiben«, beharrte Evelyn.

Wieder missdeutete er ihre Absichten. »Ich komme zurück, versprochen. Aber wenn du mitgehst und dir etwas passiert, würde ich es mir nie verzeihen.« Er küsste sie, noch bevor sie protestieren konnte. »Ich liebe dich.«

Mit diesen Worten verschwand er im Eingang, aus dem sie gekommen waren. Bald verschluckte die Finsternis auch den Klang seiner Schritte.

Noch bevor Evelyn ihre Gedanken zusammenfassen konnte, echote Linneas Stimme: »Ergreift sie!«

Evelyn fuhr herum. Die zwei Männer und die Frau stürmten auf sie zu. Auf dem Boden schoss ein Wiesel auf ihre Füße zu und versuchte, sie in die Wade zu beißen, über ihrem Kopf ertönte ein Flattern. Die Kampfamazone erwachte in ihr – so leicht würde sie es ihnen nicht machen. Sie trat das Wiesel zur Seite. Mit dem hoch erhobenen Khukuri wartete sie auf ihre Angreifer. Diese begannen, sie wie ein Rudel Wölfe zu umkreisen.

»Na, warum so schüchtern?«, spottete sie. Aus dem Augenwinkel bemerkte Evelyn, wie Verstärkung aus den anderen Durchgängen anrückte. Inzwischen waren es acht Metamorphe, gegen die sie bestehen musste. Mit so vielen würde sie nicht fertigwerden.

Das wusste auch Linnea. »Gib auf, meine Süße, du kannst nicht gewinnen.«

»Nein, aber wenn ich ein paar von euch zum Schöpfer mitnehme, bin ich auch zufrieden.«

»Dein Weg führt direkt in die Hölle«, knurrte ein Metamorph. »Du Leichenschlampe.«

»Aber Kinder«, mischte sich Linnea ein. »Niemand muss sterben. Nicht wahr, Lynn? Leg deine Waffe nieder und sei vernünftig.«

»Nein, Mami«, säuselte Evelyn. »Ich will lieber noch spielen.«

Die Biester hinter ihr griffen an. Sie duckte sich, wirbelte um ihre eigene Achse und durchschnitt mit dem Khukuri die Luft. Ihre Angreifer sprangen zurück, während diejenigen in ihrem Rücken sie zu packen versuchten. Wieder eine Drehung – diesmal streifte das Messer einen Mann am Arm. Die Blutstropfen, die auf den Steinboden fielen, ließen Evelyn aufjubeln.

Der Ring ihrer Gegner wurde enger. Sie musste sich wenden und ducken, stach und schnitt um sich und hielt die Feinde auf Abstand. Als ein Luchs auf sie zustürmte, sammelte Evelyn ihre Energie und sprang hoch. Wie ein Schachtelteufel schnellte ihr Körper über die Köpfe der Angreifer hinweg, sie stieß sich mit den Beinen von einer Wand ab und landete hinter dem Ring der Metamorphe. Wow. Das überraschte nicht nur ihre Feinde, sondern auch sie selbst. Erst jetzt begriff sie, wie Adrián damals aus dem 8. Stock gesprungen war.

Ihre Gegner fielen über sie her. Kein Warten mehr, kein vorsichtiges Herantasten. Es wurde ernst. Evelyn funktionierte nur noch wie ein Automat, ihre Instinkte steuerten den Körper und brachten ihn dazu, Unglaubliches zu leisten. Aber jede Bewegung forderte Energie, jeder Kraftschub senkte ihre Stärke. Lange würde sie nicht mehr durchhalten.

Ihr Messer wurde blutig, viele der Biester trugen tiefe Schnitte, aber keiner gab auf. Die Metamorphe kämpften, als spürten sie keinen Schmerz. Evelyn fragte sich, warum keiner von ihnen zu Waffen griff. Als sollte sie mit bloßen Händen gefangen werden … Das bescherte ihr einen Vorteil.

Sie gab sich dem Kampf hin. Als sie einem Mann gegenüberstand und ihr Khukuri an seinen Hals führte, las sie Angst und Flehen in seinen Augen. Aber auch das konnte sie nicht mehr aufhalten. Die Klinge grub sich in seine Kehle. Ein Blutstrom schoss Evelyn entgegen und lief ihr einer warmen Flut gleich über das Gesicht. Der Mann sackte zu Boden. Sie wandte sich dem Nächsten zu, als von oben ein Netz über sie fiel und sie zu Fall brachte. Evelyn setzte ihr Messer an die Stricke an, durchtrennte einige zu einem Loch, da biss ihr das Wiesel in die Hand. Das Khukuri fiel klirrend auf den Boden.

Noch zappelte Evelyn hin und her, begriff aber sofort, dass der Kampf vorbei war. Sie wurde gefangen genommen. Das Netz schnürte ihre Glieder ein, und Evelyn wurde aus der Halle geschleift. Die harten Steine des Ganges schürften ihre Haut auf und hinterließen blaue Flecken.

Die Metamorphe brachten sie in einen Saal mit einem Käfig. Wie ein wildes Tier warfen sie Evelyn in die Zelle und sperrten die Tür zu. Obwohl ihr der ganze Körper wehtat, kam sie schwankend auf die Knie und rüttelte an den Gitterstäben. Sich ganz aufzurichten, erlaubten ihr die Maße des Käfigs nicht.

»Lasst mich sofort hier raus, hört ihr?«, brüllte sie.

Im Gang erschien Linnea. »Du bist eine gute Kämpferin, das muss man dir lassen.«

»Was willst du von mir?«, rief sie, und das Echo trug ihre Worte weit hinaus.

»Schrei so viel du willst, meine Liebe. Heute Abend erwarten wir Besuch, und da möchte ich unbedingt, dass man dich hört. Also: nur zu.«

24. Kapitel

Auf Marias Sofa versuchte Adrián, sich mit einem Buch abzulenken. Da die Metamorphe anscheinend von seiner Wohnung wussten, war er nicht nach Hause gegangen. Mit Wehmut dachte er daran, sich wieder eine neue Bleibe suchen zu müssen, an das Chaos der vielen Kartons und der halb aufgebauten Möbel. Wie auch immer. Es war eine gute Gelegenheit für einen Tapetenwechsel. Bis es so weit war, würde Maria ihm in ihrer Villa Asyl gewähren.

Die Lady kam wie gerufen. Einem Ninja ähnlich, huschte sie in das Zimmer, passenderweise in den schwarzen Kampfanzug gekleidet. Dieselben freundlichen Töne dominierten auch ihr Make-up: schwarzer Lidschatten, dick aufgetragene Wimperntusche und der Lippenstift mit einem dunkelblauen Stich.

Die *Gran Princesa* wirkte erstaunlich frisch und ausgeruht, vermutlich gerade erst genährt. Sie beugte sich hinter Adrián über das Sofa, indem sie ihn fast umarmte, und schlug das Buch in seinen Händen zu.

»›Pflege und Aufzucht von Kaninchen‹«, las sie den Titel. »Also kümmerst du dich um Fridolin? Wie rührend.«

»Das Tier beißt mich ständig.« Er schlug den Ratgeber wieder auf, um ein Eselsohr an der gelesenen Stelle zu machen.

Maria haute ihm auf die Finger. »Pfui, so etwas wird in meinem Haus nicht geduldet. Und nun mach dich flott, es ist Zeit zu gehen.«

Adrián nickte und legte das Buch beiseite. Als er in der Tür stand, spürte er Maria dicht hinter sich.

»Wir werden alles versuchen, um sie da rauszuholen«, sagte sie. »Das verspreche ich dir.«

»Ich danke Euch«, erwiderte er, ohne sich umzudrehen.

»Versprichst du mir im Gegenzug, keine Dummheiten anzustellen?«

»Tu ich doch nie.«

»Nein. Du nicht.« Sie verwuschelte ihm das Haar und kicherte wie ein kleines Mädchen. Solche Operationen machten sie auf eine seltsame Weise high.

In seinem Zimmer zog er sich um: einen dunkelblauen Pullover, eine bequeme Hose mit vielen Taschen, in denen er Ersatzmagazine für seine beiden Pistolen und eine Taschenlampe verteilte. Wie die meisten seiner Gattung verzichtete er auf die Schutzweste, die ihm zwar einige Unannehmlichkeiten ersparen konnte, die aber genauso verpönt war wie Schwimmflügel für einen harten Kerl im Erlebnisbad. Schließlich legte er das Schulterhalfter um, prüfte seine Pistolen, verstaute ein Messer und eine Reservepistole. Eine leichte Lederjacke vollendete das

Outfit und verdeckte das Waffenarsenal vor neugierigen Blicken.

Maria klopfte an. »Hey, musst du noch dein Haar waschen, föhnen und legen, oder warum dauert es so lange?«

Adrián trat heraus. »Nein, mir ist bloß eingefallen, dass wir ungebeten erscheinen und nicht einmal eine Torte mitbringen.« Grinsend bot er ihr den Arm. »Wollen wir, *Vuestra Alteza*?«

Sie hakte sich bei ihm unter. »Mit Vergnügen, *mi caballero*.«

Über die Stadt senkte sich die Dämmerung und wog sie in den Schlaf, während der Regen sein Gute-Nacht-Lied rauschte. Die Scheibenwischer rissen die Wasserfluten auseinander. Adrián beobachtete die Laternen, die im Regenschleier an ihm vorbeizogen. Alles oder nichts, versprach er sich. Ohne Evelyn würde er nicht zurückkehren.

Maria schien seine Gedanken erraten zu haben. »Ich weiß, wie du dich fühlst. Egal, was heute Nacht passiert, bringe die anderen nicht in Gefahr. Du bist der Teamleiter, sie verlassen sich darauf, dass du sie unbeschadet aus den Katakomben wieder rausbringst.«

Er schwieg. Die widersprüchlichen Gefühle kämpften in ihm um die Oberhand. Einerseits die Verpflichtungen gegenüber seinem Team, andererseits Evelyn, die er nicht länger in Gefangenschaft der Metamorphe lassen konnte. So fragte er sich, was ihm diese

Nacht wohl bringen würde und ob es eine nächste für ihn gäbe.

Maria widmete ihre Aufmerksamkeit der Straße, und so unterbrach nur das Schaben der Scheibenwischer die Stille.

Am Treffpunkt hatten sich bereits die anderen Nachzehrer versammelt – ein beachtlicher Trupp aus Nachtwesen. Jeder von ihnen war aus freien Stücken gekommen. Dunkel angezogen und bewaffnet ragten die Silhouetten in die Nacht: über zwanzig Männer und Frauen, einige mit dem Aussehen von Teenagern. Ein zufälliger Passant hätte bei diesem Anblick das Weite gesucht, in der festen Überzeugung, die russische Mafia mache einen Betriebsausflug. Aber der Platz war leer, und die Häuser lugten mit dunklen Fenstern in die Nacht.

Niemand rührte sich, nur ab und zu erklangen Gespräche, das meiste nichts als Floskeln. Inzwischen waren auch die Letzten angerückt, nur Conrad zeigte sich nicht. Sie warteten lange auf ihn, jedoch vergeblich.

Schließlich trat Maria vor und hielt eine Ansprache an seiner Stelle. Ihre kraftvolle Stimme übertönte das Murren, mit dem die Anwesenden ihren Missmut über das Fehlen ihres Oberhaupts zur Sprache brachten. »Heute haben wir eine Chance, unsere Leute zu befreien. Eine Chance, die wir nicht so oft geboten bekommen. Dennoch möchte ich euch darauf hinweisen, dass es nur um eine Aufklärungsmission geht.

Wir bewegen uns auf feindlichem Terrain, ohne das Gelände genau zu kennen. Wenn es gefährlich wird – sofort Rückzug, ohne Wenn und Aber. Noch mehr Krieger an die Metamorphe zu verlieren, können wir uns nicht leisten.« Sie machte eine Pause, dann klatschte sie in die Hände und fuhr unbeschwert vor, als spreche jetzt eine andere Person aus ihr: »So, Jungs und Mädels, das heißt im Klartext: Ich will bei keinem von euch irgendwelche Rambo-Allüren sehen müssen!« Dabei sah sie Adrián besonders eindringlich an, wie es ihm vorkam. Er hielt ihrem Blick stand. »Ich werde den Angriff von der Oberfläche überwachen. Wie gestern besprochen, werden sieben Teams gebildet. Ihr kennt eure Aufgaben – haltet euch daran! Kommunikation erfolgt ausschließlich über das Âjnâ, das bedeutet: Eure Gedanken werden für den Lauf der Operation für mich und teilweise für die anderen lesbar, vergesst das bitte nicht. Mit anderen Worten: Nikolai …«, ihr Finger wies auf einen stämmigen Mann mit kahlgeschorenem Schädel und einem Drachen-Tattoo darauf, das bis zum Hals reichte, »… was du heute noch mit deiner Holden im Bett treiben willst, behalte bitte für dich.«

Die Menge raunte in einem gemeinsamen Versuch, sich das Lachen zu verkneifen.

»Ich fand's letztes Mal spannend«, warf jemand mit knabenhafter Unbeschwertheit ein.

Nikolais Bariton ertönte: »Hast gleich was Neues gelernt, he?«

Maria räusperte sich. »Roland, an dich eine dringende Bitte: keine Witze reißen.«

Diesmal lachten Einzelne. Die Stimmung hob sich merklich an.

»Und zuletzt: Adrián, bitte nicht summen. Davon kräuseln sich mir die Fingernägel, und ich habe sie gerade heute frisch lackiert.«

Die Menge grölte. Auch Adrián schmunzelte und merkte selbst, wie die Situation etwas leichter zu ertragen war. Maria wusste, wie sie ihre Jungs und Mädels bei Laune hielt, ohne die Ernsthaftigkeit der Sache zu schmälern.

»Und nun«, fuhr sie fort, als wieder Stille einkehrte, »ein paar Worte zum Schluss: Wenn wir zusammen das Âjnâ benutzen, sind wir stärker denn je. Aber das ist auch unsere größte Schwäche. Seid vorsichtig. Und kommt alle unbeschadet zurück.« Sie klatschte in die Hände. »Fort mit euch!«

Die Menge zerfiel in die Teams. Nikolai, Roland – mit dem Aussehen eines Jungen von dreizehn Jahren, doch tot seit sieben Jahrzehnten, und Stella, ein siebzehnjähriges Mädchen mit Kettengürtel und Shuriken, mit dem man sich lieber nicht anlegte, gesellten sich zu Adrián. Für einige Sekunden senkten sie die Köpfe, um mental Kontakt aufzunehmen.

Alles klar? Marias Gedanken streiften Adrián.

Sicher, antwortete er stumm.

Bin auch da – Hallöle, ihr Lieben – Alles im Lot. Stella, Roland, Nikolai.

Viel Glück, wünschte Maria ihnen.

Insgeheim bewunderte Adrián sie. Diese Frau zählte zu den wenigen, die in der Lage waren, unzählige Gedanken zu empfangen und dabei den Überblick zu behalten. Deshalb steuerte sie jedes Mal den Angriff; sogar Conrad begnügte sich in solchen Fällen nur mit der Assistentenrolle. Adrián dachte kurz nach. Wo war der Mann überhaupt? Wie seltsam, dass der Anführer der Operation zugestimmt hatte, sich aber offenbar davor drückte. Doch weiter darüber zu grübeln, blieb ihm keine Zeit. Eins nach dem anderen schwärmten die Teams aus. Der Weg zur Anlage der Metamorphe ging durch die Kanalisation. Zum letzten Mal schaute Adrián den Turm des Michels an, der in den Himmel spitzte. Danach stiegen sie in den Untergrund und erreichten den Geheimgang, der in das Versteck der Biester führen sollte. Zumindest hatte Sebastian das behauptet.

Nikolai, das Gewehr mit der Laserzielvorrichtung aufgerichtet, ging dicht neben Adrián, danach Stella. Roland sicherte die Rückfront. Ab und zu erreichten sie kurze Mitteilungen von Maria über die Aktivitäten der anderen Teams. Das Licht von Nikolais Gewehr huschte hin und her, ergriff aber nur gewöhnliche Ratten und Kakerlaken. Weder Metamorphe noch ihre Seelentiere zeigten sich.

Das Team tastete sich voran. Das Labyrinth der Katakomben hatte Adrián nach Sebastians Aufzeichnungen auswendig gelernt, und bis jetzt stimmte jedes

Detail. Nahezu lautlos schlichen sie durch den Gang. Die niedrige Decke und die Enge erdrückten sie, und besonders der stämmige Nikolai hatte Schwierigkeiten, sich frei zu bewegen. Adrián gefiel es nicht, im Gänsemarsch vorzurücken. Sollten sie auf die Gegner stoßen, wäre es für diese ein Leichtes, sie einen nach dem anderen auszuschalten.

Nikolai stolperte. *Jeb tvoju mat'!*

Adrián verdrehte die Augen. *Nikolai, wenn du schon die Funkstille stören musst, dann bitte in einer Sprache, die wir verstehen.*

Sorry. War nicht wichtig und vor allem nicht jugendfrei. Mit dem Licht seines Gewehrs zeigte er auf Roland.

Hey, protestierte der Junge. *Ich bin Jahrzehnte älter als du.*

Ruhe!, befahl Maria harsch. *Seid richtige Männer und hört auf zu denken.*

Adrián spürte, wie die Anspannung an seinen Teammitgliedern zerrte. Doch für Maria bedeutete jeder Gedanke eine immense Anstrengung, und sie musste bis zum Ende der Mission durchhalten, ohne zusammenzubrechen.

In der Dunkelheit verlor Adrián jegliches Zeitgefühl. Er verbot sich, die Schritte zu zählen, zu summen oder sich sonst wie zu beschäftigen. Um ihn herum herrschte Finsternis, die seiner Seele hätte entsprungen sein können.

Nach einer Ewigkeit – so kam es ihm vor – gelangten sie an eine Metalltür. Gleich rückte Stella an und machte sich an dem Schloss zu schaffen. Nur das Klimpern ihrer Werkzeuge störte die Stille und überlagerte die Atemgeräusche.

Die Tür ging auf. Dahinter erstreckte sich ein weiterer Gang in völliger Dunkelheit.

Sie drangen tiefer in die feindliche Anlage, immer auf der Hut, obwohl sich ringsherum nichts regte. Vielleicht bewachten die Metamorphe ihren Unterschlupf nicht, weil sie keinen Angriff erwarteten? Auf so viel Glück wagte Adrián nicht zu hoffen.

Links – rechts – geradeaus. Wieder eine Tür. Diesmal brauchte Stella länger, und einen Moment befürchtete Adrián, sie würde es nicht schaffen.

Natürlich schaffe ich das, kam es gereizt zurück. Schon war der Weg frei.

Die Lampen, spärlich an den Wänden angebracht, warfen ihr gelbliches Licht in den Korridor aus Naturstein, dessen Ende sich irgendwo vorne verlor. An seinen beiden Seiten befanden sich wiederum Türen.

Keiner aus dem Team wagte sich auch nur einen Schritt weiter. Der gemeinsame Gebrauch des Âjnâ erhöhte ihre Empfindlichkeit für Vorahnungen. Und diese waren jetzt so durchdringend, als hätte jemand ein Neonschild angebracht und dazu »Achtung, Gefahr!« gebrüllt.

Sie tauschten Blicke.

Maria? Wie sieht es aus?, fragte Adrián.

Moment, kam es zögernd zurück. Auch sie spürte die Gefahr, die in der Luft schwebte.

Gleichzeitig hörte Adrián Stöhnen und Gurgeln, als würden die Wände die Geräusche verbreiten. Er näherte sich einer der Türen und konzentrierte seine Wahrnehmung auf das Innere.

Ein Hilferuf stach in seinen Schädel, als hätte jemand einen Nagel in seinen Kopf gehämmert. Wo kam das nur her?

Stella? Mach auf!

Das Mädchen stand bereits vor der Tür, noch bevor er seine Gedanken zu Ende gebracht hatte. Sie hantierte mit ihrem Werkzeug, sichtlich aufgeregt, was das Aufsperren verzögerte. Als die Tür quietschend zur Seite schwang, richtete Nikolai das Licht seines Gewehrs ins Innere. Der Schein erfasste das Gestell eines Metallbetts und eine Gestalt, die daran gefesselt lag.

»Oh mein Gott«, entfuhr es Stella, obwohl es verboten war, während der Operation zu reden.

»Ich glaube, Gott hat damit eher weniger zu tun«, erwiderte Nikolai.

Auf dem Bett lag ein Mädchen. Die Lederriemen, die ihre Extremitäten fixierten, hatten sich tief in ihr aufgedunsenes Fleisch gegraben. Ihr Gesicht dagegen wirkte eingefallen, wie ein in sich zusammengesackter Kuchen einer unglückseligen Bäckerin, und die weißen Zähne glänzten in einem morbiden Lächeln.

Erst nach einer Weile begriff Adrián, was diesen Anblick so entsetzlich machte: Die Kleine war an Hungerqualen gestorben, und in ihren letzten Stunden hatte sie begonnen, sich selbst aufzuessen: die Lippen, die Wangen …

Zutiefst erschüttert wandte Adrián den Blick ab. *Wir können nichts mehr für sie tun. Unsere Hilfe kommt zu spät.*

Roland legte eine Hand an die Wand. Sein Gesicht erblasste. *Es sind noch andere hier. Wir müssen sie fortbringen!*

Adrián nickte. Zumindest sollten sie es versuchen. Gleich darauf ertönte Marias Befehl: *Rückzug! Conrad hat eine Verbindung zu mir aufgebaut. Er sagt, es sei eine Falle! Wir wurden reingelegt.*

Adrián erstarrte. Umkehren? Jetzt, wo sie so nah am Ziel waren?

Alle raus da. Sofort!

Adrián, Nikolai, Roland und Stella schauten einander an, dann streiften ihre Blicke die Metalltüren des Ganges. Die anderen Gefangenen den Todesqualen überlassen? Das durfte Maria doch nicht von ihnen verlangen. Und was, wenn Evelyn sich hinter einer dieser Türen befand? Er konnte nicht zurück, nicht jetzt.

Doch. Wieder Maria. *Es ist ein Hinterhalt, Adrián. Die Metamorphe wissen von dem Angriff.*

Durch wen?

Es ist nicht an der Zeit, darüber zu diskutieren. Ihr sollt zurückkommen. Jetzt gleich!

Ohne länger nachzudenken, verschloss Adrián seinen Geist vor Maria und den anderen.

»Was tust du da?«, zischte Nikolai. Natürlich hatten die Teammitglieder sein Ausklinken gespürt.

Roland schluckte hörbar. »Wir können doch nicht unsere Leute im Stich lassen!«

Adrián sah in die Gesichter seiner Mitstreiter. »Ihr müsst zurück. Maria hat Recht, es ist zu gefährlich.«

»Wenn wir umkehren, wird aus den anderen das da!« Stella deutete mit dem Kinn auf das tote Mädchen.

»Ich bleibe auch«, stimmte Roland ihr zu.

»Ich nicht«, entgegnete Nikolai. »Seid ihr noch zu retten? Wollt ihr etwa auch in einer dieser Zellen verenden? Dann viel Spaß dabei!«

»Du Feigling!«, schnaubte Stella, wickelte sich das Ende ihres Kettengürtels um die Faust und wollte auf ihn losgehen, als Adrián sich zwischen die beiden stellte.

»Genug. Wer gehen will, der geht.«

Alle Blicke wanderten zu Nikolai. Hilflos zog er die muskulösen Schultern hoch. »Tut mir leid. Ich habe eine Frau, mit der ich gern den Rest meiner Ewigkeit verbringen würde. Ich wünsche euch viel Glück.« Mit diesen Worten drehte er sich um und verließ den Trupp.

»Deine Wünsche kannst du dir sonst wohin stecken«, rief Stella ihm nach und spuckte auf den Boden, doch er kehrte nicht um.

Bald löste sich seine Silhouette in der Finsternis auf. Als auch seine Schritte verklangen, vernahm Adrián in der wieder eingekehrten Stille ein Rascheln. Am anderen Ende des Ganges saß eine Ratte, gehüllt in ein silbernes Flimmern. Ein Seelentier!

»Nun wissen die Metamorphe, wo wir sind«, sprach Roland laut aus, was jeder beim Anblick des Biestes dachte.

Adrián hob seine Pistole zur Schießposition. Die Ratte huschte in die Dunkelheit.

»Okay«, beschloss er. »Ihr beide versucht so viele Gefangene wie möglich zu befreien, und ich lenke die Viecher ab. Ich hoffe, ich kann euch genug Zeit verschaffen, damit ihr wieder an die Oberfläche gelangt.«

Stella berührte seine Schulter. »Das ist Selbstmord.«

»Und ein irrer Spaß«, ertönte es aus dem Gang hinter ihnen. »Sie wollen doch nicht ohne mich losziehen?« Aus dem Korridor trat Conrad mit einem HKG36 im Anschlag.

Vor Überraschung fiel Adrián buchstäblich die Kinnlade herunter. »Du? Ich meine … *Sie*?«

»Ich will auch einmal etwas völlig Idiotisches tun.« Conrad hob die Schultern und lächelte sein Grübchenlächeln. »Außerdem bin ich seit heute Morgen so herrlich destruktiv.«

Noch bevor Adrián etwas erwidern konnte, klopfte der Anführer ihm auf den Rücken und winkte den anderen zu. »Sollten Sie Evelyn finden, lassen Sie es mich wissen. Nun verlieren Sie keine Zeit und warten Sie nicht auf uns.«

Adrián hätte nie gedacht, dass er in der Lage wäre,

eine so tiefe Dankbarkeit zu empfinden. Und das gegenüber einem Mann, der ihn vor drei Tagen verprügelt hatte. Sein Selbstwertgefühl litt immer noch darunter.

Conrad zwinkerte ihm zu. »Aber verraten Sie Maria nichts. Los!«

Schulter an Schulter schritten sie den Korridor entlang.

25. Kapitel

Evelyn drückte die Wange gegen die rauen Steine des Bodens. Sie fühlte sich ausgelaugt, ihr Hals schmerzte von all den Schreien, die nach Stunden in ein Krächzen übergegangen waren. Alle Gefühle waren erloschen und hatten tiefer Mutlosigkeit Platz gemacht. Was konnte sie auch dagegen tun, eingesperrt in einen Käfig, in dem sie sich nicht einmal aufrichten konnte? Das Einzige, was ihr blieb, waren der Hunger, der sie marterte, und die Angst, die an ihren Nerven zerrte wie ein Rudel streunender Hunde.

»Du rufst gar nicht um Hilfe? Warum denn so still, mein Kleines?« Linneas Stimme hallte und schien noch mehr an Volumen und Großmut zu gewinnen. Eine wahre Königin vor ihrem niedergestreckten Feind. Sie saß auf einem altarartigen Podest mitten im Raum, streichelte die Schlange, die sich um ihren Hals gelegt hatte, und wartete auf etwas. Bloß worauf?

»Du glaubst also, ich wäre eine Nachzehrerin?« Mehr Kraft als zu einem Murmeln besaß Evelyn nicht. Sie hatte sich wie ein Fötus zusammengekrümmt und zitterte. Die feuchte Luft der Gruft drang ihr bis in die Knochen. Ihre Lider fühlten sich wie aus Blei an. Sie gab den Widerstand auf und schloss die Augen.

Wer bin ich? Die Frage pulsierte in ihr mit jedem ihrer Herzschläge. Sie hatte Adrián und seine Gattung verstoßen, in der Überzeugung, etwas Besseres zu sein. Auf keinen Fall wollte sie ihm gleichen. Besaß sie noch das Recht darauf, sich eine Nachzehrerin zu nennen? Und die Metamorphe? Ja, sie wäre gerne eine von ihnen. In Kilians Gesellschaft hatte sie sich wohlgefühlt. Sie hatte ihm vertraut. Und nun kauerte sie in einer winzigen Zelle und bangte um das, was mit ihr geschehen sollte.

»Ich weiß sogar, dass du eine bist«, antwortete Linnea so leise, dass Evelyn glaubte, es wäre das Zischeln ihrer Schlange, das sie gehört hatte. Das Reptil züngelte, und die Königin schmiegte sich mit der Wange an den schuppigen Rumpf ihres Lieblings. »Du dagegen scheinst dich noch nicht entschieden zu haben. Mal bist du das eine, mal das andere.«

Evelyns Herz setzte einen Schlag lang aus. Also doch. Sie wurde hier eingesperrt, damit sie verhungerte, vielleicht würde sie sogar gefoltert werden. Wie hoch war ihre Schmerzgrenze, wie stark der Wille zu existieren? Wie lange würde sie das alles aushalten können?

Sie dachte an Kilian, und ein Hoffnungsschimmer glomm in ihr auf. Er mochte sie … Würde er es zulassen, dass sie hier verrottete? Wusste er um die Pläne seiner Königin? Andererseits erinnerte sie sich zu gut an seinen Hass, als er von den Totenküssern sprach. Nein, er würde ihr nicht helfen.

Sie seufzte und starrte benommen auf die Gitterstäbe. Womöglich hatte er sie mit Absicht hierhergelockt. War seine Zuneigung am Ende doch nur eine Farce gewesen?

Evelyn rollte sich auf den Rücken. Die Beine ganz auszustrecken gelang ihr nicht – auf der Hälfte des Weges stemmten sich ihre Füße gegen die Käfigseite. Diese Enge machte sie wahnsinnig, aber sie bezwang die Panik und blendete aus, in welch kläglichen Umständen sie sich befand.

»Ich bin also eine Nachzehrerin?« Sie schaute Linnea an. »Interessant. Womit bist du denn einer Hexe so auf die Füße getreten, dass sie dir diesen Fluch verpasst hat?«

Linnea schnaubte. »Ich verbiete dir, so über die Mächtigen zu reden!«

»Sonst – was? Kommt eine böse Hexe und holt mich? Nun ja, womöglich bist du gar nicht meine Mutter und hast mir die Story bloß erzählt, weil es dir einfach so passte.« Ihre Bitterkeit vermochte sie nicht zu verbergen. Was soll's, dachte sie. Inzwischen hatte sie sich schon daran gewöhnt, angelogen werden.

»Das passte mir tatsächlich, aber es ist die Wahrheit. Das meiste davon zumindest.«

»Dann erzähl mir von der Hexe, die dir den Fluch auferlegt hat. Hast du sie gesehen?« Während Evelyn noch redete, beschlich sie ein Verdacht. War womöglich Linnea der Metamorph, von dem Kilian berichtet hatte? Sie hatte schon immer etwas Dämonisches in der Frau gespürt. Endlich könnte sie mehr über die Mächtigen erfahren. Vielleicht würde es ihr gelingen, eine Lösung für ihren Zustand zu finden. In diesem Augenblick vergaß sie sogar, dass ganz andere Probleme vordringlich waren.

»Schweig!« Linnea sprang von ihrem Podest und stürmte auf sie zu. »Ich verbiete es, über die Mächtigen zu reden. Das betrifft auch dich! Wer sich nicht daran hält, wird es bitterlich bereuen, glaube mir.«

In ihrer Rage näherte sie sich den Gitterstäben. Evelyn müsste nur den Arm ausstrecken, um die Frau zu packen. Diese Chance wollte sie nicht verstreichen lassen. Noch stand die Königin da, mit glühenden Wangen und bebend, da hechtete Evelyn nach vorne. Ihre Finger ergriffen den Saum der weiten Hose. Fast hätte sie es geschafft, daran zu zerren und Linnea zum Sturz zu bringen, als die Schlange ihr entgegenschoss. Wäre sie nicht zurückgewichen, hätten sich die Giftzähne in ihren Arm gebohrt.

Linnea eilte mehrere Schritte zurück. »Du kleines Miststück!«, zischte sie und ordnete das Haar, um ihre Narbe und das fehlende Ohr zu verdecken.

»Ganz die Mutter«, giftete Evelyn zurück. Vor Verzweiflung hätte sie in die Gitterstäbe beißen können. Sie warf sich auf den Rücken, die Hände an die Schläfen gepresst.

Ein Mann betrat den Saal, hinter dem eine Krähe angeflattert kam. Etwas unsicher blieb er neben dem Podest stehen, bis Linnea ihn mit einem Winken zu sich befahl. Er flüsterte ihr etwas zu, woraufhin ihr Gesicht sich erhellte.

»Dann ist es bald so weit.« Sie strich ihm über die Wange, schaute ihn aber nicht an, sondern blickte über seine Schulter hinweg zum Käfig, auch wenn die blinden Augen Evelyn nicht direkt registrierten. »Aber noch haben wir Zeit. Die Überbringer guter Nachrichten werden belohnt.« Sie schlang die Arme um seinen Hals, zog den Mann an sich und drehte sich zusammen mit ihm um die eigene Achse. »Was wünschst du dir?« Ihr Zeigefinger fuhr seine Nase entlang zu den Lippen und spielte an dem Kinngrübchen.

Evelyn bemerkte, wie Linneas Augen dabei aufflammten, fast so, als entlüde sich ein Gewitter in einem flackernden Blitz. Der Mann vergrub das Gesicht in ihrem Haar und sog ihren Duft in sich ein. Wieder und immer wieder, als könnte er sich an ihr nicht satt riechen. Sein Körper schien zu erschlaffen, und ein Beben fuhr durch seine Glieder. Als er den Kopf zur Schulter neigte, trübte sich sein Blick, wurde glasig wie der eines Drogensüchtigen.

Flieh, wollte Evelyn ihm zurufen, flieh, solange du es noch kannst! Aber er konnte es nicht. Nicht mehr. Es ging nicht darum, was er sich wünschte. Die Königin spielte mit seiner Ergebenheit, zwang ihm Gelüste auf, die er womöglich gar nicht empfand.

Linnea knabberte an seiner Unterlippe. »Ist es das, was du begehrst?«

»Ja. Das ist es.« Seine Stimme leierte wie eine abgenutzte Schallplatte. Den Blick in die Ferne gerichtet, nestelte er an ihrer Bluse. Seine starren Finger bekamen die Knöpfe nicht zu fassen, so riss er die Bluse auf und schob seine Hände unter den Stoff.

Die Krähe hüpfte auf dem Podest, als spüre sie das Unheimliche, das ihr Herrchen um den Verstand brachte.

Evelyn tippte sich an die Stirn. »Und was wird das, wenn es fertig ist?«

Sie hoffte, die Königin würde dieses Marionettenspiel unterlassen – aber weit gefehlt. Linnea scheuchte die Krähe vom Altar und zwang den Mann, sich darauf niederzulassen. Beine und Arme ausgebreitet, lag er regungslos auf dem Stein. Nur seine Brust hob und senkte sich regelmäßig.

Wie ein Opferlamm, flog der Gedanke durch Evelyns Kopf, und sie schüttelte sich.

Stück für Stück entledigte sich Linnea ihrer Kleidung. Bald verbarg nur ihr bronzefarbenes Haar die Nacktheit.

Sie hatte eine traumhafte Figur, registrierte Evelyn nicht ohne einen Funken Neid: lange Beine, wie aus Marmor geschliffen, einen straffen Bauch, feste, runde Brüste mit harten Nippeln.

Linnea legte sich neben den Mann. Ihre Worte galten jedoch Evelyn. »Wie schade. Ich dachte, du wärst eine von uns, ehrlich. Du hättest alles haben können. Alles und jeden.«

Alles und jeden brauche ich gar nicht, dachte sie. Nur Adrián. Bei seinem Namen spürte sie einen Kloß im Hals. Fast hätte sie ihn angefleht: Rette mich, bring mich fort von hier! Aber er war nicht da, um sie zu befreien.

Linnea packte ihren Liebhaber an den Schultern und zog sich auf ihn. Ihre Hände massierten seine Muskeln, die Fingernägel bohrten sich in sein Fleisch und hinterließen Striemen auf der sonnengebrannten Haut. Die Schlange wand sich um ihren Arm, als errege die Szenerie auch sie. »Hast du mit ihm geschlafen, Lynn? Hast du ihn geküsst?«

Evelyn pustete sich eine Strähne aus der Stirn. »Wenn du jetzt einen Quickie willst – nur zu. Aber muss das unbedingt hier sein?«

Die Königin schien sie nicht zu hören. Oder es war ihr egal. Sie fuhr mit der Zunge über den Hals des Mannes, der dabei aufwimmerte, knabberte an seinem Ohrläppchen. Er zitterte unter ihren Berührungen, gab sich ihr hin wie eine willenlose Puppe.

»Erzähl mir, wie hat er sich angefühlt, als du ihn berührt hast? Wie hat er geschmeckt, als du von ihm genascht hast?«

»Wer, zum Teufel?«

»Diese Kreatur. Adrián. Ich bin neugierig: Wie war es, mit einer Leiche zu schlafen?«

Evelyn richtete sich auf dem Ellbogen auf. Seinen

Namen aus diesem verlogenen Mund zu hören – es kam ihr vor, als hätte Linnea ihn mit Dreck bespuckt. »Woher weißt du davon?«

Das königliche Lachen perlte. »Einfach erraten, wenn du so willst.« Mit geübten Griffen zog sie ihren Liebhaber aus und schnurrte auf, als sie ihn bestieg. Rhythmisch begann sie, sich auf ihm auf und ab zu bewegen. Zuerst langsam, dann immer schneller. Der Mann stöhnte – voller Lust und, wie es Evelyn schien, voller Schmerz. Seine Hände krallten sich um die Kanten des Altars. Die Finger kratzten über den Stein, die Nägel brachen, und das aufgeschürfte Fleisch malte blutige Linien auf den Granit.

Evelyn wurde übel – so viel Abscheu hatte sie nur einmal in ihrem Leben gespürt: nach der verhängnisvollen Nacht auf dem Waldboden. Sie ließ sich auf den Rücken fallen und bedeckte mit dem Arm ihre Augen. »Wenn das ein Mutter-Tochter-Gespräch über Bienchen und Blümchen sein soll, kommst du reichlich spät damit an.« Sie fror. Die modrige Luft schien wie eine schleimige Schicht auf ihrer Haut zu kleben.

Ihre Worte versanken in einem anschwellenden Ächzen und Hecheln. Sie bemühte sich, die Geräusche auszublenden. Es gelang ihr nicht.

Der feuchte Waldboden. Nacht. Das pfeifende Keuchen und die kalten Hände, die ihre Oberschenkel spreizten.

Nein! Alles, bloß das nicht!

»Ja! So ist es gut!« Linneas heiserer Ruf drang bis in

den letzten Winkel des Raumes. Lüstern und wild prallte ihr Aufschrei von den Wänden ab und wurde vom Echo hinausgetragen. »Das gefällt dir, was? Du wolltest doch von mir gefickt werden. Wie du mich angesehen und verführt hast ... Endlich kriegst du, was du verdienst!«

Ein Schlag klatschte auf die nackte Haut. Noch einer.

Ein Hilferuf kroch Evelyns Kehle empor. Ihre Augen füllten sich mit Tränen, ein warmer Tropfen rann ihre Schläfe herunter. Jetzt kriegst du endlich, was du verdienst, du kleine Schlampe, peitschte die Stimme ihres Onkels durch ihren Kopf. Evelyn wusste nicht mehr, was wirklich zu ihren Erinnerungen gehörte und was durch Linneas Sex-Schauspiel lebendig wurde. Alles fühlte sich so erschreckend real an.

Adrián, wo bist du? Fast hätte sie es herausgeschrien. Im Gedächtnis beschwor sie sein Bild herauf. Die blauen Augen, heilend, wie das ruhende Meer; das sanfte Lächeln, das seine Gesichtszüge weichspülte; die Berührungen, die heiß unter ihre Haut drangen. Mit aller Kraft ihres Geistes klammerte sie sich an die Erinnerungen, die ihrer Seele den Frieden brachten.

Halt mich fest, Adrián. Liebe mich. Heile mich, flehte sie ihn an, und für einen Moment glaubte sie, ihn tatsächlich neben sich zu spüren.

Sei stark, mi vida. *Ich bin gleich bei dir ...*

»Was denkst du, wird er sein kleines Mädchen retten?«

Evelyn schreckte zusammen und sah Linnea vor dem Käfig stehen. Die Königin hatte sich bereits angezogen, der Mann lag ermattet auf dem Altar. Der Spermageruch schwängerte die Luft und ließ Evelyn würgen.

»Aber natürlich wird er das«, antwortete Linnea für sie. »Er ist zuverlässig wie ein Schweizer Uhrwerk. Und genauso vorhersehbar.«

Der Mann erhob sich von dem Podest. Sein schlaffes Glied glänzte von der Körperflüssigkeit; ein dünner Faden zog sich zu seinem Oberschenkel.

Evelyn drückte sich in eine Ecke ihrer Zelle und schlang die Arme um ihren Kopf. »Was willst du eigentlich?« Der Aufschrei vibrierte in ihrer Kehle.

»Das ist ganz einfach. Ich wollte, dass du an ihn denkst. Dass du ihn hierherlockst. Ich bin mir sicher, er konnte dich hören.«

Mit einem Schlag erstarrte alles in Evelyn zu Eis.

»Was?« Nur ein Wort – und sie hatte keine Luft mehr, erstickte an einer einzigen Silbe.

»Kenne deinen Feind – so heißt es doch, oder? Ich weiß alles über dich, vielleicht mehr als du selbst. Mit Sex verbindest du ein paar traumatische Erlebnisse, nicht wahr? Ich wusste, wenn du dich elend fühlst, wird er dich hören und alles daransetzen, dir zu helfen.«

Adrián! Verzweifelt faltete sie die Hände zusammen. *Wenn du mich hörst, geh bitte weg. Es ist eine Falle!*

Alles still.

»Ich weiß, was du gerade versuchst«, triumphierte Linnea. »Aber es ist zu spät. Er ist auf dem Weg zu dir.«

Währenddessen kam der Mann näher und sank vor ihr in die Knie. Noch immer machte er einen benebelten Eindruck und merkte anscheinend wenig von dem, was um ihn herum passierte.

»Ich hätte nie zu träumen gewagt, dass meine Königin mich zum Partner wählt«, krächzte er.

»Hat sie auch nicht.« Linnea tätschelte ihn wie einen Hund, dann umschloss sie sein Kinn und den Hinterkopf. Mit einem Ruck brach sie ihm das Genick. Seine Wirbelsäule knirschte und knackte. Der leblose Körper sackte zu Boden.

Evelyn keuchte. »Du hast ihn getötet!«

Die Krähe stob kreischend hoch. Wild flatternd warf sie sich hin und her, schlug gegen die Wände und die Decke.

»Wenn Metamorphe sich paaren, dann gehören sie zueinander für immer. Ich habe noch nicht vor, mich zu binden. Und schon gar nicht an ihn.« Linnea vollführte eine Geste. Die Krähe krachte mit aller Wucht gegen die Wand, und auch die Königin taumelte leicht, als hätte ein Teil von ihr den Zusammenprall ebenso miterlebt.

Das Kreischen brach ab, als das Tier zu Boden fiel. Die Füße zuckten, dann verharrte der Vogel auf dem Rücken liegend. Voller Entsetzen starrte Evelyn ihn an. Die rasende Verzweiflung der Krähe sprang auf sie über, nur konnte sie in ihrem Käfig nicht toben.

Ganz in der Nähe fielen Schüsse. Und es kam ihr vor, als reiße jeder einzelne davon ihre Seele entzwei.

»Ich schätze, dein Retter naht. Dann wollen wir doch für unseren Gast alles vorbereiten.« Linnea stolzierte aus dem Raum.

Nein, Adrián. Geh weg! Halte dich fern von mir. Als hätte sie damals in der Villa geahnt, dass sie ihm Unglück bringen würde! Evelyn umklammerte die Gitterstäbe so fest, dass sich ihre Fingernägel schmerzhaft in ihre Handflächen bohrten.

Dann sah sie ihn. Adrián erschien im Durchgang, eine Pistole im Anschlag haltend, die er sogleich auf den toten Mann richtete.

»Verschwinde von hier!«, schrie Evelyn aus Leibeskräften. »Das ist eine Falle!«

»Evy!« Als nehme er nichts anderes wahr, eilte er zu ihr. »Geht es dir gut?«

Ihre Hände berührten sich. In der Ferne knallten erneut Schüsse – wer war mit ihm gekommen?

»Conrad«, erklärte Adrián. »Er hält mir den Rücken frei, aber lange wird er die Bestien nicht zurückdrängen können. Wir haben nicht viel Zeit.«

»Bitte«, beschwor sie ihn. Die Tränen liefen ihr die Wangen herab und ließen die liebgewonnenen Züge seines Gesichts verschwimmen. »Du musst hier weg.«

»Nicht ohne dich. Geh zur Seite.« Er richtete die Pistole auf das Schloss des Käfigs und feuerte. Die Kugel prallte ab, doch im Gegensatz zu denen in Actionfilmen richtete sie außer einer Kerbe im Metall keine Schäden an.

Plötzlich tauchte der Saal in ein grelles, peitschendes Licht. Adrián verdeckte die Augen mit dem Arm, als alle Lampen erloschen und es stockdunkel wurde.

»Adrián!« Evelyn tastete umher, bekam aber nur die Gitterstäbe zu fassen. Vor ihren Augen pulsierten weiße Kreise.

In der Finsternis ertönten Schritte. Adrián fluchte. Mündungsfeuer zerriss die Dunkelheit.

Jetzt begriff Evelyn, was die Sache mit den Lampen bewirken sollte. Geblendet vom Licht und nun wieder in völliger Dunkelheit, war Adrián für einen Sekundenbruchteil hilflos, während Linnea mit ihrer Infrarotsicht sich perfekt orientieren konnte.

Evelyn versuchte, die Geräusche zu deuten. Ein Gerangel, wieder einzelne Schüsse, Fluchen, dann fiel ein Körper zur Seite.

»Adrián!«

Als Antwort darauf gingen die Lampen an. Das Erste, was Evelyn sah, war Linnea, die auf ihrem Podest saß. »Schon vorbei, meine Süße.«

Vier Metamorphe vor ihr hielten Adrián gegen den Boden gedrückt, weitere standen im Halbkreis dahinter. Die Königin gab ihnen ein Zeichen. »Schnappt euch die anderen. Keiner darf entkommen.«

»Mach dir keine Mühe«, zischte Adrián. »Die sind längst weg, und Conrad habe ich bereits gewarnt. Du kriegst ihn nicht.«

Linnea ballte die Fäuste. »Conrad gehört mir!« Wie eine Furie stürmte sie auf ihre Untertanen zu, die tatenlos herumstanden. »Bringt ihn mir her! Und wehe euch, er entkommt!«

Die Metamorphe stoben aus dem Saal.

»Vergiss es«, sagte Adrián. »Du wirst ihn niemals kriegen.«

Linnea fuhr herum und ohrfeigte ihn. Dann zerrte sie seinen Kopf an den Haaren zu sich. »Mach weiter so, und ich schwöre, ich werde dir dein verfluchtes Grinsen schon aus dem Gesicht herausätzen.«

Im Durchgang erschien Kilian, mit Akash an seiner Seite. Seine Stirn glänzte vor Schweiß, das Maul des Hundes war blutverschmiert.

»Die Untoten ziehen sich zurück«, meldete er schwer atmend. »Wir haben die Bestien zurückgeschlagen.« Sein Blick fiel auf den Käfig, dann auf Adrián. »Was ist hier passiert?«

Graziös wandte sich Linnea zu ihm, die Ruhe selbst. Sie holte einen Schlüssel aus ihrer Tasche. »Kein Grund zur Sorge. Evelyn hat uns geholfen, diese Kreatur in die Falle zu locken. Sie war einfach wunderbar! Hätte ich es nicht besser gewusst, hätte sogar ich geglaubt, sie wäre eine Totenküsserin und nicht eine von uns.« Sie sperrte den Käfig auf.

Evelyn kroch heraus. Sie stand noch nicht fest auf den Beinen, da lief Kilian zu ihr und drückte sie an sich, dass ihr der Atem ausblieb.

»Oh mein Gott, du hättest es nicht tun sollen. Was,

wenn dir etwas passiert wäre? Ich hätte es mir niemals verzeihen können.« Stürmisch küsste er ihr Gesicht, streichelte ihr durch das Haar, atmete ihren Duft ein, immer und immer wieder.

Endlich gelang es Evelyn, über seine Schulter zu blicken. Die Metamorphe zerrten Adrián auf die Beine.

»Verstehe«, flüsterte er und spuckte Blut aus dem zerschlagenen Mund auf den Boden. »Du hättest mir früher sagen sollen, dass du dir ein Schoßhündchen wünschst.« Sein Blick, der sie daraufhin traf – voller Abscheu, verraten und verletzt –, zerriss ihr Herz in Stücke.

26. Kapitel

Du bist so schweigsam.«

Erst als Kilian sie an der Schulter rüttelte, nahm Evelyn ihn wahr. Sie saß auf dem Sofa in seinem Bungalow, während die Welt um sie herum sich in einer Schleife drehte. Vor ihrem inneren Auge erlebte sie Adriáns Gefangennahme aufs Neue: seinen letzten Händedruck, die Schüsse, das Geräusch, als er zu Boden gerissen wurde, und sein Blick, mit dem er sie bis in alle Ewigkeit verdammte. Was danach geschehen war, hatte sie wie in einer Trance erlebt. Mit einem falschen Lächeln hatte Linnea sie in eine herzliche Umarmung geschlossen und ihr zugeflüstert: »Wage es ja nicht, dich gegen mich zu stellen.«

»Wenn wir uns das nächste Mal treffen, töte ich dich«, hatte Evelyn versprochen und nur Hohn geerntet: »Nicht, wenn ich dir zuvorkomme, Liebes.«

Jetzt saß Evelyn seit Stunden auf der Couch, während die Verzweiflung sie in den Wahnsinn trieb. Die Aussichtslosigkeit ihrer Lage erdrückte sie, als wäre sie immer noch im engen Käfig eingeschlossen. Wie sollte sie gegen Linnea kämpfen und Adrián befreien? Unmöglich, es war schier unmöglich.

»Geht es dir gut?« Wieder Kilian.

»Lass mich in Ruhe.« Sie hasste ihn, sie hasste seine Königin und zusammen mit ihr die gesamten Metamorphe. Aber noch mehr verabscheute sie sich selbst für ihre Naivität und Leichtsinnigkeit. Sie hatte Adrián verraten, wenn auch unbewusst.

»Ich habe dir einen Tee gemacht.« Kilian hielt ihr eine dampfende Tasse entgegen.

»Verschwinde, hab ich gesagt!«, schrie sie auf und schlug ihm den Becher aus der Hand.

Der Tee verbrühte seine Haut, tränkte den blutigen Verband und ergoss sich auf die Dielen. Trotz des Schmerzes, den er empfinden musste, rührte sich Kilian nicht. Wie ein Berg stand er vor ihr, mit versteinertem Gesicht und gesenkten Lidern. Doch sein Zorn galt nicht Evelyn.

»Linnea hätte dich nicht mit reinziehen sollen. Du bist einfach nicht so weit, einem Totenküsser gegenüberzutreten. Hat er … hat er dir etwas angetan?«

Sie vergrub ihr Gesicht in den Händen. Nein, ich habe *ihm* etwas angetan. Evelyn ließ die Schultern sinken. Wie sollte sie ihn bloß retten? So ganz allein?

Aber … warum denn allein?

Von einer unerwarteten Eingebung ereilt, schaute Evelyn in Kilians besorgte Augen. Nein, niemals würde er ihr helfen, seinen Erzfeind zu befreien. Oder doch? Sie hatte ihm schließlich etwas anzubieten, was seine Rachegelüste entschädigen könnte.

Evelyn verkrampfte ihre Hände im Schoß und zählte ihre Herzschläge. Wumm-wumm. ein Schlag, ein Wort. »Du sagtest, du liebst mich.«

Was tust du da?, versuchte sie sich aufzuhalten. Du bist ein manipulierendes, verlogenes Miststück. Keinen Deut besser als Linnea. Hör auf damit!

Aber sie hörte nicht auf. Weitere Herzschläge – weitere Wörter, die ihr schwer über die Lippen gingen: »Du hast gesagt, du willst mich nicht verlieren. Du willst, dass ich bei dir bleibe.« Evelyn merkte, wie sie sich bemühte, das Unausweichliche hinauszuzögern. Was sie Kilian gleich unterbreiten würde, ähnelte einem Todesurteil, das sie für sich selbst unterzeichnete.

Er kniete vor ihr nieder und nahm ihre Hände in die seinen. »Natürlich.« Mit dem Daumen streichelte er ihr über die Haut, um ihre verkrampften Finger zu lockern.

Evelyn zwang sich zu einem Lächeln. Zu einem letzten, wie es ihr schien. »Ich werde es tun.«

Mit diesem Satz starb etwas in ihr. Sie zählte keine Herzschläge mehr, denn auch die konnten sie nicht davon überzeugen, zu leben. Ihr Körper und ihr Geist waren nicht mehr dasselbe. Das Erste würde Kilian gehören, Letzteres aber einem Untoten, der davon niemals erfahren würde.

Er runzelte die Stirn. »Tun – was?«

»Für immer mit dir zusammen sein.« Es schmerzte mehr, als sie es vermutet hatte.

Ich tue das für Adrián! Sie verbat sich, an etwas anderes zu denken. Sie gab sich auf, verriet ihre Liebe, und auf eine abartige Weise betrog sie auch Kilian. Doch all das musste er nicht erfahren. *Ichtuedasfür-Adrián … ichtuedas …*

Glücksfunken entflammten in seinem Blick, dann huschte ein Schatten über sein Gesicht. Er kämpfte sichtlich mit seinen Zweifeln, als befürchtete er, unbedacht alle Hoffnungen zu zerstören. »Es klingt nach einem Aber.«

»Alles hat seinen Preis«, sagte sie mehr zu sich selbst als zu ihm.

»Und der wäre?«

Evelyn umschloss seine Hände, als wollte sie ihn am Fliehen hindern. »Adrián soll befreit werden.«

»Was?!« Kilian riss sich von ihr los. Auch Akash, der unter dem Tisch lag, richtete sich auf und stieß ein warnendes Knurren aus. Doch in der Gegenwart seines Herrchens wagte er es nicht anzugreifen.

»Was redest du da? Die Kreatur wird verrecken, und ich hoffe, der Tod wird lang und qualvoll sein. Sie muss für alles büßen, was sie uns angetan hat.«

So viel Wut erschreckte Evelyn. Ihre Hoffnungen schwanden, doch sie blieb eisern. Keine Regung verriet ihre Gefühle. »Ich bleibe bei dir, wenn Adrián freikommt. Oder ich gehe, und du bekommst mich nie, auch wenn du versuchst, mich aufzuhalten. Die Entscheidung liegt ganz bei dir.«

»Warum?« Verzweifelt tigerte er durch das Zimmer. Akash lief ihm hinterher und winselte, als verstünde er nicht, aus welchem Grund es seinem Herrchen plötzlich so schlechtging. »Warum, um alles in der Welt, willst du diese Kreatur freilassen?«

Sie vermied es, ihn anzuschauen. Ob sie es irgendwann über sich bringen würde, in sein Gesicht zu blicken und nicht das von Adrián zu sehen?

»Ich bin dein, wenn der Nachzehrer leben darf. Mehr sage ich nicht.«

Kilian schien die Endgültigkeit ihrer Aussage zu begreifen. Er ließ sich in den Sessel fallen und beugte sich vornüber, als müsse er sich übergeben. »Das ist … unfair.«

»Ich weiß.«

»Er hat meinen Bruder gefoltert, begreifst du das denn nicht? Wie kann ich ihn freilassen?«

Evelyn stand auf. »Ich gehe jetzt schlafen. Und morgen … Nun ja. Entweder du siehst mich nie wieder, oder ich bleibe bei dir. Du entscheidest.«

»Nein, warte!«

Doch sie schlüpfte bereits ins Schlafzimmer und lehnte sich mit dem Rücken gegen die Tür. Egal, was morgen passieren sollte, sie würde nichts unversucht lassen, um Adrián zu retten. Auch wenn sie sich allein in die Höhle des Löwen – oder eher der Schlange – begeben müsste.

In der Nacht tat sie kein Auge zu, und daran war diesmal nicht die harte Matratze schuld. Ihr war so elend zumute, dass sie hätte heulen können, wenn sie noch Tränen übrig gehabt hätte. Stattdessen starrte sie in die Dunkelheit, bis ihre Augen schmerzten. Irgendwann hörte sie die Dielen quietschen und ein zaghaftes Klopfen an der Tür. Dann schob Kilian den Kopf durch den Spalt.

»Evelyn?«

Sie schwieg.

»Schläfst du?«

»Nein«, hörte sie sich sagen.

Jetzt schwieg er eine Weile. »Ich liebe dich. So sehr, wie du es dir vielleicht nicht vorstellen kannst …«

»Hast du dich entschieden? Wirst du mir helfen?«, unterbrach Evelyn ihn. Sag Nein, betete sie in Gedanken. Sag Ja, beschwor sie ihn gleichzeitig.

Stille.

Fast glaubte sie schon, er würde gehen, ohne etwas zu antworten, als er weitersprach: »Der Verstand sagt mir, ich soll dich freilassen. Wenn du etwas für mich empfindest, dann kehrst du zu mir zurück.«

Sie schluckte. Also Nein.

»Aber«, fuhr er fort. »Ich bin nicht stark genug dafür. Bitte bleib bei mir. Wenn der Preis dafür die Freiheit dieser Kreatur ist, dann soll es so sein.«

Evelyn dachte, sie würde Erleichterung empfinden, egal wie seine Entscheidung auch ausfallen mochte. Aber sie fühlte überhaupt nichts.

»Gut«, war alles, was sie darauf erwiderte.

Die nächsten Tage verbrachte Evelyn in einem Zustand nahe dem Delirium. Auch Kilian war wie ausgewechselt. Von einem stattlichen Jäger verwandelte er sich in ein Häufchen Elend. Er aß kaum etwas, und nachts hörte Evelyn, wie er sich auf dem Sofa hin und her wälzte. Unter seine Augen hatten sich tiefe Schatten gelegt, und er fand keine Minute Ruhe. Sogar wenn er bloß am Tisch saß und Tee trank, wippte sein Fuß wie bei einem Tick. Oft spähte er durch das Fenster oder schaute sich bei dem geringstem Geräusch um, als erwarte er, jeden Moment Linnea zu sehen.

Manchmal verschwand er für mehrere Stunden, ohne zu sagen, wohin er ging. Seit der Auseinandersetzung auf dem Hof hatte Evelyn auch Finn nicht mehr gesehen. Ob er Kilian beschattete? Ob Linnea bereits von ihrem Vorhaben wusste? Ihre Sorge um Adrián wuchs mit jedem Tag. Und gleichzeitig – der Hunger. Noch konnte sie ihre Gier verbergen, aber was dann? Die Nachzehrerin in ihr verlangte nach Nahrung, und kein Brot oder Tee vermochten die Qualen zu stillen. Ab und zu legte sich das Verlangen, um dann mit neuer Kraft in ihrem Leib zu wüten. Das konnte nicht gutgehen! Evelyn überlegte fieberhaft, wo sie Lebensenergie auftreiben könnte. Das Dorf hinter dem Wald lockte sie an wie der Geruch eines Sonntagsbratens.

Nach knapp einer Woche warf Kilian einen Schlüsselbund vor ihr auf den Tisch.

»Ich habe Kopien aller Schlüssel gemacht, um in den Pesthof zu gelangen.« Seine Stimme klang seltsam scheppernd. In den wenigen Tagen war er ein Schatten seiner selbst geworden, die Augen glanzlos, der muskulöse Körper erschlafft.

Was habe ich bloß aus ihm gemacht?, streifte es durch Evelyns Hirn. Wenn sie sich mit dem früheren Kilian ein gemeinsames Leben hätte vorstellen können, lief ihr jetzt bei dem Gedanken daran ein Schauer den Rücken hinunter. Aber es war zu spät, um Reue zu empfinden.

»Wir können nur hoffen«, sprach er weiter, »dass die Königin nichts gemerkt hat. Wenn sie doch … Nein, reden wir nicht darüber. Morgen Abend ist es so weit.«

»Warum erst morgen?«

»Ein großer Teil der Metamorphe wird auf die Jagd gehen. Vermutlich von Linnea angeführt.«

Evelyn inspizierte den Schlüsselbund. »Sind das alle Schlüssel?«

»Alle, die ich auftreiben konnte.« Er schob die Brille das Nasenbein hoch. »Mit Finns Hilfe. Er hat jede Menge versteckter Talente, die in gewissen Situationen äußerst … hilfreich sind.«

»Finn weiß Bescheid? Dann ist alles aus!«

»Nein. Sonst wären wir beide schon längst hingerichtet worden. Ohne ihn wäre ich in dieser Sache aufgeschmissen. Ich kann längst nicht so viele krimi… interessante Erfahrungen vorweisen wie er.«

»Ich verstehe das nicht. Warum hilft er dir? Neulich seid ihr nicht sonderlich freundschaftlich auseinandergegangen.«

Kilian senkte den Blick. »Finn ist nicht nachtragend. Er ist … ein sehr guter Kerl. Ich bin ein Idiot, dass ich das nicht früher erkannt habe. Er hat mir alles verziehen, was es mir umso schwerer macht, es mir selbst zu verzeihen.«

»Er stellt sich gegen seine Königin, nur weil er ein ach so toller Typ ist? Und das glaubst du ihm? Wach auf! Da sieht sogar ein Blinder, dass er etwas im Schilde führt.«

»Im Gegenzug hole ich ihn aus der Gemeinschaft raus – sich unterordnen konnte er noch nie, dafür liebt er die Freiheit zu sehr. Sein Metamorph-Erbe macht ihn kaputt. Wir drei werden fliehen müssen, wenn Linnea den Verrat bemerkt.«

Evelyn senkte die Arme. »Meinetwegen.«

Für einen Moment klärte sich sein Blick, und sie erkannte in ihm den Kilian, den sie mochte. Er legte einen Arm um sie und drückte seine Wange an die ihre. »Wenn wir morgen dort unten sind, komm dieser Kreatur nicht zu nahe. Das Biest ist inzwischen halbverhungert und unberechenbar. Bitte, sei vorsichtig! Ich will dich nicht an ihn verlieren. Dich nicht!«

Sie strampelte sich von ihm los. »Aber er lebt noch, oder?« Es klang zu leidenschaftlich, als dass sie es hätte noch verbergen können.

»Höchstwahrscheinlich ja. Diese verfluchte Bestie ist eine der stärksten.« Ein abwesender, fremder Ausdruck legte sich über sein Gesicht. »In seinem Zustand würde er über jeden herfallen, der sich ihm nähert.«

»Keine Sorge. Ich passe auf.«

Er schwieg. Lange, bis Evelyn nachhakte: »Gibt's noch etwas?«

»Ja. Ich habe etwas über die Hexen rausgefunden. Und über Hermann Herzhoffs Tod. Aber das wird dir nicht gefallen.«

Sie unterbrach ihn mit einer nervösen Geste. »Hexen interessieren mich im Moment nicht.«

»Wie du meinst.«

Er ging fort, und den Rest des Tages bekam sie ihn nicht mehr zu Gesicht. Am Abend verzog sich Evelyn früh ins Schlafzimmer. Eigentlich erwartete sie, auch diese Nacht schlaflos verbringen zu müssen. Doch sobald ihr Kopf das Kissen berührte, fiel sie in einen unruhigen Schlaf, so schnell, als hätte sie jemand bewusstlos geschlagen.

Sie beobachtete, wie er atmete. Sein Brustkorb hob und senkte sich regelmäßig, die Lippen standen offen. Unter den angeschwollenen Lidern bewegten sich die Augäpfel. Kilian stöhnte auf und drehte sich auf die Seite, wobei er fast vom Sofa fiel. Seine Hand hing schlaff herunter und berührte den Boden.

Unter dem Tisch leuchteten zwei gelbe Augen auf. Akash. Ein warnendes Grollen ertönte. Nur mit einem Blick befahl sie dem Tier Ruhe, und es gehorchte, weil es gehorchen musste. Niemand, der ihre Macht zu spüren bekam, wagte sie anzugreifen. Niemand, außer das Kätzchen. Das Kleine, das auf der Sofalehne über Kilian schlief, buckelte und fauchte sie an. Sie beachtete es nicht, es war kein Seelentier. Was konnte es ihr schon anhaben?

Doch der Pelzball sprang sie mit ausgefahrenen Krallen an. Fast tat er ihr leid. So ein dummes Ding aber auch! Sie packte ihn am Hals. Mit einem leichten Druck von zwei Fingern brach sie ihm die Wirbelsäule. Schlaff blieb der kleine Körper in ihrer Hand liegen.

Sie warf den Kadaver achtlos beiseite und ließ sich neben das Sofa sinken. Ihr Zeigefinger strich Kilian über die Nase. Er warf den Kopf von einer Seite zur anderen, murmelte etwas, was sich nach ›Nein‹ und ›Evelyn‹ anhörte. Flehend, schmerzlich, mit einem Hauch von Hoffnung.

»Schsch.« Mit der Hand verschloss sie seinen Mund. »Nicht doch, nicht doch. Mein lieber gefallener Engel. Mein armer Judas.«

Sie lehnte den Kopf an seine Brust. Gleichmäßig und stark erklang sein Herzschlag und drang ihr bis ins Mark, als rüttele ein Erdbeben an dem Fundament ihrer Mauern, die sie um sich errichtet hatte. Tiefes Begehren, ihn zu besitzen, die Herrin über seine Leidenschaft zu werden, entfachte sich in ihr. Sie grub die Finger in sein Fleisch, reckte sich und zog die Nägel über seine Haut. Er stöhnte lauter. Die Lust ließ ihren Unterleib pochen.

»Was träumst du, mein tief gesunkener Held? Von verlorenen Schlachten? Von unerfüllten Hoffnungen? Von vergeudetem Leben?« Sie packte ihn fester, die

Nägel rissen an seinen Schultern. Es erregte sie, ihm Schmerzen zu bereiten.

Seine Lider flackerten. Er wachte auf. »Was …«

Sie versiegelte seinen Mund mit einem Kuss und spürte, wie er verharrte. Überrumpelt, verängstigt gar. Mit der Zunge forderte sie den Weg in seinen Mund und liebkoste seinen Gaumen. Er keuchte, dann gab er den Kampf auf. Als sie von ihm abließ, machte er keine Anstalten mehr, etwas zu sagen.

Sie strich ihm das Haar aus dem Gesicht. »Du weißt, warum ich hier bin. Ich wünschte mir, es wäre anders gekommen.«

Er verstand. Entsetzen zeichnete seine Züge.

»Aber nein, du musst keine Angst haben. Das verspreche ich dir.«

Wieder küsste sie ihn. Stürmisch und lüstern. Je mehr sie sich ihrer Ekstase hingab, desto schwerer fiel es ihr, sich zurückzuhalten. Ihre Begierde durchbrach alle Schranken. Das Pochen in ihr verwandelte sich in ein Trommelfeuer. Sie packte Kilians Kopf und biss in seine Unterlippe. Er schrie auf. Sie schmeckte Blut. Kilian bäumte sich auf, wehrte sich gegen ihren Ansturm, doch sie drückte ihn nieder und küsste ihn so lange, bis er fast erstickte. Als sie zurückwich, rang er nach Atem. Sie packte ihn an den Schultern und zog ihn zu sich auf den Boden. Noch bevor er sich versah, bestieg sie ihn und beugte sich über ihn.

Erneut wollte er sich befreien, stöhnte und wand sich unter ihr und verlor dadurch nur noch mehr Kraft.

»Beruhige dich«, flüsterte sie. »Mach es mir nicht schwerer, als es schon ist.«

»Nein … Bitte nicht …« Seine Augen beschworen sie, flehten um Gnade. Natürlich wusste er, was ihn erwartete.

»Schweig. Versuch es zu genießen.«

»Nein … nicht so … bitte …«

Sie schmiegte sich an ihn. »Riech mich und sei mein.« Sie vergrub die Hand in seinem Haar und drückte sein Gesicht zwischen ihre Brüste. Ihre Körper klebten aneinander. Mit jedem Atemzug, den er machte, schwand sein Wille dahin. Seine Bewegungen wurden schwächer.

»So ist es gut. Braver Junge.« Sie streifte die Boxershorts von seinen Hüften und betrachtete seine Männlichkeit. Der Anblick verwandelte ihr Inneres in Glut. Mit der Hand umschloss sie seine Härte. Ihre Dominanz, ihre Macht über jede Regung seines Körpers beschwingten sie.

Er ächzte. Seine Pupillen weiteten sich und verdeckten fast gänzlich das Grau der Iris.

»Keine Angst«, wisperte sie. »Es wird nicht wehtun.«

Ohne sich länger zu beherrschen, ließ sie sich auf ihn sinken und begann Kilian langsam, dann immer schneller zu reiten. Ein Tropfen Schweiß rann ihr Rückgrat hinunter. Ihr wurde heiß, als leckten Flammenzungen ihre Haut. Bilder explodierten in ihrem Verstand, sie sah Gesichter und Orte, die sich um sie herum in einem wilden Durcheinander drehten und sie mit sich fortrissen. Immer mehr steigerte sie sich in das irre Gefühl.

Leben – nur für sich allein.

Lieben – nur für die eigene Befriedigung.

Sie fieberte der Ekstase entgegen. Endlich ereilte sie die Erlösung. Ihr Unterleib zuckte, dann verebbte das Pochen. Erschöpft sank sie neben Kilian auf den kalten Boden, schwer atmend und auf eine seltsame Weise beseelt.

Auch er kam zu sich, rollte sich auf sie und stützte sich mit den Ellbogen ab. »Du …«

»Schweig«, bat sie ihn mit der ganzen Zärtlichkeit, zu der sie noch fähig war. Mit beiden Händen umschloss sie seinen Kopf und drehte ihn mit einem Ruck zur Seite. Es knirschte und knackte – eine wohlige Melodie für ihr Gemüt –, dann fiel sein schwerer Körper auf sie.

»Träume süß«, flüsterte sie in sein Ohr und fuhr ihm durchs Haar. Akash jaulte auf und stürzte ihr entgegen. Sie hob eine Hand. Ihr Geist befahl ihm: Halt. Der Hund verharrte, wenige Schritte von ihr entfernt. Er winselte, zog den Schwanz ein und schoss mit einem markerschütternden Heulen aus der Tür.

»Kilian!«

Evelyn wachte auf, bebend und schweißgebadet, die Hände in die Matratze gekrallt. Hatte sie geträumt? Oder war es … eine Vision?

»Nein. Nein, nein, nein, nein.« Sie sprang auf die

Beine, schwankte und musste sich an der Wand festhalten.

»Kilian! Kilian, sag bitte etwas!«, rief sie in die Dunkelheit, während sie sich zur Tür vortastete.

Die Klinke – herunterdrücken. Ein Quietschen ertönte, ein Spalt öffnete sich. Wo war der Lichtschalter? Da.

Das Licht flutete den Raum, und für einen Moment konnte sie kaum etwas sehen. Als ihre Augen sich daran gewöhnt hatten, entdeckte sie Kilian. Sein nackter Körper lag mitten im Zimmer, der Kopf unnatürlich verdreht. Die glasigen Augen starrten das Bein des Sofas an. Unter seinem Becken glänzte eine Pfütze – seine Blase hatte sich entleert, und der Uringeruch schwängerte die Luft.

Neben ihm – das tote Kätzchen.

Ein spitzer Schrei ertönte, und erst ein paar Herzschläge darauf begriff Evelyn, dass sie es war, die geschrien hatte. Sie lief zu ihm, sank neben ihm nieder und rüttelte an seiner Schulter. »Kilian, hörst du mich?«

Sie suchte nach seinem Puls. Noch wehrte sie sich gegen den Gedanken, doch die Gewissheit breitete sich in ihr aus wie Gift und lähmte ihren Körper. Sie sank über ihm zusammen. »Wieso? Was soll ich jetzt ohne dich tun? Mein Gott, Akash, warum hast du ihn nicht beschützt?«

Der Hund war nicht da.

Noch einmal tastete sie nach dem Puls, drehte den

leblosen Körper auf den Rücken, beatmete ihn und schlug gegen seinen Brustkorb. »Bitte, Kilian, verlass mich nicht! Wach auf, ich brauche dich!« Es war sinnlos, das wusste sie, aber sie wollte nicht aufgeben, sich der Wahrheit nicht stellen. Stummes Weinen drohte ihre Kehle zu zerquetschen. Sie schrie, aber es brachte keine Erleichterung.

Erst nach einer Weile kam Evelyn wieder zu Sinnen. Ihr Blick fiel auf den Tisch. Noch lag der Schlüsselbund da.

»Du hast einen Fehler gemacht, Linnea«, sagte sie tonlos. »Du hättest mich gleich umbringen sollen, solange ich hier geschlafen habe.«

Der schwarze Nebel kroch auf sie zu. Ohne Regung beobachtete sie die Schwaden, die nach ihr gierten.

Sie erhob sich, nahm die Schlüssel vom Tisch und machte einen Schritt in das wabernde Schwarz.

27. Kapitel

Du bist die Schwarze
Dein Körper ist der Himmel der Nacht
Deine Augen sind das Licht der Sterne
Du bist die Schöpferin und Vernichterin der Zeit
Die Schöpfung ist dein Traum

Das Flüstern wiegte sie. Es kam von überallher und schmeichelte ihren Ohren, bis sie das Gefühl erlangte, mit dem Raunen durch das Universum zu gleiten. Tausende von Fingern gierten danach, sie zu berühren. Es erregte ihre Sinne. Die Schattenwesen drängten sich um sie, ersuchten ihre Gnade, bereit, jeden ihrer Wünsche zu erfüllen.

Wir sind hier, um dir zu dienen, lockten sie Evelyn mit sich.

Sie gab sich der Dunkelheit hin, ließ sich von ihr ausfüllen, saugte sie mit jeder Pore in sich hinein. Die Schatten drangen unter ihre Haut. Die feinen Muster krochen ihre Arme entlang und zerliefen wie Tinte im Wasser. Alle Gefühle verloren sich in der Ferne, und sie war unfähig, noch irgendetwas zu empfinden.

Die Schöpfung ist mein Traum …

Sie trat aus dem Nebel und fand sich im hohen

Kreuzgewölbe wieder. Linneas Keller? Wie war sie hierhergelangt, obwohl sie noch vor wenigen Sekunden in Kilians Bungalow gestanden hatte? Dazu bloß in ein T-Shirt gekleidet, das ihr das Nachthemd ersetzte … Ihr schwirrte der Kopf, aber die Schatten drängten sie weiter, ohne ihr zu erlauben, Sorge oder Verwirrung zu empfinden. Nichts. Um sie herum. In ihr drin.

Evelyn schritt voran, während der Nebel hinter ihr herkroch wie ein ergebener Diener. Einige Schwaden eilten ihr voraus, ertasteten die Wände und den Boden mit rauchigen Tentakeln. Sie musste nur einen Finger rühren, um die Bewegungen der Wogen zu steuern, die Rauchschwaden zu ihren zusätzlichen Armen zu machen.

Ein Aufschrei zerriss die Stille. Evelyn erblickte eine Frau mit dem Wiesel auf der Schulter, das sie während des Kampfes gebissen hatte. Vermutlich ein Vorposten, der das Gewölbe vor Eindringlingen schützen sollte. Ohne den Blick von Evelyn abzuwenden, stolperte die Unbekannte rückwärts und fiel zu Boden.

Evelyn hob die Arme. Die Rauchtentakel wickelten sich um die Glieder der Frau und zogen sie zurück, ohne dass diese sehen konnte, was sie fesselte. Ein rotsilbernes Schimmern pulsierte um ihre drahtige Gestalt. So viel Lebenskraft, so viel Nahrung … Das Flimmern brachte Wärme und erweckte Evelyns Gier, die bereits wie ein wildes Tier ihre Krallen wetzte.

Mit einem Satz landete sie direkt neben der Frau,

die vor ihren Füßen zusammengekrümmt lag und stöhnte. Nur einzelne Silben waren zu erahnen, die zu einem »Fahr zur Hölle, du Leichenschlampe« verflossen.

Doch Evelyn weilte nicht mehr in dieser Welt. Was ihren Körper beherrschte, war die Schwärze des Schattenreiches und das begierige Flüstern der Tausend Stimmen. Evelyn packte die Frau am Hals, hob sie auf die Beine und drückte sie gegen eine Wand. Das Wiesel fauchte und sprang Evelyn ins Gesicht. Der Schlüsselbund klimperte zu Boden. Noch in der Luft ergriff sie das Tier und zerquetschte es in der Faust. Wie aus Eisen gegossen, zermahlten ihre Finger die Knochen des Wiesels und drückten ihm die Eingeweide aus dem Maul.

Die Frau bäumte sich auf und keuchte, jetzt vor Angst ergriffen: »Bitte …«

»Danke.« Evelyn presste den Mund an die Lippen des Metamorph-Weibchens. Durch die Glieder der Armen fuhr ein Schauer, als diese den Todeskuss erhielt.

Ein Glühen erfüllte Evelyns Inneres, Blut stieg ihr in die Wangen. Sie saugte die Lebenskraft bis zum letzten Tropfen aus. Sogar als das Glühen erlosch und kein Lebensstrom mehr in sie floss, hing sie noch an den Lippen der Toten. Endlich ließ sie ihr Opfer fallen. Der Körper schlug wie ein Sandsack auf den Steinboden.

Gesättigt und voller Tatendrang hob Evelyn die Schlüssel auf und schritt den Korridor entlang. Die

Nebelschwaden krochen ihr voraus, einige wölbten sich um ihre Knöchel oder wehten ihr hinterher wie ein grotesker Brautschleier.

Der Flur mündete in einen Saal, von dem weitere Gänge in mehrere Richtungen führten. Wohin jetzt? Es spielte keine Rolle. Wenn es nötig wäre, würde sie jeden Stein umdrehen und alle töten, die sich ihr in den Weg stellten. Es würde ihr sogar Spaß machen, den Pesthof so zu zerstören, wie es einst nicht einmal die Armee der Franzosen zustande gebracht hatte.

»Evelyn?«

Nebelarme stürmten in die Richtung, doch Evelyn zügelte den Eifer, als sie Finn erkannte.

»Verschwinde«, warf sie ihm zu. Ihre Stimme klang hohl wie ein Echo und schien von allen Seiten zu kommen.

Er trat auf sie zu. »Wolltet ihr nicht später da sein? Linnea und ihre Jäger sind noch hier. Wo ist Kilian?« Auf halbem Weg verharrte er. »Was ist mit deinen Augen los? Sie sind … wie Blut.«

Blut. Ja, sie wollte es fließen sehen, aber noch konnte sie sich beherrschen. Nicht das seine sollte heute vergossen werden.

»Du stellst zu viele Fragen. Geh.« Sie kam an ihm vorbei.

»Warte!«

Er wagte es tatsächlich, sie an der Schulter zu packen! Evelyn fuhr herum und drückte ihn gegen die Wand. Vor Überraschung schnaubte er und rang nach

Luft. Das Schimmern, das ihn umgab, erzitterte. Doch Evelyns Hunger war gestillt, und sie spürte keine Wärme, die von Finns Flimmern ausgehen sollte. Beinahe enttäuscht ließ sie ihn frei.

Er rutschte an der Wand herunter und versuchte, zu Atem zu kommen. »Meine Güte, was sollte das denn jetzt?«

Sie kniff die Augen zusammen. »Es gibt nur eines, was ich wissen will: Wo ist er?«

Er begriff rasch. »In Linneas Zwinger. Den dritten Gang entlang, zweite Biegung nach links, die Treppe runter, dann gleich nach rechts.«

Sie nickte. »Am besten, du verschwindest jetzt. Hier könnte es bald ungemütlich werden. Solltest du mir im Kampf gegenübertreten, werde ich nicht mehr nett zu dir sein.«

Sie schritt zum Gang.

»Wo ist Kilian?«, hallte sein Ruf ihr nach. Doch sie ging weiter, ohne sich umzudrehen.

Die zweite Biegung links, die Treppe herunter und gleich nach rechts. Eine Metalltür versperrte ihr den Weg. Sie probierte es mit ihrem Schlüsselbund. Einer der Schlüssel passte. Schwerfällig schwang die Tür auf, und sie trat ein, bereit, jeden zu zerfetzen, der sich ihr entgegenstellen sollte. Doch niemand hielt sie auf.

Am Ende des Saals befand sich eine Reihe von Käfigen, und in einem sah sie Adrián liegen. Zum ersten Mal seit Kilians Tod fühlte sie ihr Herz schlagen, als wäre sie wieder lebendig geworden. Als wäre sie, Evelyn, in ihren Körper zurückgekehrt, ohne noch länger eine stumme Beobachterin des Schreckens zu sein, den sie selbst anrichtete. Die Dunkelheit gab sie frei, der Nebel löste sich auf.

Auf einmal wurden ihre Knie weich, und sie musste sich am Türrahmen festhalten. Adrián rührte sich nicht. Er lag zusammengekrümmt auf der Seite, barfuß, den Rücken gegen die hintere Wand des Käfigs gedrückt. Seine Lider waren geschlossen, das Gesicht eingefallen und bleich. Um den Hals und die Handgelenke zeichneten sich wund gescheuerte Striemen ab – er war wohl angekettet worden, aber in seinem jetzigen Zustand lohnten sich die Mühen anscheinend nicht. Seinen nackten Oberkörper säumten tiefe Wunden, die nicht mehr heilten, als hätten ihn Tiere überfallen und zerfleischt. Nun ja, Tiere gab es hier genug. Diejenigen, die aufrecht gingen, zählten zu der übelsten Sorte.

Evelyn rannte zu seinem Käfig und fiel davor auf die Knie.

»Adrián!«, schrie sie und schob die Hand zwischen die Gitterstäbe, um ihn zu berühren. Sein ausgestreckter Arm, den sie gerade so erreichen konnte, fühlte sich kalt an. Eiskalt. Sie war zu spät gekommen …

Dann merkte sie, wie sich die Haut über seinen Rippen spannte, wie sich seine Bauchdecke hob und senkte. Er atmete, schwach und unregelmäßig, aber er atmete! Auch Evelyn wagte jetzt, Luft zu holen.

Sie drückte die Stirn gegen die Stäbe. »Adrián, hörst

du mich? Du musst noch ein wenig durchhalten. Ich hole dich hier raus.« Mit Fingern, die ihr nicht gehorchen wollten, probierte sie einen Schlüssel nach dem anderen. Keiner passte, und mit jedem Versuch wuchs ihre Verzweiflung. Was, wenn Kilian den Schlüssel zu den Käfigen des Zwingers nicht hatte auftreiben können? Wenn Linnea ihn sicher bei sich aufbewahrte?

Während die Angst sie zerfraß, redete sie immer weiter auf Adrián ein, konnte gar nicht damit aufhören, als gäbe allein das ihr den Antrieb, weiterzumachen. »Niemals hätte ich dich verraten. Es war Linneas Spiel. Sie wollte dich glauben lassen, ich hätte dich in eine Falle gelockt. Aber so war es nicht. Bitte glaub mir!« Der vorletzte Schlüssel ließ sich im Schloss drehen. Sie riss die Tür auf und kletterte zu ihm hinein.

»Adrián«, rief sie, strich ihm die Strähnen aus der Stirn und tastete über sein Gesicht. »Adrián, was soll ich jetzt tun? Ich kann dich nicht tragen.«

Evelyn untersuchte seine Wunden. Sie waren tief, aber nicht tödlich. Keine Blutungen. Das offene Fleisch sah aus, als wäre es mit einer hauchdünnen Frischhaltefolie überzogen – anscheinend begann es zu heilen, aber für den Rest fehlte die Energie. Als Evelyn Adriáns rechte Hand erblickte, wurde ihr schlecht. Die Nägel waren ihm herausgerissen worden, und die Finger ähnelten nur mehr Stummeln, die von angetrocknetem Blut verkrustet waren. Die Hand selbst war nicht bloß gebrochen, sie schien zertrümmert worden zu sein.

Vorsichtig schleifte Evelyn Adrián aus dem Käfig. Er fühlte sich so verdammt kalt an! Sie drückte ihn leicht an sich, um ihn mit ihrem Körper zu wärmen. Er brauchte Lebensenergie, und sie hatte so viel davon! Warum konnte sie ihm die nicht geben? Warum nahm er sich nicht das, was er brauchte? Sie küsste seine Lippen und vernahm ein leises Stöhnen.

»Adrián? Kannst du mich hören? Ich bin hier, um dich …«

Geh! Es hauchte durch ihren Kopf, so schwach, dass sie es im Chaos ihrer Gedanken fast überhört hätte.

»Nein.« Nur mit Mühe gelang es ihr, die Tränen zurückzuhalten. »Linnea wollte, dass du glaubst, ich hätte dich verraten. Du kannst doch meine Gedanken lesen. Dann tu das! Ich habe vor dir nichts zu verbergen.«

Evelyn öffnete ihm ihren Geist und wartete. Aber es geschah nichts, sie spürte ihn nicht in sich. Nur fünf Wörter: *Komm nicht in meine Nähe.*

Sie schnaubte wütend. »Einen Teufel werde ich tun!« So einfach würde sie nicht aufgeben. Linnea durfte nicht gewinnen, diese hinterhältige Schlange würde ihn ihr nicht nehmen, nicht so!

Du bist ein Metamorph. Halte dich fern von mir.

»Nein. Ich werde dich hier rausholen. Ob du es willst oder nicht. Dann kannst du mich gern hassen bis in alle Ewigkeiten.«

Sie spürte, wie er sich in ihren Armen verkrampfte.

Verstehst du das denn nicht? Ich werde mich an dir

nähren. Noch länger kann ich die Kontrolle nicht halten. Geh!

Wenn ich ein Metamorph bin, wenn auch nur zum Teil, dann sterbe ich vermutlich. Aber wenn …

»… dich das rettet, dann tu es«, beendete sie ihren Gedanken. Hoffentlich hatte er ihre Zweifel nicht wahrgenommen. Hoffentlich würde er es tun!

Nein, bitte. Dafür … dafür liebe ich dich zu sehr.

»Ich liebe dich auch«, flüsterte sie und küsste ihn.

Seine gesunde Hand schnellte hoch, packte sie am Nacken und drückte sie fester an sich. Instinktiv wehrte sich Evelyn dagegen, während sie spürte, wie die Kraft sie verließ und das Licht um sie herum verglomm. Erinnerungen durchzuckten ihr Hirn. Erinnerungen, die nicht ihr gehörten und doch … irgendwie die ihren waren. Sie stand im Tierheim vor einem Kaninchenkäfig und spürte das Beben, das ihren Körper erschütterte. Fridolin – ihr Seelentier. Im nächsten Augenblick verschluckte die Finsternis Evelyn. Dann strichen unzählige Seelen an ihr vorbei. Seelen, die sie getötet hatte. Eine der Seelen … ja, es war sie selbst, Evelyn Behrens … eine Nachzehrerin? Ein Metamorph? Alles verdunkelte sich. Keine Bilder mehr, keine Erinnerungen.

War sie gestorben?

Evelyn riss die Augen auf. Noch immer hockte sie im Keller, über Adrián gebeugt. Sein Gesicht wirkte friedlich, als schlafe er. Es ging ihm gut, das wusste sie.

Evelyn streichelte ihm über die Wange. »Ruh dich aus. Dann gehen wir.«

Hinter ihr ertönte ein höhnender Applaus. Evelyn fuhr zusammen und erblickte Linnea mit unzähligen Metamorphen, die sich mit ihren Seelentieren um sie herumscharten.

Die Königin verdrehte die Augen. »Es ist so rührend, dass mir schon fast übel wird. Bist du wirklich so dumm gewesen, hierherzukommen? Habe ich dir nicht gesagt, ich werde dich umbringen, wenn du es wagst, dich gegen mich zu stellen?«

Evelyn erhob sich. »Ich fürchte, da bist du zu spät dran.« Sie nickte zu Adrián. »Er hat es bereits getan. Zumindest den Teil von mir, den man töten konnte. Es gibt keinen Metamorph mehr in mir. Und ich bin froh, nichts von dir in mir zu tragen.«

»Das macht die Sache erheblich leichter, meine Liebe.« Sie winkte ihren Untertanen zu. »Bringt mir diese Kreatur.«

Evelyns Blick huschte zu Adrián, aber er war noch nicht wach. Verzweiflung stieg in ihr hoch. Sie war allein und nicht einmal bewaffnet. Was konnte sie schon gegen die Jäger der Königin ausrichten?

Die Metamorphe rückten auf sie zu. Die Ausweglosigkeit ihrer Situation lähmte Evelyn und raubte ihr den Verstand. Der Kampf schien vorbei zu sein, noch bevor er begonnen hatte.

Ein Kältezug streifte ihren Rücken, und die Härchen in ihrem Nacken stellten sich auf. Mit einem siebten

Sinn ahnte sie: Der Nebel war zurückgekommen. Unbewusst hatte sie ihn gerufen, und er war da, wie immer, wenn sie fliehen wollte: bei Linneas Angriff im Krankenhaus oder im Wald, in den Kilian sie entführt hatte. Als der vordere Metamorph nach ihr griff, stolperte sie zurück und fiel in die schwarzen Wogen, die sie dankbar auffingen. Sogleich tauchten der Saal und die Angreifer hinter einen Vorhang, der alles vor ihrem Blick verschleierte. Evelyn sah die verblüfften Gesichter.

»Wo ist sie hin?«, ertönten überraschte Rufe, die Evelyn verzerrt und gedämpft erreichten, als wäre sie unter Wasser. Alle Gefühle entglitten ihr. Bald spürte sie keine Angst mehr, keine Verzweiflung. Weder Liebe noch Hass erfüllten ihre Seele. Evelyn war nicht mehr da. Etwas Furchtbares nahm ihren Platz ein und befehligte ihren Körper.

Wir sind hier, um dir zu dienen …

Die Schatten schlüpften in sie und färbten ihre Haut blauschwarz. Ungeahnte Kräfte erwachten in ihr. Sie wuchs, und bald erinnerten ihre Gegner hinter dem Schleier sie bloß an Erdmännchen, die auf den Hinterpfoten reckend ihre Nasen im Wind drehten. Sie könnte sie mit einem Tritt zerquetschen.

Evelyn schritt aus dem Nebel, und die Schar der Erdmännchen stob auseinander.

»Sie ist eine Hexe!«, rief eine Frau mit einem Luchs an ihrer Seite mit schrillender Stimme. Sie starb als Erste. Evelyn packte sie mit einer Hand und knickte den Körper wie ein Streichholz. Das Geräusch des brechenden Rückgrats ging in verzweifelten Schreien und Rufen unter. Der Luchs hechtete auf sie zu, aber es bedurfte bloß eines Schnippens, um das Tier gegen die Wand zu schmettern und ihm alle Knochen zu brechen.

Schüsse hallten. Einige Metamorphe feuerten auf sie, aber der Kugelhagel zerfiel zu Staub, bevor er Evelyn erreichen konnte. Vögel brausten im Sturzflug auf sie zu. Ein Wink mit der Hand, und die Tiere klatschten eines nach dem anderen auf den Boden.

Linnea zückte ein Messer. Das Khukuri! Ihr Gesicht, aus dem jegliche Überheblichkeit und jeder Spott gewichen waren, zeigte Entschlossenheit. Die Waffe sauste durch die Luft. Evelyn fing das Messer auf, das sich sofort ihrer Hand anpasste.

»Danke, ich habe mich schon gefragt, wo ich es verlegt hatte.« Die Worte donnerten durch den Saal wie die Posaunen von Jericho, und die Grundmauern des Pesthofes erzitterten. Eine gewaltige Stimme, die nicht mehr Evelyn gehörte, dröhnte: »Es ist übrigens eine Hiebwaffe und kein Bumerang.«

Linnea taumelte zurück. Die Metamorphe traten vor ihre Königin, um sie zu beschützen. Keine Offensive mehr. In jedem Gesicht las Evelyn nur einen einzigen Wunsch: aus diesem Saal lebendig herauszukommen. Aber das würden sie nicht. Mit ihrem Khukuri schnitt sie durch die Menge wie mit einer Sense. Ein Blutstrom spülte über die Steine am Boden, die Metamorphe knickten ein wie Grashalme. Schreie und Stöhnen der Sterbenden liebkosten ihre Ohren. Während einige noch kämpften, versuchten die anderen, ihre Königin in Sicherheit zu bringen.

Evelyn schlug gegen eine Säule. Steine polterten den Fliehenden in den Weg. Ein weiterer Vogelschwarm lenkte ihre Aufmerksamkeit ab. Sie hob die Arme, und der Nebel stieg empor. Die Rauchpranken packten die Vögel an Beinen und Flügeln und zogen sie in die schwarzen Wogen. Die Tiere flatterten und kreischten, während die Federn verglühten und die aufplatzende Haut entblößten. Das Fleisch löste sich von den dünnen Knochen, die kurz darauf zerbröselten.

Die Metamorphe flohen. Evelyn lachte, ohne Herrin ihrer selbst zu sein. Sie drehte sich und tanzte, trampelte mit ihren riesigen Füßen über die Toten und Sterbenden. Knochen knirschten unter ihren Sohlen, der Boden fühlte sich glitschig an von Blut und Fleisch. Sie sah kaum etwas, wirbelte immer schneller und lachte, betrunken vom Geruch des Todes.

Bis ein Gedanke ihr Hirn durchzuckte: Adrián!

Ihr Fuß verharrte über ihm, fast hätte sie auch ihn niedergetrampelt. Sie sah, wie er aufwachte. Zusammen mit ihm kam die wahre Evelyn zu sich. Was hatte sie nur getan? Warmes Blut klebte an ihren Füßen und tropfte herunter. Der Boden war von Leichen übersät, die meisten glichen kaum noch menschlichen Überresten. Nein, das konnte unmöglich sie gewesen sein!

Der Nebel verschwand. Ein Schatten nach dem anderen strömte aus ihrem Körper und ließ sie endlich frei. Evelyn brach zusammen.

»*Mi vida*!« Der Ruf kam von weit her. Verschwommen sah sie Adriáns Gesicht. Mit letzter Kraft drehte sie den Kopf weg, unfähig, ihm in die Augen zu schauen. Durch den Gang sah sie einen weiteren Trupp der Metamorphe heranrücken. Dann wurde sie von Schwärze verschluckt.

28. Kapitel

Im ersten Moment wusste Adrián nicht, wo er sich befand. Das Letzte, woran er sich erinnern konnte, war Evelyns Kuss, den er immer noch auf den Lippen schmeckte, und sein Verlangen nach ihrem Atem des Lebens, das ihn in der gleichen Sekunde befallen hatte. Er hatte dagegen gekämpft … und verloren.

Die Angst um Evelyn wallte über ihn. Er wollte aufspringen, doch sein gemarterter Körper gehorchte ihm nicht, und er fühlte sich darin eingeschlossen wie in einem Sarkophag. Verzerrte Schemen schwammen über ihm, eine Erscheinung davon gewaltig wie die Elbphilharmonie und genauso unwirklich. Was es war, vermochte er nicht zu erkennen. Der Blutgeruch schwängerte die Luft, als läge er inmitten eines Schlachthofs, und wenn er die Finger bewegte, fasste er in etwas Warmes und Klebriges.

Evy, bitte sag etwas! Sein stummer Ruf löste sich auf, ohne eine Antwort zu erfahren. Sie hörte ihn nicht. Panik trieb ihn an den Rand des Wahnsinns, und er zählte die Sekunden, in denen sein Herz die Energie durch seinen Körper pumpte.

Nach und nach gewannen die Bilder vor seinen Augen an Schärfe. Er wartete nicht, bis er seine volle Kraft wiedererlangt hatte, und drehte sich auf die Seite, sobald seine Verfassung es zuließ. Ihm stockte der Atem. Wenn er geglaubt hatte, Hermanns Leiche wäre der Höhepunkt an vorstellbarer Zerstörung und Grausamkeit, so stellte das jetzige Bild alles in den Schatten. Zerquetschte Leichenteile übersäten den Boden, die Innereien und zermalmten Knochen bedeckten die Steine, während das Blut zentimeterhoch auf dem Boden zu stehen schien.

Im Augenwinkel registrierte er eine Bewegung, und als er den Kopf wandte, sah er Evelyn zusammenbrechen.

»*Mi vida!*« Der Schrei kratzte in seiner Kehle.

Aus dem Gang stürmten weitere Metamorphe in den Saal. Neben sich entdeckte er eine abgerissene Hand, die eine Pistole umklammerte. Adrián wollte danach greifen und schrie vor Schmerzen auf. Seine Rechte gehorchte ihm nicht, jede Bewegung brachte Qualen. Er erinnerte sich, wie Linnea ihm die Hand zertrümmert hatte, als sie von ihm Informationen über Conrad und den Clan verlangt hatte, die er nicht hatte geben wollen. So musste er die Waffe mit der Linken packen. Er feuerte, aber keine Kugel traf das Ziel. Unter dem Beschuss zogen sich die Bestien zurück, doch er ahnte: Viel Zeit blieb ihm nicht. Er quälte sich auf die Beine. Darauf bedacht, nicht auszurutschen, taumelte er zur Tür und schlug sie zu. Das Schloss rastete ein.

Adrián lehnte sich mit dem Rücken dagegen. Er musste … überlegen, einfach nur überlegen, wie er hier rauskommen könnte. Doch allein das schien eine allzu große Anstrengung zu sein, die Wände begannen vor seinen Augen zu verschwimmen. Er blinzelte und konzentrierte sich. Wie oft hatte Linnea vor seinem Käfig gestanden und ihn verhöhnt, er genieße die Ehre, in ihrem persönlichen Zwinger untergebracht zu sein, in den man nur mit einem einzigen Schlüssel hineingelangen könnte. Wie lange würde es wohl dauern, bis die Biester die Schlüssel auftrieben? Egal, auch wenn es sich nur um wenige Minuten handelte – noch war der Kampf nicht verloren.

Über die Leichen stolperte er zu Evelyn und sank vor ihr auf die Knie.

»Wach auf, *mi vida!*«, beschwor er sie.

Keine Reaktion.

Sie ist gestorben, damit du leben kannst … Der Saal schien zu schwanken, während Adrián die Finger in etwas Klebrig-Weichem unter sich vergrub und gegen seinen Schmerz und den Frust kämpfte. Im Rücken hörte er Schläge gegen die Metalltür und Rufe, die gedämpft zu ihm drangen. Mochten die Bestien doch über ihn herfallen! Er bettete Evelyns Kopf in seinen Schoß. Sie war zu ihm gekommen, um ihn zu retten. Viel wichtiger aber war: Sie war zu ihm zurückgekommen.

Adrián streichelte über ihr Haar. Heute trug sie es offen, genau so, wie er es liebte. Nur roch sie nicht mehr nach Veilchen, sondern nach Blut.

»Bitte, wach auf«, flüsterte er. »Lass mich nicht allein.«

Reglos lag sie da. Ihr Anblick schnürte ihm die Kehle zu. Mit dem Daumen strich er über ihre Wange. Durch den Druck zeichneten sich schwarze Schatten unter ihrer Haut ab, die seltsame Muster zogen und wieder verschwanden.

Hinter der Tür ertönte Tumult. Vermutlich ordneten sich die Metamorphe zu einer neuen Offensive. Adrián umklammerte die Pistole. Die Bestien durften ihm Evelyn nicht nehmen. Auf keinen Fall!

Am anderen Ende des Saals wurde es laut. Adrián richtete die Pistole auf die Quelle des Lärms – von dieser Seite hatte er keinen Angriff erwartet. Eine Metallplatte hob sich einen Spalt vom Boden ab und der zerquetschte Torso eines Mannes rutschte von ihr herunter.

Adrián schoss in den Spalt und verfehlte erneut sein Ziel. Und das, wo Maria früher immer gewitzelt hatte, er würde mit links töten. Von wegen!

Die Falltür schlug zu.

»Halt!«, rief jemand unter der Erde. »Ich will euch helfen.«

Die Pistole im Anschlag, beobachtete Adrián, wie aus dem Loch im Boden ein blonder Schopf auftauchte. »Kommt hierher, schnell.«

Adrián zielte auf die Stirnmitte des Unbekannten. Sein Finger rutschte ungeduldig über den Abzug. Es war ein junger, vermutlich noch unerfahrener Metamorph – das Schimmern, das ihn umgab, ließ keine Zweifel zu. Es war ein schönes Smaragdgrün, das auf Herzensgüte und Offenheit hindeutete, nur leuchtete es stumpf und wurde von dunklen Tönen überzogen – Angst und Schmerz, die er wohl zu unterdrücken versuchte. Adrián blendete die Aurawahrnehmung aus. Was auch immer diesen Burschen in der Vergangenheit so gebrochen haben mochte – es interessierte ihn nicht. Viel spannender war eine andere Frage: »Aus welchem Grund solltest du uns helfen wollen?«

»Ich habe es Kilian versprochen. Wenn ich dich rette, wird er mich retten.«

»Du lügst. Niemand auf der Welt hasst mich mehr als er. Kilian Ney würde mich niemals retten wollen.«

»Dich vielleicht nicht.« Mit dem Kinn deutete der Bursche auf Evelyn. »Aber sie. Beeil dich, wir haben nicht viel Zeit!«

Noch zögerte Adrián, als er an der Tür hinter sich jemanden mit dem Schloss hantieren hörte. Viele Auswahlmöglichkeiten hatte er nicht. Würde er hier sitzen bleiben, wäre sein Ende besiegelt.

Er steckte die Pistole in den Hosenbund und versuchte, Evelyn auf die Arme zu heben. Der Schmerz in seiner rechten Hand durchfuhr ihn so heftig, dass er glaubte, ihn Ohnmacht zu fallen. So ging das nicht. Aber wenn er einen Teil der Energie dafür benutzen würde, die Nervenbahnen der Hand zu blockieren, würde er keinen Schmerz spüren. In der Theorie zumindest, denn so etwas hatte er noch nie gemacht. Es war gefährlich, auf diese Weise könnte er später die Kontrolle über seine Hand verlieren und sie nicht mehr bewegen. Egal. Evelyn herauszubringen war wichtiger. Er konzentrierte sich. Der Schmerz klang ab, bis er gänzlich verschwand. Die Finger fühlten sich taub an, als wären sie eingeschlafen. Adrián hob Evelyn auf die Arme und eilte zur Luke. Der Geruch nach Verwesung schlug ihm entgegen, als er sich dem Loch im Boden näherte.

Der Metamorph kletterte eine Leiter herunter. Die Lampen des Saals warfen einen schwachen Lichtkranz um ihn herum. Er streckte die Hände aus. »Gib sie mir.«

Adrián ließ Evelyns Körper hinuntergleiten, dann schlüpfte er selbst in die Lücke. Als er die Metallplatte über seinem Kopf zuschob, konnte er durch den Spalt sehen, wie die Bestien in den Saal drangen.

In der Dunkelheit, die ihn sogleich umfing, tastete er nach den Leitersprossen. Sich mit der tauben Hand festzuhalten fiel ihm schwer, aber langsam gewöhnte er sich daran, sie unter solchen Bedingungen zu gebrauchen. Endlich gelangte er nach unten und nahm Evelyn an sich. Der Metamorph knipste eine Taschenlampe an. Sie befanden sich in einem Raum, kaum größer als ein Aufzug. Von den Wänden wie in einem Sarg umschlossen spürte Adrián Panik in sich aufsteigen. Er verbat sich an die Enge zu denken, blendete alles aus, außer Evelyn. Der Kerl winkte ihm mit der Taschenlampe zu und schob sich um die Ecke, dann ging er einige Stufen nach oben, bis er eine Tür erreichte.

Also los. Nicht an die Wände denken – einfach gehen. Als Adrián hinter ihm über die Schwelle trat, versanken seine Füße in etwas Weichem. Der Boden fühlte sich uneben an. Und dieser Geruch! Es kam ihm vor, als bewege er sich durch eine Suppe aus dichtem Fäulnisgestank.

»*Carajo!* Ist hier eine Horde Stinktiere verendet?«

Statt einer Antwort beleuchtete der Kerl die Wände, eine niedrige Decke und erst dann den Boden mit Leichen, wohin das Licht auch fiel.

»Das hier ist Linneas Entsorgungslager«, erwiderte der Metamorph matt. »Nachzehrer.«

Adrián verharrte, unfähig, auch nur einen Schritt zu tun. Der Kerl schubste ihn leicht in den Rücken. »Mach hier nicht einen auf Hamlet. Wir müssen los. Die anderen werden nicht lange rätseln, wohin wir verschwunden sind.«

Adrián schüttelte die Bestürzung ab. Denk an Evelyn! Nichts wie weg hier.

Es widerstrebte ihm, die Überreste von seinesgleichen mit Füßen zu treten, aber da er nicht fliegen gelernt hatte, gab es keine andere Möglichkeit, das andere Ende zu erreichen. Die Leichen verbargen den Boden weit unter sich.

Endlich gelangten sie zu einem Gang, der aus der Kammer führte. Adrián musste sich ducken, um nicht mit dem Kopf gegen die Decke zu stoßen. Hinter sich vernahm er, wie die Metallplatte zum Zwinger gegen den Stein schlug. Ihre Verfolger waren dabei, in den Untergrund hinabzusteigen.

Der junge Metamorph fluchte. »Beeil dich!« Er zog Adrián am Ärmel weiter. Die Geräusche der Jäger kamen näher. Bald glaubte Adrián, den Atem der Feinde in seinem Nacken zu fühlen, doch er blickte nicht zurück. Evelyn an sich gepresst, hastete er hinter dem Lichtkegel der Taschenlampe her, der an den Wänden und über den Boden tanzte. Trotzdem wusste er: So würden sie nicht entkommen können.

»Halt. Schalte das Licht aus«, flüsterte er und überreichte Evelyn dem Kerl. Gleich darauf verschluckte ihn die Finsternis. Im engen Gang würden die Viecher gezwungen sein, ihn einer nach dem anderen anzugreifen. Er holte die Pistole und konzentrierte sich auf seine Wahrnehmung der Lebenskraft. Die Schritte kamen näher. Fünf, vielleicht sechs Biester. Es dauerte, bis Adrián so weit war, die Aura der Metamorphe zu erkennen. Als eine schimmernde Figur aus der Dunkelheit auftauchte, feuerte er, doch das Magazin seiner Waffe war bereits leer geschossen. Er warf die Pistole zur Seite und griff nach der Gestalt. Rasch legte er dem Wesen den rechten Arm um den Hals, packte mit der anderen Hand den Kopf, lenkte seine Energie in die Linke und brach dem Gegner das Genick. Gleich darauf erlosch auch das Flimmern.

Seine Feinde begriffen die Wendung schneller, als

er sich erhofft hatte, und schickten ihre Seelentiere als Vorhut. Adrián konnte nur Schemen erkennen, aber nicht bestimmen, um welche Spezies es sich dabei handelte. Krallen rissen an seiner Wange, Zähne bohrten sich ihm in die Schulter, während von einer Seite ein Flattern ertönte. Er sprang zurück, schüttelte das Tier ab, das ihn mit den Zähnen gepackt hielt, und fing das fliegende Etwas ab. Es war eine Fledermaus, die nach der Begegnung mit seinem Griff nicht lange lebte. Das Wesen mit den Krallen hechtete wieder auf ihn zu, während gleichzeitig ein Schuss seine Ohren betäubte. Seine Reflexe übernahmen die Steuerung des Körpers. Zusammen mit dem Tier stürzte er, rollte sich ab und brach dem Biest das Rückgrat. Kein einfaches Unterfangen, wenn die eine Hand kaum zu gebrauchen war. In jede seiner Taten musste er einen Teil seiner Lebensenergie einfließen lassen. Lange würde er das nicht mehr durchstehen. Zwei weitere Metamorphe sprangen auf ihn zu. Mit beiden Beinen trat er einem in den Bauch, der andere wurde von einem unbekannten Helfer – vermutlich von seinem blonden Begleiter – zu Boden gerissen. Während die zwei miteinander kämpften, richtete sich Adrián auf. Einige Sekunden lang konnte er die beiden Auren nicht auseinanderhalten, dann erkannte er das Smaragdgrün.

»Weg da!« Adrián riss den Mann zur Seite.

Bald lagen die beiden Angreifer tot zu seinen Füßen. Das gleiche Schicksal ereilte den Nächsten, der über ihn herfiel. Wieder krallten sich Pranken in ihn, diesmal riss das Maul an seinen Rippen. Der Schmerz durchfuhr seinen Körper. Er versuchte, das Tier abzuschütteln, und vernahm gleichzeitig den Rückzug der Metamorphe. Kurz darauf ließ auch das Biest von ihm ab und eilte ihrem Herrchen oder Frauchen hinterher.

Keuchend stützte sich Adrián an der Wand ab. Der Kampf hatte ihn immense Kraft gekostet, und noch befanden sie sich nicht in Sicherheit. Die Verstärkung würde schnell anrücken.

Die Taschenlampe ging an, und das grelle Licht schlug ihm ins Gesicht. Adrián stöhnte und verdeckte die Augen mit dem Arm. »*Caramba*, hör auf damit!«

»Entschuldige. Bist du okay?«

Gut. Der Kerl lebte also. »Geht so.«

»Verflucht, ich habe meine Gürtelschnalle verloren!« Er leuchtete umher.

»Die kannst du später suchen. Jetzt müssen wir weiter!«

Adrián nahm Evelyn auf die Arme. Ihr Zustand zeigte keine Veränderung, und er spürte, wie die Hoffnung in ihm schwand. Nein, so durfte er nicht denken. Er musste sie hier rausschaffen, nur das zählte.

Der Typ setzte sich in Bewegung. Adrián versuchte nicht einmal, sich den Weg durch dieses Labyrinth zu merken. Mehrfach kam es ihm so vor, als wechselten sie die Richtung oder drehten sich im Kreis, aber er schwieg und stolperte hinter dem jungen Metamorph her. Er musste sich zusammenreißen, um nicht nach jeder Minute ein ›Sind wir bald da?‹ hervorzustöhnen. Denn die Kräfte verließen ihn mit jedem Schritt.

»Eigentlich«, erklärte sein Begleiter währenddessen, »war das der ursprüngliche Plan. Wir wollten durch diesen Weg in den Zwinger gelangen, dich rausholen und verschwinden. Kilian hat wirklich jede Einzelheit bedacht. Aber heute lief alles verkehrt.«

»Wo steckt denn der Hundemensch?«

»Das weiß ich nicht. Evelyn ist allein hergekommen. Ich mache mir Sorgen um ihn.«

»Was meintest du, als du sagtest, er würde dich retten, wenn du uns hilfst?«

Der Bursche senkte den Kopf. »Ich will aus der Gemeinschaft fliehen. Kilian sollte mir beibringen, wie ich mich der Königin widersetze oder mit meinem Metamorph-Erbe klarkomme. Ich kann nämlich die Verschmelzungen mit meinem Seelentier nicht steuern, und ganz auf mich allein gestellt, ist es ein direkter Weg in den Wahnsinn.« Er verstummte und zupfte sich ein paar Strähnen über das linke Ohr. Auch Adrián fragte nicht weiter, die Probleme dieses Kerls interessierten ihn nicht wirklich.

Nach einer gefühlten Stunde blieben sie vor einem Gitter stehen, das die Öffnung eines riesigen Abflussrohrs verschloss. Der Typ rüttelte mit allen Kräften daran, doch die Schrauben hielten es fest. Adrián legte Evelyn vorsichtig auf den Boden. »Soll ich helfen?«

»Ich schaff das schon«, prustete der Kerl vor Anstrengung.

Ein paar Minuten lang beobachtete Adrián die fruchtlosen Bemühungen. Dann packte er das Gitter, bündelte seine Energie und schickte einen – vermutlich den letzten – Kraftstoß, zu dem er noch fähig war, in seine Hand. Mit einem Ruck riss er das Teil von der Wand ab und ging fast selbst zu Boden, als die Schwäche in seine Beine fuhr.

»Ich weiß, du hattest es schon gelockert«, sagte er, ohne sich ein Grinsen verkneifen zu können.

Der Metamorph war wirklich nur ein Grünschnabel, der kaum Erfahrungen mit den Nachzehrern gemacht hatte. Fassungslos starrte er vor sich hin und fand nur langsam die Sprache wieder. »Ja. Okay. Etwa zehn Meter weiter ist die Kanalisation. Geh nach rechts, Richtung Stadtzentrum, dann kannst du durch einen Gullideckel an die Oberfläche gelangen. Hier, nimm die Taschenlampe mit.«

Adrián inspizierte die Öffnung. »Wie soll ich Evelyn durch dieses Rohr bringen?«

»Dass sie bewusstlos ist, gehörte nicht zum Plan. Leider kann ich dir wirklich nicht mehr weiterhelfen. Ich muss zurück, bevor die anderen meine Abwesenheit bemerken. Und die verfluchte Gürtelschnalle finden, sonst bin ich erledigt.«

»Warte.« Adrián richtete das Licht auf ihn und prägte sich seine Gesichtszüge ein. »Wie heißt du?«

»Finn. Warum?«

»Damit du, solltest du jemandem aus meinem Clan begegnen, nicht gleich zu Futter wirst. Für die Einzelgänger kann ich allerdings nicht bürgen. Also hüte dich vor ihnen. Und … danke für die Hilfe.«

»Ich kann nicht behaupten, dass ich es gern getan habe«, sagte er und ging ohne Gruß fort. Nach wenigen Schritten verschluckte die Finsternis seine schmale Gestalt.

Es kostete Adrián erhebliche Mühe, Evelyn durch das Rohr zu ziehen. Doch er schaffte es und gelangte in einen Tunnel. In der Mitte floss ein träger Strom dahin, der mit seinen Ausdünstungen die Luft vergiftete. Schon der erste Atemzug drohte Adrián die Schleimhäute zu verätzen. Der Lichtstrahl der Taschenlampe streifte die grünliche Oberfläche, auf der Dreck vorüberzog. Ein schmaler Stieg führte an dem Fluss entlang.

»Geh nach rechts«, ahmte er den jungen Metamorph nach und verdrehte die Augen.

Um Evelyn zu tragen, musste er die Taschenlampe zwischen die Zähne klemmen. Er wusste nicht, wie viel Zeit vergangen war und wie weit er es geschafft hatte. Alle Gänge ähnelten einander, und sein Kopf weigerte sich, überhaupt noch irgendwelche Informationen zu verarbeiten. Jeder Schritt fiel ihm schwer, als wate er durch einen knietiefen Sumpf. Er stapfte trotzdem weiter. Ging so lange, bis er nicht mehr konnte, bis seine Beine einknickten und er zusammen mit Evelyn zu Boden stürzte.

Mit der letzten Anstrengung öffnete er das Âjnâ. Auch wenn er wenig Hoffnung hatte, gehört zu werden.

Maria?

Die *Gran Princesa* war diejenige mit den sensibelsten Telepathie-Fähigkeiten. Wenn irgendwer ihn empfangen konnte, dann sie. Zugegeben, mit viel Glück. Mit sehr viel Glück.

Maria … ich brauche Hilfe …

Seine Sinne schwanden. Es kostete ihn Mühe, sich zu konzentrieren. Wenn er jetzt bewusstlos würde, so bedeutete es das Aus für ihn und Evelyn. Niemand würde sie beide hier finden.

Maria …

Sie hörte ihn nicht.

Dann empfing er etwas. Sehr schwach, er konnte die Worte kaum auseinanderhalten.

R…vas? Blimey, … sind es wirkl…!

Conrad? Anscheinend suchte das Oberhaupt nach ihm, bemühte sich, den Kontakt zu ihm herzustellen. Das bedeutete in der Tat sehr viel Glück.

Okay, Rivas. Blei… dran. Ich muss Sie orten.

Adrián kniff die Lider zusammen und schickte die Gedanken zu seinem Anführer. *In der Kanalisation. Irgendwo in St. Pauli.*

Verst…en. Streng … nicht an, aber …

Ja, er durfte seine Energie nicht verschwenden, aber er musste dranbleiben, damit Conrad seinen Aufenthaltsort bestimmen konnte. Er musste sich konzentrieren! Doch ihm schwirrte der Kopf, und es gelang ihm nicht, einen klaren Gedanken zu fassen. Die Realität schien ihm zu entgleiten, er war nicht mehr ein Teil von ihr.

Noch … wenig. Werden Sie mir … ni… …ächtig.

Er war so müde! Adrián zwang sich, die Augen zu öffnen. Die Lampe lag irgendwo abseits, so konnte er Evelyn nicht sehen. Er tastete nach ihr und ergriff ihre Hand. Dann wurde er bewusstlos.

29. Kapitel

Sie ist eine Hexe!, schallte der Ruf durch das Universum.

Lass uns frei, und wir werden dir dienen, woben die Schattenstimmen ihren Schleier darüber.

Evelyn schwebte im Nichts, beseelt von der Dunkelheit, verfolgt von fremden Erinnerungen, die zu den ihren wurden.

Wer war sie? Schon wieder diese Frage …

Eine Hexe, eine Mächtige, eine Göttin – mit der Haut, blauschwarz wie das Nachtfirmament, mit den Augen, rot wie das Blut ihrer Feinde. Die Zunge weit herausgestreckt, kostete sie den Geschmack des Kosmos, das Leid und den Schmerz der Welt. Ein Rock aus abgeschlagenen Armen, die sich reckten und streckten, bedeckte ihre Hüften. An ihrem Ohr hing eine vertrocknete Leiche, grinste und flüsterte ihr zu: *Du bist die Schwarze* … Und je mehr sie zuhörte, desto mehr ergriff die Dunkelheit Besitz von ihr und ließ ihre andere Seite, von Herzlosigkeit und Gefühlsleere erfasst, zum Vorschein treten. Und zusammen mit ihr strömten Erinnerungen in sie, die allein zu dieser anderen Seite gehörten.

Adi Divya Jyoti Maha Kali Ma Namah, betete der alte Mann, kniend vor dem Altar zu ihren Ehren.

Evelyn, die Herrscherin über das Totenreich, rief seine Seele zu sich, und er kam – ihr ergebener Diener im Reich der Schatten.

Bei seinem Anblick durchlebte sie im Geiste erneut, wie sie in den schwarzen Nebel getreten und in das Häuschen des Professors gelangt war – nur ein einziger Schritt hatte die Entfernung überbrückt.

Hermann Herzhoff hatte die Hexe erblickt und sie angefleht, ihn zu verschonen ... Sie erschlug ihn, aber nicht, ohne zuvor seine Qualen bis zuletzt auszukosten. Sie fühlte, wie sein Blut an ihrem Körper klebte, als sie aus dem Nebel auf der Fensterbank ihres Zimmers in Marias Villa gelangte, strauchelte und durch das Glas fiel.

Jetzt schwebte die Seele des Professors direkt vor ihr, mit einem schwarzen, weit aufgerissenen Maul, unförmigen Augenlöchern und verschwommen-verzerrten Zügen, als wäre er zerlaufen und dann mit Gewalt gestreckt worden.

»Du hast nach einer Hexe gesucht«, sagte sie zu ihm. »Ich musste kommen, weil du mich gerufen hast. Und ich musste dich töten, weil du gesehen hast, in welchem irdischen Körper ich lebe.«

Er nickte. *Lass uns frei, und wir werden dir dienen,* reihte sich sein Ruf in den Singsang der anderen Schatten.

Evelyn ließ ihn ziehen und sah eine andere Gestalt hervortreten.

»Kilian.« Sein Name brannte ihr auf der Zunge. »Du meintest, du hättest etwas über die Hexen herausgefunden. Etwas, was mir nicht gefallen würde. Du hast herausgefunden, dass ich eine Mächtige bin.« Sie schwieg einen Moment. »Von Micaela, nicht wahr? Du hast sie gefunden und mit ihr gesprochen.«

Er nickte. *Lass uns frei, und wir werden dir dienen,* reihte sich auch seine Stimme in den Schattenchor.

»Warum hast du das bloß getan?«, klagte sie ihm hinterher.

Micaela, natürlich. Die Metamorph-Frau, die Hermanns Tod mit angesehen hatte. Und bei der sie es bisher versäumt hatte, sie zum Schweigen zu bringen.

Zwei Tote, um ein Geheimnis zu wahren, von dem Adrián nicht erfahren durfte. Einer Gottheit wäre das gleichgültig gewesen. Aber Evelyn nicht. Sie war eine Hexe, ja, eine Mächtige, aber keine Gottheit. Zumindest nicht mehr. Ihre menschliche Seele war unglaublich stark, auch jetzt, auch hier. Eine Seele, die trauerte, die sich selbst verabscheute, die liebte …

Sie hätte geweint, wenn sie es an diesem furchtbaren Ort hätte tun können. An dem Ort, der sie fesselte und in den ewigen Schlaf wiegte.

»Adrián!« Eine weibliche Stimme rief nach ihm, sanft und gleichzeitig fordernd. Er öffnete die Lider und sah über sich ein verschwommenes Gesicht. Eine kühle Hand tätschelte seine Wange. »Bleib bei mir. Wie fühlst du dich?«

Gut, wollte er antworten, doch bei diesem ersten Gedanken durchbohrten Kopfschmerzen seinen Schädel. Nein, nicht gut – dreckig.

»Hier, gleich wird es besser.« Die Frau legte ihm in ein Handtuch gewickelte Eiswürfel auf die Stirn. Mehrere Minuten lag er regungslos da und kämpfte mit dem Drang, wieder in die Bewusstlosigkeit einzutauchen, bloß um diesen Kopfschmerzen zu entkommen. Dann ging es ihm in der Tat etwas besser, und die Konturen der Welt gewannen an Schärfe. Er sah Maria und nahm die verzierten Bettpfosten und die Samtvorhänge des Himmelbettes wahr. Er befand sich anscheinend in ihrer Villa, aber wie war er hierhergekommen?

Adrián hob die Rechte, um das Handtuch mit den Eiswürfeln selbst zu halten, und ihm fiel alles wieder ein. Seine Gefangennahme und die Folter, der Kampf und die Flucht.

»Was …« Was ist mit Evelyn, wollte er fragen, doch er brachte nur ein Krächzen zustande.

»Conrad hat euch gefunden. Ehrlich gesagt wollten wir die Suche schon aufgeben. Es war aussichtslos, euch in der Kanalisation zu finden, ohne jeglichen Kontakt. Aber du kennst ja unser Oberhaupt. Manchmal ist er so ein Dickschädel. Zum Glück. Deine Hand sah richtig übel aus. Nachdem wir dir Lebensenergie eingeflößt haben, begann sie zu heilen, aber in solch einem zertrümmerten Zustand wäre das ein Desaster geworden. Wir mussten Alfred rufen, und er hat dich sediert, damit die Heilung vorübergehend aussetzt. Er hat sein Bestes getan, um deine Hand zusammenzuflicken.«

Adrián bewegte die Finger. Sie rührten sich tatsächlich, also war die Hand im Gröbsten noch funktionsfähig. Doch die Faust zu ballen oder die Finger ganz auszustrecken gelang ihm nicht. Er nahm einen Eiswürfel und spürte keinerlei Kälte. Verdammt. Aber auch Alfred konnte keine Wunder vollbringen, obwohl er ein begnadeter Nachzehrer-Arzt war.

»Es tut mir leid«, sagte Maria, die seinen Frust bemerkt haben musste.

»Macht nichts«, ächzte er, »dann muss ich lernen, mit der Linken zu hantieren. Meine Geschäftspartner werden entzückt sein, sie konnten schon vorher meine Handschrift nicht entziffern. Wo ist Evelyn? Wie geht es ihr?«

Maria verdrehte die Augen. »Conrad hält die Totenwache an ihrem Bett. Als würde das etwas bringen.«

»Totenwache? Sie ist gestorben?« Adrián warf das Handtuch mit den Würfeln beiseite und ruckte hoch. Sogleich befielen ihn wieder die Kopfschmerzen, und er sank stöhnend in die Kissen zurück.

»Wir wissen nicht, ob sie gestorben ist oder nicht. Sie liegt da und reagiert auf nichts. Wir haben ihr Lebensenergie eingeflößt, doch es war, als würde diese Energie in einem Schwarzen Loch verschwinden.«

Diesmal richtete sich Adrián langsam auf und setzte sich auf die Bettkante.

»Nein, nein«, protestierte Maria und versuchte, ihn zurück ins Bett zu zwingen. »Du solltest noch etwas liegen bleiben.«

Mit sanftem Druck schob er ihre Arme beiseite. Auf wackeligen Beinen erhob er sich und griff nach dem Bettpfosten. Dann wagte er einen weiteren Schritt. Schwerfällig bewegte er sich vorwärts, wobei er sich an Möbeln und Wänden festhalten musste, um nicht zu stürzen.

Evelyn lag im Gästezimmer. Ihr Anblick versetzte ihm einen Stich. So leblos wirkte sie, so fern von dieser Welt. Neben ihr saß Conrad und hielt ihre Hand.

Als der Mann Adrián bemerkte, stand er auf und ging ohne ein Wort zur Tür. Er war bereits im Flur, als Adrián endlich seinen Blick von Evelyn löste und ein Danke herausbrachte. Conrad blieb stehen und nickte ihm stumm zu, machte aber keine Anstalten, das Schweigen zu brechen. Als er sich umdrehen wollte, hielt ihn Adrián zurück: »Wie geht es ihr?«

»Ohne Veränderungen. Wir sind mit unserem Latein am Ende.«

Adrián stolperte zum Bett und ließ sich auf den Stuhl daneben fallen. Sie sah leichenblass aus. So unwirklich. Wenn er mit dem Daumen über die dünne, fast durchsichtige Haut strich, sah er, wie die Schatten ihre Ornamente woben, um dann wie Rauchfäden einer ausgeblasenen Kerze zu verschwinden. Er erstickte das verräterische Wispern in sich, das ihm einreden wollte, Evelyn sei tot. Nein, das war sie nicht. Sie war nur irgendwie … fort.

»Ich habe versucht, zu ihr durchzudringen«, sagte Conrad. »Vergebens. Ich schätze, wenn das jemand kann, dann sind Sie es.«

»Danke, dass Sie bei ihr waren, als ich es nicht konnte«, sagte er.

Conrad nickte und ging davon. Adrián schloss die Augen und drückte seine Stirn gegen Evelyns kalte Fingerknöchel. Er konzentrierte sich auf sie, rief nach ihr, suchte ihren Geist. Aber wo er auch zu ihr vordrang, erwartete ihn nur die Leere. Als verhöhne das Schicksal ihn: Es nahm sie ihm nicht weg, aber ließ ihn auch nicht zu ihr.

Adrián beugte sich über Evelyn und lehnte seine Stirn an die ihre. Er würde mit ihr reden, bis zum Morgengrauen und darüber hinaus, bis eine neue Nacht anbräche, und danach noch eine.

»Komm zurück«, flüsterte er und vergrub die Finger in ihrem Haar. »Ich brauche dich. Im Pesthof habe ich nur überlebt, weil ich an dich gedacht habe. Ich wollte dich noch einmal sehen, es aus deinem Mund hören, dass ich dir nichts wert bin. Du bist zu mir zurückgekommen, um mich zu retten. Bitte, komm auch jetzt zu mir zurück. Und rette mich noch einmal.«

Du bist die Schwarze …

Die Schattenstimmen schwirrten um Evelyn herum und zusammen mit ihnen die verlorenen Seelen, die zu ihren Sklaven geworden waren. Die Herrscherin des Universums, die Göttin, die nichts spüren durfte und fern jeglicher menschlicher Gefühle war, litt, als wäre sie eine von diesen Schattenseelen. Wie war das möglich? Wie konnte eine perfide Kreuzung zwischen einem Metamorph und einem Nachzehrer so eine Wirkung erzielen? Es war eigentlich nicht möglich, das wusste Evelyn. Was sie nicht wusste, war, wann, wie und warum sie zu einer Mächtigen geworden war.

Zu einer Mächtigen mit einer Seele.

Dann vernahm Evelyn etwas. Einen Ruf, der nicht hierhergehörte. Einen Ruf, der alle Grenzen überschritt – und der sie zurücklockte.

Bitte, komm auch jetzt zu mir zurück. Rette mich …

Adrián. Es war das Band, das sie aneinander hielt. Ein dünner Faden, den sie auf einmal sehen konnte, ein Ende um ihre Seele gewunden, während das andere sich in der Finsternis verlor. Was würde wohl bleiben, wenn das Band zerriss?, strich es durch ihren Kopf. Sie schloss den Faden zwischen dem Daumen und dem Zeigefinger ein und zerstörte ihn mit einem Ruck.

Sei frei, Adrián. Frei von mir.

Verlass mich nicht. Nicht so. Trotzdem drang der Ruf zu ihr durch, übertönte die Schattenstimmen und lockte sie fort. Er hatte sie gefunden. Ohne das Band. Aus dem tiefsten Inneren heraus. Es war ein Flehen, mehr noch, ein Gebet.

Evelyn öffnete die Augen, irritiert und verängstigt. Sie konnte sich an den Kampf im Zwinger erinnern, an die Dunkelheit, die sie ergriffen und ihr unglaubliche Macht verliehen hatte – danach kamen nur Schwärze und ein seltsamer Traum. Oder war das gar kein Traum? Konnte es möglich sein, dass sie zu den Mächtigen gehörte? Nein, auf keinen Fall. Hatte Hermann Herzhoff nicht erzählt, die Mächtigen wären pure Energien, Gottheiten, die sich die Körper der Sterblichen nahmen, um auf der Erde wandeln zu können?

Hermann ... Evelyn dachte an die verzerrte Gestalt, die ihr aus dem Schattenstrom gegenübergetreten war. Sie hatte ihn getötet, genauso wie Kilian, um ihr Geheimnis zu schützen.

»Nein, nein, nein!«, beschwor sie sich, während die Bilder der Morde in ihrem Hirn aufflackerten und auf einem »Doch!« beharrten. Verzweiflung legte sich über sie. Warum war sie bloß aufgewacht? Sie durfte hier nicht sein. Sie durfte nicht leben. Nicht nach all dem, was sie verbrochen hatte.

»Scht.« Zärtlich fuhren die Finger über ihre Wangen, strichen ihr das Haar zur Seite. Über sich erkannte sie vage die Umrisse eines Gesichts.

»Adrián?«

Er küsste sie, und das war Antwort genug. Seine Lippen würde sie unter tausend anderen erkennen. Sie legte die Arme um seinen Nacken. Ein Gefühl, das sie nicht empfinden durfte, beschlich ihre Seele: Glück. Vollkommenes Glück.

Ach Adrián, dachte sie mit einem schmerzhaften Stich in der Brust. Würdest du mich auch dann lieben, wenn du wüsstest, was ich getan habe?

Was hast du denn getan?

Seine Gedanken in ihrem Kopf ließen sie zusammenzucken.

»Nichts«, murmelte sie rasch und erwiderte seinen Kuss, um ihn abzulenken.

»Ich dachte, du würdest nie mehr aufwachen.« Er schien nicht bemerkt zu haben, wie sie sich von ihm zurückzog. »Erschreck mich nie wieder so!«

Neben dem Bett bemerkte Evelyn den Käfig mit dem Kaninchen.

»Frido!«, hauchte sie und streckte die Hand aus, doch das Tier drückte sich in eine Ecke und zitterte. Frido hatte Angst vor ihr, wies sie ab. Nie mehr würde sie ihn auf den Schoß nehmen, ihn streicheln und mit ihm kuscheln können. Sie müsste ihn abgeben, damit er friedlich leben konnte. Würde sie auch Adrián irgendwann verlassen müssen, würde sie auch von ihm abgewiesen werden, wenn er die Wahrheit erfuhr? So weit durfte es nicht kommen. Das Geheimnis, für das Hermann und Kilian gestorben waren, musste gewahrt bleiben.

»Wie fühlst du dich?«, fragte er.

Sie schmunzelte. »Hungrig.«

»Gerade mal eine Minute wieder da und nur ans Essen denken«, neckte er.

»Nachdem du den Metamorph in mir getötet hast, muss ich keine Angst haben, dick zu werden.«

Er hob sie auf die Arme. »Na dann – ich kenne ein hübsches Lokal, wo wir auch zu dieser Uhrzeit noch etwas kriegen können.«

Evelyn saß am Bartresen vor einem vollen Glas Martini. Natürlich würde sie den Cocktail nicht trinken – nachdem sie endgültig zu einer Nachzehrerin geworden war, konnte sie nicht einmal mehr einen Schluck Wasser zu sich nehmen, ohne sich übergeben zu müssen –, aber das konische Glas mit der Olive darin sah einfach zu schick aus. Außerdem musste sie den Schein wahren, so als käme sie wegen eines Drinks hierher.

Das Schauspiel gefiel ihr. In den Wochen, in denen sie mit Adrián auf Nahrungssuche gegangen war, hatte sie gelernt, ihr Leben als Nachzehrer zu akzeptieren. Sie spürte keine Zerrissenheit mehr, sie wusste, wohin und zu wem sie gehörte. Heute, zum ersten Mal allein auf Beutezug, fand sie sogar Spaß daran. Sie nahm die Aura der Menschen um sich herum wahr und interpretierte mit Vergnügen die Farben. Der dickliche Mann im Sweatshirt, der gerade sein drittes Bier bestellte, strahlte vor Glück und Energie. Der Typ im Lederjackett machte einen auf Macho, womit er sein mangelndes Selbstwertgefühl zu übertünchen versuchte. Der Anzugträger schien auf der Suche nach etwas zu sein. Vielleicht drehte er deswegen so nervös an einem seiner Finger, als wollte er ihn abschrauben.

Eine Frau blätterte in der Zeitung. Evelyns Blick fiel auf das Titelblatt: »Tschechoslowakischer Wolfshund beißt ein Kind zu Tode …«

Akash. Eine wild gewordene Bestie ohne sein Herrchen. Ob der Hund gefangen und eingeschläfert worden war? Ob er im Jenseits zu seinem Herrchen fand?

»Ich bitte um Erlaubnis, zu dir sprechen zu dürfen.«

Evelyn hatte nicht bemerkt, wie sich jemand zu ihrer Rechten niedergelassen hatte. Als sie aufschaute, setzte ihr Herz einen Schlag lang aus.

»Du?«, hauchte sie.

Die Unbekannte mit der ebenholzschwarzen Haut, die sie damals an der Bushaltestelle und vor Hermanns Haus bemerkt hatte, neigte den Kopf. Ein Lächeln huschte über ihre vollen, weinrot geschminkten Lippen. Sie winkte die Barkeeperin zu sich. »Einen Mai Tai bitte. Mit ein paar Papaya-Stückchen, wenn es geht.« Halb zu Evelyn gewandt, strich sie über ihren kurzen Rock und schlug ein Bein über das andere. Sie trug ein bordeauxfarbenes Kostüm, das jede ihrer Rundungen betonte und ihr perfektes Dekolleté zur Schau stellte, auf das der Macho-Typ immer wieder einen Blick warf. Sie schenkte ihm nicht mehr Beachtung als einer der Fliegen, die um die Leuchttafel mit dem Lokalnamen herumsummten.

»Schön, dich wohlauf zu sehen.«

Evelyn griff nach ihrem Martini, als könne der Glasstiel ihr Halt geben, im Geiste bereit, nach Adrián zu rufen. »Warum verfolgst du mich?« Nicht einmal

Linnea und ihre Horde hatten ihr jemals so viel Unbehagen bereitet.

»Wir sind besorgt um dich.« Die Hand mit den gestylten Nägeln, lang wie Krallen, glitt über die Marmoroberfläche des Tresens auf Evelyn zu. »Ehrenwerte Kali.«

Kali, so hieß die Hexe in ihr. Der Name durchzuckte ihr Hirn wie ein Blitz, erweckte die dunkle Seite und die Erinnerungen, die im Verborgenen ruhten. Die Erinnerungen an das Leben einer Mächtigen, dem sie sich verweigerte, stoben in ihr hoch. Mit ihnen schlich sich auch der Name der Dunkelhäutigen in ihren Kopf.

»Oya. Die Zerreißerin.«

Die Frau schloss die Augen, und ein Windzug strich über ihre Mähne. »Du erinnerst dich also tatsächlich?«

Evelyn wandte den Blick ab und starrte die Olive an, die in ihrem Glas schwamm. »Du bist eine der Orishas, der Elementargottheiten der Yoruba«, sagte sie tonlos, »die Hüterin der Friedhöfe, die Herrin über Nigers Strom, die Kraft hinter den Tornados und dem Donner, aufgelöst in allem Unsichtbaren.« Wie sehr sie sich auch bemühte, die Geistesbilder ihrer dunklen Seite unter Verschluss zu halten, sie brachen aus ihr hervor. Allein die Gegenwart dieser Frau erweckte die Schatten in ihr zum Leben.

»Es freut mich zu sehen, dass es dir gutgeht.«

Die Barkeeperin schob auf einer Serviette den Cocktail über den Tresen. Oya schlürfte die Flüssigkeit durch den Halm, während Evelyn die Spiegelungen in ihrem Glas beobachtete.

»Warum sollte es mir schlechtgehen?« Sie hatte keine Ahnung, aus welchem Grund eine der Mächtigen sie aufsuchte, beschloss jedoch, ihre Unwissenheit nicht preiszugeben. Beim Gedanken daran, neben einer Gottheit zu sitzen, wurde ihr flau im Magen – Empfindungen, die allein ihr, Evy, gehörten. Sie klammerte sich an das Gefühl und erlaubte der Hexe in ihr nicht, die Oberhand zu gewinnen.

Oya nahm das Papayastückchen, das am Rand ihres Glases steckte, und schob es zwischen ihre vollen Lippen. Eine Weile lutschte sie daran, als gäbe es nichts Wichtigeres im Universum. Dann, als hätte sie sich besonnen, sprach sie: »Die bösen Zungen behaupten, Kali, unsere Kalima, die göttliche Mutter der Zerstörung und der Erneuerung, die Hüterin des Gleichgewichts, die Herrscherin über die Zeit …«

»Versuchst du, mir zu schmeicheln?« Evelyn musste sich bremsen, um zur Stärkung nicht an ihrem Martini zu nippen.

Die Augen der Frau glänzten wie Erdöl. Spöttisch, wie es Evelyn vorkam. »Die bösen Zungen behaupten, dass Kali nicht mehr die Kali ist, die wir lieben und fürchten gelernt haben. Dass die Welt herrenlos geblieben ist und niemand mehr über die Dämonen des Schattenreiches wacht.«

Evelyn hob die Schultern. »Nun, du siehst, ich bin noch da.«

Worauf wollte die Hexe hinaus? Irgendetwas führte die Mächtige im Schilde.

»Das stimmt.« Oya beugte sich ein Stück zu ihr. »Aber es gibt Gerüchte, du wärst machtlos geworden, nachdem du aus Versehen den Körper einer Nachzehrerin angenommen hast. Stimmt es, dass das Mädchen noch nicht tot war und du deshalb ihren Fluch nicht sehen konntest? Man erzählt sich, du hättest versagt, als du versucht hast, ihre Seele zu töten. Weil ihre Seele durch den Fluch unsterblich war. Einige behaupten, ihr seid miteinander verschmolzen. Zu einem neuen Wesen, das keineswegs unsere Kalima ist.«

»So?« In Evelyns Geist fügten sich die Puzzleteile zusammen. Die Verschmelzung hatte ihr die Erinnerungen geraubt. Die Erinnerungen an die Existenz als Göttin und an das Leben als Metamorph-Anwärterin und Fast-Nachzehrerin. Geblieben war ihr nur die menschliche Seite. Evelyn Behrens, die Krankenschwester. Bevor Adrián aufgetaucht war und ihre Vergangenheit heraufbeschworen hatte. Deshalb hatte sie danach zwischen ihrem Metamorph- und Nachzehrer-Zustand geschwankt. In einem noch lebendigen Körper, aber durch die Hexe getötet, war sie beides. Bis sie ihr Leben, ihre Metamorph-Seite gegen Adriáns Rettung im Zwinger eingetauscht hatte.

Wieder traf sie das Aufblitzen der schwarzen Augen. »Wenn das alles nicht stimmt, wirst du sicherlich zu uns zurückkehren, nicht wahr?«

Evelyn schluckte. Nein, ihren Platz hatte sie bereits

gefunden, und er war an Adriáns Seite. Gegen keine Macht der Welt würde sie ihn eintauschen wollen. Ihre Hexennatur würde tief im Verborgenen bleiben, damit sie mit dem Mann, den sie liebte, das Glück erfahren konnte.

Oya hob eine Augenbraue. »Dich hält doch nicht wirklich etwas hier zurück? Oder … oder vielleicht stimmen die Gerüchte?«

Evelyn schwieg.

Mit Wohlwollen quittierte die Frau die Stille. »Unruhen und Unmut herrschen bei den Mächtigen. Jeder ist gewillt, deinen Platz einzunehmen und die Menschen das Fürchten zu lehren. Aber wie ich sehe, sind meine Sorgen nichtig.« Sie legte einen Zwanziger auf den Tresen und rutschte vom Barhocker. »Du hast alles unter Kontrolle.«

Auf dem Boden erklang das Zockeln der Absätze.

»Warte!« Evelyn sprang auf, doch schon verließ die Frau das Lokal und tauchte in den schwarzen Nebel.

Die Hexe war fort, doch Evelyns Unbehagen war stärker denn je. Die Menschen das Fürchten lehren? Was führten die Mächtigen im Schilde, wenn sie, Kali, nicht mehr da war, um das Gleichgewicht zu halten? Während sie dastand, hörte Evelyn den Ruf der Schatten und fühlte die brodelnde Finsternis in sich. Nein. Die Hexe in ihr würde nicht aufleben. Nie mehr.

Sie kehrte zu ihrem Platz zurück, verstört und zitternd vor Anstrengung, die es sie kostete, die Dunkelheit zu bekämpfen.

»So allein, hübsche Frau?« Der Anzugträger kletterte auf den Hocker neben sie, als gäbe es jeden Tag zu sehen, wie eine Frau im schwarzen Nebel verschwindet.

»Der nächste Martini geht auf mich«, fuhr er selbstsicher fort.

Evelyn wollte ihn wegscheuchen, doch sobald sie das Leuchten seiner Aura erfasste, meldete sich der Hunger in ihr. Schließlich war sie deswegen hier. Und sie hatte Adrián versprochen, ihm etwas mitzubringen. Wenn sie ihre Nachzehrerseite stärkte, dann würde es ihr vielleicht leichter fallen, sich unter Kontrolle zu halten und nicht über die Pläne der Mächtigen zu grübeln.

Sie schaute auf seine linke Hand. Der Ringfinger, an dem er zuvor geschraubt hatte, war rot, und auf der sonnengebräunten Haut zeichnete sich deutlich ein blasser Streifen ab.

So einer also. Verdiente er es zu sterben?

Wir sind weder Richter noch Götter, um das zu entscheiden, hatte Maria einmal gesagt. Nun. Evelyn war eine Göttin, und sie fällte ihre Entscheidung.

»Ich habe Sie zum Fressen gern«, raunte sie dem Anzugträger entgegen und rutschte näher an ihn heran.

Eine halbe Stunde später saß Evelyn in einem Wagen. Sie dachte an Adrián, umarmte einen fremden Mann und küsste ihn. Gierig, sinnlich, bis zum Tod.

Danksagung

An dieser Stelle möchte ich all den Menschen danken, die mich während der Arbeit an dem Roman unterstützt haben.

Ich danke meiner Agentin Natalja Schmidt, die das Potenzial meiner Ideen dort sieht, wo es mir verborgen bleibt. Meiner Lektorin Martina Vogl, die an mich geglaubt und meine Wünsche erfüllt hat, noch bevor ich wusste, dass ich welche habe.

Meinen Testlesern:

Kristin Manger, ohne die ich mir nicht mehr vorstellen kann, einen Roman zu schreiben; Simone Kühlewind, der besten Erbsenzählerin, die ich kenne; Melanie Schulze, die ihren Kritik-Baseballschläger nicht in Watte packt; Fabian Greuel, der mich bei einem akuten Anfall von Überarbeitungswut gerettet hat.

Ich danke auch meiner Freundin und Autorenkollegin Brigitte Melzer, die das Leben von Finn Rothenberger gerettet hat: einer Figur, von der ich nicht ahnte, wie wichtig sie noch wird.

Nicht zu vergessen Martin Sarmiento Vega, der netteste Kolumbianer, den ich kenne (zugegeben: auch der einzige). Er hat Adrián nicht nur seinen Nachnamen geschenkt, sondern ihm auch Spanisch beigebracht.

Ich danke Heike Schulz, die mit ihren hervorragenden Schlangenkenntnissen ein wunderschönes Zuhause für Linneas Liebling erschaffen hat. Steffi Schmitt hat mich darin beraten, wie es um Kilians Sehvermögen steht. Auf ihr Fachwissen in Tiermedizin werde ich auch weiterhin zurückgreifen müssen.

Ich danke auch meinem Mann, der immer Verständnis gezeigt hat, während ich am PC saß, und meinem Sohn, der mit dem Zahnen begonnen hat, erst nachdem ich diesen Roman beendet habe.

Quellennachweis

Das Gedicht »Kali, die Schwarze« entspringt wohl der Feder eines unbekannten Dichters. Zumindest habe ich das so gelesen.

Über die Geschichte des Pesthofes habe ich mich auf folgender Seite informiert:
www.20359hamburg.de

Das Kali-Mantra und die Übersetzung stammen von dieser Seite: www.yoga-vidya.de

Zu Oya findet man viele interessante Quellen, zum Beispiel:
www.feste-der-religionen.de/feste/oya.html

Über die Nachzehrer-Legenden kann man sich den ersten Eindruck bei Wikipedia verschaffen:
http://de.wikipedia.org/wiki/Nachzehrer

Aber es ist nie verkehrt, tiefer zu graben, um weitere interessante Fakten zu sammeln.

Eine nette Übersicht zu Aurafarben und ihrer Deutung findet sich auf dieser Seite: www.puramaryam.de/aurafarb.html

Die Pesthof-Karte basiert auf einer Vorlage aus dem Staatsarchiv Hamburg.

Mehr über die Autorin und ihr Werk unter: www.schattenseelen.olgakrouk.de